진범인

진범인

쇼다 간

홍미화 옮김

청미래

역자 홍미화(洪美華)
일본 고베 대학교 이중언어학 대학원 과정을 수료했다. 현재 번역 에이전시
엔터스코리아에서 출판기획 및 일본어 전문 번역가로 활동하고 있다. 주요 역
서로는 『지적 생활의 설계』, 『스타우브 무수조리』, 『길고양이 권법』, 『아기와 함
께 미니멀라이프』, 『프랑스인의 방에는 쓰레기통이 없다』, 『나를 잡아먹는 사
람들』 외 다수가 있다. 『나를 잡아먹는 사람들』은 일본국제교류기금의 2016
년도 번역출판조성사업 모집에 당선되어 출간한 책이다.

진범인

저자 / 쇼다 간
역자 / 홍미화
발행처 / 도서출판 청미래
발행인 / 김실
주소 / 서울시 용산구 서빙고로 67, 파크타워 103동 1003호
전화 / 02 · 739 · 1661
팩시밀리 / 02 · 723 · 4591
홈페이지 / www.cheongmirae.co.kr
전자우편 / cheongmirae@hotmail.com
등록번호 / 1-2623
등록일 / 2000. 1. 18
초판 1쇄 발행일 / 2021. 6. 15
    2쇄 발행일 / 2021. 10. 25

값 / 뒤표지에 쓰여 있음
ISBN 978-89-86836-74-5 03830

차례

프롤로그

1974년 8월 20일자 「스루가 일보」 제14판 사회면

유괴된 5세 남아 시신 발견

어제 시즈오카 현 경찰청은 도쿄 도내의 다마 강에서 미시마 시에 사는 오바타 마모루(5)의 사체를 발견했다고 발표했다. 피해자는 7월 27일에 집 근처에서 행방불명되었고, 그후 몸값을 요구하는 전화가 이웃집으로 걸려왔다. 시즈오카 경찰서는 즉시 각 언론사에 보도협정을 요청함과 동시에 금품을 노린 유괴 사건으로 보고 비공개 수사를 진행해왔다. 또한 각 언론사는 보도협정에 따라 보도를 자제해왔다. 그러나 시신이 발견됨에 따라 시즈오카 현 경찰본부는 이 사건을 유괴 살인 사건으로 분류하고 공개 수사로 전환했다.

제1장

··

1

2015년 8월 2일 오후 9시 5분 전.

구사카 사토루 경위가 스소노 경찰서의 통신지령과로부터 무선연락을 받은 것은 잠복용 경찰차가 시즈오카 현의 394번 현도(縣道) 후카라 우에하라라는 지점에 다다를 무렵이었다.

여기는 통신사령계. 스소노서 관내 스소노 시 미슈쿠 648번지/로부터의 통보를 전한다. 근처 도메이 고속도로 상행선 옆 수풀 부근, 고령의 남성 발견. 복부 출혈. 각 이동 중인 대원들은 급히 현장으로 출동 바란다.

구사카는 흐릿한 음성이 끝나기를 기다렸다가 둥근 적색경광등을 잠복용 경찰차 지붕에 장착하고 사이렌 스위치를 켰다. 순간 귓전을 때리는 소리가 울려퍼졌다. 그러자 전방을 달리던 승용차와 트럭이 한 박자 늦게 비상등을 깜빡이며 서서히 왼쪽 갓길로 바싹 붙기 시작했다. 그 모습을 예상한 듯 운전석에 있던 야나기 에이지로 경사가 사방을 확인하고 가속 페달을 밟았다. 도로는 JR고텐바 선과 거의 평행으로 나 있었다.

"싸움이 있었던 걸까요?"

가로등 불빛을 받는 얼굴을 움직이지 않은 채 부하인 야나기가 큰 소리로 물었다. 짙은 눈썹과 승부욕이 강해 보이는 두툼한 콧등. 흰 와이셔츠 반소매 아래로 보이는 근육질 팔과 조금 긴 곱슬머리는 삼십대 초반의 젊음을 드러내고 있었다.

"모르지. 그런데 미슈쿠 근처라면 조용한 주택가잖아."

구사카도 목소리를 높여 대답했다. 그 역시 비슷한 복장을 했지만 왼편 차창에 비친 얼굴은 짧게 자른 머리에 은테 안경을 쓴 사십대 중반의 커다란 눈을 가진 다소 무뚝뚝해 보이는 인상이었다. 두 사람은 다른 사건의 보충수사를 끝내고 스소노 경찰서로 돌아가는 길이었다. 방금 전까지 배가 고팠지만 무선지령을 받자마자 식욕 따위는 한순간에 사라지고 습관처럼 다리를 떨기 시작했다.

잠복용 경찰차는 제한속도를 넘긴 채 가로등이 점점이 켜진 현도를 질주했다. 스소노 우회도로를 가로질러 실개천을 건너자 신호등이 설치된 좁은 길과 마주쳤다. 구사카는 운전석 계기판에 달린 마이크를 쥐었다. 확성장치가 붙은 사이렌 스위치로 전환하자, 사이렌 소리가 바뀌고 볼륨이 커졌다.

"경찰차가 지나갑니다. 경찰차가 지나갑니다. 통행차량은 주의해주십시오."

굵은 목소리가 차량 밖으로 울려퍼졌다. 교차하는 도로에 줄지은 차들이 뭉그적거리며 멈춰섰다. 빨간 신호가 보이는 십자로를 천천히 가로지른 후 조금 더 달리자 도메이 고속도로가 보였다. 염주 알처럼 알알이 늘어선 도로의 은색 등이 그 장소와는 어울리지 않는 화려함을 뽐내며 아득히 먼 저편까지 늘어서 있었다. 고속도로 고가 밑을 지난 뒤 작은 길로 우회전해서 도메이 고속도로에 따라붙듯 이어진 깜깜한 길로 북상했다.

"야나기, 저기 같은데."

크게 흔들리는 손전등의 빨간 불빛을 보면서 구사카가 말했다. 제복경찰들이 이미 현장 보존을 시작한 듯했다. 경찰들 옆에는 적색 경광등을 번쩍이며 경찰차가 세워져 있었다.

그 옆에 야나기가 잠복용 경찰차를 세웠다. 고속도로와 평행을 이루는 길이었다. 두 사람은 '수사'라고 쓰인 완장을 착용한 뒤 손전등과 장갑을 들고 각자 자동차의 양쪽 문을 열었다. 세 사람의 경찰이 경례를 했다. 구사카는 가볍게 끄덕여 답을 하고 '출입금지'라고 적힌 노란색 테이프로 둘러싸인 현장으로 들어섰다. 야나기가 뒤를 따르고 경찰 한 사람이 그 뒤를 따랐다.

현장은 고속도로의 버스 정류장으로 가는 계단 옆이었다. 계단은 도로에서 오른쪽으로 비스듬히 이어졌고 우측에는 페인트가 칠해진 금속제 난간이 붙어 있었다.

구사카는 현지 지도를 떠올렸다. 아마 그곳은 도메이 스소노 고속버스 정류장일 것이다. 계단을 오르자 난간 건너편 완만한 경사면에 한 남자가 쓰러져 있었다. 난간을 넘으려고 몸을 내미는데 수풀 속에서 풍기는 열기가 코를 찔러왔다. 고속도로를 질주하는 차들이 내는 낮고 묵직한 소리와 벌레소리가 뒤섞여 들려왔다.

손전등을 비췄다. 왼편으로 돌아누운 얼굴은 눈을 감고 있어서 나이가 많은 남자라는 사실밖에 알 수 없었다. 왼쪽 복부의 와이셔츠가 피에 착 달라붙었고 지면까지 피가 흘러 있었다. 경찰이 사망 확인은 했을 것이다. 움직임은 전혀 없었다. 겉옷을 입지 않은 줄무늬 긴소매 와이셔츠 차림이었다. 오른발에만 가죽구두를 신었고 다른 한 짝 구두는 둑비탈 아래 도로에 나동그라져 있었다. 날개 모양의 구두코로 장식된 고급스러운 가죽구두였다.

조심스레 난간을 넘어가 둑비탈 위쪽의 콘크리트 부분을 발판삼아서 쭈그리고 앉아 장갑을 낀 손가락으로 남자의 목덜미를 만졌다. 확실히 맥박은 느껴지지 않았다. 겨드랑이 밑에 손을 넣어 온기를 확인하고 머리부터 등, 팔, 옆구리, 엉덩이, 다리 순서로 빛을 비추며 관찰했다. 복부 외에 다른 상처는 없었다.

그때 귓가에 각다귀의 날갯짓 소리가 들렸다. 구사카는 얼굴을 찌푸리며 손으로 각다귀를 쫓으면서 수풀 속과 고속도로 옆길의 주위를 다시 살펴보았다. 유류품이나 흉기 따위는 보이지 않았다. 수풀 주위의 땅을 자세히 관찰했다. 발자국이 몇 군데 남아 있었다. 크기와 형태로 보아 남자의 것 같았다. 범인의 발자국일 수도 있지만 관계가 없을지도 모른다. 조심스레 사체의 바지주머니를 살펴보았으나 손수건은 없었다. 지갑이나 면허증 그 무엇도 없었다. 열쇠도 없었다. 지나칠 정도로 아무것도 없었다. 요즘 세상에 휴대전화도 없는 사람이 있을까.

"처음 발견한 사람은?"

구사카는 뒤를 돌아보며 경찰관에게 물었다.

"근처에 사는 중년 남성입니다. 밤중에 개랑 산책을 하는데 개가 갑자기 크게 짖는 바람에 여기까지 와서 발견했다고 합니다."

"시각은?"

"저녁 8시를 지난 시각이라고 합니다."

목덜미를 만졌을 때 체온은 느껴지지 않았다. 노출된 사체의 피부는 한 시간 정도면 차가워진다. 하지만 겨드랑이 밑에 넣었던 손에서 구사카는 희미한 온기를 느꼈다. 사망한 시점에서 한 시간 이상 몇 시간 이하일 것이다. 손전등의 빛을 얼굴에 비췄다. 칠십대 정도로 보였다. 표정은 약간 일그러졌지만 반듯한 얼굴이었다. 콧날이 서고 턱이 뾰족했다. 깔끔하게 빗어넘긴 흰머리는 조금 흐트러졌고 금테 안경은 틀어진 듯 콧등에 걸려 있었다.

"발견자는 이 사람과 아는 사이인가?"

"아뇨. 본 적도 없는 사람이라고 합니다."

"경찰견을 요청할까요?"

뒤에서 엿보던 야나기가 말했다.

"물론이지. 계장님한테 연락해서 현장 감식도 알아봐."

야나기가 예, 하고 고개를 끄덕이고는 잠복용 경찰차를 향해 달려갔다.

구사카는 다시 사체 쪽을 보았다. 남자는 어떻게 이곳에 오게 된 것일까. 산책을 나온 것이라면 비교적 가까운 곳의 주민일 것이다. 하지만 차를 탔다면 얘기가 달라진다. 어쨌든 이런 곳에 온 것은 이유가 있어서일 테니까.

그때 구경꾼들이 눈에 들어왔다. 사이렌 소리를 들었으리라. 티셔츠에 청바지를 입은 세 명의 젊은이들, 스웨터를 입은 긴머리 여자와 커플룩을 입은 중년 남성. 출입금지 테이프 바깥에서 발꿈치를 들고 이쪽을 보거나 웅성이고 있었다. 먼 곳에서 여러 개의 사이렌 소리가 들려왔다. 다른 경찰차였다.

경찰관을 향해 돌아보면서 구사카가 말했다.

"우선, 발견한 사람 얘기를 들어보고 싶은데."

경찰관이 크게 끄덕이며 손짓했다.

"예. 이쪽으로 오십시오."

사체를 발견한 사람의 집은 그 남자가 쓰러져 있던 곳에서 200미터 정도 떨어진 곳에 세워진 오래된 이층 목조건물이었다.

"쓰러져 있던 남자를 발견한 당시 상황을 듣고 싶은데요."

현관 앞에서 구사카가 말했다. 수첩과 펜을 손에 든 야나기가 옆에서 자리를 지켰다. 반 평 남짓한 현관을 비추는 천정의 형광등이 땅속 벌레가 우는 듯이 희미한 소리를 내고 있었다.

"그러니까 경찰한테 얘기한 대로 개를 데리고 산책을 하다가 발견했어요."

도노야마 시게루가 말했다. 콧방울이 넓은 코와 두꺼운 입술에 나이는 예순 정도로 보였다. 남색 작업복 차림에 숱이 없는 머리칼이 차분하게 빗질되어 있었다.

"산책에 나선 시각은 몇 시쯤이었습니까?"

"저녁 8시였습니다. 보통 NHK 방송 프로가 끝나면 집에서 나가니까요."

"산책 코스는 늘 같나요?"

"저희 집 주변 길을 걸어가다가 고속도로 옆길로 나가서 근처를 한 바퀴 돌고 오는 식이죠."

"그때 뭘 입고 계셨죠? 신발은요?"

"이대로죠. 신발은 저 샌들이고요."

볕에 그을린 얼굴을 한 도노야마가 말했다. 발밑의 바닥에 벗어던 져둔 짙은 녹색 비닐 샌들에 처진 눈이 향했다.

구사카는 끄덕이고 말을 이어갔다.

"오늘밤 산책 중에 마주친 사람은 있습니까. 아니면 자동차를 보셨나요?"

"날이 저물면 여기는 사람도 차도 거의 안 다녀요."

"소리는 어땠나요? 말소리나 싸우는 소리, 비명소리, 어떤 소리라도 좋습니다."

"그러고 보니 고함소리를 들었던 것 같아요."

"뭐라고 소리치던가요?"

도노야마가 고개를 저었다.

"모르겠습니다. 근데 남자 목소리였던 것 같아요."

구사카는 몸을 약간 앞으로 내밀었다.

"언제였나요? 목소리가 들렸던 방향은요?"

"집을 나온 직후였나? 목소리가 들렸던 방향은 잘 모르겠습니다."

"개랑 산책을 나갔을 때부터 자세히 얘기해주십시오."

"현관으로 나가서 집 주변 길을 가다가 고속도로 옆길로 나갔어요. 아, 건너편에 주점이 있어요. 거기서 우리 시로가……아, 우리 개 이름이에요. 그때부터 짖기 시작했습니다."

"지금까지 개가 그렇게 짖은 적이 있었습니까?"

"아뇨. 우리 개는 암컷이어서 길에서 다른 집 개를 만나도 짖는 경우가 거의 없어요. 그러니 좀 이상하다고 생각했죠."

"그러고 나서는 어땠습니까?"

"시로에게 이끌려서 고속버스 정류장 계단까지 갔어요. 그랬더니 점점 더 크게 짖지 뭐예요. 그래서 중간까지 계단을 올라가서 슬쩍 수풀을 들여다보니까 사람 다리 같은 게 보이잖아요. 고속도로 불빛에 보이는 발은 양말만 신었고 다른 한쪽은 신발을 신고 있었어요. 예삿일이 아니구나 하고 왔던 길로 달려가서 집에 도착하자마자 경찰서에 전화를 했습니다."

발견했을 때의 충격이 가시지 않은 듯 도노야마의 얼굴이 어쩐지 창백해 보였다.

"그때 그 외에 이상한 점은 없었나요? 갈 때는 사람도 차도 못 보셨다고 하셨는데, 돌아올 때는 어땠나요?"

"본 건 없지만, 차 소리는 들렸던 것 같습니다. 하긴 도메이 고속도로가 코앞에 있으니, 늘 자동차들이 달리는 소리로 시끄러우니까요."

"쓰러져 있던 남자의 얼굴을 본 적은 있으신가요?"

"아뇨. 전혀 모르는 사람입니다."

구사카는 야나기를 쳐다보았다. 그의 손에 든 수첩에는 도노야마의 증언이 빽빽하게 적혀 있었다. 구사카는 고개를 제자리로 돌리고 천천히 말했다.

"그러면 다시 처음부터 말씀해주시겠습니까? 이 집을 나선 건 정확히 몇 시 몇 분이었나요?"

구사카와 야나기는 사건에 관한 설명을 30분 정도 듣고 나서 다른 수사원과 교대한 뒤 현장으로 돌아왔다. 사체는 이미 파란색 시트에 싸여 있었고 주위에는 많은 경찰차가 모여 있었다. 경찰차의 전조등과 함께 강력한 발광기가 현장을 밝히고 있어 사방이 대낮처럼 밝았다. 출입금지 테이프를 에워싼 구경꾼들의 수도 스무 명가량으로 늘어나 있었다.

검시관들이 시신의 현장 검시를 했다. 제복 차림의 감식과 직원들도 작업 중이었다. 카메라 플래시가 계속 번쩍였고 사체 부근의 신발자국에 석고를 붓는 사람도 보였다.

수사팀의 가운데에 서 있는 사람은 계장인 기소 노리오 경감이었다. 그는 반백의 머리에 눈매가 매섭고 입술이 얇아 차가운 인상이었다. 넥타이 없는 와이셔츠 차림에 회색 바지를 입고 있었다.

기소는 구사카 일행에게 시선을 돌렸다.

"자네들이 제일 먼저 도착했던 팀인가?"

"네. 사체를 처음 발견한 사람을 만나고 오는 길입니다. 여기는 어떻습니까?"

"방금 전 경찰견이 사체의 신발 냄새를 맡기 시작했네."

기소는 대답을 하면서 주위를 둘러보았다. 7-8명의 수사원들이 도로 한가득 웅크리고 앉아 땅바닥에 닿을 듯이 고개를 수그리고 있었다. 담배꽁초와 머리칼, 그밖에도 사건과 관련이 있을 어떤 것이든 찾고자 심혈을 기울이고 있었다.

"계장님. 여깁니다!"

건너편에서 목소리가 들려왔다.

기소가 빠른 걸음으로 향했다.

구사카는 야나기와 함께 그 뒤를 따랐다.

건너편 주점의 바깥 한구석에 쭈그리고 앉았던 수사원이 기소를 올려다보았다. 그가 가리키는 땅에는 빨간 플라스틱 쪼가리가 떨어져 있었다. 4센티미터 정도의 작은 조각이었다.

"경찰견이 반응을 보이는데 혹시 모르니 감식과에 지문조사를 요청하겠습니다."

기소가 고개를 끄덕였다.

그때 다른 수사원이 달려왔다.

"계장님, 수상한 차량을 발견했습니다."

기소와 함께 구사카 일행도 수사원의 뒤를 따랐다.

현장에서 20미터가량 떨어진 민가의 울타리 옆에 빨간 차가 서 있었다. 네 명의 수사원이 손전등으로 차 안을 비추고 있었다. 차 옆에는 경찰견의 리드 줄을 쥔 요원이 서 있었다. 자동차의 종류는 구형 폭스바겐 비틀이었고 차량번호는 세타가야 지역의 것이었다. 구사카는 현장 쪽을 바라보았다. 울타리 때문에 현장이 보이지는 않았다.

"문은 잠긴 상태입니다. 확인해봤지만 이 집 주인의 차는 아니라고 합니다. 피해자의 차가 아닐까요?" 수사원 한 명이 말했다.

기소가 고개를 끄덕였다.

"좋아, 문을 열어보지."

젊은 수사원이 창문의 유리 틈으로 특수한 금속도구를 끼우고 능숙하게 움직이자 문이 경쾌한 소리를 내며 열렸다. 장갑을 낀 수사원들이 문을 열고 차 안을 조사했다. 한 사람이 글로브박스를 열고 안에 있는 자동차 등록증을 꺼내 기소에게 펼쳐보였다.

구사카가 기소의 옆에서 손전등을 비추며 들여다보았다.

등록증에는 '스도 이사오'라는 이름이 적혀 있었다.

주소는 도쿄 시 세타가야 구 산겐자야 1번지였다.

2

다음날 오전 8시 반을 지난 시각.

야나기가 운전하는 은색 프리우스는 도메이 고속도로에서 3번 수도(首都) 고속도로로 접어들었다.

좌측 뒷좌석에 앉아 있던 구사카는 다리를 떨면서 왼쪽 차창 밖으로 펼쳐지는 기누타 공원을 바라보았다. 무성하게 우거진 녹음이 아침 햇살을 받아서 빛나고 있었다. 뒤쪽을 돌아보자 세 대의 잠복용 경찰차와 왜건이 뒤를 따르고 있었다.

어젯밤 스소노 시 외곽에서 발견된 사체는 초동수사 결과, 타살 가능성이 높았다. 사체에 소지품이 하나도 없었고 왼쪽 복부에는 예리한 흉기에 찔린 것으로 보이는 상처가 있었기 때문이다. 또한 늦은 밤까지 자동차 등록증에 기재된 주소를 토대로 주변을 조사해본 결과, 사체가 스도 이사오가 틀림없다는 점도 확인되었다. 따라서 그의 생활권과는 전혀 관계가 없는 인적이 드문 장소에서 사체가 발견되었다는 점도 그의 타살 정황을 뒷받침하는 단서가 되었다.

현장 근처에서 발견된 빨간 플라스틱 조각에서도 스도 이사오의 지문이 검출되었다. 플라스틱 소재의 그것은 오래된 물건 같았지만 단면은 얼마 전에 쪼개진 듯이 보여 피해자가 사건 현장까지 가져온 다음 뭔가에 의해 깨진 것으로 추정되었다. 다른 부분이 발견되지 않는 것으로 보아 나머지는 누군가가 가지고 사라진 것임에 틀림없었다.

어젯밤 스소노 경찰서에 수사본부가 긴급 설치되어 사체가 발견된 현장 주변의 '탐문수사'가 시작되었다. 동시에 법원에 가택수색 영장을 청구했으며 즉시 영장이 발부되어 금일 오전 9시를 기점으로 도쿄도 세타가야 구 산겐자야에 있는 스도 이사오의 집과 그가 경영하는 246번 국도 부근 중고차 판매점의 가택수사에 이어 주변인에 대한 본격적인 탐문수사가 시작되었다.

구사카는 수도 고속도로의 고가를 지나면서 어젯밤 늦은 시각에 들었던 내용을 머릿속에 떠올렸다. 신원확인을 하기 위해 잠복용 경찰차를 타고 현장에서 산겐자야로 갔던 구사카와 야나기는 등록증에 기재된 스도 이사오의 집을 찾아갔다. 주변은 단독주택과 아파트가 빽빽하게 들어선 주택지였는데 스도 이사오의 집은 오래된 단독주택이었다. 하지만 어느 창문으로도 불빛은 새어나오지 않았고 몇 번이고 초인종을 눌러도 응답은 없었다. 현관 옆의 주차장을 확인했지만 가로등에 희미하게 남아 있는 바큇자국만 보일 뿐 차량은 없었다.

두 사람은 왼편 집의 초인종을 눌렀다. 그러자 대답이 들리면서 현관문이 열렸다. 얼굴을 내민 것은 이 집의 주부로 보이는 마흔 살가량의 여자였다. 빨간 폴로셔츠에 청바지, 짧은 머리칼에 갸름한 얼굴이었다. 구사카와 야나기가 경찰신분증을 보여주고 이름을 말하자 그녀의 눈이 커졌다.

"이웃집에 사는 스도 이사오 씨에 관해 물어볼 게 있습니다."

구사카가 묻자 여자는 스도 이사오가 싹싹한 편이며 246번 국도변에서 중고차 판매점을 경영하고 있다면서 그의 차가 폭스바겐의 왜건 모델인 빨간 비틀이라고 증언했다.

구사카는 질문을 이어갔다.

"스도 씨의 생김새는 어땠나요?"

"생김새라……뭐라고 해야 할지……. 굳이 말하자면 세련된 편이라고 할까요. 머리는 하얘도 언제나 올백으로 단정하게 넘겼고 옷차림도 꽤나 화려했어요. 젊었을 때는 배우처럼 반듯한 얼굴이었다고 동네 어르신이 그러시더라고요."

구사카는 팔에 걸친 상의 주머니에서 한 장의 사진을 꺼냈다.

"죄송하지만 이걸 봐주시겠습니까?"

디지털 카메라로 찍은 사체의 사진 중에서 가장 잘 나온 사진을 감식과 직원이 가지고 있는 기기로 차 안에서 프린트한 것이었다.

"어머나, 이분이 왜 이렇게 되셨죠?"

"실은 사망하셨습니다."

그녀는 너무 놀란 나머지 손으로 입을 막았다.

구사카는 다시 스도 이사오의 생활에 관해 여러 가지를 물었지만, "혼자 사는 평범한 사람이었어요"라거나 "드나드는 손님은 별로 없었던 것 같아요"라는 그저 그런 대답만 돌아올 뿐이었다.

"스도 이사오 씨가 혹시 어떤 일로 힘들어하지는 않던가요? 아니면 누군가와 싸운다던가 하는 일은 없었습니까?"

잠깐 동안의 침묵이 흐른 뒤 여성은 뜻밖에도 의심스런 표정을 지었다.

"돈 문제 같은 거 말인가요?"

"돈 문제요?"

"열흘쯤 전부터 이상한 남자가 이 주변을 빙빙 돌더라고요. 스도 씨의 집 초인종을 누르거나 가끔 스도 씨의 이름을 부르거나 하면서 말이에요. 보통 그런 건 다 돈 문제 아니겠어요?"

누가 엿듣는 것처럼 조용히 속삭이던 여자의 목소리가 구사카의 귓전에 아직도 남아 있었다.

그때 수도 고속도로 '요가 방면 출구'라는 표지가 눈에 들어왔고 프리우스는 왼쪽 고속도로 출구로 비스듬히 나가 정체 중인 246번 국도로 진입했다.

3

2015년 8월 13일 오후 1시 30분.

스도 이사오의 살인사건은 사건 발생 당시에는 이렇다 할 난항을 예상하지 못했지만 수사가 본격화함에 따라 담당자들은 이 사건이 아주 복잡한 문제가 많다는 것을 깨달았다. 스도가 개인적으로나 직업 면에서나 인간관계가 넓은 사람이라는 점과 금전 문제나 직업적으로 비밀이 많은 사람이었기 때문이다. 그를 둘러싼 인간관계를 조사하거나 직업적으로 얽힌 금전 문제를 조사하는 것만으로도 막대한 노력과 시간을 투입해야 해서 사건 발생 이후 11일이 지난 현재도 사건은 완전히 고착상태에 빠져 있었다.

구사카와 야나기는 시부야의 마루야마초에 있는 어느 건물 앞에 서 있었다.

JR시부야 역에서 도보로 20분 거리. 좁은 언덕길 옆에 있는 5층짜리 상가건물이었다. 구사카는 야나기와 함께 5인승으로 보이는 엘리베이터에 올라탔다. 두 사람은 아무 말도 하지 않은 채 손수건으로 연신 이마의 땀을 닦아냈다. 3층 버튼을 누르자 천천히 문이 닫히고 발밑이 덜컹 하고 흔들리더니 엘리베이터가 움직이기 시작했다.

오늘도 굉장히 더운 날씨였다. 엘리베이터가 올라가면서 정지할 층이 깜빡였다. 그 표시를 올려보면서 구사카는 작게 한숨을 내쉬었다.

그는 다시 스도 이사오의 사체검안서의 내용을 떠올렸다. 상처 부위의 상태와 왼쪽 복부의 상흔. 상처의 길이는 약 4센티미터였고 폭은 3밀리미터 정도였다. 상처 주위의 조직도 손상이 심했고 상처의 아래쪽은 몸속 깊이 약 8센티미터까지 이르렀다. 대각선 방향에서 찔린 후 계단의 난간에 등을 걸치면서 뒤로 넘어갔고 수풀 속에 엎어진 자세로 떨어진 것으로 추정되었다. 얼굴과 손바닥에 난 자잘한 상처가 그 증거였다. 사망 원인은 복부의 상처에 따른 과다출혈. 사망 일시와 추정 시각은 8월 2일 오후 7시부터 오후 8시 사이. 사체와 상처 부위 및 내부 조직을 관찰한 결과 예리한 칼과 같은 흉기로 판정. 그외의 다른 소견은 특별한 점 없음. 중독물질 검사 중.

사체검안서의 내용은 살인이 틀림없다고 말해주고 있었다. 더 이상 부정할 수 없게 그것은 사건 발생 다음날의 가택수사 결과와도 이어졌다. 스도 이사오의 집에서 다수의 금융업자로부터 융자금 반환을 독촉하는 편지가 발견되었기 때문이다. 예의바른 투로 자금의 반환을 요구하는 것도 있었지만 협박처럼 보이는 것도 있었다. 그날 늦은 밤까지 이어진 수사회의에서 지휘부가 빚 문제에서 비롯된 다툼의 가능성을 강하게 거론하는 것도 당연한 결과였다.

이후 수사의 중심축은 빚을 염두에 두고 스도 이사오의 '주변수사'로 정해졌다. 자택과 가게를 뒤져서 주소록, 업무일지, 수첩, 컴퓨터 등을 찾아냈다. 이들과 통신기록을 근거로 피해자의 인간관계를 조사하는 것이 주변수사였다. 하지만 이것들이 보여준 것은 극히 평범한 생활상이었다. 사람들과 잘 지내는 나이든 남자. 농담도 잘하고 허세도 있는 데다가 여자도 좋아하는 사람이었다. 이런 인간관계로 인해 살인에까지 이르는 궁지에 내몰리는 상황이란 상상이 가지 않았다.

그때 징 하는 소리가 나더니 엘리베이터 문이 열렸다. 구사카는 야나기와 함께 엘리베이터에서 내렸다. 대각선 맞은편 회색 철문에 '공영 파이낸스'라는 간판이 걸려 있었다. 불투명 유리가 끼워진 사각형 창에서 내부의 하얀 불빛이 새어나왔다.

"영세업자 같은데요."

3층 복도를 둘러보며 야나기가 말했다.

구사카는 고개를 끄덕였다. 공영 파이낸스는 구사카 일행에게 할당된 탐문수사 대상자 가운데 세 번째 상대였다. 가택수사 결과 발견된 서류에서 이전에 스도 이사오가 이곳에서 융자를 받은 적이 있었다는 사실이 판명되었다. 하지만 이미 돈을 갚은 업자여서 '얻어걸릴 만한 단서'가 있을 것이라는 직감이 들었다.

"아무튼 만나보자고."

구사카는 야나기를 시켜 공영 파이낸스의 철문을 노크하고 손잡이를 돌렸다. 안은 다섯 평 크기의 사무실이었다. 카운터 너머에는 네 개의 사무용 책상이 늘어서 있었다. 한 사람은 중년 남자이고 세 명은 젊은 여자인데 각자의 책상에서 전자계산기를 손에 들고 일을 하고 있었다.

"어서 오세요."

바로 앞에 보이는 책상에 앉은 여자가 카운터 너머에서 일어섰다. 머리칼이 짧고 무테 안경을 꼈다. 이십대 후반 정도의 나이일까. 가슴에는 '공영 파이낸스 안내'라고 쓰인 명찰을 달고 있었다.

"융자금을 상담하러 오셨나요?"

"아니오. 저희는 경찰입니다. 스소노 경찰서의 구사카와 야나기라고 합니다."

대답을 하면서 경찰수첩에 든 신분증을 보였다. 야나기도 "야나기입니다"라면서 신분증을 꺼내 보였다.

여자는 안색이 바뀌었다.

"여기 책임자를 만나고 싶은데요."

"잠시만 기다리세요."

그녀는 당황한 모습으로 하얀 와이셔츠 차림의 남자에게 다가가 귓가에 대고 속삭였다. 남자가 놀란 듯 이쪽을 쳐다보며 벌떡 일어섰다. 이내 안쪽에 보이는 문을 노크하고 재빨리 들어가버렸다.

"스도 씨가 죽었단 말씀입니까?"

마쓰마루 요시미가 눈을 크게 떴다. 공영 파이낸스의 사장이었다. 불도그처럼 생긴 얼굴에 배불뚝이 와이셔츠 차림이었다. 사무소 안 가죽소파에 거대한 몸이 파묻혀 있었다.

"네. 열흘 전쯤 신문에 작게 기사가 나왔습니다."

맞은편 소파에 앉은 구사카가 대답했다. 수첩과 펜을 손에 쥔 야나기가 옆에 앉았다.

"거 참 안됐네요. 그런데 어떻게 죽었습니까?"

"자세한 건 아직 불분명하지만 살해된 모양입니다."

마쓰마루의 안색이 바뀌더니 아무 말도 하지 않다가 재빠르게 손바닥으로 얼굴을 매만졌다.

구사카는 그의 표정을 바라보았다.

"그래서 스도 씨에 관해 몇 가지 물어볼 게 있습니다만."

"뭐 어려울 건 없으니 협조하죠. 그나저나 너무 놀랐습니다."

마쓰마루는 대답과 함께 어색하게 고개를 주억거렸다.

"스도 씨를 마지막으로 본 건 언제 어디였습니까?"

"음, 분명 3개월 전쯤이었을 겁니다. 장소는 여기였고요."

"그후에 만난 적은 없습니까? 전화는요?"

"만난 적은 없지만 전화는 몇 번 왔었어요."

"그때 스도 씨의 상태는 어떤 것 같았나요?"

"평소와 같았습니다."

"어떤 의미죠?"

마쓰마루가 어깨를 으쓱했다.

"듣기 좋은 말을 하면서 돈을 빌려달라고 하다가 다시 눈물 공세를 펼치는 변덕스러운 사람이라서요."

"거절을 하셨나요?"

"물론이지요. 스도 씨의 가게는 이미 글렀어요. 아무리 오래 알고 지냈지만 못 받을 걸 알면서 돈을 빌려줄 바보는 없으니까요."

"스도 씨는 스소노 시에 아는 사람은 없었나요? 친구라든가 일 때문에 알게 된 사람이라든가."

"글쎄요. 그런 개인적인 것까지는 잘……."

"스도 씨가 전에 여기서 돈을 빌린 적이 있던 것 같은데 얼마였죠?"

순간 마쓰마루는 주저하다가 이내 금액을 털어놓았다.

"오백 정도였나요……."

"갚은 날짜는 언제였습니까?"

"분명 5월 말입니다."

"다 갚았나요?"

구사카는 계속 질문을 했다.

입꼬리를 늘어뜨린 채 마쓰마루가 고개를 끄덕였다.

"약속한 날짜보다 조금 늦었지만요."

"그렇다면 독촉을 했겠군요."

"물론 했습니다. 하지만 약속 날짜를 넘기는 건 흔한 일이어서요."

"혹시 자금 회수를 다른 업체에 맡기지는 않습니까?"

"그런 일은 전혀 없습니다."

당황한 듯 고개를 가로젓자 마쓰마루의 이중턱이 마구 흔들렸다.

"하지만 독촉을 해도 듣지 않으면 그렇게 하는 경우도 있겠죠. 안 그렇습니까?"

마쓰마루는 시선을 피하지는 않았지만 곧 크게 한숨을 내쉬었다.

"이것도 장사고 돈을 큰 회사에서 빌려오기도 하니까요. 그렇지만요, 만일에 그런 방법을 쓸 수밖에 없다고 해도 그건 어디까지나 최후의 수단입니다."

"다른 업자들은 어땠나요?"

그 말에 마쓰마루의 불도그 같은 얼굴에 교활한 미소가 스쳤다.

"그런 업자는 거의 없죠. 자금법이라는 무서운 법이 떡하니 버티고 있으니 이쪽도 예전처럼 거칠게 일하다가는 성실한 금융사업을 할 수 없게 됩니다."

"그렇다면 스도 씨가 살해된 것도 빚 문제 때문은 아니라는 말씀이신 건가요?"

"글쎄요. 돈을 빌려줬을 뿐 개인적으로 만난 적은 전혀 없어서요."

마쓰마루는 말끝을 얼버무리면서도 표정은 담담했다.

그때 야나기가 소파에서 몸을 일으키며 말했다.

"마쓰마루 씨. 스도 이사오 씨와 업무관계로 친해진 사람을 알고 계신가요?"

"네?"

마쓰마루가 당황한 표정으로 입을 다물었다. 경찰에게 말을 해도 좋을지 판단하기 힘든 듯했다.

"방금 전에 스도 씨와는 오랫동안 알고 지냈다고 말씀하셔서요. 그렇다면 뭔가 아시는 게 있지 않을까 싶은데요."

마쓰마루가 소리 없이 숨을 토해냈다.

"기억나는 건 하라다 도쿠로라는 사람뿐입니다. 이전에 스도 씨한테서 소개를 받아 그쪽에도 돈을 좀 빌려준 적이 있어요."

"어떻게 생각하세요?"

공영 파이낸스의 철문이 닫히자 기다렸다는 듯이 야나기가 입을 열었다.

"지금 당장 판단할 순 없지만 마쓰마루가 말한 대로일지도 모르지."

"마쓰마루가 말한 대로요?"

"자금법말이야. 무허가라면 몰라도 보통의 개인 사채업자가 옛날 야쿠자가 하듯 빚을 받아내긴 사실 어렵겠지. 더구나 돈을 빌린 상대를 죽인다면 원금도 이자도 몽땅 잃는 거잖아. 안 그래?"

"하지만 싸울 때 상대가 적반하장으로 나오거나 싸우다가 너무 격해지는 바람에 우발적으로 일어난 사건일 수도 있잖습니까."

엘리베이터 버튼을 누르며 구사카는 생각에 잠겼다. 야나기의 말도 일리는 있다. 하지만 마쓰마루를 포함해 그런 일을 저지를 대상이 떠오르지 않았다. 게다가 스도 이사오의 생활을 조사해본 바에 따르면 목숨을 뺏길 만큼의 위기감도 느껴지지 않았다.

중고차 판매점에 유일한 직원인 무토 사키코의 증언에 따르면, 매일 오전 9시쯤 중고차 판매점에 출근해서 저녁 7시 정도까지 사무실에 갇혀 있는 것이 스도 이사오의 일상이라고 했다. 살해를 당한 날은 조금 일찍 퇴근했다고 얘기하면서 단골손님이나 짓궂은 손님에게도 기분 좋게 응대를 하는 등 평소와 특별히 다른 점은 없었다고 증언했다. 그리고 "그러고 보니 8월 1일 오전 중에 지인 문병을 간다고 했던 것 같아요"라고 덧붙였다. 문병의 대상은 스기야마 겐조라는 남자로 스도 이사오의 젊은 시절 동네 야구 동호회의 친구인 것 같았다고 증언했다. 위궤양으로 입원했고 며칠 후에 수술 날짜를 잡았다는 것이다. 그것도 그날 오후에 출근한 스도 이사오가 시무룩한 얼굴로 무토 사키코에게 직접 말했다고 한다.

"이제 어떡할까요?"

야나기의 말에 구사카는 고개를 돌렸다.

"헛걸음한다 생각하고 하라다 도쿠로에게 가볼까?"

"무슨 생각이 떠올랐나요?"

"한 가지 있는데……어째서 스소노 시의 주택가에 간 건지 그게 맘에 걸려. 돈을 갚으라고 독촉하는 상대가 그런 외진 곳으로 스도 이사오를 부를 필요가 있었을까?"

"그렇다면 스도 이사오 쪽에서 가해자를 불러냈다고 보는 거군요."

"하나의 가능성이랄 수 있지."

징 하는 소리가 나면서 엘리베이터 문이 열렸다.

4

"스도 씨와는 정말 오랫동안 알고 지냈습니다."

하라다 도쿠로가 황망한 얼굴로 고개를 끄덕였다.

육십대 후반가량의 얼굴이 큰 남자였다. 상하로 황갈색의 작업복을 입었고 안전화를 신고 있었다. 작업장은 16번 국도변에 있었는데 요코하마 선의 후라노베 역에서 걸어서 20분 정도의 장소였다. 사무소 옆 그다지 넓지 않은 공간에 구부러진 범퍼와 녹슨 문이 달린 낡은 일본산 자동차가 이리저리 놓여 있었다. 그는 차 매입을 전문으로 하는 업자였다.

구사카가 야나기와 함께 가게로 들어서자 하라다는 두 사람에게 손님용 소파에 앉기를 권했다. 담뱃재에 찌든 낡은 선풍기가 비거덕

거리며 돌아가고 있었다.

"지인한테 스도 씨가 세상을 떠났다는 말을 듣고 얼마나 놀랐는지 모릅니다."

하라다는 한숨을 내쉬며 소파에 앉아 가슴 위치의 주머니에서 담배 갑을 꺼내 한 개비를 입에 물고 싸구려 라이터로 불을 붙였다.

"스도 씨와는 일을 하면서 알게 된 사이라고 들었는데요. 스도 씨에 관해 묻고 싶은 게 있어서 찾아왔습니다."

구사카가 말하자 하라다는 묵묵부답으로 고개만 끄덕였다.

"어떤 분이셨죠?"

"그저 평범한 중고차 가게 사장이죠. 특별할 것도 없고요. 아니, 오히려 열심히 일하는 사업수완이 좋은 장사꾼이었습니다."

"다른 사람에게 원한을 샀다든가 다툼이 있었다든가 하는 일은 없었나요?"

"글쎄요, 젊은 시절부터 아주 활동적인 사람이었으니 나름 미움이나 질투를 사기도 했겠지요."

"구체적으로 스도 이사오 씨가 원한을 살 만한 사람으로 생각나는 분은 없습니까?"

"아뇨. 그런 것까지는 모릅니다. 그렇지만 이제 그 정도 나이가 되면 그런 일이야 있겠습니까? 최근 1, 2년은 가게 영업도 영 좋진 않았으니까요."

"그렇다는 건 중고차 판매회사는 개점휴업 상태였다는 말입니까?"

구사카는 질문과 동시에 246번 국도변에 있던 스도 이사오의 중고차 판매점의 모습을 떠올렸다. 사무실 옆에 있는 주차 공간에는 연식이 오래된 일본차가 옹색하게 줄지어 있었고 그 안에는 닳아빠진 자동차 바퀴가 산더미처럼 쌓여 있었다.

"네. 마지막으로 만났을 때도 힘들다고 하더군요. 지금 융통이 쉽지 않다고."

"그게 언제쯤이었습니까?"

"3, 4개월 전쯤인가 싶네요."

야나기가 몸을 앞으로 내밀었다.

"스도 씨가 스소노 시에 아는 사람이나 일 때문에 만나는 사람이 있다는 말을 한 적이 있나요?"

"글쎄요. 있을지도 모르겠지만 들은 적은 없습니다."

"그분은 가족이 없나봅니다."

"젊은 시절에 이혼하고 전부인과 아이들과는 연락이 안 되는 걸로 알고 있어요."

구사카는 스도 이사오와 이혼한 전부인과 자녀들에 관한 뒷조사를 떠올렸다. 현재 고령의 전부인은 후지 시의 본가에서 딸과 함께 살고 있는 것으로 밝혀졌다. 딸은 48세의 독신 여성으로 후지 시 역 앞에 있는 겐쇼카이 종합병원에서 간호사로 근무 중이었다.

"옛날부터 야구를 아주 좋아해서 주변에 사람이 많았죠. 그다지 외롭지 않았을 겁니다."

하라다 도쿠로의 말에 구사카는 고개를 끄덕이며 말했다.

"사귀던 여성은 없었나요?" 나이가 많았지만 일찍부터 혼자 살았으니 여자관계에서 일이 벌어졌다고 해도 이상할 것은 없었다.

"글쎄요. 최근의 일은 잘 몰라서요."

"최근이라면 그 전에는 누가 있었군요."

"이렇게 말하고 싶진 않지만 노는 걸 아주 좋아했으니까요. 이혼을 한 것도 그게 원인이죠."

하라다는 말을 마치고 다시 이렇게 덧붙였다.

"하지만 근본은 착한 사람입니다. 아이를 아주 사랑했어요. 그래서 전부인한테 친권을 빼앗겼을 때도 무척이나 속상해했습니다."

"무척이나 속상해했다……."

"밤마다 놀러 다니던 것도, 일이 전보다 힘들어진 것도 따지고 보면 이혼이 원인인 거나 다름없어요. 그때부터 인생이 조금씩 꼬인 거죠."

하라다 도쿠로가 침울한 투로 말했다.

그후로 몇 차례의 질문을 했지만 단서가 될 만한 증언은 없었다. 구사카는 야나기에게 두 사람만이 아는 눈짓을 했다. 야나기가 엄숙한 표정으로 고개를 저었다.

구사카는 다시 시선을 돌리고 말을 이었다.

"하라다 씨, 시간을 내주셔서 감사했습니다."

"별 도움을 드리지 못해서 죄송합니다."

하라다가 두 사람을 걱정하면서 고개를 조금 숙였다.

구사카와 함께 일어서던 야나기가 크게 고개를 저었다.

"아닙니다. 협조해주셔서 감사드립니다."

"시민이 경찰에게 협조하는 건 당연한 일이지요. 저는 이게 두 번째지만요."

"두 번째요?"

하라다가 진지한 얼굴로 끄덕였다.

"네. 생각해보니 그것도 스도 씨와 관련이 있었네요."

"스도 씨와 관련된 일이라는 건 무슨 말씀인지요?"

하라다가 당황한 듯 손을 내저었다.

"심각하게 생각하시면 곤란한데요. 아주 옛날 일이라서……."

"아주 옛날……."

"네. 스도 씨 아들이 유괴된 사건이긴 하지만."

아들의 유괴…….

야나기는 미동조차 없었다.

구사카는 몸을 내밀었다.

"괜찮으시다면, 그 유괴 사건에 관해 말씀해주시겠습니까?"

"그건 뭐 어렵지 않지만 기억이 확실치가 않아서요."

"그래도 괜찮습니다."

5

"유괴 사건이라고?"

수사회의가 열리는 강당에 수사1과장의 굵은 목소리가 울려퍼졌다.

"네. 스도 이사오의 아들이 유괴된 사건이 있었다고 합니다."

나란히 앉은 수사팀원들 속에서 야나기와 함께 일어서 있던 구사카가 말했다. 수사회의 중에 '탐문수사', '주변수사' 그리고 '증거품 분석' 등의 보고가 이어지다가 공영 파이낸스에서 들은 내용으로 시작해서 생각지도 않은 사실에 맞닥뜨린 결과를 보고했다.

"그게 도대체 언제 일이라는 거야?"

"관할인 미시마 경찰서에 문의한 결과 1974년에 일어난 사건이라고 합니다."

강당을 메운 수사원들이 크게 동요했다. 스소노 경찰서장을 시작으로 상석에 앉아 있던 수뇌부들도 양옆으로 시선을 교환했다.

"1974년이라면 음……41년이나 지난 아주 예전 사건 아닌가. 그런 오래된 사건이 이번 일과 관련되었을 가능성이 정말 있기는 한 거야?"

수사1과장이 굵직한 목소리로 외쳤다.

그러자 기소 계장이 구사카를 향해 말했다.

"구사카. 이번 사건과 관련이 있다는 확증이 있나?"

"있습니다. 하지만 그걸 얘기하기 전에 그 유괴 사건의 개요를 설명 드리고자 합니다."

기소가 수사1과장을 향했다.

"구사카의 설명을 들어보시는 게 어떻겠습니까?"

"좋아, 말해봐."

수사1과장이 두툼한 턱으로 끄덕이자 기소는 구사카에게 시선을 돌렸다.

"그러면 설명을 드리도록 하겠습니다. 사건이 발생한 건 1974년 7월 27일이었습니다. 피해자는 오바타 마모루. 나이는 다섯 살. 가족은 모친인 오바타 사에코와 두 살 위의 누나 리에가 있습니다. 사에코는 그 일이 있기 두 달 전에 스도 이사오와 이혼했습니다. 오바타 일가는 사건 전날부터 당일까지 미시마 시내의 월세집으로 막 이사를 온 참이었습니다. 할아버지인 오바타 세이조와 마모루는 사건 전날인 7월 26일에 이삿짐을 몇 가지 들고 왔고 오바타 사에코와 리에는 다음날 이사를 왔습니다. 그리고 사에코가 이웃집에 인사를 하고 이삿짐을 한참 정리하는데 혼자서 집을 나간 마모루를 누군가 유괴했다고 기록되어 있었습니다. 사에코가 마모루의 소재를 마지막으로 확인한 것은 오후 3시를 지난 시각이었으므로 사건이 일어난 것은 그 후로 추정됩니다. 오후 6시쯤이 되어서 마모루가 보이지 않는다는 것을 알게 된 사에코는 집안과 주변을 한 시간 정도 찾아 헤매다가 근처 파출소에 신고했습니다."

구사카는 이따금 손에 든 메모지를 보면서 사건의 경위를 읽어나갔다. 강당에 모인 수사팀원들의 날카로운 시선이 자신에게 쏟아지는 것이 부담스럽게 느껴졌다.

오바타 사에코의 신고를 받은 파출소 직원은 즉시 미시마 경찰서에 연락했다. 그 결과 미시마 경찰서에서는 해당 아동이 길을 잃었을 가능성도 있지만 만일을 대비해 현 경찰본부의 수사1과 특수반 담당자 세 명을 민간인으로 위장해 오바타의 집으로 잠입시켰다. 유괴 사건이 벌어지면 범인에게서 걸려오는 연락에 대처하는 것이 특수반의 임무였다. 입주를 하기 전에 전화 공사를 마쳤다는 오바타 사에코의 진술에 따라 지역의 전화국에 역탐지 요청도 해두었다. 또한 미시마 경찰과 경찰차량이 동원되어 자택을 중심으로 반경 2킬로미터의 탐색도 계속 병행했다.

"그러다가 밤 11시를 지난 시각에 이웃집으로 오바타 사에코를 부르는 전화가 걸려왔습니다."

"이웃집으로 전화가 왔다고?"

수사1과장이 끼어들었다.

"네. 그렇습니다."

구사카는 고개를 끄덕이고 말을 이어갔다.

"집주인이 같은 월세집인데 전화를 받은 사람은 그 집의 주부였습니다. 전화를 건 사람은 남자였는데 중년은 넘은 목소리였고 이름은 밝히지 않았습니다. 그 주부는 낮에 오바타 사에코에게 이사를 왔다는 인사를 받아서 자세한 상황도 모르고 사에코를 부르러 왔습니다. 그 소식을 들은 오바타의 집에서는 사에코도, 수사1과 특수반도 공황상태에 휩싸였습니다. 전화를 받은 주부에게 범인은 이 전화는 긴급한 것이니 오바타 사에코가 3분 안에 받지 않으면 전화를 끊을 것이라고 했기 때문입니다. 그래서 수사1과 특수반이 급히 녹음기를 들고 갔지만 기기를 장착하는 중에 이미 사에코와 범인의 통화가 시작되었고 녹음 스위치를 켜자마자 전화가 끊겼다고 합니다. 어쨌든 사에코가 전화를 받자 남자가 아이를 납치했으니 내일까지 일천만 엔을 현금으로 준비해서 연락을 기다리라고 한 뒤 그녀의 간절한 외침을 무시한 채 전화를 끊었습니다. 이로써 범인은 오바타 마모루를 유괴한 직후에 이웃집 전화번호를 알아냈을 것으로 추정됩니다. 그후 범인으로부터 한 통의 전화와 두 통의 편지로 연락이 왔고 그때마다 몸값을 받으러 올 범인을 체포하기 위해 만반의 준비를 했습니다. 그런데 세 번 다 범인은 나타나지 않았고 그후 연락은 없었습니다. 그러던 중 사건 발생 23일 후인 8월 19일, 마모루의 시신이 다마 강의 물속에서 발견되었습니다. 사체는 옷을 입고 있었고 맨발이었습니다."

"발견 경위는?"

수사1과장이 재빠르게 끼어들었다. 흥미를 느끼고 있음이 그 말투에서 진하게 배어났다.

"발견자는 세 명의 중학생들이었습니다. 물가에서 5미터 떨어진 수면 위로 헝겊에 둘둘 말린 뭔가가 떠 있는 것을 발견하고 재미삼아 강에 들어갔다가 그것이 아이의 사체라는 것을 알고 근처의 역무원에게 알려서 그 직원이 지역 경찰서에 연락을 했다고 합니다."

어린아이를 유괴해서 몸값을 요구한다. 세상 사람들이 가장 분노하는 종류의 범죄이다. 그것만으로 수사본부에 주어진 책임감의 무게는 막중한 것이었다. 사건 해결을 하지 못하면 경찰청에서 엄한 문책이 날아온다. 하물며 유괴된 피해자가 목숨을 잃은 경우, 경찰은 체면을 구기는 정도로 끝나지 않는다. 언론은 인정사정 볼 것 없이 경찰을 때리고 수사팀 모두가 범인과 같은 취급을 받으며 날카로운 혹평을 들을 수밖에 없다.

"하지만 그 사건이 이번 스도 이사오의 살해와 어떤 관계가 있다는 거지? 단지 유괴 사건 피해자의 아버지일 뿐, 우연히 불운이 겹쳤을 수도 있잖아."

수사1과장이 처음의 냉철함을 되찾았다.

구사카는 아주 짧게 야나기와 시선을 교환했다.

야나기가 고개를 끄덕였다.

구사카는 입을 열었다.

"조금 전 마모루를 유괴한 범인이 전화와 편지를 세 차례 더 보내서 몸값을 요구했다고 말씀드렸는데, 처음 몸값 인도 장소로 지정된 곳이 도메이 고속도로 상행선 스소노 버스 정류장이었습니다. 다시 말해 이번 스도 이사오의 시신이 발견된 현장입니다."

갑자기 강당 안의 분위기가 찬물을 끼얹은 듯 조용해졌다.

수사1과장이 기소를 보았다.

"기소 계장, 이 점을 어떻게 생각하나?"

"현재 주목해야 할 점은 스도 이사오의 사체 발견 현장과 마모루의 몸값 인도 장소가 일치한다는 점입니다. 만일의 경우를 대비해 그 유괴 사건에 관해 구사카 팀에게 자세한 상황을 조사하게 해도 되겠습니까?"

수사1과장은 잠시 골몰하는 듯하다가 서장, 관리관인 부서장과 얼굴을 맞대고 뭔가를 속삭였다. 그리고 다시 얼굴을 돌렸다.

"좋아. 그런데 수사기록은 남아 있어도 세부적인 분위기는 파악하기 힘들지. 담당자들은 전부 퇴직했을 테고 죽은 사람도 있을 텐데."

자리에 앉아 있던 구사카는 격하게 다리를 떨다가 재빨리 손을 들었다.

"구사카, 무슨 할 말 있나?"

"그 점도 미시마 경찰서에 문의한 결과 알게 된 것입니다만 오바타 마모루 유괴 사건의 시효가 끝나기 1년 전인 1988년에 특별수사반이 편성돼 다시 중점적으로 수사가 시행됐다고 들었습니다. 그때의 관리관은 지금도 건재하다고 합니다."

"그게 누군가?"

"시게토 세이치로, 관리관이셨던 분입니다."

구사카는 오른손 주먹을 움켜쥐었다.

6

아타미 역의 중앙 홀을 지나 개찰구를 통과하자 눈앞에 온천의 도시다운 광경이 펼쳐졌다. 즐비하게 늘어선 기념품 가게. 호텔과 료칸이 들어선 멋진 건물. 역 앞에 일렬로 늘어선 택시. 그 앞의 보도로 여름옷을 입은 관광객들이 빠르게 오가고 있었다.

"이거, 너무 더운데."

하늘을 올려다보다가 구사카가 내리쬐는 햇볕에 얼굴을 찌푸리며 옆에 선 야나기에게 중얼거렸다.

"한 달만 지나면 조금은 시원해지겠죠."

구사카는 한숨을 내쉬며 야나기를 앞세워 택시 승차장에 줄을 섰다. 이윽고 두 사람 앞에 초록색 택시가 멈춰섰고 뒷좌석의 왼쪽 문이 열렸다.

"어디로 모실까요?"

구사카가 먼저 차에 오르자 기사용 모자를 쓴 운전사가 머리를 비스듬히 기울이며 물었다. 야나기는 구사카의 뒤를 이어 냉방이 잘된 차에 올라탔다.

"아타미 시 시미즈초로 갑시다."

"알겠습니다."

운전사는 고개를 끄덕이며 택시를 천천히 출발시켰다.

길은 정체가 심했다. 구사카는 햇볕을 받아 하얗게 빛나는 길을 언뜻 쳐다보다가 시게토의 집으로 전화를 걸어 주고받았던 내용을 떠올렸다.

구사카가 어젯밤 수사회의 중에 수사1과장의 허락을 얻어 미시마 경찰서의 담당자에게 들은 시게토 세이치로의 집 전화번호로 스소노 경찰서에서 전화를 건 시각은 오늘 오전 10시였다. 전화를 받은 것은 차분한 목소리의 여자였고, 시게토는 정원을 가꾸고 있다고 말했다. 구사카는 수사를 위해 필요한 일이니 시게토와 꼭 만나고 싶다는 뜻을 간략하게 전했다. 그러자 여자는 일단 전화를 보류상태로 두었고 3분이 지난 뒤 "그럼 오후 1시쯤 오시겠어요?"라는 정중한 말로 방문을 허락했다.

오바타 마모루 유괴 사건의 수사와 14년 후에 설치된 특별수사반의 활동은 미시마 경찰서에 보관된 막대한 수사기록을 통해 이미 확인했다.

범인의 협박 이후, 미시마 경찰서에 설치된 수사본부는 즉시 60명 체제로 비공개 수사를 개시했다. 미시마의 집을 중심으로 주변 500미터 권내의 철저한 탐문조사가 이뤄졌다. 권내에 있는 모든 집과 가게, 공장과 작업장으로 수사원이 찾아가 주인과 종업원 등, 한 사람도 남김없이 수사를 하고 피해자와 범행 장소, 수상한 인물이나 의심스러운 차의 유무 등의 탐문이 반복되었다. 동시에 피해자인 아동과 그 가족과 관계된 인물에 관해서도 주변조사가 행해졌다. 인간관계나 이해관계, 분쟁의 유무 등, 피해자 주변에 범인이 존재할 가능성을 고려한 수사였다.

또한 이와 병행해서 미시마 시내와 오바타 사에코의 본가가 있는 후지 시를 중심으로 아동 성범죄의 전과가 있는 사람과 정신이상자, 그리고 금전적으로 곤경에 처한 사람 등이 명단에 올랐고 사건과의 관련성 유무를 철저하게 확인했다. 더욱이 사체가 발견되고 나서 공개 수사로 전환되자 수사 대상의 거주지역은 현내에서 근접 지역으로 까지 넓어졌고 반년 후, 용의자 후보는 2,000명을 넘어섰다.

각 사람에 관한 뒷조사가 이뤄지고 동시에 사건 당일과 그 전후의 행동과 알리바이를 조사했지만 명백하게 가리기 어려운 대상자들이 너무 많아졌다. 일 년이 지나도록 주요 용의자의 범위는 좁혀지지 않았고 수사팀은 다른 강력 사건을 맡게 되었다. 결국 수사본부는 점차 축소되어 사건이 발생한 지 2년이 지나서 해산되었다. 이후 소수의 연속 수사반이 수사를 이어갔지만 이렇다 할 새로운 발견을 하지는 못했다.

수사가 이렇게 난항을 겪게 된 원인으로는 이렇다 할 물증이 전혀 없었다는 점과 가족을 제외하면 사건 전후로 피해자를 목격한 인물이 딱 한 명이었다는 상황을 들 수 있었다. 혹시라도 유괴범이 건 전화의 음성을 녹음할 수 있었다면 사태는 다른 양상으로 전개되었을지도 모른다.

하지만 구사카는 당시 사건 수사의 자세한 경위까지는 알지 못했다. 하물며 문자로 기록되지 못한 현장의 분위기나 수사와 관련된 사람들에게서 오직 피부로만 감지해낼 수 있는 미묘한 사건상은 파악할 수 없었다. 시게토와의 면담은 이 두 가지를 자세하게 확인하기 위함이었다.

구사카가 생각을 새롭게 정리할 즈음 택시가 언덕으로 오르자 차체가 덜컹 하고 흔들렸다.

아타미 시 시미즈초는 온천가 중심에서 남서쪽으로 조금 떨어진 지점이었다.

구사카는 주택가의 도로 옆에 택시를 세우고 야나기와 함께 차에서 내렸다. 시게토의 집은 금방 찾을 수 있었다. 좁은 골목길의 후미진 곳 맨 안쪽에 있는 이층 목조건물로 마당에는 백일홍 나무가 빽빽하게 가지와 잎을 뻗고 있었다.

현관문 앞에 선 구사카가 초인종을 눌렀다.

잠시 후 문이 열리고 한 노인이 얼굴을 내밀었다. 일흔 살 정도일까. 키가 크고 어깨가 넓었다. 주름 하나 없는 와이셔츠에 회색 바지를 입었고 맨발에 게다를 신었다.

"실례하겠습니다. 스소노 경찰서의 구사카라고 합니다."

"저는 같은 서에 있는 야나기입니다. 잘 부탁드립니다."

구사카와 야나기는 나란히 서서 경찰식으로 인사를 했다.

"시게토라고 하네. 공교롭게도 집사람이 집에 없어서 변변한 대접도 못하겠지만, 들어오게."

부드러운 말투였다. 내용으로 보아 전화를 받은 사람이 부인인 모양이었다.

두 사람이 안내받은 곳은 네 평 정도의 일본식 응접실이었다.

마당에서 매미 울음소리가 들려왔다. 어딘가에 불단이라도 있는지 구사카는 선향 냄새를 맡을 수 있었다. 실내는 정갈했고 냉방도 잘 되어 있었다.

"편히 앉게."

그가 안내하는 대로 두 사람은 짙은 자줏빛 방석에 앉았고 시게토는 맞은편에 앉은 뒤 차를 따라 두 사람에게 권했다.

구사카는 그런 시게토를 눈여겨보았다. 비스듬히 가르마를 탄 머리칼은 백발보다는 은발에 가까웠다. 하관이 넓은 사각형 얼굴. 외까풀의 삼백안(三百眼). 고집스러운 인상을 가진 얼굴이었지만 경찰이라는 직업으로 인해 만들어진 것일지도 몰랐다.

"단도직입적으로 묻겠네. 나한테 무슨 얘기를 듣고 싶은 건가."

구사카와 야나기는 순간 시선을 마주쳤다. 그리고 다시 시게토를 바라보며 말했다.

"1974년 발생한 오바타 마모루의 유괴 사건에 관해 시게토 부서장님께서 관리관으로 담당하셨던 특별수사반의 활동 내용을 자세하게 듣고 싶어서 이렇게 찾아왔습니다."

시게토는 표정이 바뀌더니 말문이 막힌 듯 아무 말이 없었다.

놀라움.

의심스러움.

시게토가 느끼는 감정은 이 중 어느 쪽일까.

구사카가 그렇게 골몰하는데 시게토가 갑자기 입을 열었다.

"난 이제 경찰관이 아니니 그렇게 부르는 것은 적절치 않네. 그건 그렇고, 이제 와서 그때의 사건에 왜 관심을 가지게 된 건지 궁금하군. 여기까지 왔다는 건 미시마 경찰서에 물어서 수사기록을 다 봤다는 걸 텐데, 그걸로 충분하지 않은가."

"물론 수사본부와 연속수사반의 기록, 특별수사반의 기록을 전부 살펴봤습니다. 사실은 8월 2일에 스소노 경찰서 관내의 도메이 고속도로 스소노 버스 정류장 부근에서 살인 사건이 발생했습니다. 살해된 사람은 70대의 남성으로 이름은 스도 이사오입니다. 아시리라 생각됩니다만, 41년 전에 일어난 그 유괴 사건 피해자의 아버지입니다.

그래서 시게토 부서장님 아니, 시게토 선배님께 당시의 수사에 관한 자세한 경위를 듣고 싶어서 찾아왔습니다."

시게토는 다시 입을 다물었다가 한 차례 헛기침을 하고 대답했다.

"그 사건은 다시 생각하고 싶지도 않고 이제 와서 다른 사람에게 전할 생각도 없네."

어느 정도는 예상했던 반응이었다. 수사기록을 살피던 구사카는 특별수사반이 최종적으로는 참담한 실패를 겪고 수사를 그만둘 수밖에 없었다는 것을 알고 있었기 때문이다. 하지만 구사카는 쥐고 있던 손에 땀이 나고 있음을 느끼면서도 더욱 파고들었다.

"왜 그러시죠?"

"이유는 말할 필요가 없다고 생각하네."

"오바타 마모루 유괴 사건과 관련이 있는 스도 이사오가 누군가에게 살해당했습니다. 게다가 사건 현장은 마모루 군 유괴 사건 당시 몸값을 주기로 한 첫 번째 장소로 지정된 곳이나 마찬가지예요. 그렇다면 이번 살인 사건이 그 유괴 사건과 관련이 있을 가능성도 있다고 생각하지 않으십니까?"

"그쪽 수사본부에서는 그렇게 가닥을 잡았나?"

"숨김없이 모두 말씀드리면 상부에선 그다지 관심이 없습니다. 괜한 가능성을 남겨두지 않으려는 목적으로 시게토 선배님과의 면담을 허락한 실정입니다."

구사카는 말을 하면서도 수사1과장의 시무룩한 얼굴을 떠올렸다.

"자네 생각은 어떤가?"

시게토의 말투가 굳은 어투로 변했다.

"스도 이사오에 관한 수사에서 그가 여러 금융업자들로부터 빚을 진 사실이 밝혀졌습니다. 게다가 몇 군데에서 독촉을 받아 추심을 당한 적도 있었다는 점도 알아냈습니다. 그래서 수사본부는 빚을 둘러싼 원한관계의 분쟁으로 가닥을 잡으라는 지시를 내렸습니다. 하지만 사체 발견 현장은 그의 생활권과는 너무 멀어서 채권자가 일부러 그런 불편한 장소를 골라 채무자를 불러냈다곤 생각되지 않습니다."

"그래서 옛날 사건의 유령이라도 불러낼 작정으로 왔다는 건가?"

"유령은 사람의 배를 못 찌릅니다."

"노파심에서 하는 말인데 민간인에게 수사 정보를 흘리는 건 경찰로서 지극히 초보적인 실책일세."

"선배님은 평범한 민간인이 아닙니다."

구사카는 다소 거친 어투로 대답했다.

"스도 이사오가 어째서 그 장소에 갔다고 생각하나?"

"혹시 스도 이사오 자신이 누군가를 그곳으로 불러낸 게 아닌가 생각합니다."

구사카는 스도 이사오의 시신이 발견된 현장을 떠올렸다. 현장에서 먼 거리인 사람이 지나다니지 않는 장소에 세워진 빨간색 폭스바겐 비틀 왜건. 스도 이사오가 그곳에 일부러 차를 세웠다면 그의 의도는 이제부터 만날 인물에게 자신의 동선을 숨기기 위한 것임에 틀림이 없었다.

"스도 이사오의 시선으로 본다면 그렇게도 생각할 수 있겠지."

"그렇습니다. 제가 강조하고 싶은 점도……."

"그건 무슨 의미지?"

시게토가 눈을 가늘게 떴다.

"만일 스도 이사오가 누군가를 그곳으로 불러냈다면 그건 시게토 선배님이 지금 지적하신 대로 스도 이사오에겐 견디기 힘든 장소에 갔다는 의미입니다. 유괴된 자식의 몸값을 받아내려던 장소인데다가 아이는 결국 시신으로 발견되었으니까요. 하지만 이렇게 괴로운 마음을 억누르면서까지 스도 이사오가 상대를 그곳으로 불러낼 수밖에 없는 중대한 동기가 있지 않을까 생각합니다."

"그 중대한 동기가 그때의 유괴 사건과 관련이 있다고 말하고 싶은 건가?"

"하나의 가능성으로 보고 있습니다."

시게토는 크게 숨을 내쉬었다.

이건 무슨 의미일까.

당혹.

초조함.

아니면 거절할 핑계를 찾기 위한 시간 벌기인가.

"세 번째 기회는 없을 거라고 생각했네."

구사카는 시게토가 중얼거리는 것을 잘못 들었나 싶어서 즉시 되물었다.

"세 번째요?"

"오바타 마모루가 유괴됐을 당시, 난 미시마 경찰서에 배속돼 있었네. 그리고 14년이 지난 후에 그 유괴 사건의 재조사가 이뤄졌고 내가 진두지휘를 맡게 됐지. 그래서 또다시 그 사건과 맞닥뜨릴 일은 없을 거라고 생각했어."

"수사에 협조해주신다는 말씀입니까?"

"그렇게까지 말한다면 같은 경찰이었던 사람으로서 개인적인 감정은 버려두지."

"감사합니다."

구사카는 시게토를 향해 깊이 고개를 숙였다. 옆에 있던 야나기도 말없이 허리를 굽혔다.

"내 말을 듣기 전에 먼저 자네들이 조사한 사건의 개요를 들어보기로 하지."

구사카는 야나기를 쳐다보았다. 야나기가 고개를 끄덕이고 입을 열었다.

"제가 말씀드리겠습니다. 스도 이사오의 시신이 발견된 건 8월 2일 오후 8시를 지난 시각이었습니다……."

야나기가 말을 이어갔다.

시게토는 팔짱을 낀 채 엄숙한 얼굴로 귀를 기울였다.

"현재 60명 체제의 탐문수사와 주변수사, 그리고 증거품 분석이 행해지고 동시에 채무변제를 독촉했던 금융업자, 스도 이사오의 지인, 친구, 업무 관계자에 관해 조사를 계속하고 있지만 지금 단계에선 이렇다 하게 주목할 만한 점은 발견되지 않고 있습니다."

야나기의 말이 끝나자 시게토가 팔짱을 풀며 입을 열었다.

"그건 내가 마지막으로 다뤘던 수사였네."

시게토는 말을 하면서 잠깐 동안 시선을 마당 쪽으로 향했다. 아득히 먼 옛날의 광경을 바라보는 듯했다.

구사카는 그렇게 생각했다.

제2장

....

1

1988년 7월 28일 오전 9시 39분.

시게토 세이치로는 차창 밖으로 보이는 신간선 고다마 호가 미끄러져 들어가는 시즈오카 역의 플랫폼을 초조한 마음으로 바라보고 있었다. 그물로 만들어진 선반에서 서류 가방을 내려 발밑에 놓고 짙은 남색 상의를 왼쪽 팔에 걸쳤다. 통로 쪽 C 좌석이었지만 오전 10시 전인 차 안은 지정석 통로까지 사람들로 꽉 차서 정차하기 전에 서서 기다리더라도 빨리 나갈 수가 없었다.

하지만 마음은 여전히 조급했다. 그의 마음이 이렇듯 진정되지 않는 원인은 이제부터 만나게 될 사람이 어떤 이유로 그를 불러냈는지 짐작조차 할 수 없었기 때문이다. 상사인 이와타 경찰서의 서장도 고개를 갸웃했다. 조금은 의아한 눈치였는데 승진에 관한 이야기일 것이라고 생각하는지도 몰랐다.

기차가 정차하자 공기 빠지는 소리가 나며 문이 열리는 것이 느껴졌다. 시게토는 자리에서 일어나 통로에 늘어선 승객들 틈으로 비집고 들어갔다.

기차에서 내리는 순간 무더운 열기가 몸을 감쌌다. 플랫폼의 차양과 기차의 틈새로 햇살이 강렬하게 쏟아졌다. 기차에서 내린 사람들의 구둣발 소리가 주위를 에워싸는 듯했다. 시게토는 내려가는 에스컬레이터 쪽으로 향했다.

형광등의 하얀 불빛이 가득한 중앙 홀을 지나 시즈오카 역 북쪽 출구로 나왔다. 외부의 햇빛에 무심코 눈을 찌푸렸다. 눈앞을 가로지르는 것은 1번 국도, 즉 도카이 도로였다. 그와 교차해서 북쪽으로 뻗은 것이 미유키 가를 잇는 27번 현도였다.

시게토는 미유키 가의 보도를 걷기 시작했다. 빨간 신호등에 걸려 얼굴을 찡그리고 서서 소나기구름이 피어나기 시작한 파란 하늘을 올려다보았다. 이윽고 목적지인 시즈오카 현의 경찰본부가 있는 현청의 동관(東館) 건물 바로 앞에 섰다. 그 옆에는 시즈오카 현 청사 본관의 호화스러운 건물이 있었다. 시게토는 상의를 입고 단추를 하나 채운 뒤 크게 호흡을 하고 동관을 향해 걷기 시작했다.

"제시간에 맞춰 왔군."

거대한 책상 너머에서 양복 차림의 하시바미 야스히데가 말했다.

부동자세로 꼿꼿하게 선 채 시게토가 대답했다.

"1분만 늦어도 상대는 시계를 보고 왜 안 오지 하고 불평을 합니다. 반대로 1분이라도 빨리 오면 벌써 왔냐고 하면서 모든 걸 불만스럽게 느낍니다. 그게 바로 인간이라고 배웠습니다."

두 사람은 현의 경찰본부 위층에 있는 어마어마하게 넓은 집무실에서 대면했다. 화이트보드가 늘어선 옆에 위치한 거대한 창으로 아득히 먼 시즈오카 시내가 한눈에 들어왔다. 여름 햇빛을 받은 거리가 흐늘거리듯 새하얗게 빛났다. 바깥의 소리가 허구처럼 느껴질 정도로 완벽하게 방음이 된 실내는 고요하다 못해 적막했다. 냉방이 너무 잘 된 탓에 시게토는 온몸의 땀이 순식간에 사라지는 기분이 들었다.

"그런 식으로 사람을 관찰해가며 부서장까지 올라온 건가?"

하시바미가 무표정하게 말했다. 고시 출신이라면 채용 7년 차에 바로 서장으로 승진하지만 시게토는 말단부터 시작한 경우여서 아무리 빨라도 45세 정도 되어야 이를 수 있었다. 실제로 그는 그 나이였다.

하시바미도 엇비슷한 나이로 보였다. 하지만 두꺼운 입술과 우뚝 깎아지른 듯 크고 높은 콧방울은 이야기하는 상대에게서 무엇 하나 놓치지 않겠다는 눈빛과 함께 준엄한 내면을 말해주고 있었다. 그가 현청의 우두머리인 본부장의 자리에 앉은 것은 전임자가 건강 이상으로 퇴임을 한 7월 1일부터여서 현재 이렇게 기세가 당당한 것도 무리는 아니었다.

"이와타 경찰서의 부서장 자리는 앉아 있을 만한가."

그는 에둘러 말했다. 시게토는 이제 현의 경찰본부로 부른 이유를 말해줄 것이라고 생각했다. 미동도 하지 않은 채 양쪽 다리에 힘을 주었다.

"나쁘지 않습니다."

"그렇다면 여기로 불려와서 과장의 부하 노릇을 다시 해야 한다면 너무 괴로우려나."

시게토는 잠자코 있었다. 아무리 생각해도 누마즈 경찰서 산하의 파출소 말단 경찰부터 시작해서 정신이 없을 만큼의 잦은 배치 이동을 하다가 이제 겨우 자리 잡은 지위를 박탈당할 이유가 그로서는 짐작조차 가지 않았다.

"일반 회사에서도 관리직에 대해서는 상응의 성과가 요구되지만 경찰관의 경우도 그와는 비교도 되지 않을 만큼 혹독한 요구를 하지. 단 한번의 실수도 허락되지 않아. 만일 실수를 한다면 일절 변명의 기회도 없이 책임을 져야 해. 그게 경찰관이라는 거지."

이야기가 점점 날카로워졌다. 이게 무슨 뜻인가. 실수를 지적당한 기억이라고는 전혀 없었다.

그런 심정을 꿰뚫듯 하시바미가 말투를 바꿨다.

"14년 전에 있었던 오바타 마모루 유괴 사건을 기억하고 있나."

시게토는 순간 이리저리 머릿속을 휘저어 안쪽 깊은 곳에서 대답을 찾아냈다.

"다섯 살 아동이 행방불명됐다가 몸값을 요구하는 전화가 이웃집으로 걸려왔지만 범인은 모습을 감춘 것으로 기억하고 있습니다."

"피해 아동은 어떻게 됐지?"

"시신으로 발견됐습니다. 범인은 체포하지 못했습니다."

"맞았어. 이대로 두면 1년 후에는 시효가 끝나지. 그건 다시 말해서 이 시즈오카 현이 전쟁 후에 일어난 돈을 노린 유괴 사건 중에서 피해자가 살해된 사건을 해결하지 못했다는 오점을 갖게 된다는 뜻이기도 해. 수사본부는 사건 발생 2년 후에 해산됐지. 미시마 경찰서에 연속수사반이 남아 있지만 이대로는 어림도 없을 거 같고……. 자네는 어째서 이런 지경에 이르렀다고 생각하나?"

시게토는 말문이 막혔다. 머릿속은 빙빙 돌았고 땀이 말랐던 온몸에서 열이 나기 시작했다. 이 사건은 분명 그가 미시마 경찰서에 있을 때 발생한 것이었다. 만일 그가 서장이었다면 관리관으로 직접 수사를 지휘했을 가능성도 있었다. 하지만 당시 그는 경위였고 직위는 과장 보좌였다. 게다가 지원부대로 몸값을 건네는 곳에 잠복해 있거나 시신 발견 현장을 수사하는 이외에도 다른 살인 사건으로 무척 바쁜 상태였다. 그래서 그 사건의 세부적인 수사 상황까지는 알 길이 없었다. 하지만 이대로는 제대로 응답할 수 없다는 것을 알아차렸다.

"유괴범과의 교섭을 담당했던 수사1과 특수반이 범인의 전화 녹음에 실패한 것. 그것이 실패의 원인이라고 생각합니다."

"범인은 어째서 몸값을 찾으러 나타나지 않았지?"

"경찰의 잠복을 경계해서가 아닐까 생각합니다."

"자네 어디 모자란 거 아닌가? 경찰의 잠복을 두려워하는 유괴범이 어디 있어?"

예리한 칼 같은 날카로운 시선이 시게토의 얼굴에 날아와 꽂혔다.

"범인에게 다른 의도가 있었을 가능성도 생각됩니다."

"예를 들면 어떤 의도지?"

"피해자 가족과 수사진을 애태우려는 의도였을지도 모르겠습니다."

"그 목적은?"

"경찰 수사에 혼선을 주려고 몸값을 건네받는 장소를 변경하는 건 유괴범의 상투적인 수법입니다. 그 변형 방식일 가능성도 있지 않겠습니까?"

"그렇다면 몸값에 대한 요구가 끊긴 건 왜지?"

시게토가 입을 열기 전에 하시바미가 말했다.

"설명이 되지 않는 범인의 행동에 당혹해서 주눅이 들고 어찌할 바를 모른 것, 수사원들이 그런 지경에 빠져버린 게 오늘날 이 꼬락서니의 발단이란 말이지. 그리고 지금 내가 단 하나의 실수도 용납하지 않는다고 말했는데 형식만 갖춘 채 멍하니 시간만 보내는 건 경찰관으로서 부끄러운 일이지. 물론 시효는 다른 문제고. 그래서 이 사건을 자네에게 맡기기로 했네."

시게토는 할 말을 잃었다. 동시에 온몸에서 땀이 솟아났다.

"잠시만 기다려주십시오."

반걸음 앞으로 몸을 내밀었다. 중대 사건의 경우 시효가 얼마 남지 않았을 때, 다시 한번 확인하는 차원에서 재조사가 이뤄진다는 것은 드문 일이 아니었다. 하지만 하필이면 그 임무가 자신에게 떨어진 이유는 도대체 무엇인가.

"왜 그러는 거야? 원래 자네 관할에서 일어난 사건을 미해결로 끝내고 싶진 않겠지."

"그러면 제가 지금 담당하고 있는 사건들은 어떻게 되는 겁니까?"

"걱정 말게. 다른 서에 맡길 테니까."

"그렇다면 미시마 경찰서로 보직 변경을 한다는 의미입니까?"

"아니지. 지금 단계에선 보직이나 직책의 변동은 없어. 특별수사반을 편성해서 즉각 재조사에 착수한다. 그뿐일세."

문답을 마친 것처럼 하시바미가 가죽의자에서 일어났다. 큰 체구가 창가로 다가갔다. 그리고 시내를 내려다보며 다시 말을 꺼냈다.

"시효가 촉박한 사건이야. 관계자와 목격자는 물론 일반 시민의 기억도 믿을 수는 없겠지. 만에 하나 이제까지의 수사망에서 유력한 물증이 누락돼 있었다고 해도 이미 변질됐거나 소멸됐을 가능성이 커."

그때 하시바미가 뒤를 돌아보았다.

"하지만 그런 어려움을 뚫고 이 사건을 한번 해결해봐."

시게토는 소리를 내지 않고 숨을 내쉬었다. 눈앞의 인물이 자신을 지명한 의도에 대해 생각해보았다. 경찰조직 중에서도 살인이나 유괴를 다루는 수사1과는 특히나 그 범죄가 중대한 만큼 자존심이 강했다. 명석한 두뇌와 숙련된 수사기술이 극한까지 요구되기 때문에 당연한 일이기는 했다. 그렇기 때문에 하나의 안건에 관련된 수사진을 제쳐두고 다른 사람이 재수사를 하는 일은 선배와 동료들에게 '치부를 들쑤신다'는 매서운 반발을 불러일으킨다.

시게토가 재수사의 진두지휘를 맡으면 지금까지 수사를 지속해온 연속수사반과 그 지휘관은 불쾌함을 감출 수 없을 것이다. 마찬가지로 시게토의 수족이 되는 수사원들에게도 비슷한 적의가 덮칠 것이다. 하물며 재수사에 실패해서 시효가 만료된다면 수사를 총괄했던 관리관은 경찰로서의 생명도 같은 이치로 끝나버릴 것이다. 그럼에도 불구하고 하시바미는 거부는 일절 용납하지 않겠다는 속셈이었다. '지금 단계에선 보직이나 직책의 변동은 없다'는 하시바미의 말은 그것을 넌지시 내비치는 협박인 셈이었다.

시게토는 미시마 경찰서의 과장 한 사람이 올해 4월에 막 부임한 고시 출신의 관리라는 것을 떠올렸다. 이런 위험하기 짝이 없는 불구덩이 속으로 고시 출신의 관리를 던져넣을 수는 없는 노릇이라고 여기는 듯했다. 현의 경찰서 중에서 특진조라고 할 정도로 온갖 고초를 겪으며 이 자리에 온 시게토야말로 그 희생양에 가장 적합하다는 판단임에 틀림이 없었다. 만일의 경우에도 도마뱀 꼬리를 자르듯 가차 없이 시게토를 한직으로 내몰 수 있을 것이다. 덤으로 거북한 출신이 차지했던 부서 자리가 하나 빌 뿐이었다. 물론 현의 신임 경찰본부장으로서 깨끗한 경력에 희미한 오점이 남는 것은 바라지 않겠지. 그에게도 사건 해결은 최우선의 시나리오였다.

"어때?"

뒷짐을 지고 선 채로 하시바미가 말했다. 거부할 수 없다는 것을 잘 알면서도 놀리듯이 바라보았다.

시게토는 어금니를 꼭 깨물고 깊이 생각하다가 눈앞의 남자를 응시했다. 하지만 이내 차분히 숨을 내쉬고 담담하게 머리를 숙였다.

"감사한 마음으로 따르겠습니다. 다만 한 가지 조건을 말씀드려도 되겠습니까?"

"말해봐."

"특별수사반의 편성에 외부의 간섭을 일절 배제해주시기 바랍니다."

"자네 혼자서 특별수사반을 꾸리고 싶다는 말이군."

"현청의 경관들 중에서 자유롭게 고를 수 있도록 해주십시오."

"무슨 생각을 하는 거지?"

하시바미가 창가를 벗어나 가죽소파에 앉으며 말했다.

"시효 만료까지 사건을 해결하려면 사건 전체를 완전히 다른 관점에서 생각해볼 필요가 있습니다. 연속수사반은 사건을 수사해왔지만 오히려 그 점이 선입견을 줄 수 있다고 해도 과언이 아닐 겁니다."

"그러니까 새로운 가닥을 잡을 수 없다는 말이 하고 싶은 게로군."

"14년간, 숙련된 수사원들이 그토록 힘들게 계속 수사를 해왔는데도 주요 용의자의 특정조차 하지 못했습니다. 그러니 새로운 단서를 찾지 못한다면, 사건 해결은 도저히 불가능합니다."

"설마 연속수사반을 전부 배제하려는 생각은 아니겠지?"

"그렇습니다."

시게토는 다시 어금니를 꽉 깨물었다.

이번에는 하시바미가 입을 다물었다. 시선을 고정시키고 잠시 비스듬히 올려보다가 이윽고 시게토를 다시 바라보았다. 커다란 상어의 눈처럼 표정이 느껴지지 않았다.

"인선의 재량권은 어느 정도 인정해주지. 연속수사반의 일부는 특별수사반에 남겨둬. 지금까지 모은 성과를 쓰레기통에 그냥 버리기는 아깝잖아?"

"알겠습니다."

시게토는 다시 고개를 숙이고 칙칙한 증오감을 느꼈다.

연속수사반원을 남기는 것은 미시마 경찰서의 불만을 잠재우기 위한 것이겠지.

이런저런 분노를 얼른 떨쳐내자 그의 가슴속에 한 남자의 얼굴이 떠올랐다.

2

7월 30일.

시즈오카 현 경찰본부 기자회견장에는 열기와 술렁임이 그 기세를 겨루고 있었다.

협소하게 줄지은 접이식 의자에 50명 이상의 기자들이 빼곡하게 앉아 카메라와 플래시를 점검하거나 회견장 여기저기를 두리번거렸다. 옆 사람과 얘기를 나누는 사람도 적지 않았다.

기자석의 뒤로는 지역신문 기자들과 전국 케이블 방송국의 텔레비전 카메라 3대가 대기 중이었고 스튜디오용 조명도 세워져 있었다. 회견장 상석에는 여러 대의 마이크가 놓였고 옆에는 사회진행용 마이크 스탠드도 준비되어 있었지만 사회자는 아직 보이지 않았다.

회견장 입구 옆에서 시계토가 그 모습을 바라보고 있었다. 분주한 기자들의 들뜬 마음이 눈에 보이는 듯 이해되었다. 갑자기 현 경찰본부가 자신들을 소집한 의도를 추측하고 있겠지. 더욱이 기자회견 내용이 14년 전 유괴 사건의 재조사에 관한 것이라니 그들의 흥미는 한층 커졌을 것이다. 심지어 일반적인 유괴 사건이라면 수사1과장 정도가 해야 할 기자회견을 현의 경찰본부가 직접 나서서 공지를 보냈으니 언론이 활기를 띠는 것도 무리는 아니었다.

시계토는 손목시계를 보았다.

오후 1시 8분 전.

석간 기사에 딱 맞는 시간이다. 일주일 전, 우라가스이도(浦賀水道, 태평양과 도쿄 만을 잇는 해협/역주)에서 잠수함 나다시오와 낚싯배가 충돌한 사고를 제외하면 1면 기사로 쓸 큰 사건도 없으니 언론의 발표로는 적기이고 시간 설정도 적절했다. 이렇듯 공을 들인 기자회견장 모습이 확연히 드러났다.

오후 1시를 10분가량 지났을 때 예고도 없이 회견석 옆으로 제복을 입은 무리가 등장했다. 순간 회견장이 찬물을 끼얹은 듯이 조용해졌다. 간간이 헛기침이 두세 번 울려퍼졌다. 앞서 나온 하시바미 야스히데가 회견석에 당당하게 앉자 사회자용 마이크 스탠드 앞에 선 둥근 얼굴의 형사총무과장이 긴장된 표정으로 입을 열었다.

"지금부터 시즈오카 현 경찰본부장에 의한 긴급 기자회견을 갖겠습니다."

말이 떨어지기 무섭게 하시바미가 마이크에 다가갔다.

"여러분. 노고가 많으십니다. 현 경찰본부장 하시바미입니다."

차분한 목소리가 회장 안에 우렁차게 울려퍼졌다.

"오늘 여러분을 이 자리에 모신 것은 안내드린 그대로 14년 전에 발생한 오바타 마모루 군의 유괴 살해 사건에 관해 현 경찰서의 시게토 세이치로 부서장을 관리관으로 임명해서 특별수사반을 새롭게 편성하고, 다시금 중점적으로 수사하기로 결정했기 때문입니다. 사건의 사실관계를 설명해드림과 동시에 여러분께 질문을 받고자 합니다. 그리고 일반 시민과 언론사 여러분께 사건 해명을 위해 특단의 협조를 구하는 바입니다."

하시바미는 즉시 돋보기 같은 금테 안경을 끼고 손에 든 자료를 보면서 14년 전에 있었던 오바타 마모루 유괴 살해 사건의 개요를 읽기 시작했다. 때때로 자료에서 얼굴을 들면 플래시가 터졌다. 텔레비전 카메라는 회견석을 향한 채 미동조차 없었다.

시게토는 가슴속에 돌을 얹은 것 같은 기분으로 모든 광경을 지켜보았다. 하시바미의 얼굴은 적어도 오늘의 지역신문 1면과 저녁 뉴스 화면을 크게 장식할 것이다. 그렇게 되면 세상은 싫든 좋든 그 사건을 떠올리게 되겠지. 그리고 뒤를 이어 기사나 현 경찰서 신문에서 나온 새로운 보고가 하나둘씩 각종 매체로 퍼져갈 것이다.

하지만 시간이 흐르면 기사가 실리는 빈도도 줄어들고 언젠가는 이 사건도 지면에서 사라진다. 그리고 누구도 관심을 갖지 않는 동안 시효는 슬그머니 지나버린다. 하시바미 야스히데라는 현 경찰본부장이 유괴범을 쫓았다는 웅장한 기개만이 사람들의 기억 속에 고스란히 남는다. 그것이 이 남자가 그려놓은 각본이었다.

설명은 족히 20분 넘게 계속되었다. 이윽고 하시바미가 안경을 벗었다.

"이상이 지금까지의 경위입니다. 새롭게 발족한 특별수사반의 수사 방침은 종래의 수사자료를 총 점검함과 동시에 완전히 새로운 시각으로 사건 전체를 다시 바라보는 것부터 시작할 예정입니다. 시효까지 1년이 채 남지 않았기 때문에 현 경찰본부는 본 사건의 해결에 전력을 다할 것입니다."

하시바미가 할 말을 다 마쳤다는 듯이 고개를 끄덕였다. 그러자 총무과장이 즉각 입을 열었다.

"그러면 질문하실 분은 손을 들고 말씀해주십시오."

회견장에 있던 기자들 중에서 몇 명이 손을 들었다. 총무과장이 처음 손을 든 사람을 가리켰다. 기자석 왼편 뒤쪽에 앉은 작은 체구의 남자가 입을 열었다.

"관리관에 시게토 세이치로 부서장을 임명한 이유는 뭡니까?"

사람들의 시선이 일제히 그를 향했다. 시게토는 그 얼굴을 본 기억이 났다. 「스루가 일보」의 사토 후미야라는 기자였다. 그는 시게토에게 몇 번 말을 걸어왔었다. 아마 마흔 살 전후일 테지만 어려 보이는 얼굴이었다. 그럼에도 취재 활동만큼은 집요했다.

"현 경찰서에서도 탑 급인 우수한 경찰이고 사건 당시에 관할 경찰서에서 근무한 경험이 있어서 지역 정보에도 밝습니다. 따라서 재수사에 적합한 인재라고 판단했습니다."

하시바미가 태연하게 말하자 틈을 주지 않고 다른 기자가 손을 들었다. 그러자 총무과장이 지명을 했고 앞쪽 기자석에서 질문이 날아들었다.

"당시 사건 발생일로부터 23일 후에 피해자의 시체가 다마 강에서 발견됐는데 이 점에 대해 현 경찰서는 어떻게 생각하십니까?"

그 말에 회견장이 술렁였고 플래시 세례가 이어졌다. 하시바미가 앉은 자세를 바꿨다.

"유괴된 아동이 사망한 점에 대해선 현 경찰서가 부족했다는 점을 인정합니다. 현 경찰서를 대표해서 피해자 및 유족에게 다시금 사죄의 말씀을 전하고, 고인의 명복을 빕니다."

그렇게 말을 마치고 그는 마이크를 향해 적극 나서며 말을 이었다.

"그렇기 때문에 저희는 특별수사반을 설치하기로 한 겁니다."

다음 번 기자가 질문을 했다.

"유괴범은 몇 명이라고 생각하십니까?"

"단독범인지 공범이 있는지 단언할 순 없습니다. 수사에 예단은 금물이라고 해두죠."

"몸값을 받으러 나타나지 않은 범인에게 다른 의도가 있었을 거라고 생각하나요?"

"모든 가능성을 검토하는 것은 수사의 기본입니다."

"새로운 수사반이 편성된 건 유력한 용의자가 나타나서입니까?"

"수사상의 비밀입니다. 답변은 없는 걸로 하지요."

"범인에게 하고 싶으신 말씀이 있으신가요?"

하시바미가 한 박자 뒤에 고개를 저으며 말했다.

"유괴 살인범에 관해서는 아직 준비한 말이 없습니다. 하지만 굳이 뭔가 말해야 한다면 각오하라고 말하고 싶군요."

어투를 세게 강조한 도발적인 말에 놀라움이 깃든 웅성대는 소리가 회견장에 울렸다.

그때 또다시 사토 기자가 손을 들고 말했다.

"시효 만료를 앞두고 특별수사반이 꾸려진 건 본부장님의 결단이십니까?"

"물론입니다. 현 경찰서는 하루하루 새로운 사건과 현안에 직면하고 있습니다. 하지만 미해결 사건을 눈앞에 시효를 뻔히 두고서 놓친다는 건 있을 수 없는 일이니까요. 끝까지 사건의 해결을 위해 전력을 다하는 게 저희 경찰관의 사명이라고 생각합니다."

"사건을 해결하지 못하고 시효가 지나면 본부장님은 책임을 지실 건가요?"

"수사를 시작도 하기 전에 실패를 상정하는 건 경찰에게 용납될 수 없습니다."

"그건 답변이 될 수 없겠는데요. 이렇게 본부장님이 기자회견을 연 이유는 대체 뭡니까?"

집요한 추궁에 잠깐 동안의 긴장감이 돌았지만 하시바미의 말이 회견장을 환기시켰다.

"그러니까 처음에 말씀드렸다시피 시민과 언론사에 다시금 협조를 부탁드리려는 이유에서죠."

"본부장님은 이번 달 1일에 시즈오카 현 경찰서의 본부장으로 취임하셨더군요. 이번 일은 이 기자회견을 포함해 자신을 위한 행사라고 할 수 있겠네요."

그러자 이번에는 하시바미가 사토를 똑바로 바라보며 말했다.

"그렇게까지 제게 주목해주신다면 이 자리에 어울리는 말은 아니지만 현 경찰로서 큰 수확이겠군요."

"큰 수확이요?"

하시바미가 크게 고개를 끄덕였다.

"현 경찰 조직을 통괄하는 책임은 말할 것도 없이 최종적으로는 제게 있습니다. 그렇기 때문에 경찰 활동에 대한 일반 시민의 폭넓은 관심을 불러일으키고 협조체제를 구축하기 위해선 본부장으로서 어떤 일이든 해야 한다는 게 제 생각입니다. 그래야만 수사에 몸을 바쳐온 각 경찰관의 활동이 성과를 올릴 수 있으리라 확신하기 때문입니다."

말을 마치자 회견장이 아주 조용해졌다. 잠시 후, 한 여성 기자가 박수를 쳤다. 그러자 따라하듯 두세 번의 다른 박수소리가 이어졌다.

그것을 지켜보던 시게토는 회견장을 빠져나갔다. 영악한 배우의 연극 따위는 더 이상 볼 필요가 없었다.

3

1988년 7월 31일 오전 9시.

미시마 경찰서의 소회의실에 모인 특별수사반은 남자 형사 여섯 명으로 구성되었다. 모두가 흰 반팔 와이셔츠에 검소한 넥타이를 한 수수한 양복 차림이었다.

여섯 중에 네 명은 3일 전, 시게토가 시즈오카 현 경찰본부에서 전화를 걸어 한 번에 요청한 사람들이었다. 자신들이 다루던 사안을 미뤄두고 14년 전에 일어난 유괴 사건의 특별수사반에 들어가라는 명령에 모두가 말문이 막혔다. 이런 이례적인 사태를 경험한 적이 없었기 때문이다. 하지만 다음 날 각자 소속된 관할 서장에게 현 경찰본부장의 이름으로 된 정식 통지서를 받고 사건을 해결하라는 본부장의 강한 의지를 확인해야 했다. 그 네 명이 신중한 표정으로 시게토를 바라보고 있었다.

하지만 나머지 두 명은 하시바미의 엄명에 따라 연속수사반에서 합류한 사람들이었다. 시게토와 나란히 상석에 앉은 미시마 경찰서의 형사과장 데라시마 마사시와 그 두 사람은 불만스런 표정을 감추지 않았다.

"처음 보는 얼굴도 있으니 먼저 나부터 해서 한 사람씩 소개하기로 하지."

시게토는 자리에 선 채로 수사회의의 시작을 알리며 앉아 있는 수사원들을 둘러보았다. 실내는 냉방이 잘 되어 있었지만 기분 탓인지 더위가 느껴졌다.

"가쓰다 규사쿠 경위."

예, 하고 마지못해 답하듯 맨 앞에 앉아 있던 거무스름한 피부색의 남자가 천천히 일어섰다. 어깨가 넓고 큰 체구에 머릿기름으로 고정시킨 헤어스타일이 눈에 띄었다. 그의 태도에는 불만스러운 기미가 확연했다. 연속수사반에서 합류한 사람 중 한 명이었다.

"쇼지 오사무 경사."

예, 하고 가쓰다의 옆에 앉은 작은 키에 살이 찌고 눈이 가느다란 남자가 일어서서 가볍게 인사를 했다. 그도 연속수사반에서 합류했지만, 싹싹한 인상이었다.

"오코노기 하루히코 경위."

"잘 부탁드립니다."

두 번째 줄에서 은테 안경을 쓴 남자가 일어나 새치가 섞인 머리를 숙였다. 지금은 시모다 경찰서 소속이지만 미시마 경찰서 관내의 파출소 근무부터 시작한 인물이었다. 그가 부임한 직후 살인 사건이 일어났을 때의 일이었다. 관할 경찰서의 선임 형사는 초동수사의 호출을 받고 달려왔는데, 그때 사체에 파란 시트가 덮여 있는 것을 보았다고 했다. 때마침 억수같이 퍼붓던 폭우에 오코노기가 기민하게 대응한 것이었다. 출입금지선도 넓게 쳐두었는데 그런 대응이 훗날 수사에 크게 기여했다고 한다.

모두가 경찰학교에서 배운 현장보존법의 기본이었지만 부임하자마자 시체를 맞닥뜨렸는데도 침착하게 대응하는 경찰은 흔치 않았다. 그후의 근무 태도도 뛰어나게 좋았다. 그래서 오코노기가 형사가 되기 위한 추천서를 요청했을 때 선임 형사는 망설임 없이 부서장에게 추천을 했다고 한다. 시계토는 그런 소문을 들어서 알고 있었다.

"시라이시 사토시 경위."

"예."

오코노기의 옆에 앉은 남자가 조용히 일어서 머리를 숙였다. 키가 2미터나 되는 장신이었다. 후지에다 경찰서 소속의 숙련된 선임으로 시게토와 몇 번인가 합동수사를 한 적이 있었다. 끈질긴 성격에 뛰어난 관찰력의 소유자였다.

"마지마 겐지 경사."

"예."

마지막 줄의 남자가 기세 좋게 일어나 인사했다. 이번에 모인 수사원들 중에서 가장 젊은 30대 초반의 나이였다. 유도로 다져진 것인지 체격이 탄탄했다. 시게토는 몇 군데의 경찰서에 전화를 걸어서 알고 지내던 노련한 형사들에게 젊고 근력이 좋은 형사가 없는지 물었다. 그 결과 최종적으로 고른 인물이었다. 유괴 사건의 수사에는 숙련된 기술, 잘 길러진 직감과 경험이 효력을 발하기 마련이었다. 하지만 그것만으로는 자만심과 확신에 빠지기 쉬웠다. 시게토는 젊은 형사를 수사반에 투입하여 선입견에 얽매이지 않고 사안을 바라봐야겠다고 생각했다.

"다쓰가와 다다오 경위."

마지마의 오른쪽에 앉은 머리숱이 없는 초로의 남자가 조용히 일어섰다.

"잘 부탁드립니다."

등이 약간 구부정한 그는 경찰이라고 생각되지 않을 만큼 온화하고 부드러운 목소리였다.

다쓰가와가 자리에 앉는 것을 확인하고 시게토는 말했다.

"오늘 회의에서 여러분에게 말하고 싶은 것은 한 가지밖에 없다. 오바타 마모루 유괴 사건의 과거 수사에서 허점을 지적해내는 거다. 지금까지의 수사에서 아주 철저하게 결점을 찾아 논하고 싶다. 관리관으로서 먼저 선언해두겠다. 이 특별수사반에서는 통상의 형식적인 수사회의는 일절 하지 않는다. 각자가 생각하는 바를 기탄없이 주장하도록.”

여섯 명의 수사원들이 말문이 막힌 듯 눈을 크게 떴다.

그도 그럴 만했다. 각자에게 떨어진 무거운 짐을 각오하기는 했지만 명색이 특별수사반의 일원이 된 팀원이었다. 더구나 전임자의 흠집을 찾아내라니 쉽사리 덤벼들 기분이 생기지 않는 것이 당연했다. 경찰 조직이란 ‘시골 마을’이라고 불릴 정도로 좁은 인간관계로 형성되어 있었다.

여섯 명 중에서도 연속수사반에서 합류한 두 사람은 믿기지 않는 표정을 지으며 절레절레 고개를 내저었다. 데라시마는 불만스러운 듯 입맛을 다시며 금방이라도 덤벼들 듯 감정을 내비쳤다.

시게토는 이런 반응을 무시하고 말을 이었다.

“오바타 마모루 유괴 사건은 수사본부가 설치된 이후 이미 14년이 지났고 이대로 시효를 맞는 최악의 사태에 직면했다. 그건 대체 누구의 실책인가?”

시게토는 여섯 명을 훑어보았다.

“수사본부인가?”

수사반원들이 얼어붙은 듯 아무 말이 없었다.

“연속수사반인가?”

데라시마의 얼굴이 새빨개지며 화가 난 듯이 부들거렸다.

시게토가 크게 숨을 내쉰 뒤 대답했다.

"두 가지 다 틀렸다."

수사반원들은 모두 의외라는 표정을 지었고 데라시마의 어깨가 흔들렸다.

"유괴된 아동의 생명을 구하지도 못했고 무자비하고 흉악한 범인도 체포하지 못했다. 그런 시민들의 원망의 목소리와 분노의 돌팔매질을 들어야 했던 건 모든 경찰이다. 다시는 이런 굴욕과 패배를 당하지 않도록 스스로에게 각인시켜야 하는 건 우리 한사람 한사람이다. 하지만 과거의 실패와 잘못의 검증을 피하고 굴욕에 만족할 것인가. 아니, 우리가 당한 오명 따위는 아무래도 좋다. 어린 피해자의 얼굴을 지금 떠올려보길 바란다. 작게 울부짖는 소리를 들어보길 바란다."

시게토는 이런 방법밖에 없다고 생각했다. 그래서 새로 들어온 네 명에게 사건에 관한 수사자료를 복사해서 보내주고 오기 전에 미리 숙지하고 오라고 명령했던 것이다.

"이 수사가 성공할지 아닐지는 모두 여러분에게 달려 있다. 범인을 체포했을 경우, 공은 여러분의 것이다. 하지만 만일 불행하게도 이대로 시효를 넘기게 된다면 책임은 전부 나 혼자 진다."

그 말에 수사반원들의 표정이 더욱 엄숙해졌다. 무겁게 짓눌렀던 소회의실의 공기가 조금 부드러워졌다. 분위기를 감지한 시게토는 다시 말을 이었다.

"하지만 우리는 이 사건의 시효를 이대로 넘기지 않는다."

"관리관님."

두 번째 줄의 창가에 앉아 있던 시라이시가 얼굴을 붉히며 자리에서 일어섰다.

"뭐지?"

"해당 아동의 어머니가 아이가 보이지 않았다고 했던 상황에 관한 조사가 이제까지의 수사에서는 조금 부족하다고 생각합니다."

"어떤 점이 부족했다는 거지?"

시게토는 되물으며 그때서야 비로소 자리에 앉았다.

"오바타 마모루가 행방불명된 건 1974년 7월 27일, 즉 후지 시의 할아버지 집에서 미시마 시의 교외에 있는 월세집으로 이사 온 다음날입니다. 모친인 오바타 사에코가 이삿짐을 정리하느라고 정신이 없다가 해질 무렵이 돼서야 처음 마모루가 없다는 것을 알아차렸다고 증언했지만 이 점이 좀 부자연스럽다고 생각합니다."

"어째서지?"

"자료에는 이렇게 돼 있습니다."

시라이시가 손에 든 자료를 보면서 말했다.

"27일 오후 3시를 지나 오바타 집의 건너편에 사는 가마치 하나요가 현관에서 뛰어나온 마모루를 보았습니다. 하지만 그때는 어머니가 불러서 집안으로 들어갔다고……."

그는 얼굴을 들고 말을 이었다.

"새로 이사를 왔으니 아이가 흥분한 건 당연합니다. 아이가 한차례 밖으로 뛰어나갔는데 어머니로서 신경이 쓰이는 게 당연하지 않은가요? 그런데도 그녀는 아이가 없어진 걸 크게 개의치 않았습니다. 그 상황에 대한 자세한 기록이 전혀 없습니다."

"그렇군."

시게토는 고개를 끄덕이고 해당 대목을 떠올리며 나머지 사람들을 둘러보았다. 그러자 시라이시의 옆에 앉은 오코노기가 천천히 손을 들었다.

"몸값에 관해서도 걸리는 점이 있습니다."

"어떤 점이지?"

"처음 전화가 온 건 마모루가 모습을 감춘 밤입니다. 남자 목소리였는데 다음 날까지 천만 엔을 준비하라고 했다고 자료에 나와 있습니다. 하지만 당시의 달력에서 확인해보니 그날은 토요일이었습니다. 그렇다면 다음 날은 일요일이라 은행이 쉬는 날인데 일반인이 현금으로 천만 엔을 준비하는 건 불가능합니다."

"그 점에 관해선 내용을 잘 읽어보면 나오잖아. 대체 수사자료를 제대로 읽고는 온 거야?"

맨 앞줄에 앉은 가쓰다가 천천히 뒤를 돌아보며 말했다.

"무슨 말을 하고 싶은 건가?"

시게토가 유도하자 가쓰다가 거칠게 일어섰다.

"범인이 건 전화로 수사본부가 발족했고 즉시 탐문수사와 주변수사가 이뤄졌습니다. 하지만 거기서 얻어낸 건 아무것도 없었습니다. 가마치 하나요를 제외하면 이사 온 부근에서 오바타 마모루를 목격한 사람은 전혀 없었고 후지 시의 본가, 즉 할아버지인 오바타 세이조 주변도 특별한 점을 발견할 수 없었습니다. 다만……."

가쓰다는 큰 목소리로 강조하며 다시 나머지 수사반원들을 둘러보았다.

"다만 오바타 세이조는 땅을 소유하고 있었고 그 지역에서 손에 꼽을 만한 자산가로 알려진 인물이었습니다. 그래서 당시의 수사팀은 범인이 오바타 사에코보다는 오바타 세이조를 노렸을 가능성이 있다고 보고 그쪽으로 가닥을 잡았습니다."

"바로 그 점이 가닥을 잘못 잡았다는 뜻이야."

가쓰다가 자리에 앉으려는 순간, 오코노기가 조급하게 끼어들었다.

"뭐라고?"

"자, 말을 들어보지."

시게토가 두 사람을 갈라놓았다.

가쓰다가 불만스럽게 자리에 앉자 오코노기가 이어받듯이 자리에서 일어섰다.

"그건 범인이 유괴한 아동의 모친에 관해서 용의주도하게 조사했을 가능성을 나타내는 것으로 보입니다. 하지만 피해자가 이사 온 직후부터 그 모습을 본 범인이 집에서 달려나오는 아이를 유괴했다는 우발적이고 무계획적인 범행이라는 가능성도 성립됩니다. 그렇다면 용의자로 삼아야 할 대상을 더 넓게 잡아야 했던 게 아닐까요?"

"아이의 생명을 빼앗을 정도의 범행인데 그렇게 우발적일 리가 없지. 아동을 유괴해서 그날 밤에 이웃집으로 몸값을 요구하는 전화를 걸었다고. 아무리 봐도 용의주도한 범행이잖아."

"이웃집에 전화를 한 건 모친에게 신고를 받은 경찰이 역탐지 기기를 가지고 기다릴 거라고 생각한 범인이 순간적으로 떠올린 거라고 해석하면 얼마든지 가능하다고 보는데. 안 그런가?"

"억지 쓰지 마."

"큰소리치기는."

오코노기도 지지 않고 맞받아쳤다.

시게토는 바로 이런 식이어야 한다고 생각했다. 조금 전까지와는 다른 열기가 소회의실 안에 번지기 시작했다. 하지만 그가 이따금 눈여겨보는 상대는 마지막 줄에 앉아 여전히 입을 다물고 있었다.

"관리관님, 하나 더 말해도 되겠습니까?"

시라이시가 다시 입을 열었다.

"좋아."

"제가 하나 더 거슬리는 건 유괴된 피해자의 사체입니다. 그게 좀 걸립니다."

"어떤 점이 그렇지?"

"오바타 마모루의 사체는 수건에 싸서 끈으로 둘둘 말려 있었고 무거운 돌 대신에 5킬로그램 철제 아령이 두 개 연결돼 있었다고 했습니다. 하지만 거기에 사용된 건 짐을 쌀 때 쓰는 마로 된 끈이라고 기록돼 있습니다. 그러니까 발 부분을 묶은 철제 아령의 끈이 끊어져서 사체가 물 위로 떠올라 발견된 겁니다. 하지만 관리관님, 사체에 무거운 돌을 매달아 물속으로 유기할 경우엔 튼튼한 나일론 끈이나 쇠사슬 등을 이용하는 사례가 압도적으로 많습니다. 그런데 이 범인은 어째서 마끈 같은 약한 것을 이용했을까요? 더구나 그 끈은 두께도 3밀리미터 정도로 아주 가늘다고 기록돼 있습니다. 그동안의 수사에서는 이 점에 관해 전혀 손대지 않았습니다."

"정말 그렇군."

시게토는 끄덕이며 생각에 골몰했다. 물속에 사체를 숨기려는 경우, 문제가 되는 것은 부패 가스로 인해 물속의 사체가 팽창해서 떠오른다는 점이다. 물이 차갑다면, 그런 상황에 이르기까지는 상당한 시간이 걸린다. 하지만 사건이 발생한 당시는 무더운 시기였기 때문에 물속에 던져진 후 이삼 일이 지나 그런 사태가 발생하더라도 이상할 것은 없다. 일반적으로 성인의 경우, 사체가 떠오르는 것을 막기 위해서는 최소한 50킬로그램 이상의 무게가 필요하지만 다섯 살 아이인 오바타 마모루는 5킬로그램의 철제 아령이 두 개밖에 묶여 있지 않았다. 사체가 팽창해서 부력이 생기면 철제 아령을 묶은 마끈은 물결에 쓸려서 끈을 구성하는 조직이 조금씩 마모되고 결국 끊어질 가능성이 있다는 것쯤은 보통 사람이라면 짐작하고도 남을 일이 아닌가.

"그 점이라면 질리도록 검토했어. 하지만 뭐 하나 구체적인 해석은 나오지 않았다고. 우연히 가지고 있던 걸 썼던 거겠지."

가쓰다의 말에 시계토는 깊은 생각에서 깨어났다.

"그렇지 않아?"

가쓰다가 옆에 앉은 쇼지를 쳐다보며 말했다.

"네, 그렇죠."

쇼지가 맞장구를 쳤다.

"저……."

마지막 줄의 창가에 앉은 마지마가 손을 들었다.

"말해봐."

마지마가 일어서서 입을 열었다.

"전 수사자료를 받았을 때부터 계속 용의자 명단을 살펴봤는데 그때 한 사건이 떠올랐습니다."

"어떤 사건인가?"

"제가 소속된 하이바라 경찰서의 경사가 도쿄로 출장을 갔다가 야마노테 선의 하라주쿠 역을 지날 때 치한행위를 하던 대학생을 잡은 적이 있었습니다. 그리고 시부야의 역장실에서 관할서 경찰을 조사차 만났는데 체포된 대학생이 치한행위를 하려고 일부러 사이타마 현의 오오미야 시에서 왔다고 진술했다고 합니다."

마지마가 잠시 말을 끊었다.

시게토는 그가 무엇을 말하려는지 생각했다. 오바타 마모루의 시신이 다마 강 주변의 수면에서 발견된 이후 사건은 공개수사로 전환되었고 현내 및 근접 지역에서 사는 사람들 가운데 아동 유괴의 전력이 있거나 아동을 상대로 한 성적 학대범이면서 금전적으로 곤경에 처한 대상자를 찾아내는 데에 전력을 다했다.

"다시 말해 어떻게 해야 한다는 거지?"

"그때 현내에 본적이 있으면서 인근 지역 외의 다른 현에 거주하는 사람도 적극적으로 조사를 했어야 하지 않았나 생각합니다. 본적지라면 그 고장에 대한 지식이 상당했을 겁니다."

얼핏 보면 무모한 제안이라는 생각도 든다. 하지만 무시할 수는 없다고 시게토는 생각했다.

그때 마지마의 옆에 앉은 다쓰가와가 손을 들었다.

"시게토 관리관님. 저도 한 가지 걸리는 점이 있습니다."

시게토는 고개를 끄덕이며 몸을 내밀었다. 발언을 해주기를 기다려왔던 인물이었다.

"조금 전 지적한 사체 발견의 상황에 관한 것인데요……."

"뭐? 또 그걸 가지고 꼬치꼬치 따지자는 겁니까?"

가쓰다가 끼어들었다.

"잠깐."

시게토는 손을 들어 가쓰다를 제어하며 고개를 끄덕여 이야기를 종용했다. 그러자 다쓰가와는 온화한 표정으로 말을 했다.

"쓸데없이 사소한 문제에 매달리는 것 같아 죄송하지만, 사체가 발견된 건 8월 19일이었습니다."

"그게 어쨌다는 거야?"

가쓰다가 불쑥 끼어들었지만 다쓰가와는 괘념치 않고 말을 이었다.

"도쿄 도 세타가야 구의 다마 강에 놓인 도큐도카이도 선의 다리와 2번 국도의 다리에 끼인 강변 부근의 저수로에서 오바타 마모루의 사체가 발견되었는데 1974년 8월 19일은 월요일이었고 전날은 일요일이었습니다. 마음에 걸려서 당시의 신문을 살펴본 결과, 일요일 도쿄의 날씨는 오전과 오후 모두 흐렸습니다. 하지만 여름방학과 겹쳐서 월요일보다 일요일이 강변에 놀러 온 사람이 매우 많았을 겁니다. 그런데 그 세 명의 중학생만이 어째서 수면에 떠오른 물체에 관심을 가졌을까요? 사체는 전날 수면에 떠오르지 않았던 걸까요? 아니면 떠올랐는데도 아무도 개의치 않은 걸까요? 그리고 떠오른 원인인 마끈의 절단은 언제, 어떤 이유에서 일어난 걸까요? 우연일까요, 아니면 인위적인 이유에서일까요? 이런 점에 관한 수사와 분석이 전혀 기록돼 있지 않았습니다."

순간, 허점을 찔린 듯이 소회의장에는 침묵이 감돌았다.

시게토는 크게 숨을 내쉬고 다시 일어나 말했다.

"들은 대로다. 아무리 완벽하다고 생각되는 수사에도 반드시 허점은 있다. 그리고 그 허점을 하나하나 메워가는 게 우리 역할이다. 게다가 시효까지 일 년도 남지 않았다. 이제부터 여러분은 선입관을 배제하고 처음부터 사건을 철저하게 다시 수사해주기를 바란다."

4

여기까지 말을 하다가 시게토는 갑자기 입을 다물었다.

순간 구사카의 귀에 마당에서 우는 매미 소리가 들려왔다.

옆에 앉은 야나기도 계속 긴장하고 있던 탓인지 소리 없이 숨을 내쉬었다.

잠시 후, 시게토가 천천히 말을 이었다.

"27년 전 여름, 특별수사반은 이렇게 활동을 재개했네. 그리고 여섯 명의 수사반원에게 내가 내린 명령은 두 가지였지. 하나는 직면수사를 하자는 것이었네."

"직면수사……."

구사카는 자신도 모르게 따라서 중얼거렸다.

"그렇지. 직접 모든 현장에 가본다. 증거품 전부를 다시 조사한다. 그리고 목격자와 관계자들을 하나도 남김없이 만나는 성가신 수사방법이지. 수사본부와 연속수사반의 14년에 걸친 수사에는 증거와 증언에 대한 막대한 수사 결과가 기록돼 있지만 관계가 없다고 판정되었거나 수사원들의 관심을 끌지 못해 무시된 것들 중에서 범인과 관련된 게 숨겨져 있을 가능성을 배제할 수 없기 때문이었네. 물론 목격자와 관련자의 기억은 아주 흐릿해져 있었겠지. 하지만 만일 수사원의 질문 방식이 바뀐다면 뭔가 중요한 단서가 나올지도 모른다고 생각했네."

"두 번째는 뭐죠?"

"두 번째는 본적지가 현내에 있는 사람으로 사건 당시에 다른 지방에 살면서 아동 유괴 전과자와 아동에 대한 성적 학대 전력이 있는 자, 거기에 금전적으로 어려움에 처한 대상자를 찾아내기 시작했지."

"하지만 특별수사반의 인원은 겨우 여섯 명이었잖습니까?"

놀라움을 드러낸 야나기의 말에 구사카도 크게 동감했다.

시게토가 엄숙한 표정을 한 채 고개를 끄덕였다.

"시효가 시시각각 다가오는 상황에서 그 많은 대상자들을 적은 병력으로 맞설 수밖에 없는 무모함은 처음부터 예상했던 바였지. 하지만 범인이 그때까지의 수사망에 걸리지 않아 도망칠 수 있었다면 범인을 잡을 수 있는 방법은 마지마의 말 이외에는 없다고 봐야지. 나는 두 사람으로 한 조를 만들어 분담하는 방식으로 수사에 임하게 했지. 새로운 용의자 후보를 찾아내는 역할에는 가쓰다와 쇼지를, 몸값을 받으려던 현장에 대한 재탐문 수사에는 오코노기와 시라이시를, 그리고 마지마와 다쓰가와는 피해자인 마모루의 모친 오바타 사에코를 담당하도록 했네."

제3장

....

1

1988년 7월 31일 오후 1시 반.

"마지마 경사, 아무래도 우리가 나쁜 패를 뽑은 거 같습니다."

마지마가 운전하는 경찰차의 조수석에 앉은 다쓰가와가 나직하게 말했다.

두 사람은 1번 국도를 타고 서쪽으로 향하는 중이었다. 목적지는 오바타 사에코의 집인 시미즈초 다마가와 사거리를 지나서였다. 후지산의 해빙된 물이 솟아나는 가키타 용수군(湧水群)으로 유명한 지역이다. 여름방학 때문인지 길이 심하게 정체되어 느릿느릿한 자동차 행렬이 이어지고 있었다.

"네, 정말 그런 것 같네요."

오후의 햇살에 눈을 찌푸린 마지마도 고개를 끄덕였다. 형사가 범죄 피해자의 가족을 만나는 것은 어떤 경우보다 가장 신경이 곤두서는 일이었다. 더구나 상대는 어린 아들이 유괴당하고 끝내는 목숨까지 잃었다. 그 비탄과 분노는 쉽사리 가시지 않았을 것이다. 아니, 14년간 그 분노가 한층 더 심해졌다고 해도 이상할 것이 없었다. 그것은 범인을 향한 것만이 아니었다. 무기력한 경찰에게 안타까움과 분노를 느끼다가 적의를 드러내는 경우도 많았다.

"다쓰가와 경위님, 사건이 일어난 시각에 집을 나간 오바타 마모루를 목격한 사람이 발견되지 않은 점에 관해선 어떻게 생각하십니까?"

이번에는 마지마가 유도질문을 했다. 수사를 함께하는 상대의 생각을 알고 싶어서였다.

"탐문수사가 철저하지 못했다곤 할 수 없지요."

다쓰가와가 부드러운 말투로 얘기했다.

"하지만 빠뜨리지 않았다고 단언할 수도 없지 않을까요?"

"수사팀은 할당된 사건 발생 지역의 주민 전원을 반복해서 심문하고 다녔을 겁니다. 그때 별로 건질 만한 게 없었으면 아무도 발견하지 못했다고 생각해야겠지요."

"그렇다면 오바타 마모루가 밖으로 나갔는데 투명인간이라도 된 듯 누구의 눈에도 띄지 않고 유괴범에게 끌려갔다고 생각하시나요?"

"행방불명되기 직전의 아이가 목격되지 않은 예는 과거에도 얼마든지 있습니다. 정말 운이 없게도 때마침 목격자가 없는 경우도 있죠. 이런 우연에 의한 경우 말고도 목격자가 아예 없는 상황이 발생하기도 합니다."

"예를 들면 어떤 경우죠?"

"떠오르는 예가 딱 두 가지 있는데요. 하나는 피해자 자신이 수사팀의 추측을 벗어난 행동을 한 경우입니다. 마루 밑에 들어가거나 이웃집의 울타리를 넘어가거나 부엌문을 열고 마음대로 드나들면 누구에게도 목격되지 않을 수 있습니다. 아이들이란 걸핏하면 그렇게 엉뚱한 짓을 하곤 하니까요. 두 번째는 보호색과 비슷한 현상입니다."

"보호색이요?"

마지마는 운전대를 쥔 채 고개를 갸웃했다.

"네, 1975년쯤의 일이었는데 어린 아이가 집에서 나와 그대로 사라진 사건이 있었습니다. 하지만 아무리 조사해도 아이를 본 사람은 아무도 없었죠. 나중에 아이가 발견됐고 결과적으론 무사했지만 상황을 알아보니 집 앞에 있는 공원에 종이인형 극단이 와서 다른 큰 애들하고 섞여 있었던 겁니다. 그렇게 다른 아이들과 섞여서 종이인형 극단의 자동차를 따라가다가 길을 잃어버렸다고 했습니다."

"다른 아이들 무리 속에 아이가 묻혀버린 거군요."

마지마는 고개를 끄덕였다.

"이 두 가지 외에도 목격자가 없는 상황은 얼마든지 있을 겁니다. 그걸 찾아내는 게 저희 일이겠지요."

"아이들에 관해 잘 아시네요."

마지마가 흘낏 쳐다보자 다쓰가와가 온화한 미소를 지었다.

"소속이 아라이 경찰서의 생활안전과니까요."

"그렇군요."

마지마는 수긍하긴 했지만 의외라는 생각이 들었다. 틀림없이 수사 1과를 거쳐서 올라온 능력 있는 형사일 거라고 생각했다. 생활안전과는 총기 단속이나 유흥영업점의 허가, 악덕 금융업자의 단속 등을 하는 부서이지만 비행청소년 방지나 미아와 행방불명 처리까지 하고 있다. 시게토가 다쓰가와를 등용한 것은 아이의 기분과 행동에 정통한 인물이라고 판단했기 때문이 아닐까.

"마지마 경사야말로 오바타 마모루가 집을 나간 일을 어떻게 생각합니까?"

"다섯 살 아이가 새 집으로 이사 왔으니 흥분한 건 당연한 일일 겁니다."

다쓰가와가 고개를 끄덕이는 느낌이 들었다.

"이사라는 게 아이들에겐 신나는 일이거든요."

"저도 어렸을 때 집 안을 탐색하며 뛰어다니다가 부모님께 혼난 적이 있습니다."

"오바타의 집에서도 똑같은 일이 벌어졌겠지요."

"그러니까 집에서 마음대로 뛰어나간 오바타 마모루에게 어머니는 뭐라고 했을 테고 집으로 다시 들어왔을 겁니다."

"확실히 그게 자연스러운 상황이네요."

그렇게 말한 다쓰가와가 돌연 왼쪽 창문을 바라보았다.

"마지마 경사, 미안하지만 차를 좀 세워주세요."

마지마는 당황하며 비상등을 켜고 보도 옆으로 차를 세웠다.

"왜 그러십니까?"

"헌화할 꽃을 사가지고 갑시다."

다쓰가와는 길가의 꽃집을 가리켰다.

오바타 사에코의 집은 상수리나무 울타리로 둘러싸인 단층집이었다. 엇비슷하게 오래된 집들이 늘어선 주택가 바깥으로 좁은 길이 나있었다. 대문으로 들어서자 작은 마당에 꽃을 피운 무궁화나무와 시든 수국이 늘어섰고 그 안쪽으로 짙은 갈색의 나무로 만든 현관이 있었다. 옆의 회반죽벽에 '오바타'라는 문패가 걸려 있었다.

꽃다발을 손에 든 마지마는 초인종을 눌렀다. 안에서 여자가 대답하며 바로 "누구세요?" 하고 물었다.

"미시마 경찰서에서 나왔습니다."

마지마는 크게 대답했다. 임시라고는 하지만 특별수사반이 설치된 미시마 경찰서가 현재의 소속 경찰서이기 때문이었다.

당황한 듯 잠금장치를 여는 소리가 들리고 덜컹거리는 소리를 내며 미닫이문이 열렸다. 얼굴을 내민 것은 젊은 여자였다. 피부색이 고운 미인형 얼굴. 또렷한 쌍꺼풀에 가늘고 긴 눈썹. 어딘가 불안해 보이는 표정이었다. 쭉 뻗은 머리칼이 어깨에 닿았고 긴소매의 하늘색 줄무늬 셔츠와 딱 붙는 바지 차림이었다. 맨발에 샌들을 신고 있었다.

"갑자기 찾아와 죄송합니다. 여기가 오바타 사에코 씨 댁인가요?"

"네. 그런데요, 경찰이 저희 집에 무슨 일로……."

마지마는 언뜻 여자의 얼굴에서 경계심과 함께 무엇인가를 기대하는 감정을 엿보았다.

"저희는 14년 전에 일어난 오바타 마모루 군의 유괴 사건을 재수사하게 된 특별수사반입니다. 마지마라고 합니다."

마지마는 경찰수첩을 보여주며 머리를 숙였다. 눈앞의 여자는 어젯밤의 기자회견에 대해 모르는 것 같았다.

"다쓰가와입니다."

옆에 서 있던 다쓰가와도 머리를 숙였다.

일순간 젊은 여자의 표정이 변했다.

마지마가 말했다.

"실례합니다만 그쪽은……."

"저는 딸입니다. 오바타 리에라고 합니다."

대충 짐작을 했으면서도 마지마는 헛기침을 하며 생각을 감췄다.

"오바타 사에코 씨에게 묻고 싶은 게 있는데요."

"잠시만 기다려주세요."

오바타 리에는 총총히 집으로 들어가 복도 안으로 사라졌다.

두 사람은 마주보았다. 다쓰가와도 같은 생각을 하고 있겠지. 사건 당시 오바타 리에는 일곱 살이었다. 그로부터 14년이 지났으니 성인이 된 것은 당연했고 놀라는 것이 오히려 더 이상했다. 그때, 안에서 발소리가 났다. 햇빛 때문인지 어두컴컴하게 느껴지는 복도에서 여자가 나왔다.

"대체 무슨 일이죠?"

그 말투에는 불쾌한 감정이 여지없이 드러났다.

마지마는 다쓰가와와 함께 고개를 숙였다. 수사자료에 첨부된 사진 속 오바타 사에코임에 틀림없었다. 다만 얼굴에 세월의 흐름이 여지없이 드러나 있었다. 눈 밑에 주름이 패고 눈꺼풀이 조금 얇아져서 눈이 커진 것처럼 보였다. 어깨까지 늘어뜨린 머리칼은 까맸지만 염색을 한 것인지도 모른다.

다쓰가와가 몸을 약간 내밀면서 부드러운 목소리로 말했다.

"따님에게 들으셨겠지만 아드님 사건을 이번에 저희가 담당하게 됐습니다. 그래서 인사도 드릴 겸 이런저런 얘기를 듣고 싶어서 힘드실 줄 알면서도 이렇게 찾아왔습니다."

그리고 다시 깊게 고개를 숙였다. 마지마도 당황하다가 따라서 고개를 숙였다.

순간 커다란 한숨소리가 들렸다. 오바타 사에코에게서 새어나온 소리였다.

세 평 정도의 공간에 놓인 불단의 위패에 향을 바치고 마지마와 다쓰가와는 함께 손을 모았다. 불단 주위에는 몇 송이의 꽃이 있었고 남자아이가 좋아할 만한 것들이 오밀조밀 놓여 있었다. 그중에서 마징가Z 인형이 마지마의 눈에 들어왔다. 사건 당시 유행했던 장난감이었다.

천천히 돌아보다가 고개를 숙인 오바타 사에코와 눈이 마주쳤다. 마지마도 고개를 숙인 채 다쓰가와를 보자 그가 시작하라는 눈짓을 했다. 그는 오바타 사에코를 향했다.

"연속수사반이 가끔 찾아온 것으로 압니다만, 조금 전 말씀드린 것처럼 이번에 특별수사반이 만들어져서 다시 본격적으로 수사를 시작하게 됐습니다. 힘드신 부분이 있더라도 협조를 부탁드리겠습니다."

"14년이나 지났는데 이제와 뭘 알 수 있단 말이죠?"

무표정한 얼굴로 오바타 사에코가 말했다.

"마음 아프신 건 잘 알고 있습니다. 하지만 사망한 아드님을 생각하면 여기서 포기해서는 안 됩니다."

"그건……." 오바타 사에코의 중얼거림이 도중에 끊겼다.

"갑작스럽습니다만, 14년 전 사건 당일의 일을 여쭙고 싶은데요. 가능하다면 따님도 함께……."

오바타 사에코가 튕기듯이 고개를 들었다.

"리에는 겨우 일곱 살이었어요. 이 일로 애를 괴롭히지 말아주세요."

순간 어색한 침묵이 흘렀다.

다쓰가와가 돌연 입을 열었다.

"마모루 군은 활발한 아이였죠. 살아 있었다면 열아홉 살의 멋진 청년이 됐겠네요. 참으로 원통한 일입니다."

그 시선이 불단의 위패와 사진을 향했다. 이에 이끌리듯 오바타 사에코도 사진을 보았지만 여전히 아무 말이 없었다.

사진 속 오바타 마모루는 반팔 셔츠에 반바지 차림으로 오른손에는 고무공을 쥐었고 왼손에 아동용 야구 글러브를 낀 채 웃고 있었다. 오는 길에 사온 옅은 분홍색 글라디올러스가 불단 양옆의 화병에 꽂혀 있었다.

"캐치볼은 누구와 했나요?"

"다섯 살이라서 캐치볼은 못 했어요."

오바타 사에코가 시무룩하게 말했다.

"그렇다면 이 사진은?"

"이혼한 남편이 야구를 좋아해서 글러브와 고무공을 사줬을 때 찍은 거예요."

마지마는 수사자료를 통해 사건이 일어나기 약 두 달 전에 오바타 사에코가 남편인 스도 이사오와 이혼했다는 것을 알고 있었다.

"사건 당일 집을 나간 마모루는 이 글러브를 가지고 있었나요?"

수사자료에 의하면 1974년 8월 19일 공개수사로 전환했던 시점에 오바타 사에코의 증언을 바탕으로 피해자인 오바타 마모루에 관한 자세한 정보공개가 이뤄졌다고 했다. 그녀는 마모루가 모습을 감춘 당일 하늘색 티셔츠에 남색 반바지를 입었고 하얀색 비치샌들을 신었다고 말했다. 소지품은 손수건과 어느 제약회사에서 경품으로 받은 개구리 모양의 손가락 인형이었다. 모두가 오바타 마모루의 얼굴 사진과 함께 공개된 내용이었다.

"이삿짐을 풀고 있을 때 마모루는 분명히 글러브와 공을 가지고 있었어요. 그래서 마모루가 죽은 후에 남편이 유품으로 가져갔습니다."

말을 하다가 목이 메자 오바타 사에코는 미간에 주름을 잡고 고개를 떨어뜨렸다.

다시 침묵이 흘렀지만 이내 다쓰가와가 혼잣말을 하듯 얘기했다.

"그렇다면 놀아줄 친구를 찾으러 나간 건지도 모르겠네요."

오바타 사에코는 조금씩 훌쩍거리며 고개를 끄덕였다.

"그 당시 자택 주변에 아이들이 놀 만한 공원 같은 게 있었습니까?"

"그때는 막 이사를 한 참이었고 사건 직후에 바로 이곳으로 이사를 와서 그 일대를 둘러볼 여유는 없었어요."

"그곳으로 이사를 갈 때는 차로 이동하셨나요?"

"어째서 그런 걸 물으시죠?"

오바타 사에코는 화가 난 표정을 지었다.

"사건 당시의 자택을 아직 보지 못했지만, 단독주택이라니 마당에서 놀 수도 있었을 텐데요. 따님인 리에 씨는 오래된 우물가에서 놀곤 했겠네요."

다쓰가와의 말에 마지마도 고개를 주억거렸다. 이사 직후의 가족들의 구체적인 행동에 관해서도 수사자료에 나와 있었다. 수동식 펌프가 달린 작은 우물 사진도 보았다.

"집안이 더웠으니까요."

"그때 뭘 입고 있었나요?"

"티셔츠에 반바지입니다."

"신발은?"

"하얀 비치샌들이었어요."

오바타 사에코가 성가신 듯 대답했다.

"그렇지만 다른 방에서 자고 있던 마모루는 일어나서 현관으로 뛰어나갔습니다. 당연한 일이지만 어딘가 놀러 가려고 했겠지요. 그런 장소가 있는지 없는지 어머님이신 사에코 씨는 몰랐지만, 마모루는 알고 있었을지도 모릅니다. 전날 할아버지와 차로 그 집에 먼저 도착했을 때 공원에서 놀고 있던 아이들을 봤을지도 모르죠."

거칠게 대답했던 것이 마음에 걸린 듯 오바타 사에코가 시선을 떨어뜨렸다.

"분명 차로 이사했어요. 하지만 전 공원 같은 건 생각나지 않네요."

"그 차는 이삿짐 센터의 차였습니까?"

"아뇨. 본가의 차를 빌려서 제가 운전했습니다."

"아, 후지 시에 있는 본가의 차였군요. ……그렇다면 저희가 직접 공원을 찾으러 가보죠."

다쓰가와의 말에 오바타 사에코가 조금 놀라는 표정을 지었다.

2

쇼지는 가쓰다와 함께 미시마 경찰서의 중앙 홀을 지났다. 밖으로 나오자 강한 햇살이 갑자기 눈을 찔렀다.

"하아, 못 참겠네요. 여름만 아니면 이 직업도 나름 편한데요."

일찌감치 상의를 벗은 쇼지는 넥타이 매듭을 조금 풀고 얼굴을 찡그리며 말했다.

"내친김에 범죄자도 잡아 없애면 좀더 편하겠지. 쓸데없는 말 지껄이지 말고 가자고."

가쓰다가 대답하면서 뒤편 주차장에 세워둔 경찰차로 향했다.

"예예."

쇼지도 하는 수 없이 끄덕이며 가쓰다의 뒤를 쫓아 걷기 시작했다. 이런 무더위 속에도 가쓰다는 태연하게 상의를 입은 채였다. 쇼지에게 그는 경찰학교를 졸업하고 배속된 경찰서 지역과에서 신세를 진 선배였다. 그때, 갑자기 옆에서 목소리가 들렸다.

"쇼지 씨."

쇼지는 멈춰섰다. 그의 이름을 부른 사람은 신문기자인 사토 후미야였다. 흰 폴로셔츠와 청바지를 입고 가방을 맨 부러울 만큼 가벼운 복장이었다.

"이런 데서 만나게 됐군."

쇼지가 대답하자 작은 체구의 사토가 싱글싱글 웃으며 다가왔다.

"쇼지 씨도 담당자가 된 건가요?"

"무슨 말이야?"

"사람들이 이렇게 고약하다니까요. 어제 현 경찰본부에서 14년 전에 일어난 오바타 마모루 유괴 사건에 관해 특별수사반이 새롭게 편성됐다는 발표가 있었잖습니까? 그래서 기사를 따려고 급히 준비하고 있었더니 연속수사반이었던 부장형사가 행차하셨죠. 그렇다는 건 특별수사반의 일원이 된 게 틀림없다는 말이잖아요. 특별수사반에서는 그 사건을 어떻게 잡아나갈 생각이신지."

사토는 신문기자 특유의 억지스러운 뻔뻔함으로 갑자기 핵심을 추궁하며 따져 물었다.

"얘기할 만한 건 아무것도 없어."

"역시 일원이 되셨군요."

"당신들, 어디 니들 맘대로 지껄여봐."

쇼지는 사토를 노려보았다.

"자자, 그러지 말고. 우리 사이니까 하는 말이잖아요."

"들은 적도 없는 소리를……. 우리가 대체 무슨 사이라는 거야?"

"서로 도움이 되는 관계잖습니까?"

"바보 같으니. 신문 쪼가리에 내가 빚진 게 어디 있다고."

"서로에게 좋잖아요. 관리관은 시계토 부서장인 것 같던데 그분은 사건을 어떻게 보고 있나요?"

그때 차 안에서 가쓰다가 말했다.

"이봐, 언제까지 수다만 떨고 있을 거야? 빨리 와."

"예."

쇼지가 황급히 대답하며 달려갔다.

"잠깐만요."

쇼지를 불렀지만 그는 사토를 무시하고 경찰차에 올랐다. 서둘러 차가 출발했다.

"어째 불안불안해."

운전대를 잡은 가쓰다가 무뚝뚝한 얼굴로 말했다. 그는 경찰차 운전을 다른 사람에게 맡기는 것을 꺼리는 성격의 남자였다.

"죄송합니다."

쇼지는 고개를 약간 숙였다.

주차장에서 나온 차는 시내로 들어가 서쪽으로 향했다. 미나미후쓰가마치 입체교차로에 접어들어 136번 국도를 타고 남쪽으로 내려갔다. 두 사람의 목적지는 이토 경찰서였다. 현내에 본적이 있으면서 현재 다른 지역에서 살고 있는 사람들 가운데 과거 아동 관련 범죄 이력이 있는 자, 거기에 경제적으로 곤란하다는 조건을 갖춘 사람의 조회 요청이 현내의 각 경찰서로 들어갔다. 이제부터는 해당 경찰서에 들러서 전과자 카드를 확인하는 것이 두 사람의 임무였다. 이토 경찰서 다음에는 시모다 경찰서까지 들를 예정이었다.

"자네는 어떻게 생각해?"

별안간 가쓰다가 입을 열었다.

"기자 놈들이 냄새를 맡았다는 거요?"

"바보 같은 소리. 오바타 마모루 유괴 사건 말이잖아."

"아직 아무 생각도 안 했습니다. 선입견이 없는 시선으로 조사하라고 관리관님이 말했잖아요."

"선입견이 없는 시선으로 조사하라니, 말 같잖은 소리!"

가쓰다가 오른손 주먹으로 운전대를 쳤다.

"하지만 마지마 녀석이 한 지적도 일리가 있긴 하잖아요."

진지한 표정으로 운전대를 잡고 있던 가쓰다가 얼굴을 돌리지 않고 말했다.

"내 생각을 말하기 전에 한 가지 질문을 하지."

"뭔데요?"

"말을 꺼낸 건 그 풋내긴데 왜 우리한테 새로운 용의자 명단을 짜라고 한 것 같아?"

"그 녀석이 경험이 부족해서가 아닌가요?"

"너 지금 제대로 생각하고 대답하는 거야?"

"물론이죠."

가쓰다가 화가 나서 쇼지를 향해 소리쳤다.

"우리는 벌을 서고 있는 거라고!"

쇼지는 놀라서 앞 유리창을 바라보았다.

"위험하잖아요. 앞을 잘 보고 운전해야죠. 그런데 이게 왜 벌이라는 거예요?"

"넌 시즈오카 현에 경찰서가 몇 개나 된다고 생각해?"

"음, 그러니까 미시마 경찰서나 분청을 포함해서 32개인가. 아, 그러고 보니 정말 열 받네요."

가쓰다가 크게 숨을 내쉬었다.

"겨우 상황을 이해하는군. 현내와 근접 지역의 용의자를 닥치는 대로 골라서 그 신변을 조사하는 것만으로도 얼마나 많은 노동이 필요했는지 잊지는 않았겠지. 이번에는 그걸 다른 지역 녀석들까지 넓히라는 거잖아. 지금까지 사건을 해결하지 못한 벌로 연속수사반인 너희는 열나게 뛰어다니라는 말인 거지."

"하지만 수사는 헛걸음을 반복하는 거라고 그러셨잖아요."

"이게 정상적인 수사라면 나도 이런 푸념 따위는 안 해."

"가쓰다 경위님은 이게 정상적인 수사가 아니라는 거예요?"

가쓰다의 옆얼굴이 일그러졌다.

"당연하지. 현청의 신임 경찰본부장이 전임자가 남긴 일에 시효가 임박해진 걸 알고 급한 마음에 그저 핑계거리로 대충 준비한 일거리라는 게 너무나 뻔히 보이잖아."

3

마지마는 다쓰가와와 함께 차에서 내려 주위를 둘러보았다.

성가실 만큼 가지와 잎이 무성한 가로수 사이로 새로 지은 듯한 집들이 드문드문 서 있었다. 수사기록에 따르면, 14년 전에 오바타 사에코와 두 자녀가 이사를 왔던 집의 주소는 미시마 시로 되어 있었다. 미시마 역의 북쪽에 위치한 지역으로, 도레이 주식회사 미시마 공장의 뒤편에 펼쳐진 신흥 주택가였다. 조금 떨어진 장소에 단지로 형성된 건물들도 보였다.

"14년 전, 이 근방은 주택보단 논밭이 눈에 띄는 지역이었을지도 모르겠네요."

바람 한 줄기 불지 않는 날씨에 수건으로 목덜미의 땀을 닦으며 마지마가 말했다. 유괴된 자식의 시신이 발견된 지 얼마 되지 않아서 오바타 사에코가 현재의 집으로 이사를 간 것은 같은 미시마 시이지만 이곳보다 번화하고 사람의 눈이 많다는 점을 고려한 결과일지도 몰랐다.

햇살에 눈이 부셔 얼굴을 찡그린 채로 다쓰가와도 깊이 고개를 끄덕였다.

"그렇다면 목격자가 없었던 것도 무리가 아니겠네요. 한여름의 농사는 한낮은 피해서 할 테고 주부들도 햇빛이 약해질 저녁 무렵에나 장을 보러 나갈 테니 오후 3시를 지나서는 인적이 거의 없었겠어요."

두 사람은 주위를 천천히 걸어서 둘러보았다. 조금 걷자 냇가가 나왔다. 다리가 놓여 있었고 그곳부터 눈앞에 난 길 옆으로는 밭이 펼쳐져 있었다.

빨간 승용차가 스치듯 지나는 순간, 열린 창문으로 "유리의 십 대(일본의 대중가요/역주)"가 흘러나왔다. 멀리 송전용 철탑이 솟아 있었고 국도를 달려가는 우편배달부의 빨간 오토바이가 눈에 띌 뿐 다른 움직임은 없었다.

"다쓰가와 경위님. 이런 곳에 공원이 있을 리 없겠어요."

"네. 이렇게 자연이 보존돼 있으니 공원 같은 건 필요 없겠네요."

"그러면 일단 이곳 주민을 만나볼까요?"

"그러지요."

다쓰가와가 동의했다.

메모지에 적어온 주소를 가지고 목적지인 집을 찾았다. 이윽고 목조로 된 단독주택을 발견했다. 북쪽으로 난 현관 앞에 허울만 마당인 공간이 있었고 팔손이나무의 잎사귀가 우거져 있었다. 그 앞으로 부엌의 격자창이 있었고 바로 옆이 현관이었다. 오른쪽 옆으로도 거의 같은 구조로 만들어진 집 두 채가 있었다. 아마 주인이 같은 월세 집일 것이다.

1974년 7월 26일부터 27일에 걸쳐 이 세 채 중에서 가장 왼쪽에 있는 집에 오바타 사에코가 이사를 왔던 것이 분명했다. 현관에서 디딤돌이 이어졌고 집 앞에는 폭 4미터 정도의 포장도로가 있었으며 길을 사이에 두고 건너편에는 농가가 있었다. 오래된 이층 목조건물이었다. 이집의 이층에서 딱 내다보일 만한 각도에 월세집의 현관이 있었다.

수사기록에 따르면, 오바타 사에코가 이사를 온 집은 방 두 개에 거실과 부엌이 있는 구조라고 했다. 한 평짜리 크기의 시멘트 바닥으로 된 현관의 왼쪽으로 두 평 크기의 싱크대와 가스레인지가 있는 주방 겸 식탁이 있는 구조였다. 현관 오른쪽에는 가스보일러식 욕실이 있고 그 옆으로 화장실, 안쪽 좌우에는 세 평짜리 방이 두 개 있었다. 집의 남쪽으로는 이웃집과의 경계로 좁디좁은 마당이 있었고 동쪽으로는 자동차 한 대가 지나갈 수 있는 길이 있었다. 그 길의 경계에는 블록으로 울타리를 쌓았고 마당으로 드나들 수 있는 나무로 된 쪽문이 있었다.

엄마와 두 어린 자녀가 살기에는 그런 대로 적당한 집이었다. 사건 발생 후의 가택수사에서는 이 집에서 사건과 관계된 물증이나 흔적은 전혀 발견할 수 없었다고 했다. 8월 19일에 오바타 마모루의 시신이 발견되고 장례식을 치른 후에 오바타 사에코는 미시마 시내에 있는 현재의 집으로 이사를 했다. 따라서 그녀가 이곳에서 살았던 기간은 극히 짧았다.

마지마는 현관 옆의 초인종을 눌렀다. 아무것도 들리지 않았다.

"실례합니다."

현관 앞에 서서 소리를 높였다. 하지만 시간이 지나도 대답이 없었다. 부엌의 격자창 건너편에서도 인기척은 느껴지지 않았다. 그는 다쓰가와와 눈을 마주쳤다.

"아무도 없는 것 같은데 건너편 집으로 가보는 건 어떻습니까?"

다쓰가와의 말에 마지마도 끄덕였다.

"이 집에 살던 오바타 마모루를 목격한 유일한 사람이니까요."

발길을 돌려 길을 건넌 뒤 왼쪽 대각선상에 세워진 멋진 문을 지났다. 오른쪽에는 본관인 이층집, 정면에는 옆으로 길게 난 창고가 있었고 바로 앞에는 빨래를 널 수 있는 장대에 빨래가 잔뜩 널려 있었다. 본관 옆의 작은 개집에서 잡종으로 보이는 개가 느릿느릿 나오더니 짖지도 않고 햇빛이 들지 않는 마른 땅에 누워 잠이 들어버렸다. 현관의 미닫이가 허술함을 넘어서 대담하게 열려 있었다.

"실례합니다."

마지마가 현관 너머로 외치자 "예" 하는 대답이 들렸다.

이윽고 복도를 울리는 발소리가 들리더니 작은 체구의 여자가 모습을 드러냈다. 오렌지색 블라우스에 회색 치마를 입고 있었고, 나이는 사십대로 보였다. 발그스름한 얼굴에 동그란 눈이었다.

"누구세요?"

"미시마 경찰서에서 나온 경찰관입니다. 이곳에 가마치 하나요 씨가 사신다고 들었습니다만 여쭤볼 게 있어서 찾아왔습니다."

마지마와 다쓰가와가 경찰수첩 속의 신분증을 보이자 여자의 얼굴색이 변했다.

"무슨 일이시죠?"

"저희는 14년 전에 일어난 오바타 마모루 유괴 사건을 조사하고 있습니다."

"그 사건 말이군요."

여자는 침통한 얼굴로 말했다. 그리고는 "잠깐만 기다려주세요" 하는 말을 남기고 안으로 사라졌다.

이윽고 그 여자에게 의지하듯이 고령의 여자가 서서히 그 모습을 드러냈다. 갸름한 얼굴에 가는 홑겹의 눈을 가진 여자로 작은 체구의 여자와는 닮은 곳이 전혀 없었다. 아마 고부관계일 것이다.

"가마치 하나요 씨인가요? 이렇게 나오시게 해서 죄송합니다."

마지마는 말을 하며 고개를 숙였고 옆에 선 다쓰가와도 자세를 낮췄다.

"그렇게 오래된 일을 아직도 조사하는 건가요?"

하나요는 의외로 기력이 정정한 말투였다.

"그렇습니다. 14년 전, 하나요 씨가 건너편 집으로 막 이사 온 가족을 목격했다고 들었는데 그때의 일을 다시 들을 수 있을까요?"

마지마의 말에 하나요는 며느리로 보이는 여자와 얼굴을 마주보다가 다시 이쪽을 향하더니 고개를 저었다.

"완전히 잊어버렸어요."

"그러니까 기억을 되뇌보면 어떨까 합니다."

"아무리 그래도 아무렇게나 말할 순 없는 일 아닌가요."

화가 난 표정으로 하나요가 고개를 저었다.

"물론입니다. 하지만 아주 중요한 일입니다. 잘 아시잖습니까."

"사건이 일어난 후에 형사들이 몇 번이고 찾아와서 반복해서 얘기를 했습니다. 그때마다 모조리 적어갔으니 그게 경찰서에 남아 있을 거 같은데요."

말을 하려는 마지마를 다쓰가와가 손으로 조용히 막으며 말했다.

"하나요 씨의 증언은 수사기록에 남아 있었습니다. 감사하게 생각하고 있습니다."

순간 그것 봐라 하는 표정으로 하나요가 마지마를 쳐다보았다.

다쓰가와가 말을 이었다.

"하지만 저희는 새로운 수사반이라 이전의 수사기록을 확인할 수 없답니다. 번거로우시겠지만 14년 전에 증언해주신 내용을 다시 여쭤볼 테니 기억나는 대로 틀려도 좋으니 뭐든 말씀해주시겠습니까? 도움을 주신다 생각하시고."

다쓰가와가 조아리듯 양손을 모았다.

"할 수 없군요."

하나요는 떨떠름하게 고개를 끄덕였다.

4

시게토 세이치로는 책상 위에 놓인 수사기록을 바라보았다.

사건 발생 직후 범인으로부터 걸려온 전화에 관한 것으로 수사1과 특수반과 수사본부의 수사원들이 정리한 것이었다.

"여보세요. 잘 안 들려요. 다시 한번 말씀해주세요. 좀더 크게 말씀해주세요. 하나도 안 들려요."

이웃집으로 걸려온 전화를 받은 오바타 사에코는 수화기를 양손으로 모아 쥐고서 그렇게 외쳤다고 기록되어 있었다. 하지만 이런 외침을 무시하듯 수화기 속 남자의 목소리는 담담했다.

아이는 내가 데리고 있다. 내일 저녁까지 일천만 엔을 준비해. 다시 연락하겠다. 경찰에는 절대 알려선 안 돼.

낮고 웅얼대는 목소리였다고 했다. 오바타 사에코는 범인이 입에 손수건이라도 대고서 말을 하는지 일부러 불분명하게 말한 듯해서 잘 들리지 않았다고 증언했다. 처음에 전화를 받았던 이웃집 주부도 똑같은 주장을 했다. 또한 남자의 목소리는 적어도 중년 이상으로 들렸고 사투리도 느껴지지 않는, 이렇다 할 특징이 없는 말투였다고 했다. 두 사람 모두 공통으로 느낀 점이었다. 범인은 아마 의도적으로 그렇게 말하지 않았을까. 상대는 짧게 말한 후 바로 전화를 끊었고 수화기 너머에는 단절 신호만이 울렸다. 그 상태에서도 오바타 사에코는 계속 외쳤다.

"여보세요, 다시 말해주세요. 안 들려요, 안 들린다고요. 제발 부탁이니 한번만 더 말씀해주세요. 부탁이에요."

기록된 문자를 눈으로 쫓던 시게토는 참았던 숨을 토해냈다. 14년 전에 걸려온 유괴범의 전화. 실제로 들은 것도 아닌데 목소리를 상상하는 것만으로 등골이 오싹했다.

다마 강에서 발견된 오바타 마모루의 시신은 부패가 심해서 상세한 사망일시를 특정할 수 없었다. 그래서 사체검안서의 사망일시란에는 '1974년 7월 27일 이후 10일 전후 이내, 그밖은 미상'으로 기록되었다. 원인은 두부 타박에 의한 두개골 좌상 및 뇌출혈이었다.

다시 말해 범인이 이 전화를 걸어왔던 시점, 즉 유괴 직후에 오바타 마모루를 이미 살해했을 가능성도 있다는 내용이었다. 아이를 유괴해서 살해한 다음 아무렇지도 않게 몸값을 요구했단 말인가. 만일 그렇다면 유괴범은 도저히 인간이라고 볼 수 없고 땅속 밑바닥에 숨어 있는 유괴마귀라고 여겨야 할 것이다.

수사1과 특수반이 녹음기기를 설치했음에도 이웃집으로 전화를 한 범인이 오바타 사에코가 3분 이내에 전화를 받아야 한다고 했기 때문에 범인의 음성을 녹음하지 못했다. 그것이 바로 이 사건수사의 가장 큰 실패였던 것은 분명한 일이었다. 더구나 범인이 다시 연락을 할 것으로 예상한 수사1과 특수반은 이웃집 전화에도 녹음 기기를 달아 역탐지 절차를 마쳤다. 하지만 두 번째 전화는 경찰을 놀리기라도 하는 듯이 대각선 방향 맞은편에 있는 가마치 가의 옆집으로 걸려와서 다시 3분 이내에 오바타 사에코가 전화받을 것을 요구했다. 범인의 엉뚱한 장난질에 특수반이 녹음 장치를 정리해서 다시 전화가 걸려온 집에 녹음기기의 스위치를 켰을 때에는 전화가 이미 끊겨 있었다. 이후 두 번의 연락이 있었지만, 범인을 특정하기가 매우 어려웠다. 이제는 편지를 보내서 연락을 해왔기 때문이다.

하지만 왜 몸값 요구를 도중에 그만뒀을까?

항상 머릿속을 떠나지 않는 의문이었다.

유괴를 해서 아이의 목숨을 빼앗는 엄청난 범죄를 저질렀을 때는 앞뒤 가리지 않고 몸값을 받아내려 들기 마련이었다. 그런데 이 범인의 연락 횟수는 두 통의 전화와 두 통의 편지, 합쳐서 네 번이 전부였다. 과거에 있었던 다수의 돈을 노린 유괴 사건들과 비교하면 너무나 적은 수였다. 아무리 고민해도 해답이 떠오르지 않는 의문이었다.

시게토는 손목시계를 보았다.

저녁 10시 15분 전.

그는 자리에서 일어났다. 곧 수사회의가 시작되기 때문이었다.

마지마가 다쓰가와와 함께 소회의실에 들어왔을 때 다른 수사원들은 이미 자리에 앉아 있었다.

정면 탁자에 형사과장인 데라시마의 모습도 보였다.

두 사람이 마지막 줄 자리에 앉자 문이 열리고 시게토가 들어왔다.

"그럼 바로 보고해봐. 가쓰다."

시게토가 부연설명 없이 갑자기 가쓰다를 지명했다.

가쓰다가 부스스 일어섰다.

"저와 쇼지는 이토 경찰서에 갔었습니다. 시즈오카 현내에 본적이 있는 사람 중에 사건 당시 다른 지역에 살았고 과거에 유괴 관련 범죄 이력이 있는 사람에 관한 전과 기록을 찾아보기 위해서입니다. 해당자는 여섯. 여기 각 해당자를 분석하고 조사한 기록이 있습니다. 다음엔 시모다 경찰서에 갔었는데 그곳엔 해당자가 없었습니다."

"그렇군. 그외에 특이 사항은?"

"없습니다."

"좋아, 다음 오코노기."

예, 하고 안경을 걸친 오코노기가 일어섰다. 수첩을 펼친 다음 보고를 시작했다.

"저와 시라이시는 오바타 마모루를 유괴한 범인이 몸값을 받으려던 장소로 지명한 지점을 새로운 시점으로 살펴보고 인근 주민을 탐문수사했지만 눈에 띌 만한 발견은 없었습니다. 하지만 고속도로 버스 정류장에서 조금 거슬리는 점이 있는데 보고 드려도 되겠습니까?"

"뭐지?"

"오바타 사에코와 이혼한 전남편 말입니다."

"스도 이사오라고 했던가. 이혼한 남편이."

"그렇습니다. 수사기록에 따르면 당시, 그의 직업은 중고차 판매점 영업사원이었고 더구나 근무하던 곳이 누마즈였습니다. 즉 범인이 몸 값을 받으려고 지명한 버스 정류장은 모두 스도가 늘 다니던 곳이었으니 그 주변지역도 충분히 알고 있지 않았을까요?"

시게토는 팔짱을 끼었다.

마지마는 수사기록의 내용을 떠올렸다. 수사본부가 스도 이사오에게 큰 관심을 가지고 수사했다는 기록이 남아 있었다. 알리바이와 사건 전후의 동선, 그리고 경제 여건과 인간관계 등, 철저한 조사가 이루어졌지만 유괴 사건과 연결 지을 어떤 실마리도 잡히지 않았다. 다만 그에게 숨겨둔 조력자가 있었다면 애기는 완전히 달라졌을 터였다.

"좋아, 알았어. 다음은 마지마."

아, 하고 정신을 차린 마지마가 자리에서 일어섰다.

"저와 다쓰가와 경위는 오바타 사에코를 만났습니다. 안타깝게도 그녀의 애기에선 새로운 사실을 알아낼 수 없었습니다. 그후, 사건 발생 당시 그녀와 자녀들이 이사를 했던 집을 확인해보려고 했는데 공교롭게도 현재의 주인이 부재 중이어서 건너편 집주인에게 몇 가지를 물어봤습니다. 그 사람은 오바타 마모루가 사라지기 직전에 아이를 목격했던 가마치 하나요라는 여성입니다. 하지만 14년 전의 일이어서 본인은 거의 기억나는 게 없다고 말했습니다. 그러나 건너편 집에서 뛰어나온 마모루를 목격했고 모친인 사에코의 목소리를 들었다는 말은 틀림없다고 인정했습니다. 여기서 좀 걸리는 부분이 있었습니다.”

다른 수사원들이 일제히 마지마를 향했다.

“뭐지? 말해봐.”

시계토가 종용했다.

마지마는 다쓰가와를 쳐다보았다.

“다쓰가와 경위님, 제가 보고해도 되겠습니까?”

“네. 부탁드립니다.”

다쓰가와가 끄덕였다.

마지마는 자세를 바로잡고 다시 시계토를 향했다.

“수사기록에는 7월 27일 오후 3시를 지나 가마치 하나요 씨가 마모루를 목격했다고만 기록되어 있는데 사실은 그녀가 목격한 장소가 달랐습니다.”

“목격한 장소가 달랐다고?”

“예. 수사기록을 살펴보면 오바타 씨 집 정면에 해당하는 일 층에서 목격했다는 식으로 대략적인 구도만 적혀 있는데 다쓰가와 경위님의 질문에 가마치 하나요 씨는 그 위층인 이 층 방의 창문으로 봤다고 대답했습니다.”

마지마는 보고를 하면서 다쓰가와와 가마치 하나요의 대화를 떠올렸다.

다쓰가와의 간절한 요구에 지친 가마치 하나요가 마지못해 고개를 끄덕이자, 그는 곧 주머니에서 수첩을 꺼내 그것을 펼쳐서 하나하나 읽어가며 질문을 했다.

“1974년 7월 27일 오후 3시를 지나 여름 감기로 자고 있던 가마치 씨는 화장실에 다녀온 후, 아무 생각 없이 창밖을 보았다. 전날 해질 무렵 건너편 월세집으로 새로운 가족이 이사 온 것과 낮 시간이 지나서 모친이 인사를 하러 온 것을 며느리에게 들어서 그런가 보다 하고 바라보았다. 여기까지 틀림없습니까?"

다쓰가와가 번쩍 고개를 들자 시무룩하던 표정의 하나요가 입을 열었다.

"아마 틀림없을 거예요. 옛날 일이어서 정확하게 기억하지는 못하지만 그때 당시 내가 그렇게 말했다면 그대로가 아니겠어요?"

"그렇다면 계속하겠습니다. 가마치 씨가 창밖으로 보니 대각선 방향의 맞은편에 있는 현관의 미닫이문이 열리고 하늘색 티셔츠에 남색 반바지, 새하얀 샌들을 신은 아이가 달려나왔다. 그리고 바로 엄마로 보이는 여자가 나와서 들어오라고 굉장히 화를 내면서 서슬이 퍼렇게 몇 번이고 고함을 쳤다. 그래서 아이는 풀이 죽어서 집으로 들어갔다. 이건 어떻습니까?"

"아까 하고 똑같은 말밖에 할 수가 없네요."

"참고로, 서슬이 시퍼렇다는 건 어떤 느낌이었다는 거죠?"

"아마 엄마가 아이를 혼내는 모습이었겠지요."

"집에서 뛰어나왔다는 이유만으로요?"

"부모란 여러 유형이 있으니까요."

"그때 아이는 아무 말도 하지 않았습니까?"

"음, 어땠을까요. 창문 너머로 봤으니, 그렇게 말했겠죠. 그러니 뭐라고 했는지 못 들은 것도 당연하고요. 이 층 창문에서 봤으니까……."

순간 다쓰가와가 입을 다물고 마지마를 향해 고개를 돌렸다.

"그게 대체 어쨌단 말이야?"

앞자리에 앉아 있던 가쓰다가 별안간 끼어들었다.

"그게 다입니다. 하지만 직면수사를 함으로써 지금까지의 수사에서 착각을 했던 사실이 밝혀졌다면 그걸로 의미가 있는 거겠죠."

"그런 걸 바로 침소봉대라고 하는 거야. 핵심을 보라고, 핵심을."

"어디가 중심인지 아직 아무도 모르지 않습니까?"

순간 가쓰다가 의자를 박차고 일어섰다.

"애송이 주제에 나를 가르치려 들어?"

"관리관님이 처음에 선언했잖습니까. 이 특별수사반에서는 통상의 형식적인 수사회의는 일절 하지 않는다고. 각자가 생각하는 바를 기탄없이 주장하라고 했다고요!"

마지마가 몹시 화를 내는 것이 의외였는지 가쓰다는 혀를 차며 잠자코 입을 다물었다. 마지마는 씩씩대며 말을 이었다.

"더구나 그후, 저와 다쓰가와 경위는 가마치 하나요 씨의 증언의 신뢰성을 확인하기 위해 근처 주점의 주인을 만났습니다. 그곳에서 흥미로운 얘기를 들었습니다."

"어떤 얘기지?"

시게토가 말했다.

"가마치 하나요 씨는 건너편 월세집에 새로운 사람이 들어올 때마다 반드시 이 층에서 엿봤다고 합니다. 근방에서 유명하다고 합니다. 그러니까 그 엿보던 버릇 덕분에 가마치 하나요 씨만이 유괴된 오바타 마모루의 유일한 목격자가 된 겁니다."

시게토가 다쓰가와를 쳐다보았다.

"다쓰가와 경위는 어떻게 생각합니까?"

다쓰가와가 일어섰다.

"종래의 수사에서는 범인으로 연관지을 주요점이 떠오르지 않았습니다. 그렇다면 지금까지 관심을 두지 않았던 부분을 철저하게 원점으로 돌아가 재검토하는 것이 주요점을 발견할 수 있는 많지 않은 수단 중 하나겠지요. 가마치 하나요 씨에게 엿보는 버릇이 있어서 오바타 마모루 군을 목격했지만 대각선 위에서 내려다보았으니 얼굴은 보지 못했고 이 층 창문 너머여서 마모루 군이 뭐라고 말했는지도 듣지 못했습니다. 목격한 상황을 파악하는 단서로 쓰려면 이렇게 정확하고 자세하게 검토해야 하는 겁니다."

다쓰가와가 말하는 동안 상석에 앉아 있던 데라시마가 얼굴을 찌푸렸다.

하지만 이를 무시하듯 시게토가 말했다.

"나도 동감이다. 여기서 옥신각신해봤자 소용없어. 가쓰다 조는 계속해서 용의자 명단을 작성하고 해당자의 신원조사를 하도록."

예, 하고 가쓰다가 불만스러운 얼굴로 작게 대답했다.

"오코노기 조는 스도 이사오를 직접 만나보고 하나부터 열까지 새롭게 다시 검토해. 특히 공범이 될 만한 가능성이 있는 사람들과 만나는 사람들을 알아보고. 남자만 아니라 여자일 가능성도 있다는 점도 명심하도록."

알겠습니다 하고 오코노기가 대답했다.

"마지마 조는 계속해서 오바타 사에코와 그 주변을 조사하도록.

오바타 세이조도 만나봤으면 하네.”

예, 하고 마지마가 대답을 하자 옆에 있던 다쓰가와가 별안간 끼어들었다.

“시게토 관리관님, 오바타 마모루의 시신이 발견된 현장에도 가보고 싶은데요.”

“다마 강변 말입니까? 좋습니다. 가보도록 하세요.”

다쓰가와가 고개를 숙이고 난 뒤 웅얼거리듯 대답했다.

“사체를 숨긴 장소가 아무래도 마음에 걸려서요.”

5

시게토는 여기까지 말을 마치고 잠시 입을 다물었다.

27년이 지난 수사의 경위를 말하는 동안에 당시의 중압감이 새삼스럽게 가슴속에 되살아났던 것이다. 구사카는 그런 심정으로 시게토에게 물었다.

“직면수사라는 건 무척 고생스러운 작업 아닙니까?”

시게토는 끄덕였다.

“실제로 특별수사반이 만들어지니 하시바미 본부장이 처음에 꺼낸 말의 무게를 실감하지 않을 수 없었네.”

“관계자와 목격자의 기억이 희미해졌다는 말씀이시군요.”

“그렇지. 14년 전의 수사에서 누락된 증거가 만일에 존재한다 해도 이미 사라졌을 가능성을 각오해야 했지.”

구사카는 고개를 끄덕였다.

옆에 있는 야나기가 "과연" 하고 중얼거렸다.

"그렇지만 완전히 희망이 없는 건 아니었네. 형사가 기계가 아닌 이상 담당이 바뀌면 완전히 같은 증언이라도 관련된 사물이나 현장에 가보면 전혀 다른 반응을 기대할 수 있을지도 모른다고 생각했지. 그래서 시라이시와 오코노기, 거기에 다쓰가와와 마지마 조에게는 수사본부와 연속수사반이 조사해온 자들을 대상으로 '직면수사'를 명령했네. 그리고 마지마의 의견에 따라 시즈오카 현에 본적을 둔 대상자를 골라내는 새로운 일은 연속수사반에서 합류한 조인 가쓰다와 쇼지에게 맡겼지."

"특별수사반의 임무 할당에는 그런 의도가 숨겨져 있던 거군요."

야나기가 말했다.

구사카도 납득한 듯 고개를 크게 끄덕였다.

"그리고 그러한 임무 할당은 생각지도 못한 효과를 가져왔네."

시게토는 천천히 얘기를 이어갔다.

제4장

....

1

1988년 8월 3일 오전 10시 5분 전.

데라시마 마사시는 시즈오카 현청 동관의 웅장한 현관 홀에 들어섰다.

갑자기 명치끝에서 묵직한 통증이 느껴졌다. 미시마 경찰서의 형사과장으로서 현 경찰본부를 방문하는 것은 그다지 드문 일은 아니었다. 하지만 사람들의 발소리가 울리는 구내에 설 때마다 무언의 위압감이 살아나 은근한 반발심과 부러움, 그리고 원망이 뒤섞인 감정에 사로잡히곤 했다.

오늘은 특별히 무릎이 희미하게 떨려왔다. 시즈오카 역에서부터 걸어왔음에도 더위를 느낄 여유도 없었다. 물론 오바타 마모루 유괴 사건의 재조사 때문이었다.

14년 전에 일어난 그 사건은, 당시에는 단순히 돈을 노린 유괴라고 생각되었다. 다섯 살인 오바타 마모루가 행방불명이 된 그날 밤에 이웃집으로 전화가 걸려와 남자 목소리가 아이를 유괴했음을 알렸고 일천만 엔의 몸값을 요구했기 때문이다. 그렇지만 오바타 세이조와 마모루가 전날 미시마로 이삿짐을 싸서 왔다는 점에서 우발적인 범행이 아니라 용의주도한 범행이라는 추측도 조심스레 나오는 등 이제는 처음부터 수사방침이 잘못되었다는 것을 인정할 수밖에 없었다.

사건 당시 밤새 미시마 경찰서에 설치된 유괴 사건의 대응을 위한 지휘본부는 뒤늦게나마 형사부장의 이름으로 '역탐지 요청서'를 전화국에 제출했다. 그후 지역의 영업소에서 이웃집들에 역탐지 장치를 설치하고 형사부장의 이름으로 현내의 전 경찰서에 일제히 통지했다. 그것은 전 경찰관이 퇴근 후에도 일정 시간을 소속 관할에 대기하라는 명령이었다. 협박전화를 거는 지점이 밝혀졌을 경우 급히 출동할 체포반, 몸값을 건네는 장소에는 잠복반, 범인의 도주 시에는 그를 뒤쫓을 추적반, 게다가 범인이 돈을 건네받을 장소를 변경할 경우에는 제2, 3의 대기반 등, 수백 명의 경찰을 대기시켜서 확보해둘 필요가 있었기 때문이다.

그런데 이제 와서 재수사로 전환되어 수사 담당자가 바뀐 것이었다. 그럼에도 불구하고 본부장에게 하는 수사보고만은 유감스럽게도 자신이 해야 했다. 데라시마는 불쾌한 심정으로 관리관이 된 시게토의 얼굴을 떠올렸다.

계속 어금니를 깨물고 있었음을 깨닫고는 크게 호흡을 하고 홀의 정면에 있는 접수처로 다가갔다.

"특별수사반의 동향은 어떤가?"

거대한 책상 너머에서 현 경찰본부장인 하시바미가 말했다. 냉담한 눈빛이 이쪽을 향하고 있었다.

데라시마는 부동의 자세로 서서 입을 열었다.

"피해자의 가족, 몸값을 건네려던 장소의 재검토, 그리고 새로운 시점에서 용의자 후보를 밝혀내려고 각각의 인원을 배치해서 착수했습니다."

넓디넓은 집무실에 상기된 데라시마의 목소리가 울려퍼졌다. 천정이 높은 실내는 냉방시설 때문인지 상당히 차갑고 건조해서 오싹한 기분마저 들었다.

"새로운 시점에서 용의자를 밝혀내?"

하시바미의 눈썹이 올라갔다.

"지금까지는 현내와 근방에 사는 사람들 중에서 아동 관련 전과자를 명단에 올려서 중점적으로 수사해왔습니다. 하지만 용의자가 본적은 현내지만, 사건 당시엔 다른 지역에 살고 있었을 가능성도 있다고 보고, 대상자 명단의 범위를 넓히는 방침을 세워……."

"잠깐만. 그럼 자넨 이제껏 그런 당연한 수사를 안 했단 건가?"

데라시마는 말문이 막혔다. 한 박자 늦게 참을 수 없는 분노가 끓어올랐다. 고시 출신의 현 경찰본부장이 현장수사가 어떤지 알 턱이 있나.

그 생각을 알아채기라도 한 듯 하시바미가 뜻밖에 말투를 바꿨다.

"지나간 걸 이제 와서 논해봤자 별 수 없지. 하지만 특별수사반을 설치한 이유는 무엇보다 눈에 보이는 성과를 올려야 하기 때문이야. 그렇지 않으면 사람들은 납득하지 못한다고. 언론이 쓸데없는 정의감을 내세우며 떠들어대기 전에 이판사판으로 새로운 단서를 파내도록 해."

"옛."

데라시마는 쥐어짜듯 대답했다.

"특별수사반원들은 어떻게 구성됐지?"

"이게 수사원 명단입니다."

데라시마는 여섯 명의 이름과 연령, 소속 경찰서를 적은 서류를 내밀었다.

하시바미는 책상에 놓인 서류에 손도 대지 않고 불쾌한 듯 그것을 쳐다보았다.

"이 다쓰가와 경위라는 자는 나이가 꽤 되는군."

"현재는 아라이 경찰서의 생활안전과 소속이지만 시게토의 소개에 따르면 이런 종류의 사건에 예전부터 베테랑으로 알려져 있답니다."

하시바미가 슬며시 콧방귀를 뀌더니 다시 물었다.

"새로운 용의자를 찾고 있는 수사관은 누구지?"

"가쓰다 규사쿠와 쇼지 오사무입니다."

"연속수사반에서 합류한 조군. ……좋아, 이들을 독려해서 어떻게든 유력한 용의자를 찾아내도록 해."

"알겠습니다. 하지만 다른 단서가 나올 가능성도 남아 있다고 생각합니다."

"다른 단서?"

하시바미가 고개를 들었다.

"예. 앞서 말씀드린 바와 같이 다른 수사원들이 피해자의 모친과 그 전남편에 대해서도 재조사할 예정입니다."

"자네 정말 지금 현경이 어떤 사태에 빠져 있는지 알고는 있는 건

가? 시효가 목전이라고. 가망 없는 수사에 느긋하게 시간을 허비할
상황이라고 생각해?"

"하지만 모든 수사대상에 대해 직면수사를 하라는 게 시게토 관리
관의 방침이고 사건을 해결하기 위해선 그 방법밖에 없다고 저도 동
의합니다."

"그러다 아무것도 안 나오면 어쩔 작정인데? 빠져 죽을 걸 알면서
도 뛰어들어서 같이 죽자는 건가?"

차가운 눈빛이 데라시마를 향했다.

"아닙니다."

"그렇다면 온전한 배로 갈아탈 궁리나 하라고."

깊숙이 고개를 숙이며 데라시마는 생각했다.

예상했던 대로다……. 이 남자는 사건의 진상 해명 같은 것은 처음
부터 전혀 기대하지 않았다. 대신 현의 경찰이 이렇게까지 했다는 행
적과 지겹도록 땀을 흘리는 모습을 세상 사람들에게 보여주면 그만
이었다.

2

시게토는 공용차를 운전해서 1번 국도를 달리고 있었다.

하지만 머릿속은 오바타 마모루 유괴 사건으로 가득했다. 다른 어
떤 일을 하고 있어도 항상 깊은 곳에서는 수사기록의 단면이 슬며시
숨어들었다.

그때 머릿속을 꽉 채운 것은 사건 직전부터 발생에 이르는 동안 오

바타 가족이 어떻게 움직였는가였다. 오바타 사에코와 두 아이들, 그리고 오바타 세이조의 동선에 관해서도 미시마의 집에 서둘러 도착한 수사1과 특수반 담당자들과 그후 수사원들의 거듭된 탐문에 의해 상세하게 기록되어 있었다.

1974년 7월 26일 아침 일찍부터 오바타 가족은 이삿짐을 싸는 일로 분주했다. 사에코가 아이들의 교육환경을 생각해서 후지 시의 본가에서 미시마 시로 이사를 하게 된 것이었다. 오전 10시가 지나자 세이조는 황갈색 덮개를 씌워둔 소형 트럭에 마모루를 태우고 후지 시의 자택에서 출발했다. 옷장과 화장대, 이불 꾸러미 등의 덩치가 큰 물건을 운반하는 일과 미시마 시 고바라초의 집을 미리 청소하는 것이 목적이었다. 원래는 혼자서 가려고 했지만 마모루가 고집을 피우며 졸라대는 통에 데리고 갔다고 했다. 세이조와 마모루는 그날 밤 미시마의 집에서 잤다고 기록되어 있다.

세이조와 마모루를 먼저 보낸 사에코는 다음 날 오전까지 계속 짐을 쌌다. 리에가 초등학교에서 돌아온 것은 27일 오전 11시를 지난 시각이었다. 여름방학이었지만 초등학교에서 수영교실 수업이 있어서 전날에 이어서 전학을 가기 전에 참가했다고 전해졌다.

때마침 이웃집 주민인 스기야마 요시에가 오바타의 집을 찾아왔다. 오바타 사에코가 이삿짐을 싼 뒤 차에 짐을 전부 싣고 현관을 잠그려던 때였다. 요시에의 딸인 아쓰코가 리에와 함께 수영장에서 돌아와 있었기 때문에 스기야마 요시에가 데리러 온 것이었다. 그녀는 이전부터 오바타 가족과 친한 사이였는데 남편이 전근을 가서 자신들도 여름방학 기간에 모리오카로 이사를 가게 되었다는 것이다. 그래서 오바타 가족과 인사를 나누려고 오바타 사에코의 집에 들렀다고 적혀 있었다.

사건 발생 이후 수사원은 모리오카까지 찾아가 스기야마 요시에에게 그때의 상황에 대해 탐문수사를 한 결과, 사건과 관련된 증언은 하나도 없었다. 그날, 스기야마 요시에와 오바타 사에코가 나눈 이야기는 아이들에 관련된 것들뿐이었다. 학교 공부나 남매간의 다툼 등 어떤 가족에서든 있을 수 있는 넋두리에 지나지 않았다. 두 사람의 딸들도 현관 앞에서 작별 인사를 나누었다고 했다.

그렇게 요시에와 얘기를 나눈 뒤 사에코는 바로 현관을 잠그고 리에와 함께 차를 타고 출발했다. 이것도 스기야마 요시에의 증언이었다. 사에코와 리에가 미시마의 집에 도착한 것은 오후 1시를 지날 무렵이었다. 월세집의 동쪽 길에는 세이조가 타고 온 소형 트럭이 주차되어 있어서 자동차는 그 집의 앞길에 세웠다고 했다. 사에코와 리에가 집에 들어오자, 부엌에서 보아 좌측 안쪽에 있는 세 평짜리 방에서 세이조는 마모루를 데리고 자고 있었다. 사에코는 낮잠 중인 두 사람을 깨우지 않으려고 중간 문을 닫고 오른쪽 세 평짜리 방에서 짐을 풀기 시작했다. 리에도 도왔지만 도중에 마당으로 나가 낡은 우물에서 물장난을 쳤다고 쓰여 있었다.

오후 3시쯤 마모루는 낮잠에서 깨어나 한 차례 현관으로 나가 대문 밖으로 나가려다가 사에코가 불러 다시 돌아와 이불 속으로 들어갔다. 오후 4시쯤 잠에서 깬 세이조가 리에를 데리고 소형 트럭을 타고 외출했다. 미시마 시내에 사는 친척을 만나기 위해서였다. 마모루는 자고 있어서 리에만 데리고 갔다고 세이조는 경찰에게 대답했다.

두 사람이 미시마의 집으로 돌아온 것은 약 한 시간 뒤였다. 세이조가 미시마의 집을 떠난 것은 오후 5시 정도였다고 했다.

그리고 오후 6시쯤 옆방의 중간 문을 연 사에코는 마모루가 없다는 사실을 알게 되었다. 집안 어디에도 아들의 모습이 보이지 않아서 사에코는 밖으로 나가 주변을 찾아다녔다. 머리칼을 헝클어뜨린 채 아들의 이름을 부르며 찾아다니는 모습을 근처에 사는 다수의 이웃들이 목격했다. 약 한 시간 뒤에 사에코는 근처의 파출소로 달려갔다.

시즈오카 현의 경찰서 수사1과 특수반원 세 명이 민간인으로 위장하고 오바타의 집으로 왔다. 마모루가 사라진 상황에 대해 상세한 조사를 진행함과 동시에 집안과 주변 등을 빠짐없이 조사했지만 마모루의 흔적은 전혀 발견되지 않았다.

사건을 나중에 다시 돌아봤을 때에 깨달은 것은 대수롭지 않게 여긴 시간의 틈새나 사소한 판단 실수가 회복 불가능한 중대한 사태로 이어졌다는 원통한 사실이었다. 세이조가 리에만이 아니라 마모루도 데리고 친척집에 갔다면 이 사건은 일어나지 않았을 것이다.

시게토가 한숨을 내쉴 때 다니타 사거리가 보였다. 그곳에서 우회전 하자 오른쪽에 미시마 경찰서의 건물이 금방 눈에 들어왔다. 맞은편에서 달려오는 차가 끊길 즈음, 시게토는 운전대를 꺾어 건물의 왼편 안쪽에 있는 주차장으로 들어갔다.

시게토는 엔진을 끈 뒤 가방과 상의를 손에 들고 차에서 내렸다.

"시게토 부서장님."

어디선가 갑자기 자신을 부르는 소리가 들려 고개를 돌렸다. 건물 근처에 작은 체구의 남자가 서 있었다. 한눈에도 「스루가 일보」의 사토 후미야라는 것을 알 수 있었다.

"오바타 마모루 유괴 사건의 수사는 잘 되고 있나요?"

"이제 막 시작한 특별수사반이 자네들에게 제공할 기삿감을 그렇게 쉽게 발견할 수 있겠나."

"하지만 아침 일찍 회의를 마치고 시게토 부서장님은 벌써 나갔다 오셨잖습니까?"

사토는 턱을 치켜올리며 금속성 은빛이 나는 자동차를 가리켰다.

"제가 여기에 왔을 때 늘 같은 곳에 세워져 있던 차가 없더라고요. 뭔가 짚이는 게 있어서 혼자서 다녀오신 거 아닙니까?"

"그렇게 죽 감시했다니 참으로 수고가 많군."

"세상이 아무리 발전해도 기자가 취재를 위해 밤낮으로 뛰는 건 변함이 없네요. 그건 그렇고, 뭔가 발견하셨나요?"

"아무것도 없어. 그런 건 홍보과에 물어봐."

시게토는 손을 내저으며 미시마 경찰서 건물을 향해서 발걸음을 옮겼다.

사실은 사전답사차 스도 이사오의 직장을 다녀오는 길이었다. 현재 중고차 판매점의 지점이 누마즈에도 있었다. 규모는 어느 정도인지 손님 층과 가게 분위기는 어떤지 등, 오코노기와 시라이시가 도쿄에서 스도 이사오와 만나고 돌아오기 전에 확인해두고 싶어서였다. 누마즈 시내에 있는 지점은 그런 대로 손님이 북적였다. 장소도 JR누마즈 역에서 남쪽으로 난 도로와 도카이 도로가 교차하는 지점이어서 중고차 판매점으로는 최적의 위치라고 할 수 있었다.

그때 사토가 따라잡듯이 달려와 나란히 걸으며 말했다.

"그렇다면 이건 어떻게 생각해야 할까요? 14년 전 7월 27일에 오바타 마모루는 유괴되었다. 그런데 범인의 연락은 전화와 편지를 합쳐 겨우 네 통으로 끝났다. 어째서 범인은 몸값을 단념한 거죠?"

"알 수 없지."

"몸값이 아니라 원한에 의한 범행이라고 생각하진 않으십니까?"

"다섯 살 아이에게 원한이라니."

시게토는 얼굴을 흘깃 보면서 말했다.

"아니죠. 피해자의 가족에 대한 원한 말입니다."

"예를 들자면 누구 말인가?"

"오바타 사에코. 아니면 오바타 세이조일지도 모르지요. 사에코와 헤어진 남편인 스도 이사오일 가능성도 있고요. 이들에 대해 주변 인물과의 문제를 조사 중이신 거죠?"

늘 그렇지만 끈질긴 질문이 쉴 새 없이 밀려들었다.

"사건의 관계자를 새롭게 조명해보는 건 재수사의 철칙이라고만 해두지."

"그렇다면 수사본부가 설치되었던 시기에는 유력한 용의자가 떠올랐었나요?"

"노코멘트야."

시게토는 말을 하면서 발걸음을 재촉했다.

사토는 멈춰서서 자신에게서 멀어지는 시게토에게 말했다.

"현 경찰본부장은 고시 출신이 아닌 부서장님께 이번 사건의 책임을 지게 할 작정이라고요. 그러니까 처음부터 사건의 해결 따윈 불가능하다고 보고 있다는 거죠."

시게토는 발걸음을 멈춘 채 말했다.

"사토 기자. 한 가지만 말해두지. 처음부터 사건의 해결을 포기하고 수사하는 경찰은 있을 수 없고 있어서도 안 되네. 물론 난 이 사건의 시효를 넘길 생각은 추호도 없어."

그렇게 강조하고 시게토는 미시마 경찰서의 건물로 들어갔다. 사토는 따라오지 않았고 아무 말도 걸어오지 않았다. 하지만 사토가 던졌던 질문이 귓가를 집요하게 파고들었다.

어째서 범인은 몸값을 단념한 거죠?……

원한에 의한 범행이라고 생각하지는 않으십니까?……

그 질문이야말로 이 사건 전체에서 풍기는 냄새의 원인이라는 것을 육감적으로 알 수 있었다. 다른 유괴 사건과는 무엇인가가 달랐다. 하지만 도대체 무엇이 어떻게 다른 것인지 긴 시간 동안 그 원인이 선명하게 떠오르지 않았다. 그렇게 생각하다가 다른 하나의 의문을 지적한 석연치 않은 말이 머릿속에 되살아났다.

"1974년 8월 19일은 월요일이었고 전날은 일요일이었습니다. 마음에 걸려서 당시의 신문을 살펴본 결과, 일요일 도쿄의 날씨는 오전과 오후 모두 흐렸습니다. 하지만 여름방학과 겹쳐서 월요일보다 일요일이 강변에 놀러 온 사람이 매우 많았을 겁니다. 그런데 그 세 명의 중학생만이 어째서 수면에 떠오른 물체에 관심을 가졌을까요? 사체는 전날 수면에 떠오르지 않았던 걸까요? 아니면 떠올랐는데도 아무도 개의치 않은 걸까요? 그리고 떠오른 원인인 마끈의 절단은 언제, 어떤 이유에서 일어난 걸까요? 우연일까요, 아니면 인위적인 이유에서일까요? 이런 점에 관한 수사와 분석이 전혀 기록돼 있지 않았습니다."

그것은 최초의 수사회의에서 다쓰가와가 지적한 의문점이었고 막대한 수사기록 어디에도 적혀 있지 않은 것임이 분명했다. 그의 말을 들으니 사건 전체를 뒤덮은 알 수 없는 안개가 더욱 짙어지는 느낌이 들었다. 왜 하필이면 다마 강에 사체를 유기했을까? 단순히 일시적인 기분에서였을까. 아동을 납치한 사악한 존재는 대체 무슨 생각이었을까.

다쓰가와 경위.

시게토는 입속으로 그 이름을 되뇌었다. 생각하면 그와의 인연도 20년이 다 되었다. 20년 전, 누마즈 경찰서에 배속되었던 시게토 경사는 형사가 되기 위해 서장의 추천을 받았고 경찰수사관 선발시험에도 합격해서 견습요원으로 수사 실무에 가담할 수 있었다. 그때 정성껏 지도해준 사람이 형사과에 있던 다쓰가와였다.

시게토가 봤을 때 그는 기이한 선배였다. 승진에 유리한 고시 출신이 아닌 현장의 형사들은 수사를 할 때 고지식한 장인 기질 같은 고집을 갖고 강렬한 집념을 불태우는 것이 보통이었다. 그렇기 때문에 누구라도 특유의 습관이 있어서 상식적 잣대에서 벗어난 사람이 적지 않았다. 그런데 다쓰가와는 달랐다. 어디에 있어도 눈에 띄지 않는 온화한 사람이었다. 그러면서 타인의 기분을 이토록 상세하게 간파하는 남자를 시게토는 일찍이 본 적이 없었다.

한번은 살인 사건의 피해자인 남자의 가족을 찾아간 적이 있었다. 피해자는 거듭되는 폭행을 당하며 강압적으로 빚 독촉을 받다가 결국에는 무참하게 살해를 당하고 말았다. 양친은 도움을 청하는 아들에게 전화를 받고서 경찰서에 고소장을 제출했지만 사건성을 증명할 명확한 증거와 증언이 전혀 없다는 이유로 고소장은 수리되지 못한 채 최악의 결과는 내고만 사건으로 마무리되었다.

　너무나 격분한 나머지 경찰과의 면담조차 계속 거부해오던 부모에게 다쓰가와가 사전에 전화를 걸어 정중하게 사죄를 하자 웬일인지 자택에서 만나는 것을 허락해주었다. 그리고 시게토와 그 집을 방문했을 때 5분가량 일찍 현관 앞에 서 있던 다쓰가와는 손목시계를 지긋이 내려다보다가 초침이 약속 시간에 딱 도달한 순간, 초인종을 눌렀다. 멍하니 바라보던 시게토에게 다쓰가와는 부드럽게 말했다.

　"1분이라도 늦으면 상대는 시계를 보고 왜 안 오냐고 불평을 늘어놓지요. 반대로 1분이라도 빨리 오면 벌써 왔냐고 하면서 그것조차 불편하게 느낍니다. 그게 인간이라는 겁니다……."

　오바타 마모루 유괴 사건의 재수사를 맡았을 때, 그가 다쓰가와를 떠올린 것은 그의 관찰력에 기대를 걸었기 때문이다. 반드시 뭔가를 찾아낼 것이다……. 시게토는 가슴속에 그런 생각을 간직한 채 미시마 경찰서 현관으로 발을 내딛었다.

3

　도카이도 본선의 후지 역에서 하차한 마지마는 다쓰가와와 함께 북쪽 출구로 나왔다.

　역 앞을 오가는 사람들은 모두 이마의 땀을 닦아내고 있었다. 눈앞에는 손님을 기다리는 택시 행렬이 로터리에 둥글게 늘어섰고 왼쪽 대각선으로는 비즈니스 호텔이 보였다. 오바타 세이조의 집은 여기에서 북쪽으로 1킬로미터 정도 떨어진 가지마초라고 했다.

두 사람은 준비해온 지도를 보며 아무 말 없이 걷기 시작했다. 상의는 진작부터 벗어서 팔에 걸쳤다. 아무리 날씨가 더워도 수사비를 아껴야만 했다.

"오바타 세이조 씨는 부자라지요?"

다쓰가와가 끄덕였다.

"네. 젊어서는 과수원을 경영하며 농사를 겸했지만 나이가 들어서는 집을 지어 세를 받거나 토지대금을 받아 생활하는 것 같습니다. 사에코 씨는 무남독녀고 결혼 상대는 중고차 판매점의 영업사원이어서 농사일을 물려받을 후계자가 없었지요."

마지마도 고개를 끄덕였다. 오바타 사에코는 결혼 후에도 여기 후지 역 부근의 아파트에서 살았다고 수사자료에 나와 있었다. 이혼을 한 후에는 그녀가 두 아이를 데리고 본가로 돌아왔다는 사실도 읽을 수 있었다. 따라서 미시마 집으로의 이사는 그녀에게 두 번째 독립이었지만 아버지로부터 온전히 벗어나는 첫 독립인 셈이었다. 사에코의 어머니인 후사코는 일찍이 사망해서 세이조는 당시 혼자 살았다.

"그런데 오바타 사에코는 왜 하필이면 미시마로 이사를 갔을까요?"

"그 점에 대해선 수사기록에 질문을 했던 수사원의 기록이 남아 있습니다."

"이런, 그랬나요? 바보같이 제가 제대로 확인을 안 했군요."

마지마는 머리를 긁적였다.

"아이들의 교육을 위해 비교적 교통이 편리한 미시마를 골랐다고 대답했더군요. 리에 씨가 초등학교 1학년이었거든요. 참, 그녀가 어렸

을 적부터 간호사가 되고 싶어했다는 기록도 있었네요.'

아, 그렇구나 하고 마지마는 끄덕였다. 그리고 며칠 전에 얼굴을 마주했던 오마타 리에의 갸름한 얼굴이 떠올랐다. 그렇다면 지금은 간호학교에 다니고 있을지도 모른다.

조금 걷다 보니 돌담으로 둘러싼 커다란 저택이 눈에 들어왔다. '오바타'라는 큰 글씨가 쓰인 문패가 달린 전통 방식의 무나몬(棟門, 일본의 저택이나 사원에 세워진 지붕이 달린 문/역주)이 있었고 그 안쪽은 낮은 수풀과 무성한 나무로 뒤덮여 있었다. 저 멀리 보이는 안쪽으로는 중후한 현관이 서 있었다.

"굉장히 큰 집이네요."

마지마가 문 안쪽을 기웃대며 말했다.

"옛날부터 땅부자였으니까요."

다쓰가와는 그렇게 말하며 마지마를 종용해서 안으로 들어갔다. 작은 길이 좌우로 이어졌고 양측으로 노각나무 꽃과 백일홍이 가지와 잎사귀를 길게 늘어뜨리고 있었다.

현관문에 다다랐을 무렵 왼쪽의 개집에서 개가 뛰어나와 갑자기 짖어대기 시작했다. 마지마가 자기도 모르게 뒷걸음질을 쳤고 다쓰가와의 어깨가 흠칫 하며 수그러들었다. 검붉은 개가 이빨을 드러내고 으르렁거리다가 격하게 짖어댔다.

그때 현관문이 열리고 육십대 후반의 뚱뚱한 남자가 얼굴을 내밀었다.

"누구십니까?"

"미시마 경찰서의 다쓰가와라고 합니다."

다쓰가와가 고개를 숙인 후 경찰수첩 안의 경찰신분증을 보여주었다. 마지마도 "마지마라고 합니다"라면서 다쓰가와를 따라 했다.

"실례지만 오바타 세이조 씨 되십니까?"

"그런데 용건이 뭡니까?"

오바타 세이조는 퉁명스러운 말투였다. 낡은 게다를 신은 채 현관에서 나와 상대방을 무시하듯이 오른쪽에 있는 우체통을 열어보고 나서 검붉은 개에게 다가가 웅크리고 앉았다. 그러자 개가 어리광을 피우듯 낑낑대며 차분해졌다.

"저희는 손자인 오바타 마모루 유괴 사건에 관해 재수사를 맡게 된 경찰입니다. 번거로우시겠지만 말씀을 나누고자 찾아왔습니다."

"14년이나 지났어도 당신들은 뭐 하나 밝혀낸 게 없잖소. 이제 와서 남의 삶을 들쑤시고 다니지나 말아주시오."

그는 개의 머리를 쓰다듬으며 얼굴도 돌리지 않고 말했다.

오바타 사에코와 마찬가지로 어느 정도의 냉대는 각오했지만 노골적일 만큼 거부하는 태도에 마지마는 적잖이 어리둥절했다.

하지만 옆에 선 다쓰가와는 오바타 세이조의 옆얼굴을 향해 깊이 고개를 수그리고 말했다.

"선생님의 기분은 너무나 잘 이해합니다. 가족을 잃었는데 흉악한 범인마저 잡지 못했으니 마음 둘 곳이 없으시겠지요. 저희가 그 심정을 마음속에 깊이 새겨서 수사에 온 힘을 다하겠습니다. 아무쪼록 잠깐이라도 도움을 주지 않으시겠습니까?"

옆에서 듣는 마지마도 감탄할 정도로 자세를 낮추는 모습에 오바타 세이조가 슬쩍 뒤돌아보더니 머쓱한 듯 입을 벌리고 아무런 대꾸도 하지 못했다.

그때 처음으로 마지마는 상대의 얼굴을 물끄러미 바라보았다. 그의 왼쪽 눈꺼풀이 경련을 일어난 듯이 떨렸다. 이내 현관 쪽으로 눈길을 돌렸다. 어두컴컴한 현관의 바닥은 화강암으로 장식된 듯했고 두 평 정도의 크기였다. 휑한 그곳에는 가죽구두가 한 켤레 우두커니 놓여 있을 뿐이었다.

"무슨 말을 듣고 싶은 거요?"

오바타 세이조가 무뚝뚝하게 물었다.

"1974년 7월 26일 손자인 마모루 군과 본인의 차로 미시마의 집에 가신 걸로 압니다. 따님의 이사를 위해 무거운 이삿짐을 옮겨줄 목적으로요. 맞으십니까?"

다쓰가와가 부드러운 말투로 물었다.

"아마 그랬을 거요."

"그런데 왜 이삿짐 센터 사람들을 부르지 않았습니까?"

"내가 옮기면 안 되는 법이라도 있소?"

"실례지만 따님은 이혼 후에 친정에 돌아와 있었고 손자가 두 명이나 있어서 짐이 나름 좀 많았을 겁니다. 화장대나 옷장은 남자 혼자서 들기엔 좀 힘드셨을 텐데요."

"지금은 이렇게 늙었지만 그때는 밭일로 단련된 근력이 있었지. 이제 와서 왜 그런 걸 묻는 거요? 당신들 임무는 유괴범을 찾는 거 아닌가?"

"물론 그렇습니다. 범인이 언제 어떤 계기로 마모루 군을 눈여겨봤는지 그걸 알고 싶어서죠. 미시마에 갔을 때 오바타 씨의 차종은 무엇이었죠?"

오바타 세이조가 양손으로 먼지를 털면서 자리에서 일어섰다.

"벤츠를 타고 가서 유괴범의 눈에 띄었다는 소설이라도 쓸 생각이었다면 기대가 어긋났소. 먼지투성이인 소형 트럭을 타고 갔으니까."

"미시마로 데리고 갔을 당시 마모루 군의 옷차림을 기억하고 계십니까?"

"지겨울 만큼 물어서 기억하고 있지. 하늘색 티셔츠에 남색 반바지였소."

"신발은?"

"새하얀 샌들이요. 형사가 돼가지고 일반 시민에게 찾아달라고 호소한 전단지도 못 봤소?"

다쓰가와는 질문에 대답은 하지 않고 말을 이어갔다.

"미시마로 이사하기로 결정한 건 언제였나요?"

"잊어버렸소."

"미시마의 월세집은 어떻게 찾아낸 겁니까?"

"기억에 없소."

"이사계획을 가족 이외의 사람에게 말한 기억이 있나요?"

"그런 걸 기억할 리 없잖소."

마지마는 두 사람의 대화를 들으면서 시간낭비가 아닌가 생각했다. 하지만 담담하게 이어가던 다쓰가와의 질문을 통해 오바타 세이조와 마모루가 탔던 차가 소형 트럭이었다는 답변을 얻어냈다. 이것이 '직면수사라는 것인가' 하고 마지마는 다시금 생각했다.

수사기록에 따르면 이사 날짜는 한 달 전에 정했고 원래 입주 예정

일은 8월 1일이었다. 그러니 며칠 앞당겨 이사한 셈이었다. 이 점은 월세집을 소개한 부동산 업자의 진술을 통해 밝혀진 사실이었다. 부동산업자는 오바타 세이조가 소유한 땅의 중개도 맡고 있었고 7월 26일 당일에 이사 일정을 앞당기겠다고 오바타 세이조가 직접 전화를 했다고 증언했다. 당시의 담당 형사들도 이삿짐 센터에 이사를 맡기지 않은 이유를 몇 번이고 추궁했다. 기록에는 오바타 세이조가 "내 차로 실어 나르면 되지 굳이 다른 사람을 불러서 비싼 돈을 쓸 필요가 있나"라고 대답했다고 나와 있었다. 차종에 관해서도 "농사를 지을 때 쓰던 소형 흰색 트럭"으로 기록되었고 다른 질문에도 마찬가지였다.

그러나 전혀 마음에 두지 않는다는 듯 다쓰가와는 말을 이었다.

"무례한 질문이겠지만 그때 오바타 씨는 아내분과 사별한 상태셨더군요. 사에코 씨가 독립하면 살림을 할 분이 없어서 불편하겠다는 생각은 없으셨나요?"

"마누라가 죽은 건 딸이 결혼하기 전이어서 딸이 시집을 갔을 땐 누가 도와주지 않아도 이미 혼자 사는 데에 익숙해 있었소."

"아, 그러시군요. 미시마 시는 비교적 가까워서 오바타 씨도 안심이 되셨겠네요."

"뭐, 그렇소."

"당연히 잘 아는 지역이시고요?"

다쓰가와의 말에 오바타 세이조가 갑자기 입을 다물었다.

마지마는 그 얼굴을 응시했다. 지금의 질문은 수사기록에는 없었다. 오바타 세이조의 눈동자가 다시 가늘게 떨렸다.

잠시 후 오바타 세이조가 처음으로 쓴웃음을 지어 보였다.

"물론 알다마다. 친척들도 있고 일 때문에 미시마에 나갈 일도 많았으니까."

"그 월세집 주변도 잘 아시고요?"

"글쎄. 그건 잊어버렸소."

오바타 세이조는 시선을 피했다.

"그런데 사건 당시에 오바타 씨가 몸값을 준비하셨죠?"

"딸과 손자가 걸린 일인데 당연하지 않은가."

"은행 예금을 찾았나요?"

그 말에 오바타 세이조가 다시 이쪽을 보았다. 험악한 표정으로 되돌아가 있었다.

"이제 그만하지. 쓸데없는 질문을 하고 앉았을 시간이 있으면 얼른 가서 범인이나 잡아오라고. 나는 바쁘니 이만 실례하겠소."

화가 난 목소리로 말하면서 오바타 세이조는 서둘러 현관 안으로 들어가 쾅 하고 문을 닫아버렸다.

마지마와 다쓰가와는 마주보다가 누가 먼저라고 할 것도 없이 발길을 돌려 집밖으로 나왔다.

"전 좀 놀랐습니다."

집에서 멀어지자 마지마가 어깨를 움츠리며 말했다.

다쓰가와가 고개를 저었다.

"범죄자가 여러 가지인 것처럼 피해자도 다양한 법이니 어쩔 수 없죠. 하지만 약간 도가 지나친 느낌이 들긴 하네요."

"뭐가 말이죠?"

"개 말입니다. 집 지키는 개로는 더할 나위없지만 우체부나 신문배달 기사는 개가 짖어대는 통에 애를 먹었겠는데요."

"노인 혼자 사니 일부러 그렇게 훈련을 시켰겠죠."

"그렇다면 저 개가 짖을 때마다 오바타 세이조 씨는 언제나 저렇게 내다봤을까요?"

뺨에 손을 댄 채로 다쓰가와가 고개를 조금 갸웃했다.

4

오코노기와 시라이시는 함께 '스도 모터스'라는 글씨가 적힌 간판 앞에 섰다.

중고차 판매점은 246번 국도변에 있었다. 덴엔토시 선의 산겐자야 역에서 도보로 10분 정도 거리였고 두 사람은 온통 땀에 절어 있었다.

세련된 쇼룸 분위기의 사무소 유리창에 '고급 수입차, 고급 국산차 전문'이라는 검은 글자로 된 간판이 붙어 있었다. 그 옆의 넓은 주차장에는 순백의 벤츠와 새빨간 포르쉐가 일고여덟 대 정도 세워져 있었고, 올해 1월에 발매되기 시작한 닛산의 신형 고급 세단을 시작으로 일본산 고급차도 열 대 정도 늘어서 있었다. 모든 차들이 거울에 비친 것처럼 왁스로 잘 닦여 있었고 앞 유리의 안쪽에 걸린 가격표의 금액은 샐러리맨의 평균 연수입보다 훨씬 높았다.

"가볼까?"

키가 큰 시라이시의 말에 오코노기가 고개를 끄덕이고 사무소로 걸어갔다.

"실례합니다."

자동문이 열리자 판매점으로 들어서며 오코노기가 말했다.

그때 바쁘게 일을 하는 남자의 목소리가 들려왔다.

"반드시 찾아서 보여드릴 테니 걱정 마세요. 네, 지금까지 한 번도 약속을 어긴 적이 없었잖아요."

오코노기와 시라이시가 목소리가 들리는 쪽을 쳐다보자 안쪽 카운터에서 수화기를 손에 든 남자가 눈에 들어왔다. 금테 안경을 쓴 턱이 뾰족한 얼굴. 사십대 전반의 나이. 배우처럼 보이는 굵은 쌍꺼풀의 얼굴이었지만 웃는 모습에 약간은 처연한 느낌이 들기도 했다.

가게 안에는 음악이 흘렀다. 사카모토 류이치가 작곡한 "마지막 황제"였다. 오코노기는 이 곡이 올봄에 아카데미의 작곡상을 수상했다는 사실이 떠올랐다.

두 사람은 판매점 안을 둘러보았다. 벽에 여러 장의 사진이 붙어 있었다. 여기에서 고급차를 구입한 손님을 찍은 사진 같았다. 포르쉐 앞에 선 남자의 사진에 오코노기의 눈이 머물렀다. 자이언츠 팀의 유명한 야구선수였다. 그 옆에는 웃고 있는 접수대의 남자도 찍혀 있었다.

"어서 오세요."

접수대 뒤에서 키가 큰 젊은 남자가 모습을 드러냈다. 세상물정에 밝은 웃음을 지어 보였다.

"어떤 차를 찾고 계십니까?"

"여기 사장님이신 스도 이사오 씨를 만나고 싶은데요."

오코노기와 시라이시가 신분을 밝히자 젊은 남자가 정색을 했다.

"잠시만 기다려주십시오."

그리고 안쪽으로 걸어가 통화 중인 남자의 귓가에 뭐라고 속삭였다. 수화기를 들고 있던 남자의 얼굴에서 웃음기가 사라졌다. 이쪽으로 고개를 돌리더니 천천히 일어서 가볍게 인사했다. 그의 말이 빨라지기 시작했다.

"예. 제가 연줄도 좀 있으니까 곧 연락을 드리겠습니다. 딱 일주일만, 아니 이삼 일만 기다려주십시오. 제발 부탁입니다."

일부러 전화를 끊는다는 것처럼 수화기를 내려놓고 남자는 접수대를 향해 잔걸음으로 달려 나왔다.

"제가 스도입니다만, 무슨 일이신지."

여름인데도 명품처럼 보이는 긴소매 와이셔츠 차림이었고 오른손목에는 순금으로 된 팔찌가 빛나고 있었다.

"미시마 경찰서에서 나왔습니다. 14년 전에 일어난 오바타 마모루 군 유괴 사건의 재수사를 담당하게 됐습니다. 바쁘시겠지만 듣고 싶은 얘기가 있어서요."

"신문에서 봤습니다. 특별수사반이 만들어졌다고요."

기대감에 찬 모습이었다.

"네, 그렇습니다. 번거로우시겠지만 스도 씨의 아드님 사건이니 협조 부탁드립니다."

"번거롭다니요? 그렇지 않습니다. 자, 이쪽으로 앉으세요."

흥분한 표정으로 탁자 옆에 놓인 의자를 가리켰다. 원기둥꼴 다리 위에 두꺼운 원형의 유리 선반이 있는 탁자와 새빨간 아크릴로 된 현대적인 감각의 의자가 네 개 놓여 있었다.

두 사람이 의자에 앉자 스도 이사오도 건너편 의자에 앉아 벼르고 있었다는 듯 말을 꺼냈다.

"그래서 무슨 내용이 필요한 겁니까?"

순간 시라이시와 눈이 마주친 오코노기는 천천히 대답했다.

"사건 발생 두 달 전에 스도 씨는 오바타 사에코 씨와 이혼했다고 들었는데 그후 자녀분들과는 만나왔나요?"

"아이들 아버지니까 몇 번 만나긴 했습니다. 헤어진 아내와는 좋지 않았지만요. 무엇보다 일이 바빠서 시간을 내기가 너무 힘들었습니다."

"마모루 군과 마지막으로 만난 건 언제였습니까?"

스도는 입을 열고 크게 한숨을 쉰 후에 대답했다.

"정확히는 기억이 나질 않는데요. 하지만 사건 직전이 아닌 건 확실합니다. ……왜 좀더 자주 만나지 못했을까 하고 지금도 후회하고 있습니다."

스도 이사오는 갑자기 할 말을 잃은 듯 쇼룸 구석으로 얼굴을 향했다.

그의 시선을 따라 오코노기도 고개를 돌렸다. 구석의 선반에 아동용 글러브와 고무공, 그리고 빨간 플라스틱 양동이가 놓여 있었다.

"저건 마모루 유품입니다. 사에코와 헤어지기 직전인 5월에 지인 가족과 함께 조개를 캐러 갔었죠. 저 양동이는 그때 산 겁니다."

"지인이라면 누굽니까?"

"리에의 친구인 아쓰코와 그애 엄마인 스기야마 요시에 씨입니다."

오코노기는 고개를 끄덕였다. 그 두 사람의 이름은 수사기록에서 본 적이 있었다.

스도 이사오는 말을 이었다.

"아이들에게 하얀 비치샌들을 사줬습니다. 사에코는 화려한 건 싫어하고 수수한 걸 좋아했는데 저는 눈에 띄는 걸 좋아했습니다. 애들을 정말 사랑했어요. 그래서 마모루가 죽었을 때 유품으로 저것도 가져왔지요."

그렇게 말하면서 스도 이사오는 양동이 옆에 놓인 액자를 가지고 자리로 돌아와 오코노기 일행에게 내밀었다.

그것을 건네받은 오코노기는 사진을 들여다보았다. 어린 리에와 마모루가 해변에 손을 잡고 서 있었다. 리에는 짧은 머리였고 두 아이 모두 얼굴 가득 미소를 짓고 있었다. 마모루는 왼손에 빨간 양동이를 들고 있었다. 오코노기는 사진이 든 액자를 시라이시에게 건네고 다시 스도 이사오를 향했다.

"혹시 1974년 7월 27일 어디에 계셨는지 말씀해주시겠습니까?"

"그건 전혀 기억이 안 납니다."

"당시 질문을 했던 수사원의 기록에는 하마마쓰로 출장을 갔었다고 돼 있는데요."

"음, 그랬는지도 모르겠군요. 그쪽에도 고객이 있으니까요."

의자등받이에 등을 기대면서 스도 이사오가 말했다.

"차로 가셨겠지요?"

"아마 그랬을 겁니다. 일을 하러 갈 때는 항상 제 차를 타고 갔으니까요."

"차종은 뭐죠? 색깔은요?"

잠깐 동안 생각하다가 스도 이사오는 바로 대답했다.

"그때는 분명 재규어였어요. 색깔은 빨간색이고요. 수입차를 좋아하거든요."

"소유하고 계신 차량은 한 대뿐인가요?"

"네. 물론이죠."

오코노기는 눈앞에 있는 남자의 얼굴에서 한순간도 시선을 떼지 않은 채 표정 변화를 읽어내려 했다. 수사기록에 따르면, 스도 이사오는 전날인 26일 오후부터 업무차 하마마쓰에 갔다고 했다. 게다가 그날 오후와 다음날 정오 즈음에도 같은 고객을 만났다. 완벽한 알리바이라고 할 수 있지만 일부러 만들어낸 동선이라고 볼 수도 있다.

옆 자리에서 수첩과 펜을 들고 있던 시라이시도 아무 말 없이 스도를 바라보고 있었다.

"사건이 있고 반년이 지나서 회사를 그만두고 독립하셨네요."

"그랬죠. 그게 무슨 문제가 있나요?"

"사업자금은 어떻게 마련하셨나요?"

말문이 막힌 듯이 스도 이사오가 입을 다물었다.

"여기는 월세가 상당히 높은 것으로 아는데, 게다가 조금 지나서는 누마즈에도 지점을 차리셨다고 들었습니다."

스도 이사오의 표정에서 불쾌함이 묻어났다.

"잠시만요. 이전에도 다른 형사님들이 여러 번 물으셔서 그때도 느꼈던 거지만 형사님의 질문을 들으니 이거 제가 무슨 유괴범이나 된 것 같네요."

"그렇게 느끼셨다면 정말 죄송합니다. 하지만 사건 관계자는 예외 없이 알리바이나 경제 여건 등을 확인하는 게 수사의 철칙입니다. 아무쪼록 이해 부탁드립니다."

스도 이사오는 잠자코 있었다. 일자로 다문 입술에서 납득이 되지 않는다는 느낌이 배어나왔다. 하지만 얼마 지나지 않아 입을 열었다.

"사정이 그렇다니 할 수 없지만……. 사업자금은 제 나름대로 모아 둔 것도 있고 은행에서 융자를 받기도 했습니다."

"자금 전부를 그렇게 충당하셨다고요?"

눈을 치뜨면서 오코노기가 물었다.

순간, 스도 이사오의 얼굴이 붉어졌다.

"세상일에는 말할 수 있는 게 있고 그럴 수 없는 것도 있잖아요. 신용 문제에 관한 개인적인 일은 형사분들께 절대 말하지 않겠습니다."

스도 이사오는 말을 하자마자 시선을 회피하며 손을 뻗어 재떨이 옆에 있는 담배갑을 더듬었다. 그의 행동을 통해 마음속에 동요가 일었다고 확신한 오코노기는 시라이시를 쳐다보았다.

그가 눈짓을 하며 끄덕이자 시라이시가 입을 열었다.

"스도 씨, 사생활에 관해 여쭤봐서 죄송하지만 부인과 이혼하시게 된 원인은 무엇입니까?"

"네?"

초조한 목소리와 함께 스도 이사오가 시선을 돌렸다.

"단순히 성격이 안 맞아서요. 집사람은 지독한 파더 콤플렉스가 있었습니다. 오해하실까봐 말씀드리는 건데 아주 나쁘게 헤어진 건 아니에요. 어디까지나 원만하게 이혼했습니다. 설마 제가 이혼 때문에 화가 나서 제 아이를 유괴했다고 할 작정은 아니시죠?"

"그럴 리가요. 전혀 그렇게 생각하지 않습니다."

시라이시가 착실한 얼굴로 조용히 고개를 저었다.

하지만 그럴 가능성도 아주 없지는 않다고 오코노기는 생각했다. 스도 이사오는 장인이 부자라는 사실을 알고 있었다. 아이와의 관계도 있어서 이사를 했던 미시마의 집 주소와 전화번호를 알고 있는 사람이기도 했다. 하물며 그가 오바타 마모루를 부르면 아이는 기뻐서 따라올 것이 아닌가.

시라이시가 말을 이었다.

"단지 오바타 마모루 군의 주변에서 어떤 일이 있었는지 그걸 알고 싶을 뿐이죠. 그런 상세한 생활상을 수사해야 유괴범과 연결지을 뭔가를 찾을 수 있을 테니까요. 그래서 아주 사소한 일이라도 수사를 위해 자세히 물어보는 겁니다."

스도 이사오가 크게 한숨을 내쉬었다.

"알겠습니다."

5

"가쓰다 경위님. 이 녀석 좀 보세요."

쇼지가 한 장의 전과자 기록을 손에 들고 말했다.

"이번에는 또 뭐야?"

책상 위에 놓인 산더미 같은 서류 속에서 다른 서류를 집어든 가쓰다가 살짝 찌푸린 표정을 지었다. 그만의 자존심이던 리젠트 헤어(앞머리를 높게 하여 뒤로 빗어 넘기고 옆머리를 붙인 남자 머리형의 하나/역주)가 조금 흐트러졌다.

"롤리타 콤플렉스가 있는 남자예요."

쇼지는 전과자 기록을 내밀었다.

가쓰다가 귀찮은 듯 그것을 받아들고 비스듬히 내려다보았다.

두 사람은 누마즈 경찰서의 자료실에 있었다. 연일, 현내의 경찰서를 찾아가서 새로운 용의자의 조건에 해당되는 인물을 찾는 작업 중이었다. 아동 포르노 소지자, 초등학교 수영장에 몰래 카메라를 설치한 범죄자, 아이들을 강제로 데리고 돌아다닌 자, 여자고등학교에서 치한 행위를 한 자, 계속해서 신물이 나는 범죄 이력을 살펴야 했다.

가쓰다는 크게 한숨을 쉬면서 손에 든 문서를 산더미가 된 서류 위로 던졌다.

"우리 사건하곤 안 맞아. 이 인간은 여중생을 상대로 한 매춘이잖아. 그리고 장소는 하라주쿠야. 게다가 오타구에서 가족들과 함께 살고 있고 도내의 신용금고에서 일하고 있어. 그렇게 먼 미시마 시까지 가서 느긋하게 아이를 유괴하거나 협박전화를 건다든지 하는 시간적 여유가 없다고. 심지어 이 변태새끼는 운전면허도 없잖아."

"하지만 단독범이 아니라면요?"

"아냐, 이 사건은 확실히 단독범의 소행이야."

"왜 그렇게 생각하시죠?"

"머리를 좀 써보라고. 범인이 두 사람이라고 가정해서 그들이 성공적으로 몸값을 받아냈다고 쳐도 한 사람에 겨우 오백만 엔이잖아. 유괴 살인은 잡히면 거의 사형이야. 아주 적은 건 아니지만 나눌 만큼의 금액도 아니지. 게다가 두 번 걸려온 전화의 목소리는 같았고 두 통의 편지를 끝으로 완전히 깔끔하게 연락을 끊었지. 공범이 있었다면 분명 자기들끼리 뜻이 갈렸을 거야."

"그렇군요."

쇼지가 입안에서 중얼거리다가 몸서리를 치며 다음 전과자 기록으로 넘어갔다.

요네야마 가쓰미. 1970년, 18세 당시 대학 시험에 실패한 재수생이었다. 학원에 다니기 위해 4월부터 오다큐 선 산구바시 역 부근의 빌라에서 하숙을 했다. 6월 18일 장마가 잠시 그친 사이에 하숙집에서 나와 도보로 십여 분 걸리는 요요기 공원에서 모친과 떨어져 놀고 있던 다섯 살 남자아이를 공중 화장실로 끌고 가려는 범죄를 저질렀다.

쇼지는 의자에 앉은 채로 등을 죽 폈다.

아이의 비명을 들은 엄마가 과감하게 달려들어 아이에게서 떼어내자 요네야마 가쓰미는 그대로 도망쳤다. 근처에서 배드민턴을 치던 남자 대학생 두 명이 도와달라는 비명을 듣고 그를 100미터가량 쫓아가서 힘으로 제압했다. 요네야마는 미친 듯이 반항했지만 파출소에서 달려온 순경에게 체포되었다.

관할 경찰서의 조사에서 요네야마는 새파랗게 질린 얼굴로 떨면서 우발적인 행동이었다고 진술했다. 전력이 있는지 캐물었지만 그는 완강하게 "처음입니다"라고 반복할 뿐이었다. 당연하게도 범행을 한 미성년, 즉 '범죄소년'으로 가정법원에 송치하는 방안이 검토되었다. 하지만 미수에 그쳤고 초범인 점, 그리고 관할 경찰서로 달려온 부친인 요네야마 유이치가 피해 아동의 어머니에게 무릎을 꿇고 울면서 사죄를 했기 때문에 피해자 측이 고소장을 철회해서 결국 송치가 보류되었다.

이내 쇼지의 등줄기에 소름이 돋았다.

다시 카드에 기입된 인물의 항목을 확인했다. 요네야마 가쓰미의 본적은 스소노 시. 1974년 7월 27일 당시, 대학교 4학년생. 대학생이라면 여름방학이었을 것이고 집으로 돌아와 있었을 가능성도 있다. 스소노 시에서 미시마까지는 직선거리로 7킬로미터 정도이다. 더구나 이 녀석은 운전면허도 있었다.

"가쓰다 경위님."

쇼지의 말에 가쓰다가 혀를 차며 쳐다보았다.

"뭔데 그렇게 정색을 하고 난리야?"

"이걸 보세요."

쇼지는 의자에서 일어서 전과자 기록을 내밀었다. 가쓰다가 한숨을 쉬며 고개를 갸웃한 채 서류를 받아들었다. 그의 시선이 내용을 훑어 내려갔다. 순간 눈동자의 움직임이 멈췄다. 고개를 바로 세우며 눈을 크게 떴다.

"쇼지……."

"어떻습니까?"

가쓰다가 다시 기록을 바라보았다.

"생각 좀 해보게 잠깐 있어봐."

6

마지마는 오바타 세이조의 집을 뒤로 하고 다쓰가와와 함께 주변을 잠시 둘러보았다.

일대는 산울타리와 돌담으로 에워싼 집뿐이어서 비교적 오래된 건물이 대부분이었다. 한 바퀴를 돌아 다시 제자리로 왔을 때, 다쓰가와가 오바타의 옆집을 바라보았다.

"저 집으로 가서 뭣 좀 물어볼까요?"

마지마는 다쓰가와의 생각을 조금은 알 것 같은 기분에 고개를 끄덕였다. 상수리나무 울타리가 높고 뜰의 정원수도 커다란 가지를 펼친 규모가 큰 정원을 가진 집이었다. 문기둥에 걸린 문패의 먹으로 쓴 글자가 모두 빛이 바래 있었다. 집주인이 옛날부터 살았던 사람이라는 의미로 보였다.

"무슨 용건이신지요?"

현관의 초인종을 누르자 얼굴을 내민 주부로 보이는 여자가 두 사람의 신분을 듣고는 미간을 찌푸리며 물었다. 외출하기 직전인지 하얀 블라우스와 남색 치마 차림에 방금 바른 듯 보이는 빨간 립스틱이 눈에 띄었다.

"저희는 14년 전에 일어난 오바타 마모루 유괴 사건의 재수사를 맡게 된 경찰입니다."

마지마가 대답하자 여자는 조금 놀란 표정을 지었다.

"그렇게 오래된 일을 아직도 조사하나요?"

"그렇습니다. 그래서 피해를 입은 오바타 씨에 관해 조금 궁금한 점이 있어서 찾아뵙게 됐습니다. 협조 부탁드립니다."

"뭘 알고 싶으신 거죠?"

"오바타 세이조 씨를 잘 아시는지요."

"물론 알고 있어요. 이웃인 걸요."

"어떤 분이시죠?"

"좋은 분이에요."

거리낌이 없는 대답이었다. 이웃끼리여서 사이가 아주 나쁘지 않다면 이런 대답쯤은 예상했었다.

"사건 당시, 미움 받을 일을 했다든지 누군가와 다퉜다든지 하는 얘기를 들은 적이 있으신지요."

음, 하고 여자가 어깨를 움츠렸다.

"실은 조금 전에 오바타 씨를 직접 만났는데 조금 완고한 느낌이 들었습니다."

"그 정도 나이면 다 그렇죠."

"땅을 상당히 많이 가지고 있으니 그런 문제로 다투는 일이 생기기 마련일 텐데요."

"글쎄요. 다투는 건 들어본 적이 없는데요."

역시, 하고 마지마는 끄덕였다.

"오바타 세이조 씨는 젊어서는 농사를 지었다고 하시더군요."

"네, 그랬죠."

슬슬 한계에 다다른 말투로 변해갔다.

그때, 다쓰가와가 고개를 숙이고 입을 열었다.

"한 가지만 더 묻겠습니다. 오바타 세이조 씨의 부인은 어떤 분이셨습니까?"

귀찮아하던 여자의 표정이 순식간에 바뀌었다.

"후사코 씨 말인가요?"

네, 하고 다쓰가와가 끄덕였다.

마지마는 수사기록의 내용을 떠올렸다. 오바타 세이조의 처인 오바타 후사코는 자궁암으로 사망했다고 한다. 그것은 오바타 사에코가 결혼하기 2년 전의 일이었다. 하지만 수사기록에 쓰인 후사코에 관한 것은 그뿐이었다.

잠시 골몰하다가 여자는 주저하며 말했다.

"돌아가신 분을 이렇게 말해선 안 되겠지만 상당히 신경질적인 분이셨어요."

"신경질적이라고요?"

"네, 사에코가 어렸을 때 엄청 혼나거나 맞는 것도 자주 봤으니까요. 집 이층 빨래 너는 곳에서 세탁물을 걷거나 널다 보면 어쩔 수 없이 이웃집이 눈에 들어오곤 하잖아요?"

"그야 당연하지요."

다쓰가와가 진지하게 고개를 끄덕이자 여자가 이끌리듯이 말을 이었다.

"물론 부모가 아이를 가르치려고 그런 거라지만 엄마가 딸에게 손을 대는 건 좀 그렇잖아요. 한번은 글쎄, 울고 있는 사에코의 머리를 주먹으로 때리고 있더라고요."

"그런 일이 자주 있었나요?"

"네. 그럴 때마다 세이조 씨가 사에코를 감싸주곤 했어요. 하지만 그게 오히려……."

"오히려라는 건 어떤 의미입니까?"

여자가 말꼬리를 흐리자 다쓰가와가 즉각 물었다.

"후사코 씨는 더욱 화를 냈죠."

"왜죠?"

"왜냐면 세이조 씨는 그럴 자격이 없는 사람이니까요……."

여자는 머뭇거렸다.

잠시 후 다쓰가와가 말했다.

"수사에 협조한다고 생각하시고 그 부분을 자세히 설명해주시겠습니까?"

그러자 여자는 주위를 둘러본 뒤에 오른손을 흔들면서 목소리를 낮춰 말했다.

"바람 말이에요. 시즈오카와 누마즈의 카바레에서 몇 번이고 목격을 했나 봐요. 아주 진하게 놀아서 근방에서 유명했다죠. 후사코 씨가 사에코를 때린 것도 그거 때문일 수도 있지 않겠어요?"

다쓰가와는 잠시 침묵했다.

그의 옆얼굴을 보며 마지마는 탄복했다. 여자에게 남자의 일을 물으면 이렇다 할 반응을 기대할 수 없다. 하지만 여자에게 여자의 일을 묻는다면 여자의 반응은 완전히 달라진다.

"아버지라면 하나뿐인 딸을 감싸고 싶은 건 당연하지 않습니까?"

"네, 물론 그렇죠. 세이조 씨는 사에코를 눈에 넣어도 안 아플 만큼 예뻐했으니까요. 어렸을 적에 사에코가 열이 나면 사색이 돼서 차를 타고 의사에게 데려갔죠."

"의사에게요?"

"역 앞에 있는 다자와 소아과요."

다쓰가와가 마지마를 힐끗 보았다. 마지마는 끄덕인 뒤 수첩을 꺼내 병원 이름을 적었다.

"여러 가지로 감사했습니다. 그리고 저희가 여쭌 내용은 비밀로 해주시기 바랍니다."

다쓰가와가 예의바르게 머리를 숙였다. 마지마도 당황하며 그를 따라 고개를 숙였다.

"물론이죠. 알고 있어요."

여자가 과장되게 고개를 끄덕였다.

마지마가 다쓰가와와 도카이도 본선을 타고 도쿄로 향한 것은 후지 역 부근의 다자와 소아과를 방문한 후였다.

여름방학 탓인지 기차 안은 한산했고 고등학생으로 보이는 남녀의 무리와 아이와 함께 있는 엄마들이 눈에 띄었다. 와이셔츠에 넥타이 차림은 차내에서 마지마 일행을 포함해 손에 꼽을 정도였다.

"다자와 선생이 댁에 있어서 정말 다행이었어요."

마지마가 옆에 앉은 다쓰가와에게 말했다. 다자와 소아과는 주택의 일부를 진료실로 만든 옛날식 병원으로 의사인 다자와는 은테 안경을 걸친 단정한 얼굴의 노인이었다.

"네, 게다가 인품도 훌륭하시고요."

다쓰가와가 맞장구를 쳤다. 방문의 취지를 설명하자 하얀 가운을 입은 다자와는 의료법상의 비밀유지 의무를 제기하는 일 없이 그들의 질문에 응해주었다. 그렇지만 알아낸 것은 별로 없었다. 오바타 세이조가 사에코를 아주 많이 예뻐했다는 것, 그리고 후사코가 딸에게 굉장히 냉담했다는 것, 진료를 받을 때마다 사에코의 등이나 뺨에서 시퍼런 멍이 발견되었다는 것 정도였다.

"요즘이라면 학대라고 난리일지도 모르지만 그때는 부모나 선생의 체벌은 너무나 당연한 일로 여겨서요……."

진료실의 의자에 앉은 두 사람에게 청진기를 목에 건 다자와는 등을 편 채로 그렇게 덧붙였다.

"오바타 사에코의 어린 시절은 그다지 행복하지 못했군요."

마지마가 말했다.

"게다가 어른이 돼서도 연달아 그런 불행한 사건을 겪었고요."

맞은편 좌석에 붙어 앉은 엄마와 어린 딸을 보면서 다쓰가와가 중얼거렸다.

마지마는 끄덕였다. 엄마에게 모진 학대를 당하고 남편과는 이혼했다. 게다가 어린 아들이 유괴되어 시신으로 발견되었다. 집으로 찾아갔을 때 만난 오바타 사에코의 완고한 태도는 가혹한 시련에 계속 시달린 결과 그렇게 굳어진 것일지도 모른다.

마지마와 다쓰가와가 다마 강 유원지역에서 아주 가까운 거리에 있는 강변에 도착한 것은 오후 3시가 지날 무렵이었다.

오바타 마모루의 사체가 발견된 것은 다마가와에 세워진 도쿄 급행전철 도요코 선의 다리와 2번 국도, 즉 나카하라 가도(街道)인 마루코 다리 사이의 아주 좁은 곳이었다. 강변 여기저기에 사람의 키만 한 갈대가 무성했다.

"저 부근이죠."

마지마는 수첩에 적은 메모를 보면서 마루코 다리의 그림자가 늘어진 수면을 가리켰다. 물가에서 5미터 정도 앞에 있는 깊은 곳으로 세찬 물살이 흐르고 있었다. 강물에서 반사된 햇빛을 오롯이 받으면서 다쓰가와가 눈을 깜빡이며 수면을 응시했다. 이마가 땀으로 번들거렸지만 개의치 않고 그대로 주위를 둘러보기 시작했다.

마지마도 천천히 고개를 돌려 주위를 둘러보았다. 마루코 다리의 끝부분은 다마 강변의 11번 국도와 만났다. 다마 강 제방 뒤로 빽빽하게 나 있는 나무들이 센겐 신사를 뒤엎었다. 주택도 여러 채 눈에 들어왔다. 길을 사이에 두고 왼편의 강변은 얼마 전까지 자이언츠의 훈련장소로 사용되었을 것이다.

수사기록에는 세 명의 중학생이 1974년 8월 19일 오후 1시를 지난 시각에 다마 강변에 왔다고 했다. 세 사람은 낚싯대를 손에 들고 다마 강 유원지역 앞에 모여 강변으로 향했다. 그들은 낚시 친구로 자주 다마 강을 찾았다고 했다. 그날은 2시간 정도 낚시를 했지만 물고기를 잡지 못했다.

그래서 강물에 돌을 던지는 장난을 치기 시작했다. 그중 한 명이 돌을 던지다가 수면에 수건 같은 헝겊에 싸인 물체가 떠 있는 것을 발견했다. 세 사람은 바지를 걷고 맨발로 물속으로 들어가 그것을 만져보다가 뜻밖의 무게감에 놀라고 말았다. 그때 수건의 일부가 풀리면서 부패해서 거무칙칙해진 발가락이 드러났다.

마지마는 여름 햇빛에 빛나는 수면을 보면서 중학생들의 환영을 떠올렸다. 특별수사반이 만났던 첫 자리에서 다쓰가와가 지적한 말도 귓가에 맴돌았다. 사체 발견 전날인 일요일에는 어째서 수건에 싸인 그 시신을 아무도 발견하지 못한 것일까. 아니면 발견했어도 그냥 지나쳤던 것일까. 그렇다면 전날 밤에 누군가가 끈을 끊고 시신을 떠오르게 만들었다는 가정을 할 수 있을까. 하지만 누가 도대체 무엇을 위해 그런 짓을 저질렀을까? 일반적으로 범인이 일부러 사체가 발각되도록 하지는 않는다. 그렇다면 사체의 존재를 범인 이외의 제삼자가 알고 있었다는 것일까.

어쨌든 매우 놀란 세 학생은 즉시 다마 강 유원지의 직원에게 사실을 알렸다. 직원의 통보를 받은 관할 경찰서는 비상이 걸렸고 오후 4시를 지나 경찰차로 달려온 네 명의 경찰관이 물속에서 아이의 시신을 끌어올렸다.

이 일이 세간을 뒤흔든 것은 그 다음 날이었다. 사체의 검시와 의복의 특징 등에서 그 시신이 7월 27일 미시마 시에서 유괴된 오바타 마모루일 가능성이 높았기 때문이다. 즉시 시신의 상세한 사항이 공개되었고 신장, 의복, 치아 형태 등을 확인한 결과, 틀림없는 오바타 마모루의 시신이라고 판명되었다.

8월 20일 이른 아침부터 시즈오카 현 경찰과 경시청이 합동으로 약 200명의 수사원과 감시과원을 동원해서 주변 일대를 전부 파란 시트로 덮고 유류품과 범인의 흔적을 찾기 위한 수사를 실행했다. 당일 무수히 많은 구경꾼과 보도진이 마루코 다리나 다마 제방길을 메웠고 언론사의 헬리콥터까지 상공을 날아다녔다.

그렇게 생각에 잠겨 있던 마지마는 옆에 있는 다쓰가와의 기색이 바뀌는 것을 보았다. 눈을 크게 뜬 채로 주위를 바쁘게 둘러보기 시작했다.

"마지마 경사. 참 이상하지요."

"뭐가요?"

"보세요."

턱을 치켜올리며 등 뒤의 강변을 가리켰다.

마지마가 눈을 돌리자 초등학교 6학년쯤 되어 보이는 네 명의 무리가 뛰어갔다. 반대편에서는 운동복을 입은 젊은이가 달려왔다. 마루코 다리에도 다마 제방길에도 차들이 계속 지나다녔다. 특별할 것이 없는 그저 평범한 강변의 모습 아닌가.

그렇게 생각하는 순간, 마지마는 목덜미의 솜털이 쭈뼛이 일어서는 느낌에 숨을 멈췄다.

이런 바보 같으니…….

7

"여기야."

가쓰다가 자동차 운전대를 꺾으며 앞 유리로 몸을 당기면서 주위를 둘러보았다.

쇼지도 주변을 빠르게 훑었다. 수첩에 적은 주소와 사전에 지도를 보면서 조사한 바에 따르면, 요네야마 가쓰미의 본가는 여기 스소노시 사노 주변인 것이 분명했다.

하지만 그렇게 해서 본가를 찾아낸다고 해도 쇼지의 마음속에 자리 잡은 걱정은 조금도 가벼워지지 않았다. 누마즈 경찰서의 오래된 전과자 기록을 뒤지다가 찾아낸 요네야마라는 인물은 확실히 뭔가 수상했다. 아니, 상당히 의심스러웠다. 바로 이 녀석이다라는 형사 특유의 감각이 자꾸만 속삭이는 것이다.

그렇지만 같은 의심을 품었던 가쓰다가 엉뚱한 얘기를 꺼냈다. 시게토에게 보고하지 말고 먼저 직접 만나보자는 것이었다. 사건 수사상 그것이 얼마나 위험한 짓인지는 쇼지도 너무나 잘 알고 있었다. 경솔하게 용의자나 그 가족과 접촉하다가 도주나 자살 등 돌이킬 수 없는 사태로 이어지는 경우도 많았다.

그러나 가쓰다가 조급하게 구는 심정도 안타까울 만큼 이해가 되었다. 연속수사반으로 헛발질을 반복한 결과, 하필이면 새롭게 발족한 특별수사반에 다시 합류하게 되었던 것이다. 망신을 당한 굴욕감. 미시마 경찰서 동료들과의 어색함. 바늘 끝에 앉은 것 같은 부담감이 한시도 뇌리에서 떠나지 않았을 것이다. 그것은 쇼지도 마찬가지였다. 만일 요네야마가 진범이라면 그러한 고통을 단번에 날려버릴 수 있다.

하지만 쇼지는 필사적으로 말렸다.

"가쓰다 경위님. 독단적으로 행동해선 안 되잖아요."

그러자 가쓰다는 기다렸다는 듯이 쏘아붙였다.

"넌 그 녀석들한테 공로를 다 뺏겨도 좋단 말이야?"

쇼지는 할 말이 없었다.

아니지, 잠깐만. 쇼지는 생각을 고치기로 했다. 요네야마는 이제 사회인이 되었을 것이다. 즉 본가에 없을 가능성이 높았다. 가족을 만나 그들의 속마음을 넌지시 떠보면서 추이를 지켜보는 정도라면 상관없지 않을까. 가쓰다도 오바타 마모루 유괴 사건을 별안간 꺼내지 않을 테니까. 그래서 그들의 반응에서 뭔가를 발견해낸다면, 우리도 인정을 받을 수 있다. 그렇게 스스로를 타일러가면서 쇼지는 주위를 돌아보았다.

커다란 집이 한 채 보였다. 외부는 유리로 되어 있었고 옆으로 난 출입구용 미닫이문이 있었다. 앞은 가게로, 뒤쪽은 주택으로 쓰고 있는 것 같았다. 옆에 셔터가 내려진 창고가 있었고 그 앞 주차장 공간에는 낡은 소형 트럭이 서 있었다.

"저곳이 아닐까요?"

손에 든 지도를 대조하며 쇼지가 말했다.

"그런가 보군."

가쓰다가 끄덕였다.

주변에 차를 세우고 가쓰다와 쇼지는 함께 내렸다. 두 사람이 그 집에 다가갔을 때 뒤편에서 남자가 나왔다. 시멘트 부대 같은 것을 안고 나와 소형 트럭의 짐칸에 실으려고 했다. 나이는 육십대 후반 정도. 흰색 반팔 와이셔츠에 회색 바지를 입었고 발에는 검은 장화를 신었다.

"요네야마 유이치 씨 되십니까?"

가쓰다가 말을 걸었다.

순간 남자의 둥근 어깨가 경련을 일으키듯 움찔 하는 것이 보였다.

"그렇습니다만."

기분 탓인지 돌아본 그의 얼굴은 파랗게 질려 있었다. 촉촉해진 눈가 아래의 축 쳐진 부분이 커다란 코와 어우러져 고집스러운 인상을 주었다.

가쓰다와 쇼지가 신분증을 꺼내 보여주자 요네야마 유이치는 작게 한숨을 내뱉었다.

"무슨 일이신지요?"

"아드님인 가쓰미 씨의 일로 물어볼 게 있습니다."

요네야마는 양팔에 안고 있던 부대자루를 바닥에 떨어뜨렸다. 겉에 인쇄된 '농업용 선염비료'라는 글자에 쇼지의 눈길이 머물렀다. 소형 트럭의 짐칸 옆에는 검은색 페인트로 '요네야마 종묘점'이라고 크게 쓰여 있었다. 모종과 씨앗, 농업용 비료를 취급하는 가게일 것이다.

"가쓰미의 어떤 점이 궁금하신 겁니까?"

"저희는 지금 과거에 있었던 중대한 사건을 조사하고 있습니다."

가쓰다는 코끝을 만지면서 말을 이어갔다.

"오해는 말아주십시오. 가쓰미 씨가 그 사건과 관계가 있단 건 아닙니다. 단지 그 건에 관련된 사람에 관한 증언 중에 가쓰미 씨가 포함돼 있어서 그걸 확인하는 차원에서 묻는 거니까요."

요네야마는 호흡을 멈추듯이 입을 다물고 갑자기 비료부대를 들어 올렸다. 허둥대며 그것을 트럭의 짐칸에 던져넣고 재빨리 이쪽을 돌아보면서 말했다.

"아무튼 안으로 들어오십시오."

쇼지는 그의 눈에서 두려움이 일렁이는 것을 놓치지 않았다.

"가쓰미 씨는 지금도 여기 살고 있습니까?"

가쓰다가 소파에 앉아 몸을 앞으로 내밀며 말했다. 수첩과 펜을 손에 쥔 쇼지도 상대를 바라보았다.

"아들은 벌써 독립해서 지금은 도쿄에서 살고 있습니다."

맞은편 소파에 앉은 요네야마 유이치가 곤혹스러운 표정으로 대답했다.

두 사람은 네 평 정도의 응접실에 앉아 있었다. 방안에는 담배 냄새가 가득했다.

"독립했다는 말은 취직했다는 뜻인가요? 아니면 결혼을 했다는 건가요?"

"취직은 했지만 결혼은 아직입니다."

"도쿄의 어디에 있습니까?"

"가마다입니다."

"상세한 주소를 알려주시겠습니까?"

순간 요네야마는 언짢은 표정을 지었지만 탁자 옆의 잡지 선반에 있던 커다란 수첩을 펼치고 '오타 구 미나미카마타 3초메'라는 주소를 불러주었다.

"취직한 곳은요?"

요네야마가 불편한 속내를 감추지 않고 끙 하는 소리를 내며 수첩을 탁자 위에 놓았다.

"형사님. 도대체 무슨 사건을 조사하시는 겁니까?"

"수사에 지장을 줄 수 있으니 자세한 설명은 드릴 수 없습니다. 다만 14년 전에 일어난 사건이라는 점만 말씀드리죠."

"14년 전⋯⋯."

"네. 1974년 7월 말쯤, 가쓰미 씨는 여기 본가에 있었나요? 당시 대학생이어서 여름방학인 걸로 아는데요."

"14년 전 일을 어떻게 기억한단 말입니까?"

요네야마는 핑계를 대듯 말했다.

쇼지는 그 표정에서 눈을 떼지 않았다. 깊게 패인 주름이 선명한 이마에 약간의 땀이 번들거렸다.

"질문을 바꿔보죠. 방학이 되면 가쓰미 씨는 항상 집에 왔나요?"

"남자 애들은 어느 정도 크면 집에 안 오기도 합니다."

"하지만 집에 오는 적도 있다. 그렇지요?"

"그건 뭐, 가끔은……."

"집에 와서는 매일 어떻게 지냈습니까?"

"특별할 것도 없죠. 주변을 산책하거나 동네 친구들을 만나거나 아마도 그런 정도 아니겠습니까?"

"대학생 시절에 아드님이 돈이 부족하다고 한 적은 없었나요?"

"아뇨. 돈은 부족함 없이 보내줬습니다."

음, 하고 가쓰다가 웅얼거리며 쇼지를 쳐다보았다.

뭔가 물어보라는 눈빛이었다. 갑자기 아무런 생각이 떠오르지 않았다. 쇼지는 어렵게 머리를 짜내서 한 가지 물었다.

"갑자기 이런 말씀드려서 죄송합니다만, 오바타 사에코라는 사람을 아십니까?"

"아뇨. 전혀 모릅니다."

재빠른 대답이 돌아왔다.

쇼지는 눈썹을 올려 가쓰다를 보았다. 가쓰다가 못마땅한 얼굴로 앉은 자세를 바꾸며 부드러운 말투로 얘기했다.

"요네야마 씨. 아드님은 재수생 시절에 도쿄에서 문제를 일으킨 적이 있었지요?"

요네야마가 그의 질문에 아무 말 없이 시선을 피했다.

"괴로운 심정은 이해가 됩니다만 저희도 수사를 하는 입장이니 확인할 수밖에 없습니다. 가쓰미 씨는 도쿄에서 다섯 살 아이에게 안 좋은 짓을 한 후에 그 버릇을 고쳤나요?"

요네야마는 꼼짝도 하지 않았다.

방안에는 잠시 동안 침묵이 흘렀다.

"믿을 수가 없었습니다……."

요네야마가 천천히 고개를 들었다.

"저와 아내는 아들이 그런 짓을 했다고는 도저히 믿을 수가 없었습니다. 전부터 그런 기미는 전혀 없었고 그때까지 그저 평범한 보통 아이였으니까요."

"그후로 그런 일은 전혀 없었다는 말씀이시죠?"

"물론입니다."

"그렇다면 하나만 더 묻겠습니다. 아드님 친구들 중에서 같은 대학으로 진학한 사람은 없습니까?"

"어째서 그런 걸 묻는 겁니까?"

"여러 사람에게서 얘기를 들어야 할 필요가 있으니까요. 수사 결과 아드님과 관계가 없다는 게 밝혀지면 그건 아무 상관이 없을 겁니다."

"그건 분명 그렇지만. ……그 문제를 친구에게 말할 작정은 아니겠지요?"

"재수생 시절에 저지른 문제요?"

요네야마가 그 말에 당황한 듯이 몸을 움츠리며 고개를 작게 끄덕였다.

"말할 리가 없잖습니까. 그러니 안심하십시오."

요네야마가 안심한 듯 말했다.

"같은 대학에 간 녀석은 기구치 겐타로입니다. 같은 마을에 살죠. 그 녀석은 재수를 안 해서 나이는 다르지만, 고등학교 때 검도부 후배였습니다."

"기구치 겐타로 씨는 지금 어디에?"

"농협에서 일하고 있습니다."

"구체적인 근무처가 어느 지점입니까?"

"나카자토 지점이라고 했던 것 같아요. 141번 현도변에 있는 빌딩입니다."

"그렇군요. 바쁘신 중에도 협조해주셔서 감사합니다."

가쓰다가 말을 마치고 고개를 숙였다. 쇼지도 똑같이 인사를 했다.

"어떻게 생각해?"

가쓰다가 차에 시동을 걸면서 말을 걸었다.

"완전 겁먹었네요. 하기야 아들이 유아 강제추행 미수 전과가 있으니 무리도 아니지만요."

쇼지가 대답했다.

"분명 초조해하더라고. 하지만 또 하나 걸리는 게 있어."

"또 하나가요?"

"눈치 못 챘어? 본가에 왔던 아들에 관해 요네야마는 뭐 하나 명확하게 말하지 않았어."

"너무 옛날 일이잖아요. 기억이 확실치 않으니 그건 당연한 거 아닌가요?"

"너, 그 말 진심이야? 그래 가지고 형사 밥이나 얻어먹겠어?"

쇼지는 화가 치밀었지만 얼굴에 드러내지 않도록 애쓰며 대답했다.

"그런 건가요?"

"저런 류는 너구리과야. 이렇게 되면 여기까지 왔으니 겐타로를 만나기 전에 만일을 위해 요네야마의 신상을 한번 털어봐야겠어."

"예예."

쇼지는 고개를 끄덕였다.

8

가쓰다가 운전하는 차는 345번 현도를 내달려 작은 개천을 건너 좌회전을 한 뒤 일방통행의 좁은 길로 접어들었다. 바로 스소노 시의 시청건물이 보였다. 차는 주차장으로 미끄러져 들어갔다.

"가쓰다 경위님. 저기 자리가 비었는데요."

쇼지는 빈 공간을 가리켰다.

"알고 있어!"

가쓰다는 상당히 조급해하고 있었다.

쇼지는 어떻게 반응해야 좋을지 망설이다가 고개를 약간 숙이고 예예, 하는 입모양으로 얼버무렸다.

엔진을 끄자 가쓰다가 즉시 문을 열고 밖으로 튀어나갔다.

"잠깐만 기다려주세요."

쇼지도 놀라서 문을 열었다.

두 사람은 아무 말도 없이 시청 현관으로 향했다.

현관홀에 발을 디딘 가쓰다가 초조한 모습으로 벽에 게시된 부서의 배치 안내도를 빠르게 훑었다. 쇼지도 똑같이 '시민과'를 찾았다. 두 사람은 먼저 요네야마 유이치의 주민표와 호적등본을 살펴볼 작정이었다. 한 사람이 어떻게 살아왔는지를 알려면 이 두 가지는 놓쳐서는 안 되는 사안이었다.

해당 부서의 접수대는 이미 이용자가 길게 늘어서 있었다. 티셔츠와 어깨에 맨 가방에 해바라기 무늬가 눈에 띄었다. 요즘 유행하는 것이겠지. 접수대 건너편 통로 앞에서 발을 멈춘 가쓰다가 얼굴을 찌푸리고 크게 혀를 찼다. 옆 눈으로 상황을 눈치 챈 쇼지는 재빠르게 접수대 끝에 다가가서 마침 그곳을 지나가는 검은테 안경을 쓴 여직원에게 말을 걸었다.

"잠깐 실례합니다."

"저쪽 줄에 서주세요. 차례가 되면 말씀해주시고요." 여직원은 무표정하게 말하곤 돌아서려고 했다.

"저기, 미시마 경찰서 소속 경찰인데 수사상 긴급한 일이 있어서 그럽니다."

쇼지는 여직원에게 얘기를 하면서 경찰수첩 안의 신분증을 꺼냈다. 주변에 모여 있던 사람들이 놀란 듯이 쳐다보았다.

"어머, 경찰이시라구요? 그럼……바쁘시다니 용건을 말씀해주세요." 여직원의 기색이 달라졌다.

"실은…….'

쇼지는 목소리를 낮추고 여직원에게 용건을 자세하게 전달했다. 그녀는 금방 신청용지를 가지고 왔고 쇼지는 접수대에서 필요사항을 기입해서 상대에게 넘겼다.

여직원이 돌아오기까지 5분 정도 기다렸을까.

"이게 주민표입니다. 호적등본은 발급되지 않습니다."

서류를 내밀며 말했다.

"왜죠?"

쇼지가 서류를 받으며 물었다.

"이분의 본적지는 스소노 시가 아니에요. 호적등본은 본적지의 관청이 아니면 발급되지 않습니다."

"그렇군요."

그는 대답을 한 후 돌아보며 가쓰다에게 주민표를 건넸다.

"가끔은 쓸모 있긴 하군."

쳐다보고 있던 가쓰다가 오늘 처음으로 기분 좋은 표정을 보였다.

"가끔이라뇨? 늘 그렇죠."

쇼지도 비위를 맞추며 웃었다.

두 사람은 시민과의 민원인용 소파에 앉아서 주민표를 훑었다.

세대주 요네야마 유이치
주소 시즈오카 현 스소노 시……

이런 내용 옆에 쇼지의 눈이 머물렀다. '1959년 4월 20일 전입신고'라고 쓰여 있었다. 즉시 '1' 항목을 보았다.

이름 요네야마 유이치
생년월일 1926년 11월 3일

관계 세대주

주민개시 날짜 1959년 4월 18일

본적 시즈오카 현 후지 시……

아래에 '1959년 4월 18일 후지 시……에서 전입'이라고 적혀 있었다.

쇼지가 고개를 들자 그렇게 크게 뜬 눈을 본 적이 없을 정도로 놀란 눈의 가쓰다와 시선이 마주쳤다.

"요네야마 유이치는 후지 시에서 스소노로 이사를 온 거야."

"네, 분명 그러네요."

쇼지가 고개를 끄덕이는 순간, 가쓰다가 주민표를 쥔 채로 벌떡 일어섰다. 쇼지는 놀라며 현관으로 달려가는 가쓰다의 뒤를 따랐다.

가쓰다가 입을 연 것은 급히 시동을 건 다음 차의 기어를 2단으로 바꾸면서였다.

"요네야마 유이치가 후지 시에서 어떤 일을 했을 것 같아?"

"아마도 여기서 하고 있던 것과 같지 않았을까요?"

쇼지는 대답했다. 주민표에 기재된 사항을 보았을 때에 스친 생각이었다.

"즉 종묘점이란 말이겠지?"

"그리고 종묘점의 고객은 밭일을 하는 농사꾼이고요."

"쇼지, 너도 나와 같은 생각을 하고 있었군."

아주 잠깐 가쓰다가 쇼지를 보았다. 그 눈에서 지금까지 없었던 강렬한 빛이 번뜩였다.

"네. 오바타 세이조는 후지 시에서 젊어서는 밭농사를 지었잖아요."

"그렇지만 요네야마 유이치는 오바타 사에코를 모른다고 했어."

"그렇게 말했죠. 제가 물어보니 지체 없이요."

젠장, 하고 가쓰다가 운전대를 오른손 주먹으로 쳤다.

"그놈이 거짓말을 한 거야."

"잠깐만요. 오바타 세이조는 알아도 딸까지는 몰랐을 수 있잖아요."

"잠꼬대 같은 소리 하지 마. 배달을 하면서 드나들었으면 어쩔 수 없이 얼굴을 보게 돼 있어……. 그놈은 14년 전에 일어난 오바타 마모루 유괴 사건에 아들이 관련이 있다는 걸 알고는 그게 싫었던 거지. 그래서 의심 받을 게 두려워서 딱 잡아뗀 게 틀림없어."

말을 하자마자 가쓰다가 가속 페달을 세게 밟는 것을 쇼지는 느낄 수 있었다.

어디로 가려는 것인지 물어볼 것도 없다. 우선 기구치 겐타로를 만난 후 그 길로 후지 시의 본적지로 직행해서 주변인들에게 요네야마 유이치에 관해 탐문할 작정일 것이다. 그렇게 오바타 세이조와의 관계가 드러나면 오바타 마모루와 요네야마 가쓰미는 하나로 연결될 수 있었다.

9

시게토는 책상 위에 산더미처럼 쌓여 있는 수사기록 중 하나를 집어들었다. 매일 그것도 하루에 두 번이나 세 번, 수사기록 중 어느 하나라도 훑어보는 것을 하루의 목표량으로 정해두었다. 이뿐만이 아니라 이제까지의 수사에서 누락된 것을 반드시 하나 이상 찾아내는 것도 규칙으로 삼았다.

보잘것없는 상황이나 사소한 것 하나도 놓치지 않았다. 확인되지 않은 채 내버려두거나 건성으로 점검하고 마무리한 것을 발견한다. 그러한 것들 중에 범인과 관련된 중대한 열쇠가 감춰져 있을지도 모른다. 이런 무더위 속에도 여섯 명의 수사원들이 다리가 아프도록 돌아다니며 끝없는 헛발질을 반복했다. 이들은 그렇게 이를 악물고 착실히 수사를 계속하고 있었다. 시게토도 막대한 수사자료의 미로 속에서 오로지 찾고 또 찾아야만 했다.

그가 펼친 수사기록은 몸값을 받는 사안에 관한 것이었다. 처음 협박전화가 걸려온 것은 1974년 7월 27일 오후 11시 8분이라고 적혀 있었다. 오바타 사에코와 아이들이 이사를 온 미시마의 월세집은 그때 이미 전화회선 공사가 완료되었음에도 전화는 이웃집으로 걸려왔고, 오바타 사에코는 그 집으로 달려가야만 했다. 범인은 오바타 마모루를 유괴했다고 알려왔고 다음 날 저녁까지 천만 엔을 준비하라고 지시한 뒤 다시 연락을 한다는 것과 경찰에 알리지 말라는 짧은 말을 남기고 오바타 사에코가 뭐라고 하든 상관없이 전화를 끊어버렸다.

통화시간은 불과 15초가량. 이웃집에 전화를 한 점 등으로 비춰봤을 때 경찰의 역탐지를 극도로 경계한 것이 틀림없었다. 미시마의 오바타 사에코 집에 몰래 들어가 대기하고 있던 시즈오카 현 수사1과 특수반은 가지고 갔던 녹음기기를 이웃집의 전화에 설치할 때까지 전화를 받지 말라고 오바타 사에코를 설득했다. 하지만 그녀는 3분 이내에 전화를 받지 않으면 끊어버리겠다는 범인의 협박에 이성을 잃어 경찰의 말도 듣지 않고 이웃집으로 달려가 즉시 전화를 받았다. 그녀의 심정을 생각하면 어쩔 수 없는 행동이었지만 그 일로 인해 중요한 단서인 범인의 육성을 녹음할 수 있는 기회를 놓치고 말았다.

기록을 쫓다가 시선을 멈춘 시게토는 한 가지 생각이 문득 떠올랐다. 범인은 언제 어떻게 이웃집의 전화번호를 알아냈을까. 전화번호부에서 알아냈을까. 하지만 유괴한 다섯 살 남자아이에게 막 이사 온 집의 주소를 캐물어 알아내는 것은 불가능하다. 그렇다면 범인은 오바타 마모루가 미시마의 월세집에서 뛰어나간 것을 직접 보았다는 얘기이다. 즉 우발적인 범행이라는 도식이 그려질 수 있다. 하지만 유괴한 아이의 할아버지가 후지 시에서 손꼽을 정도의 자산가라는 점도 우연일까.

해답은 떠오르지 않고 시게토는 다시 자료를 훑기 시작했다. 결국 다음 날 범인의 연락은 없었다. 그다음 날인 29일 오후 4시를 지나서 이번에는 건너편의 또다른 집으로 전화가 걸려왔다. 이때도 범인은 다시 3분 이내에 오바타 사에코가 전화를 받아야 한다고 지시했다. 오바타의 집과 이웃집에 대기하고 있던 수사1과 특수반은 완전히 기습을 당해 두 번째 음성 녹음까지 놓치고 말았다. 전화를 받은 오바타 사에코에 따르면 범인이 일방적으로 얘기한 통화 내용은 다음과 같았다.

7월 30일 오후 8시까지 일만 엔짜리 현찰로 일천만 엔을 흔한 스포츠 가방에 넣어서 도메이 고속도로 상행선 스소노 버스 정류장 안내판 옆에 놔둬. 색깔은 검은색이고 크기는 옆으로 50센티미터 이내. 돈을 놓고 바로 그 자리를 떠나. 주위에 정차한 차나 사람이 보이면 거래는 즉각 중지

할 것이다.

전화를 건 남자의 목소리는 전과 같았고 음성 이외의 소리는 전혀 들리지 않았다는 점도 첫 번째와 같았다고 했다.

같은 날 밤까지 수사1과 특수반은 오바타 사에코와 밤새 상의한 결과 다음 날인 30일에 준비한 몸값을 사용감이 있는 스포츠 가방에 넣어 지정한 버스 정류장으로 가져갔다. 이용한 차량은 미시마 현 경찰의 잠복용 경찰차였고 범인이 경찰에 알리지 말라고 했기 때문에 운전은 오바타 사에코가 직접 했다. 하지만 사실은 뒷좌석 아래쪽 빈 공간에 권총을 소지한 두 명의 경찰이 동행해서 만일의 사태에 대비했다.

오바타 사에코가 운전한 차는 오후 8시 5분 전에 현장에 도착했다. 범인의 지시대로 스포츠 가방을 버스 정류장 안내판 옆에 놓고 즉시 차에 올라 그 자리를 떠났다. 다만 같은 날 오전 9시부터 경찰은 해당 버스 정류장에서 북쪽으로 50미터 떨어진 지점에 도로공사 작업을 위장한 감시소를 설치해서 감시를 하고 있었다. 더욱이 이와 더불어 오후 6시부터는 북쪽 고텐바 입체교차로와 남쪽 누마즈 입체교차로에서 도메이 고속도로 하행선과 상행선을 5분 간격으로 잠복용 경찰차로 빠르게 오가면서 차 안에서 버스 정류장을 감시했다. 그와 동시에 그 부근을 지나는 모든 차들의 차종과 번호, 승차 인원이나 모습도 촬영하고 점검했다.

물론 정오가 지났을 무렵부터 도메이 고속도로의 고가 아래 주변에도 80명의 수사원을 배치했다. 그들은 근처 농가의 주민이나 우편배달부, 소형 트럭을 탄 운송업자, 주류 판매업자, 지나가는 사람 등으로 위장했다.

그런데 오후 8시부터 4시간이 지나도 버스 정류장 부근에는 일반 차량은 없었고 정기버스 승객 4명만이 정류장을 드나들었다. 그리고 다음 날인 7월 31일 오전 6시, 미시마 경찰서에 설치된 유괴 사건 대응 지휘본부는 범인이 오지 않았다고 판단했다.

시게토는 수사기록에서 눈을 뗐다. 지금까지 몇 번이고 계속 읽은 내용이었지만 뜻밖에도 다시 의문점이 생겨났다. 범인은 오바타 사에코에게 일천만 엔이 든 스포츠 가방을 스소노 버스 정류장으로 가져오라고 지시했다. 결국 범인은 그녀가 차를 운전할 수 있다는 것을 알고 있었다는 뜻이다. 남자라면 운전면허가 있을 가능성이 높지만 모든 남자가 운전을 할 수 있다고 보기도 어렵고, 1974년 당시에는 운전을 할 수 있는 여자가 지금보다 훨씬 더 적었을 것이다.

그는 즉시 다른 수사기록을 꺼냈다. 오바타 사에코를 탐문한 기록으로, 그녀의 성장과정과 생활상, 습관, 친하게 지내는 지인 등, 신상에 관한 것이었다. 종이를 넘기면서 해당 부분을 훑었다. 오바타 사에코가 일반 운전면허를 취득한 것은 스무 살 때라고 기록되어 있다.

고속도로 버스 정류장으로 몸값을 가져오라는 지시를 받은 어머니가 차를 운전할 수 있는지의 여부를 범인이 고려하지 않았을 리가 없다. 즉 범인은 그녀가 면허가 있다는 것을 알고 있었다. 그렇다면 오바타 마모루의 유괴는 우발적인 것이 아니다. 자산가인 할아버지, 차를 운전할 수 있는 어머니, 그러한 조건이 처음부터 범인의 계획에 들어 있었던 것이다.

시게토는 금방 '하지만……' 하고 생각이 바뀌었다. 이사 일정을 앞당겨서 월세집으로 막 이사를 온 상황은 범인이 용의주도하게 범행을 준비한 것이라는 추측을 시원하게 날려버렸다. 더구나 생각해보면 고속도로 버스 정류장을 몸값의 인도 장소로 골랐다는 것 자체가 고개를 갸웃하게 만드는 선택이라고 할 만했다. 차나 오토바이를 타고 돈이 든 스포츠 가방을 재빨리 회수해서 즉시 출발한다고 해도 고속도로는 좁고 긴 통로와 같은 길이 아닌가. 모든 출입구를 봉쇄해버리면 범인의 도피처는 사라지고 만다. 아니면 고속도로의 어딘가에서 차를 버리고 맨몸으로 고가에서 뛰어내려서 미리 준비해둔 다른 차로 도주할 작정이었을까.

하지만 이러한 추정에도 즉각 반론이 떠올랐다. 몸값을 회수한 범인을 경찰이 멀뚱멀뚱 놓아둘 것이라고 생각할 만큼 어리석지는 않겠지. 당연히 범인의 차는 추적당할 것이고 차가 멈춰서는 순간, 추적반이 덮치리라는 것도 예상했을 것이다.

아니면 고속버스 정류장의 구조를 이용해 밖에서 계단을 통해 고속도로로 들어와 재빨리 몸값을 탈취해서 그대로 도망치려는 계획이었을까. 하지만 그것도 다시 범인에게 위험하기 그지없는 도박인 셈이다. 몸값이 든 가방을 놓을 장소를 고속도로 버스 정류장으로 지정한 순간 그 주위를 경찰이 이중삼중으로 에워싸리라는 것은 불 보듯 뻔하다.

무엇 하나 해결점을 찾지 못한 채 시게토는 다시 수사기록으로 눈을 돌렸다. 범인이 보낸 한 통의 편지가 도착한 것은 8월 2일 오후 2시 11분이었다. 편지의 문장은 신문 활자를 오려 붙인 것으로 훗날의 조사에 따르면 그 신문은 요미우리, 마이니치, 아사히 등의 전국 일간 지와 「스루가 일보」에서 발췌한 것으로 판명되었다. 하지만 그 조각들은 물론, 활자를 붙인 편지지와 봉투에서도 지문이나 손금 등, 범인의 것으로 보이는 그 어떤 것도 전혀 발견되지 않았다. 그 내용은 이러했다.

나는 경찰에게 잡힐 멍청이가 아니다. 어리석은 짓은 하지 말기를. 그렇지만 다시 한번 기회를 주겠다. 8월 3일 오후 8시에 도메이 고속도로 상행선, 나카자토 버스 정류장 안내판에서 동쪽으로 20미터 떨어진 곳의 가드레일 안쪽에 일천만 엔이 든 가방을 둘 것.

그때도 당일 새벽부터 지정된 나카자토 버스 정류장에 대한 엄중한 감시가 시작되었고 차에 대한 감시체제는 전보다 더욱 커진 규모와 밀도로 행해졌다. 하지만 결국 범인은 전혀 모습을 드러내지 않았다.
이후 범인은 잠시 동안 잠잠했다. 세 번째 요구를 지시한 것은 12일이 지난 8월 15일이었다. 또다시 봉투에 든 편지로 몸값을 지시했다.

오바타 사에코. 8월 16일 오후 7시, 일천만 엔이 든 스포츠 가방을 도메이 고속도로 상행선의 니혼자카 휴게소로 가져와서 대형차용 주차장 건너편에 있는 공중전화 박스 뒤 수풀에 넣어둘 것.

편지의 내용은 그것뿐이었다. 하지만 유괴 사건 대응 지휘본부는 이 편지의 내용에 술렁거렸다. 니혼자카 휴게소는 차만이 아니라 휴게소 직원이나 상품과 식재료 반입원으로 위장하면 외부에서 안으로 걸어서 들어올 수 있었기 때문이다. 게다가 시각을 8월 16일 오후 7시로 지정한 데에도 특별한 의미가 있을 것이라고 추측했다. 당일은 오봉(일본의 명절)의 귀성 행렬로 도메이 고속도로 상행선은 엄청난 정체가 예상되어서 니혼자카 휴게소도 상당히 혼잡할 것이었다. 즉 이전 두 번의 지시에서는 범인이 차로 몸값을 회수할 작정이었지만 이번에는 사람들로 혼잡한 틈을 타서 도보로 가방 근처에 다가가 그것을 탈취할 작정이라고 추정되었다.

상행선에 있는 니혼자카 휴게소에는 전날 밤부터 특수반이 투입되어 상점 뒤편의 사무실에 임시 지휘소를 설치함과 동시에 당일 오후 3시를 지나서는 변장한 수사원들이 눈에 띄지 않게 휴게소 내에 스며들었다. 그 수는 150명에 이르렀다. 일반 이용자, 연인들, 여행객인 여직원 모임, 트럭 운전사, 휴게소 직원, 화장실 청소원 등, 온갖 역할로 변장을 한 그들은 혼잡해지기 시작한 보통의 이용자들에 섞여서 수상한 낌새를 보이는 사람 찾기에 혈안이 되었다. 물론 50대의 차에 수사원이 나눠 탔고 휴게소 주변의 일반 도로에도 100명의 수사원이 흩어져 대기 중이었다.

이윽고 오후 7시 3분 전, 저녁식사를 할 시각이 다가오자 휴게소는 출근 시간의 신주쿠 역처럼 혼잡한 상황으로 치달았다. 그때 오바타 사에코가 준비한 스포츠 가방을 지정된 장소에 놓고 그 자리에서 물러갔다.

당시 미시마 경찰서에서 근무하던 시게토가 지원을 담당하는 수사원으로 잠복한 곳은 바로 니혼자카 휴게소였다. 시게토는 수사기록에서 눈을 떼지 못하다가 종이에서 갑자기 눈부신 빛이 나는 착각에 빠졌다. 자신의 주변 광경까지 빛이 나다가 무더운 밤기운에 에워싸이는 것을 느꼈다. 하얀 폴로셔츠에 베이지색 골프바지. 일반인으로 위장한 채 혼잡한 사람들 속에 섞여들어 한순간도 놓치지 않으려고 주위를 둘러보았던 기억이 뇌리에서 선명하게 되살아났다. 넓은 휴게소를 메운 검게 그을린 피부를 드러낸 가벼운 차림의 사람들. 가로등에 비친 남녀의 시끄러운 얘기 소리. 분주히 돌아다니는 아이들의 소란스러운 웃음소리. 흡연구역에 모인 남자들. 주차장으로 느릿느릿 드나드는 차들의 엔진 소리. 이렇게 붐비는 사람들 속에 모습을 전혀 알 수 없는 범인이 섞여 있다. 겹겹이 싸인 사람들 모두가 수상하게 느껴지는 것은 어쩔 수가 없었다. 줄줄이 이어진 차들의 행렬 속에서 앞 유리창에 일렁이는 사람의 모습마저도 해치려는 의도를 가진 것처럼 보였다. 불쾌한 땀이 흘렀고 심한 갈증을 느꼈다. 하지만 아무리 기다려도 공중전화 뒤쪽 수풀에 다가오는 사람은 없었다.

숨이 막혀오는 느낌을 참을 수가 없어서 크게 한숨을 내쉬자 휴게소의 환영이 사라지고 그는 미시마 경찰서의 집무실로 되돌아왔다.

그때도 범인은 마지막까지 나타나지 않았다.

불현듯 새로운 의문이 고개를 들었다.

첫 번째와 두 번째 전화는 경찰의 역탐지와 음성 녹음을 극도로 경계했기 때문이라고 생각해도 좋았다. 하지만 그 범인이 갑자기 세 번째 연락부터 편지로 바꾼 것은 어째서일까.

당시의 수사본부는 경찰이 대기 중인 집이 아닌 그 이외의 장소로 전화를 걸어 허점을 노린다는 범인의 수법이 간파되어서라고 결론을 내렸다.

하지만 시계토는 몸값을 요구하는 방식이 전화에서 편지로 바뀌는 것을 보고 돈을 탐하는 범인의 욕구가 줄어들었다고 느꼈다.

범인의 마음속에 어떤 변화가 일어났을지도 모른다. 유괴범의 연락은 두 통의 편지를 끝으로 지금에 이르렀다.

시계토는 수사기록을 덮고 손바닥으로 얼굴을 문질렀다.

손목시계를 보았다. 오후 10시 반.

그는 자리에서 일어났다.

10

쇼지가 가쓰다와 함께 소회의실에 들어서자 다른 수사원들은 이미 제자리에 앉아 있었다.

상석에는 시무룩한 표정의 데라시마가 자리를 잡고 있었다.

잠시 후에 문이 열리고 시계토가 성큼성큼 들어왔다.

"그럼 즉시 수사회의를 시작하지."

쇼지의 옆에 앉은 가쓰다가 바로 일어섰다.

"관리관, 들어주셨으면 하는 보고가 있습니다."

"뭔가?"

"주목해야 할 용의자가 나타났습니다."

방안은 이내 웅성거림으로 가득 찼다.

데라시마도 미간에 주름을 잡은 채 가쓰다를 향했다.

"설명해봐."

"이름은 요네야마 가쓰미. 오바타 마모루 유괴 사건이 일어났을 당시 대학교 4학년 학생으로 본가는 스소노 시입니다. 용의자로 지목된 이유는 재수생 시절에 도쿄 도 시부야 구 요요기 공원에서 다섯 살 아이를 성추행하려다가 미수에 그친 일이 발견됐기 때문입니다……."

가쓰다는 여기까지 보고한 뒤 더욱 진지한 표정으로 이어갔다.

"따라서 만일을 위해 같은 고장 출신으로 같은 대학에 다녔던 인물과 요네야마 가쓰미의 부친인 요네야마 유이치를 찾아서 급히 수사했습니다."

그의 말에 회의장이 조용해졌다.

시게토는 할 말을 삼키듯 잠자코 있었다.

쇼지는 탁자 아래에서 양손을 맞잡았다. 이런 단독행동을 한 것이 어떤 평가를 들을까.

그렇지만 시게토는 생각을 바꾼 듯 입을 열었다.

"그 사람들에게서 뭘 알아냈지?"

"1974년 여름, 가쓰미의 행적에 관해 요네야마 유이치에게 질문을 했지만 지극히 애매한 대답만 했습니다. 하지만 만일을 위해서 주변 수사를 한 결과 요네야마 유이치가 1959년에 후지 시에서 현재의 스소노 시로 전입을 한 사실이 판명됐습니다. 그래서 후지 시의 본적지 부근을 탐문해보니 그곳에서 종묘점을 경영했던 점과 그 고객 중에 오바타 세이조가 포함됐을 가능성이 높다는 점도 확인됐습니다."

"다시 말해 요네야마 가쓰미가 부친의 일을 통해서 오바타 세이조에 관한 정보를 얻었을 가능성이 있단 말인가?"

"네, 그렇습니다. 유괴의 목적이 돈 때문이라고 해도 아무나 대상으로 삼지는 않을 겁니다. 피해자 가족이 확실하게 몸값을 지불할 수 있다는 뒷받침이 있어야 합니다. 하지만 범인과 피해자와의 접점이 크다면 즉각 용의자가 될 가능성이 큽니다. 그렇게 생각하면 이전에 아버지가 살던 지역 자산가의 손자 정도라면 아주 적당한 목표라고 할 수 있지 않을까요? 요네야마 유이치가 상품의 납품전표나 장부를 기입했을 테고 가쓰미가 거기서 주소와 전화번호를 찾아서 유괴의 목표물을 좁혔을 가능성도 생각해볼 수 있습니다. 오바타의 집을 남몰래 살펴보던 요네야마 가쓰미는 오바타 사에코가 이사 오는 걸 본 순간부터 차로 미행해서 미시마의 집을 알아낸다. 그런 다음, 집에서 뛰어나온 오바타 마모루를 차로 끌고 가서 바로 살해한다. 그리고 이웃집 문패를 보고 전화번호부를 뒤져서 전화번호를 알아낸 뒤 전화를 건다……. 사건의 구도를 이렇게 그리는 건 어떻습니까?"

"같은 대학에 다녔던 사람은 어땠나?" 시게토가 물었다.

"기구치 겐타로라는 남자로 현재는 미시마 시의 농협 직원으로 근무하고 있습니다."

가쓰다의 말을 들으며 쇼지는 기구치 겐타로와의 면담을 떠올렸다. 농협 창구에서 신분을 밝히고 기구치 겐타로를 부르자 5분이 지나 "일을 하느라 좀 늦었습니다. 기구치입니다……"라면서 삼십대로 보이는 남자가 안에서 나왔다.

"물론 기구치 겐타로에게는 오바타 마모루 유괴 사건은 언급하지 않았고 십수 년 전의 중대한 사건을 알아보다가 요네야마 가쓰미를 조사하는 중이라고 알렸습니다. 그러자 기구치는 같은 대학의 문학부에 다녔지만 전공이 달라서 요네야마 가쓰미가 살던 오쓰카의 빌라인 다이니사쿠라조에 한 번 가본 적이 있을 뿐 친한 사이는 아니었다고 증언했습니다. 덧붙이기를 다이니사쿠라조의 이 층에는 세 집이 있었는데 그중 가운데 집에 요네야마 가쓰미가 살았고 모리타 고지라는 교수가 담당교수였다고 합니다. 그런데 재수생 시절에 가쓰미가 저지른 다섯 살 아이 강제 성추행 미수 사건을 알려주자 기구치는 꺼림칙했던 사실을 진술했습니다."

쇼지는 또다시 주먹을 꽉 쥐었다. 아들이 저지른 성추행 미수 사건을 다른 사람에게 알리지 않겠다고 요네야마 유이치를 안심시켰던 기억이 났다. 그랬던 가쓰다가 약속을 단숨에 깨뜨렸을 때 쇼지가 나름 막아보려고 했지만 "너는 입 다물고 있어"라며 그의 말을 무시했던 것이다.

"꺼림칙했던 사실이라고?"

시계토가 물었다.

"1974년 말쯤, 대학 수업을 마치고 야마노테 선 전철을 타고 집으로 가는데 갑자기 요네야마 가쓰미가 다른 승객들을 밀어제치듯이 혼잡한 전철의 인파를 뚫고 다가오더랍니다. 그리고는 친하게 지내자고 하더니 결국 도중인 이케부쿠로 역에서 함께 내리자고 해서 억지로 내렸다고 합니다. 평소에는 좀처럼 감정을 드러내지 않는 요네야마 가쓰미가 다른 사람같이 느껴졌다고 기구치가 말했습니다."

"그게 어쨌다는 거지?"

"요네야마 가쓰미는 기구치를 끌다시피 해서 역 광장을 벗어나 상당히 걸었던 모양입니다. 더구나 요네야마는 줄곧 뒤를 신경 쓰며 걸었다고 증언했습니다."

"미행을 두려워하고 있었다는 얘기야?"

데라시마가 무슨 이유에선지 도중에 끼어들었다.

"충분히 그런 해석을 할 수 있다고 생각합니다. 또한 기구치가 대학교 4학년 여름방학에 본가에 와 있었다고 해서 같은 시기에 요네야마 가쓰미가 스소노 시의 집에 와 있었는지 물었습니다. 그러자 기구치는 고등학교 검도부 동문회에 참석했는데 거기서 요네야마 가쓰미와도 만났다고 얘기했습니다. 동문회는 매년 8월 1일에 개최된다고 하니, 다시 말해 요네야마 가쓰미는 오바타 마모루 유괴 사건이 일어났던 7월 27일부터 5일 후인 8월 1일에 스소노 시 본가에 있었던 것이 분명하다고 판명됩니다."

"시게토, 이게 맞을지도 모르겠는데."

데라시마의 밝은 얼굴을 쇼지는 처음으로 볼 수 있었다.

"글쎄, 새로운 방향은 환영이지만 속단은 금물이지. 오코노기 조는 어떤가?"

시게토는 빈틈을 두지 않으려는 듯 오코노기와 시라이시를 향했다.

할 말을 다하지 못한 표정으로 가쓰다가 떨떠름하게 자리에 앉자 오코노기가 일어섰다.

"저희는 스도 이사오를 만나고 왔습니다. 스도 이사오는 역시 뭔가 숨기는 게 있어 보였습니다. 생활이 상당히 화려했고 중고차 판매점의 사업자금 출처에 관해서는 애매한 대답만 했습니다. 또 오바타 사에코와의 이혼 경위에 대해선 원만하게 이혼했다는 점을 강조했지만 아이들의 친권을 빼앗긴 것을 언짢아하는 느낌이었습니다. 그리고 오바타 마모루의 사진을 잠깐 빌려왔습니다. 복사본을 나눠드리죠."

시라이시가 일어나서 각 사람 앞에 사진을 배포했다.

쇼지는 사진을 들여다보았다. 바닷가 모래사장에 서 있는 리에와 마모루를 찍은 것이었다. 두 사람은 손을 잡고 있었고 마모루의 다른 한 손에는 빨간 플라스틱 양동이가 들려 있었다.

"느낌만으로 범인을 구분할 수 있다면 경찰이 뭐가 힘들겠어?"

사진을 들고 쳐다보던 가쓰다가 들으라는 듯이 말했다.

"당신이야말로 대체 무슨 생각인 거야?"

시라이시가 맞받아쳤다.

앉아 있던 오코노기도 안색을 바꾸며 일어섰다.

가쓰다가 거만하게 쳐다보았다.

"우리는 확실한 증언을 가져왔다고. 불만이 있으면 너희도 그런 자료를 가져와야 할 거 아냐?"

"자자, 가쓰다 경위님, 참으세요."

쇼지는 작위적인 미소를 지으며 끼어들었다.

시계토가 말했다.

"가쓰다 경위, 그 정도로 해둬. ……다음으로 마지마 조는 어떤가?"

마지마가 자리에서 벌떡 일어났다.

"먼저 후지 시의 오바타 세이조를 찾아간 경위를 보고 드리겠습니다. 솔직히 말씀드리면 오바타 세이조는 굉장히 무뚝뚝한 사람이었습니다. 저희 질문에 성실하게 상대하려는 생각이 없어 보였고 새로운 점은 아무것도 파악하지 못했습니다. 그런데 사건과는 관계가 없는 것일 수도 있지만 마음에 걸리는 얘기가 한 가지 있어서 보고 드리겠습니다."

"뭐지?"

"이웃집 주부가 들려준 얘기인데 오바타 사에코의 모친인 후사코는 상당히 신경질적인 성격이었다고 합니다. 원인은 오바타 세이조가 바람을 피워서라는데 그래선지 후사코가 딸에게 분풀이를 하며 가끔 엄청나게 혼을 냈다고 진술했습니다."

"확실한 얘기인가?"

시게토의 물음에 마지마가 고개를 크게 끄덕였다.

"예, 오바타 사에코의 단골 소아과 의사와도 만나서 얘기를 나눴는데 진료를 할 때마다 사에코의 몸과 얼굴에 파란 멍이 있었다고 증언했습니다."

"하지만 사에코의 모친은 유괴 사건 훨씬 전에 죽었잖아."

데라시마가 다시 말을 낚아챘다.

"그렇습니다. 저희가 보고 드리고 싶은 건 이후의 일입니다. 다쓰가와 경위님, 시작하겠습니다."

"네, 부탁합니다."

다쓰가와가 끄덕이자 마지마가 상석을 향했다.

"저희는 그 길로 도쿄로 향했습니다. 오바타 마모루의 시신이 발견된 다마 강의 현장을 확인하기 위해서였죠. 아시다시피 마루코 다리와 도쿄 급행 전철 도요코 선의 다리 사이의 강변에서 5미터 떨어진 수면 아래가 그 장소입니다. 하지만 현장에 서보니 다쓰가와 경위님도 저도 뭔가 납득하기 어려운 느낌에 사로잡혔습니다. 이상한 표현일지도 모르지만 제대로 된 유괴 살인범이라면 절대로 그런 장소에 사체를 숨길 리가 없습니다. 유괴 살인범에게는 사형이 내려지기 마련이니 범인은 당연히 사체를 절대 발견할 수 없는 곳에 숨기거나 완전히 처리하는 방식을 선택할 겁니다. 그런데 이 사건의 범인은 그런 철칙을 아무렇지 않게 부숴버렸습니다."

모두의 얼굴이 재빠르게 마지마를 향했다.

"그 이유는 마루코 다리와 다마 제방길은 자동차의 왕래가 끊임없는 곳이고 강변은 아이들과 운동이나 산책을 하는 사람들로 북적이는 곳이기 때문입니다. 게다가 주변에는 민가도 적지 않고 바로 옆에는 야구장까지 있습니다. 1974년 당시, 그곳은 자이언츠의 연습장이었습니다."

"사람의 발길이 너무 많았다는 뜻인가?" 시게토가 물었다.

"그렇습니다. 거기에 다른 하나를 추가해서 생각해주십시오. 오바타 마모루의 시신은 수건에 싸여 있었습니다. 그게 다마 강의 얕은 여울에 가라앉아 있었다면 마끈이 끊어져 사체가 떠오르기를 기다릴 것도 없이 마치 사체를 발견해달라고 말하는 것 같지 않습니까? 이건 일반적인 유괴 사건이 아닙니다. 아니, 유괴 사건과는 다른 종류의 범죄일 가능성이 있을지도 모르겠습니다. 아무리 생각해도 앞뒤가 들어맞지 않습니다."

시게토가 엄숙한 표정을 지으며 입을 열었다.

"그 점이 누락된 건 사체 발견 직후의 소동 때문이었는지도 모르지."

"무슨 의미죠?" 마지마가 물었다.

"사체가 발견된 후 보고를 받은 경찰이 담당자를 보냈을 땐 강변에는 이미 많은 구경꾼들이 모여 있었어. 이른 아침부터 현장 주변 수색을 시작했을 때 경시청과 미시마 경찰서가 주축이 돼서 많은 수의 경찰과 감식관이 동원됐지. 주변 도로는 구경꾼과 기자들로 발 딛을 틈도 없을 만큼 꽉 차 있던 것으로 기억하고 있네. 당시에 나도 수사에 동원됐지만 그런 정신없는 분위기에 에워싸인 현장에서는 평상시의 강변을 상상할 수 없었어. 지금 와 생각해보면 나도 그런 분위기에 휩싸이지 않았다고 말할 수 없네."

가쓰다가 갑자기 일어섰다.

"아니죠. 그걸 가지고 앞뒤가 안 맞는다고 단정 지을 순 없습니다."

"어째서입니까?"

마지마가 말했다. 그의 얼굴은 붉어져 있었다.

하지만 가쓰다는 시게토를 쳐다보았다.

"관리관, 또다른 보고를 드릴 게 있습니다. 기구치 겐타로와 면담을 한 후, 저와 쇼지는 시내를 들러서 요네야마 가쓰미가 다녔던 대학으로 갔습니다. 그가 들었던 수업의 담당교수인 모리타 고지를 만나기 위해서였죠."

"뭔가 실마리를 잡았나?"

"재학 중이던 요네야마 가쓰미의 태도나 교우관계에 대해 모리타 교수에게 물었습니다. 하지만 존재감이 거의 없었던 학생이었고 늘 혼자 다녔다는 정도의 인상밖에 없었습니다. 별 수확 없이 연구실을 나서려는데 때마침 여학생 한 명이 졸업논문을 가지고 지도를 받으러 교수를 찾아왔습니다. 그때 모리타 교수는 요네야마 가쓰미가 약간 특이한 성격이었다고 했습니다."

가쓰다의 말에 귀를 기울이며 쇼지는 끄덕였다. 모리타 고지는 오육십대의 남자였고 전공은 일본 근대 문화사였다.

"······그러니까 말하자면 요네야마 가쓰미가 졸업논문으로 쓴 주제가 '꽃다운 나이의 피투성이 그림'이었다고 합니다."

"꽃다운 나이의 피투성이 그림?"

시게토가 대꾸했다.

가쓰다가 고개를 끄덕였다.

"이것은 모리타 교수가 한 말입니다만, 막말부터 메이지 시기에 걸쳐 유행하던 우키요에(에도 시대에 성행한 풍속화로 주로 유녀나 연극을 다룸/역주) 화가로 츠키오카 요시토시라는 자가 있었는데 동문수학한 오치아이 요시이쿠와 공동으로 「영명이십팔중구」라는 화집을 그렸다고 합니다. 가부키 장면을 모은 시리즈였다고 하는데 차마 보지 못할 정도로 유혈이 낭자한 잔혹한 장면이 많은 우키요에입니다. 요네야마 가쓰미가 연구실에 놀러왔을 때 이따금 그 화집을 보고서 완전히 빠져들어 그 후로 네크로필리아 사진집이나 구상도(九相圖) 같은 종류의 문헌을 구하러 다녔다고 합니다."

"네크로필리아, 구상도가 도대체 뭔가?"

시게토가 고개를 조금 갸웃했다.

"네크로필리아는 사체 성애라든가 사체 애호를 말하는 일종의 변태적 성향을 말하고 구상도는 여성의 전라 사체가 부패해가는 모습을 그린 그림이라고 합니다. 즉 요네야마 가쓰미가 확실하게 네크로필리아의 성향을 보였다고 모리타 교수는 단언했습니다."

"잠깐만. 그 사체 성애가 지금 마지마의 지적과 무슨 관계가 있단 거지?"

"일반적인 유괴범이라면 피해자의 시신은 절대로 타인의 눈에 띄지 않는 장소에 숨기잖습니까. 하지만 요네야마 가쓰미는 아동성애 경향과 함께 사체 애호 같은 변태적 욕망을 가지고 있었습니다. 그래서 유괴한 아동이 죽은 사실을 알았을 때 발각될 위험을 무릅쓰면서까지 그 시신을 일부러 타인의 눈에 띄기 쉬운 곳에 숨기기로 한 거 아니겠습니까? 사체가 빨리 발견돼서 사람들이 난리가 난 모습을 보고 욕망을 채우려는 생각이 틀림없습니다. 며칠 동안 그 주변을 서성이면서 사체가 누군가에게 발견되기를 이제나저제나 하고 기다렸을 가능성도 있다고 봅니다. 그러다가 아무리 기다려도 아무도 사체를 발견하지 못하니 더 이상 기다리지 않고 위험을 감수하면서도 다시 와서 철제 아령을 연결했던 끈을 끊고 일부러 수면으로 떠오르게 했다고 생각하면 더욱 가닥이 잡힐 거라고 생각합니다."

가쓰다가 그렇게 말하면서 마지마를 돌아보았다.

"마지마 경사, 자네들은 이게 유괴 사건과는 별개의 범죄일 가능성이 있다고 큰소리치지만 요네야마 가쓰미는 사체를 매우 좋아하는 변태란 말이야. 미시마 경찰서와 경시청의 다마 강 합동수색 중에도 요네야마 가쓰미는 주위의 구경꾼 속에 섞여서 그 모습을 흥분해가며 엿보고 있었을 거라고."

의기양양하게 말을 마친 가쓰다는 만족스러운 듯 자리에 앉았다.

"이제야 간신히 가닥이 잡히는군."

기다렸다는 듯이 데라시마가 큰소리로 말했다.

"다마 강을 수색하던 날 수사본부는 여러 명의 사복 경찰에게 근처 구경꾼들을 모두 촬영하도록 지시했어. 그 사진을 철저하게 점검하는 거지. 그중에 요네야마 가쓰미의 얼굴이 슬쩍 찍혔다면 이제 쓸데없는 방향의 수사는 그만두고 제대로 수사를 시작할 수 있을 거야."

그때 쇼지는 상석에 앉은 시게토의 시선이 향하는 곳으로 뒤를 돌아보았다.

다쓰가와가 손을 들고 있었다.

"시게토 관리관님, 잠시 말씀드려도 될까요?"

"네, 말씀하십시오."

다쓰가와가 일어섰다.

"가쓰다 경위가 들은 증언은 분명 본 사건의 특수성을 해명한 것처럼 보입니다. 다만 그건 어디까지나 하나의 해석에 지나지 않습니다."

"뭐라고?"

가쓰다가 화를 내며 목소리를 높였다.

하지만 그 시선을 피하지 않고 다쓰가와가 발언을 이어갔다.

"앞으로 새로운 단서가 나오면 다른 해석도 성립될 가능성이 있다는 말입니다. 즉 저희가 해야 할 일은 보다 논리적인 해석을 찾는 게 아닙니다."

"그렇다면 다쓰가와 경위는 어떻게 해야 범인을 찾을 수 있다는 겁니까?"

"범인을 확실하게 가리킬 증거를 찾아야 합니다."

다쓰가와의 말에 소회의실 안에는 침묵이 흘렀다.

11

시게토가 한 차례 기침을 하고 찻잔으로 손을 뻗는 모습을 보며 구사카는 2015년 8월 14일의 현실로 돌아왔다.

그는 아무 말 없이 야나기와 시선을 교차했다.

수사기록을 살펴보며 어느 정도는 헤아릴 수 있었지만 시효 마감까지 쫓기던 사건의 수사가 이렇게 곤란한 지경에까지 이르렀을 것이라고는 상상도 하지 못했다. 더욱이 수사에 관련된 사람들의 행동이나 발언에서는 생각이나 예상이 서로 어긋나고, 수사에 커다란 지장을 줄 염려가 있는 반발이나 악의까지도 여지없이 느껴졌다.

하지만 그러한 불순물을 걷어내기만 하면 결국 가닥은 그다지 복잡하지 않게 좁혀질 것이다. 구사카는 말했다.

"지금 말씀은 특별수사반의 중점적인 가닥은 이 시점에서 두 개로 집약된다고 봐도 좋을까요?"

시게토는 찻잔을 탁자에 놓고 천천히 고개를 끄덕였다.

"특별수사반이 가까스로 되살린 가닥이었지. 한 가지는 말할 것도 없이 요네야마 가쓰미 쪽이야. 가쓰다 조가 받아온 증언과 상황증거는 그 사람이 어떤 범죄에 관여했을 가능성을 엿보게 했지. 시기적인 타이밍, 지리적 조건, 그리고 전과와 특수한 성향을 바탕으로 하면 그게 오바타 마모루 유괴 사건이라고 간주할 증거는 충분하다고 생각했네. 두 번째는 오코노기와 시라이시가 조사한 스도 이사오 쪽이지. 이혼으로 친권을 빼앗긴 분노, 출처불명의 상당한 금액의 사업자금, 화려한 생활, 게다가 유괴범과 겹치는 지리적 이점. 그것들의 조합에서 사건이 일어났을 가능성을 즉시 부정할 만한 점들은 없었네. 다만……."

시게토가 갑자기 말을 멈췄다.

구사카는 다음 말을 기다렸다.

야나기도 숨을 멈춘 듯이 잠자코 있었다.

"다쓰가와 경위가 또 한 가지 다른 가닥을 제안했지."

"그게 뭐죠?"

"그걸 설명하기 전에 여담 하나를 들려주지. 8월 19일, 다마 강에서 어린 아이의 사체가 발견되고 다음 날, 사체가 오바타 마모루라고 판명된 직후에 오바타 사에코가 수사본부로 달려와서 시신을 볼 수 있게 해달라고 간절히 요청했어. 원래 실종된 인물로 보이는 시신은 의복이나 소지품, 신체적 특징, 치아 구조, 치과 치료의 흔적 등에 의한 추정과 근친자에 의한 확인이 행해지지. 하지만 그때는 다른 증거들로 이미 오바타 마모루임이 판명됐기 때문에 모친이 확인할 필요는 없다고 판단했네. 그러나 오바타 사에코는 담당한 경찰들이 그녀를 잘 설득해서 겨우 단념시켰을 정도로 애를 써야 했지."

"어째서죠?"

구사카의 말에 시게토가 예리한 눈빛을 보냈다.

"아이의 사체를 봤다면 오바타 사에코는 틀림없이 기절했을 거네. 사체는 부패해서 거무스름하게 변했고 얼굴은 알아볼 수 없는 상태였어. 하지만 그런 상황을 전해들었을 때 다쓰가와 경위가 이렇게 말하더군. '오바타 사에코 씨는 시신이 참혹한 상태라는 걸 짐작하고 있었을 겁니다'라고. 나는 반박했지. '하지만 어떤 부모라도 자신의 아들을 못 보는 건 참을 수 없는 거 아닌가요?'라고. 그러자 다쓰가와 경위가 고개를 저었네."

"고개를 저었다고요?"

"그렇다네. '오바타 사에코 씨가 시신을 대면하고 싶다고 고집을 피운 이유가 정말 그것뿐이었을까요?'라고 했다네."

"그건 무슨 뜻이죠?"

"그게 바로 다쓰가와 경위가 생각한 세 번째 가닥이었지."

"세 번째 가닥……."

시게토가 고개를 크게 끄덕였다.

"수사회의 자리에서 사체 발견 현장인 다마 강에 관해 마지마가 얘기한 뜻밖의 의견을 떠올려보게."

구사카는 골몰했다. 그러자 옆에 앉은 야나기가 입을 열었다.

"분명 이랬습니다. '마치 사체를 발견해달라고 말하는 것 같지 않습니까? 이건 일반적인 유괴 사건이 아닙니다. 아니, 유괴 사건과는 다른 종류의 범죄일 가능성이 있을지도 모르겠습니다'라고요."

"바로 그걸세. 다쓰가와 경위는 사건을 전혀 다른 관점에서 해명할 필요가 있다고 주장했어. 그래서 오바타 사에코가 아들을 보겠다고 고집을 피우던 행동을 당연한 것으로만 볼 수는 없다는 것이지."

구사카는 몸을 앞으로 당기며 말했다.

"다쓰가와 경위는 오바타 사에코의 그런 행동을 어떻게 생각했던 겁니까?"

"가령 아무리 참혹한 시신이라도 자신의 아이니까 만나고 싶다는 어머니……. 자네도 이런 생각만 가능하다고 보는가?"

"그럼 다른 의견이 있을 수 있나요?"

"같은 질문을 했던 내게 다쓰가와 경위는 바로 대답했지. '사랑하니까 참혹하게 부패한 아이의 시신을 보고 싶지 않다, 살아 있을 때 사랑스러웠던 행복한 기억을 해치고 싶지 않다, 그렇게 생각하는 어머니가 있다 해도 이상할 건 없지요. 만일 오바타 사에코가 그런 심정이면서도 굳이 시신을 보게 해달라고 애원했다면 그 행동에는 이런 상상을 넘어서는 다른 의도가 있다고밖에 생각할 수 없습니다'라고."

구사카는 다시 야나기의 얼굴을 쳐다보았다.

시게토는 말을 이었다.

"나 자신도 허를 찔린 기분이었네. 요네야마 가쓰미와 스도 이사오 이외에 제3의 가능성을 찾으라고 했으니까. 그런데 이와 닮은 발상을 방금 들었네."

"방금이요?"

"구사카 경위, 자네가 말하지 않았나."

"제가 말입니까?"

시게토는 처음으로 미소를 지었다.

"'이렇게 괴로운 마음을 억누르면서까지 스도 이사오가 상대를 그곳으로 불러낼 수밖에 없는 중대한 동기가 있지 않을까 생각합니다'라고. 나는 그 말을 듣고서 특별수사반의 활동을 들려줘야겠다고 결심했다네. 다쓰가와 경위와 닮은 발상을 하는 형사가 여기에 있구나. 그 부탁을 거절해서는 안 되겠구나 하고. 그때는 이런 흐름을 파악하는 것이 어떤 의미로는 특별수사반의 미래를 크게 좌우하는 일이 되리라고는 상상도 하지 못했다네."

"그건 어떤 의미입니까?"

"서두르지 말게. 자, 자네들도 목을 축여야지."

구사카는 야나기와 함께 탁자 위의 찻잔에 손을 뻗었다. 두 사람이 차를 마시고 찻잔을 자리에 놓자 시계토는 다시 입을 열었다.

"수사의 양상이 예상 외로 흘러가게 된 건 특별수사반이 생기고 20일쯤 지난 때였네."

제5장

....

1

1988년 8월 19일 오전 9시 반.

시즈오카 현 경찰본부장인 하시바미 야스히데의 눈이 뚫어질 듯이 신문을 노려보았다.

시즈오카 현 경찰 상부, 비리에 관련되다

지면의 큼지막한 활자가 이리저리 흔들렸다. 아까부터 전국 일간지를 샅샅이 살펴봤지만 같은 내용을 기재한 신문은 없었다. 단 하나, 「스루가 일보」만 보도한 특종이었다.

올해 6월에 퇴직한 과장이 현경 내부가 저지른 부정을 고발한 것이었다. 신호등 제조회사로부터 받은 뇌물과 검거율을 부풀린 상황, 그것에 연루되어 수사비와 수사보상비를 뒷돈처럼 사용한 일이 신문에 자세하게 기재되어 있었다. 아주 이전부터 계속되어온 조직적 부정에 가담하기를 거부했더니, 관할 경찰서의 서장이 그를 한직으로 좌천시켰고 결국에는 사직을 할 수밖에 없게 되었다고 적혀 있었다. 집무실은 냉방이 잘 되어 있었지만 하시바미는 분노로 온몸이 달아올랐다. 이대로 두면 다른 신문들도 똑같은 기사를 써댈 염려가 있다. 무엇보다 신속하게 불을 끄지 않으면 자신의 경력에 흠집이 날 것이다.

하시바미는 경찰로서 이룰 수 있는 자신의 목표를 경찰청 장관관방심의관이나 경시청 공안부장으로 정해두었다. 전자는 경찰청 장관을 시작으로 경찰 행정을 통괄하는 요직이다. 후자는 경시청에 설치된 전국적인 공안부의 유일한 부서였다. 현 경찰본부장의 직책을 무사히 마치면 어느 쪽이든 오를 수 있는 지위였다. 하지만 만일에 하나 재직 중에 현 경찰 내부에서 불상사가 생기면 그 길이 전부 막혀버린다. 운이 나쁘면 스스로 책임을 지고 사임해야 하는 최악의 길만이 기다리고 있었다.

하시바미는 저도 모르게 입맛을 다셨다. 그 남자다. 시즈오카 현 경찰에 대해 집요하게 냄새를 맡고 다니는 사토 후미야라는 기자가 분명했다. 예전 기자회견에서도 물고 늘어지던 동안의 남자가 눈앞에 떠올랐다. 그때 오바타 마모루 유괴 사건을 담당할 특별수사반의 관리관에 시게토를 임명한 것을 두고 고시 출신들을 보호하기 위한 일 그러진 인사가 아닌가 하고 쓸데없는 질문을 해댔던 인물이었다.

하시바미는 눈을 가늘게 떴다. 집권세력에 반발해서 그 과실을 들춰내어 다시 파헤치는 것이 언론의 사명이라고 금과옥조처럼 믿는 어리석은 녀석. 세상을 어지럽히는 것은 대개는 그런 종류의 인간인 법이다. 그 따위 경박한 녀석이 제멋대로 체제 비판을 떠들어대는 탓에 그 기사에 선동되어 더욱 어리석은 짓을 저지르는 바보 같은 인간들이 끊임없이 탄생한다. 요즘에는 현저히 줄기는 했지만 일찍이 시즈오카 현 경찰서 안에서도 미쳐서 날뛰던 극좌 과격파의 활동을 하시바미는 대단히 불쾌하게 떠올렸다. 하지만 지금은 손을 놓고 있을 때가 아니라고 생각을 다잡고 초조한 마음에 집무실 안을 둘러보았다.

취재에 응했던 퇴직한 과장에게는 그 사람의 동기를 보내서 더 이상 문제를 거론하지 않도록 이 일은 결국 어쩔 수 없는 일이지 않느냐고 설득하면 될 것이다. 내부의 정보를 언론에 팔아넘기면 어쨌든 생활은 힘들어질 것이다. 경비회사에 취직자리라도 알아봐준다고 하면 손바닥 뒤집듯이 이쪽에 꼬리를 흔들며 입을 다물겠지. 하지만……하고 그는 생각했다. 사토가 다른 사람으로 목표를 바꾼다면 어떻게 되는가. 증언이 다수로 늘어나면 불을 끄기가 한층 더 어려워진다.

그렇게 생각한 순간, 뇌리를 스치는 것이 있었다. 달려들 다른 먹잇감이 있으면 사토도 그쪽으로 눈을 돌릴 것이다.

하시바미는 책상 위의 전화를 끌어와 수화기를 들었다.

2

"마지마 조는 다시 오바타 사에코를 만나보고 오도록."

시게토는 손에 든 수첩을 보면서 얘기하고 나서 고개를 들었다.

미시마 경찰서의 소회의실에는 평소처럼 특별수사반 여섯이 앉아 있었다. 시게토의 옆에는 데라시마가 변함없이 불만스러운 표정으로 자리를 지켰다. 특별수사반이 설치된 지 벌써 20일이 지났고 이른 아침의 회의에 임하는 모든 대원들의 얼굴에도 피로한 기색이 역력했다.

"오바타 사에코가 유괴범과 교섭하고 있을 때 딸 리에를 할아버지인 세이조에게 맡겼다고 수사기록에 있으니 그 주변 사정을 자세히 조사하도록 해."

"알겠습니다."

마지마가 대답했다. 그 얼굴에는 한숨을 삼키는 표정이 엿보였다. 오바타 사에코에 대한 탐문수사 횟수는 두 자릿수를 넘어섰다. 게다가 그녀의 고등학교와 대학교 동기, 선배와 후배, 대학생 시절에 가입한 테니스 클럽의 친구들, 본가의 주변에 사는 오래된 친구 등, 조금이라도 관계가 있는 사람을 이 잡듯이 잡아내서 모두 '직면수사'에 들어갔다. 물론 유괴되었을 때 오바타 마모루가 입었던 옷과 소지품 등에서 미시마의 집주소와 전화번호에 관련된 정보를 찾을 수 있는지를 조사했다. 하지만 전부 헛수고로 끝나고 말았다.

특별수사반이 설치된 당초에는 다쓰가와가 지적한 의문점에 관해서도 세세하게 수사를 했다.

다쓰가와와 마지마는 사체를 발견했던, 당시 중학생 세 명을 만나서 발견 현장에 참관해주기를 요청했다. 실제 상황을 참관하여 검사하는 방식으로 강을 향해 돌을 던지기 전에는 수면에 아무것도 떠 있지 않았던 것을 세 사람 중 두 명이 기억해냈다. 세 사람 중 한 명이 돌을 던졌다는 이들의 증언에 따라 그 돌이 사체와 철제 아령을 이었던 포장용 끈을 끊어서 사체가 떠올랐을 가능성이 커졌다. 즉 전날인 일요일, 사체는 아직 수면 아래에 있어서 아무도 알아채지 못했고 누군가가 일부러 끈을 끊었을 것이라는 가능성도 거의 없다고 여겨졌다.

그러나 시게토는 마지마가 불안해하는 이유가 수사에 협조적이지 않은 오바타 사에코의 태도 때문일 것이라고 짐작하고 있었다. 미시마의 집을 찾아갔을 때도 그녀는 바쁘다거나 급한 용무가 있다는 구실을 내세워 성의 있게 수사에 임해주지 않았다고 했다.

"시게토 관리관님."

다쓰가와의 말에 시게토는 몰두하던 생각에서 번뜩 깨어났다.

"뭐죠?"

"지금 말씀하신 건 말입니다만 오히려 오바타 리에 본인을 만나보면 어떨까 하는데요."

"그럼 그렇게 하십시오. ……오코노기 조는 스도 이사오의 거래처를 계속 찾아보도록. 중고차 사업의 자금이 아무래도 신경이 쓰여."

"알겠습니다."

오코노기가 날카로운 눈빛으로 끄덕였다. 요즘 그와 시라이시는 새로운 가닥을 제시했다. 오바타 마모루를 유괴한 범인은 경찰의 눈을 피해 도중에 오바타 세이조에게 직접 접근해 몰래 몸값을 받아낸 것은 아닐까 하는 점이었다.

확실히 사건을 둘러싼 몇 가지 수상한 점들은 이들의 추리에 의해 눈 녹듯이 풀리는 것처럼 보였다. 범인의 연락이 겨우 네 번으로 끊겨버린 점. 오바타 사에코뿐만 아니라 오바타 세이조까지 특별수사반의 조사에 적극적이지 않은 점. 처음부터 오바타 세이조와 교섭할 계획이었다면 몸값이 놓인 고속도로 버스 정류장과 휴게소에 범인이 전혀 나타나지 않은 것도 경찰을 교묘히 기만하기 위한 작전이었다고 해석할 수 있었다.

더욱이 그 가닥의 연장선상으로 사건이 일어난 지 반년 후, 스도 이사오가 영업사원에서 갑자기 중고차 판매점의 사장으로 화려하게 변신한 사실도 한층 수상해 보였다. 물론 이 추리가 들어맞는다면 오바타 부녀가 자진해서 사실을 토로하는 일은 기대할 수 없을 것이다.

시게토는 가쓰다와 쇼지를 보았다. 두 사람도 생기가 없는 표정이었다. 오바타 마모루의 사체가 발견된 다마 강을 대대적으로 수색하던 날, 많은 수의 사복 경찰이 구경꾼들을 찍은 엄청난 양의 사진을 가쓰다와 쇼지는 삼일 밤을 꼬박 새워 철저히 분석했다. 하지만 요네야마의 모습은 어느 한구석에서도 발견되지 않았다.

게다가 세 명의 중학생이 증언한 사체 발견의 상세한 경위가 확실하게 밝혀졌으니 가쓰다가 주장하는 요네야마 가쓰미가 범인이라는 가설은 설득력을 잃었다. 그리고 그들의 가설에 의문을 갖게 하는 하나의 사안이 떠올랐다.

전화를 잘못 건 것처럼 위장한 쇼지가 요네야마 가쓰미와 통화를 한 뒤 그 음성을 녹음했다. 그리고 범인의 목소리를 들었던 이웃집 주부에게 들려준 결과, 그녀는 전혀 다른 목소리라고 증언했다. 가쓰다는 14년이 지난 전화 속 목소리를 명확하게 기억할 리는 없다고 주장했다. 사실 녹음된 목소리를 들은 다른 한 사람의 피검자인 오바타 사에코는 범인의 목소리를 기억하지 못해서 판별할 수 없다고 대답했다. 14년의 벽. 그것은 예상외로 높은 장벽이었다.

그럼에도 가쓰다의 지적에 대해 주부는 전화에서 들은 목소리는 더욱 나이가 든 느낌이었는데 요네야마 가쓰미의 목소리는 그에 비해 젊고 약간 쉰 듯해서 절대로 똑같지 않다고 단언했다.

시게토는 수사자료에 첨부된 요네야마 가쓰미의 사진을 바라보았다. 기구치 겐타로에게 빌린 대학 졸업 앨범을 복사한 것이었다. 당시의 대학생답게 어깨까지 닿는 장발이었다. 눈이 가늘고 콧날이 섰으며 입술이 얇았다. 반듯한 얼굴이라고 할 수 있는 얼굴이었다.

하지만 그 눈빛에는 상당히 차가운 분위기가 감돌았다. 그것은 미숙함으로 인한 적개심과는 다른 종류였다. 이 남자가 오바타 마모루를 유괴했는지는 아직 알 수 없다. 하지만 도쿄에서 다섯 살 아이를 성추행하려고 했다는 사실은 확실했다. 가쓰다와 쇼지가 이미 뒷조사를 해서 요네야마 가쓰미의 일상생활 속 모습을 파악할 수 있었다. 시게토는 여기부터 파헤치는 편이 빠를 것이라고 판단했다.

"가쓰다 조는 요네야마 가쓰미를 직접 만나도록. 물론 주변수사도 계속하면서."

그 말에 두 사람의 눈빛이 변하면서 가쓰다가 재빨리 대답했다.

"알겠습니다."

시게토는 자리에서 일어섰다.

"오늘도 전력을 다해 수사에 임해주길."

일제히 기립한 수사원들이 "예" 하고 허리를 숙이면서 대답했다.

"쇼지 경사."

손수건으로 손을 닦으며 계단을 내려가는 쇼지의 등 뒤에서 갑자기 누군가가 그를 부르는 소리가 들렸다.

뒤를 돌아보자 이 층의 층계참에 데라시마가 서 있었다. 각진 얼굴에 짧게 이발한 머리, 달마와 같은 부리부리한 눈을 가진 남자였다. 가마니 같은 뚱뚱한 몸매에 반팔 와이셔츠 차림이었다. 비교적 세련된 보라색 넥타이가 쇼지의 눈길을 끌었다.

"무슨 일이십니까?"

쇼지는 발걸음을 멈췄지만 잠깐 복도를 흘낏 쳐다보았다. 화장실에 들르는 동안 한발 앞서 주차장으로 간 가쓰다가 신경 쓰였기 때문이다.

그러자 데라시마가 계단을 내려오며 천천히 그의 어깨에 팔을 걸치고 말했다.

"가쓰다는 자네가 졸업 후에 배속된 경찰서의 지역과에서 신세를 진 선배였지. 아마?"

"네, 잘 아시네요."

"형사과장이 부하의 사정을 몰라서야 쓰나?"

"그러네요."

데라시마가 쇼지의 어깨를 누르듯이 함께 계단을 내려가자 그는 쩔쩔매며 대답했다.

"그러니까 걱정하는 거 아냐. 요즘 가쓰다의 기색이 안 좋아 보이지 않아?"

"수사가 진척이 안 되면 누구나 그렇죠."

"그러니까 이럴 때 후배로서의 재치를 보여줄 필요가 있지 않을까?"

쇼지는 저도 모르게 발을 멈추고 데라시마의 말에 희미한 불안을 느꼈다. 그러자 데라시마가 어깨에 걸친 팔을 풀고 허공을 쳐다보며 말투를 바꿨다.

"나도 수사회의에 나가긴 하지만 본부장이 직접 지명한 관리관은 시게토니까 자세한 수사방침에 이러쿵저러쿵 참견할 순 없어. 그렇지만 나름의 감상은 있지."

"감상……."

"그렇지. 말하자면 어디까지나 독백이야. 이쪽에서 유력한 수사방향을 들이밀어보는 것도 유효할지도 모르지……."

말을 하면서 힐끔 쳐다보았다.

쇼지는 놀라서 대답했다.

"그러니까 관리관님도 요네야마 가쓰미를 직면수사하라고 명령하셨잖습니까?"

"아, 그렇긴 하지만 거기선 아무것도 안 나오잖아. 그렇게 되면 너희 수사는 이제 끝이라고. ……하지만 그걸 막을 방법이 하나 있어."

"그게 뭐죠?"

"요네야마 가쓰미의 존재를 기자 놈들한테 슬쩍 흘리는 거야."

"네?"

쇼지는 조금 물러섰다.

"그런 표정 짓지 마. 정보를 흘리는 것도 경우에 따라선 효과가 있으니까. 기사를 보고 중요한 사실을 생각해내는 사람도 나올 수 있고. 사람들 관심이 그쪽에 집중되면 시계토도 간단하게 요네야마 가쓰미 쪽을 내팽개칠 수 없게 되지. 그러면 가쓰다는 더 열심히 수사에 몰두할 수 있어. 그렇게 생각 안 해? ……그렇지, 전국 일간지에 갑자기 기사가 나는 것도 부자연스러우니 「스루가 일보」 정도가 좋겠군."

그렇게 말하던 데라시마의 표정이 사뭇 진지해졌다.

"두말할 필요 없이 이건 자네와 나만의 비밀이야."

쇼지는 아무 말도 못하고 상대의 얼굴을 바라만 보았다.

마지마는 고후 역 남쪽 출구를 나서자마자 쏟아지는 햇살에 눈을 깜박였다. 바로 앞에 택시 정류장이 보였다. 하지만 그는 다쓰가와와 함께 그 옆을 지나쳐 앞에 있는 버스 정류장으로 향했다.

오바타 리에가 재학 중인 야마나시 현립 간호학교는 고후 시내의 이케다에 있었다. 미시마 경찰서를 나오기 전에 지도에서 조사해보니 캠퍼스는 고후 역에서 직선거리로 서쪽으로 약 1킬로미터 거리였다. 그녀의 하숙집도 그 근처이니 못 걸을 것도 없었다. 그렇지만 연일 무더위가 기승을 부리는 한여름에 계속 걸어다니다 보니 체력의 한계를 넘어선 기분이었다. 그는 나이가 훨씬 많은 다쓰가와를 생각해서 버스를 타고 가자고 제안했다.

버스 정류장의 시각표를 보다가 마지마는 얼굴을 찌푸렸다. 다음 버스가 오기까지 20분 이상을 기다려야 했다. 그는 한숨을 꾹 참으며 말했다.

"어릴 적 희망대로 착실히 공부했나 보네요."

다쓰가와가 손수건으로 목덜미를 닦으며 끄덕였다.

"간호사가 그녀의 꿈이었지요."

"어머니가 그 점을 고려해서 미시마로 이사한 게 뜻하지 않은 화를 불러왔으니 복잡한 심경이겠죠."

마지마는 문득 뭔가가 떠올라 경찰수첩에 끼워둔 사진을 꺼냈다. 해변의 모래사장에 어린 리에와 마모루가 손을 잡고 서 있었다. 오코노기 일행이 스도 이사오에게 빌려온 것을 복사한 사진이었다. 마지마는 어린 그녀의 얼굴을 가만히 쳐다보았다. 구김살 없는 얼굴이었다. 앞으로 있을 그녀의 인생에 놓인 잔혹한 덫을 생각하지 않을 수 없었다.

처음 그녀를 보았을 때에 느꼈던 불안한 얼굴이 겹쳐졌다.

어제 미시마의 오바타 사에코 집에 전화를 걸어 오바타 리에의 소재를 확인하자 간호학교의 도서관에서 매일 공부해야 하기 때문에 하숙집으로 갔다는 말을 들었다. 물론 그 말투는 어두웠고 하숙집의 주소를 듣기까지 20분이 넘도록 실랑이를 해야 했다. 결국 마지마 일행이 딸을 만나려 하는 것을 알아채고 화를 내며 말했다.

"사건이 일어났을 때 리에는 겨우 일곱 살이었어요. 그런 아이를 만나야 할 필요가 있나요?"

"아주 사소한 것에서부터 사건의 핵심에 관련된 단서가 발견되는 경우가 많아서입니다. 아무리 어린 아이라도 경찰 조사에서 제외될 순 없습니다."

수화기를 쥔 마지마는 억울하기 그지없는 마음이 치밀어 이런 답을 말할 수밖에 없었다.

"다쓰가와 경위님은 오바타 사에코 씨와 부친인 세이조 씨를 어떻게 생각하세요?"

마지마는 사에코와의 통화를 떠올리며 물었다.

"어려운 일에 맞닥뜨리면 누구나 경찰이 반드시 도와줄 거라고 믿고 싶어집니다. 그런데 기대와는 다르게 유괴된 자녀가 시신으로 발견됐다면 그 어쩔 수 없는 분노가 경찰을 향한 미움으로 바뀌는 것도 무리는 아니지요."

"경찰이란 어쩐지 손해 보는 역할 같습니다."

"그러니 이 세상에 꼭 필요한 존재가 아니겠습니까?"

그때 다쓰가와가 마지마의 손에 있던 사진을 바라보았다.

"잠깐, 괜찮을까요?"

"예, 여기 있습니다."

마지마는 사진을 건네주었다.

다쓰가와가 그 사진을 가만히 들여다보았다.

그때 양산을 든 젊은 엄마가 남자아이의 손을 잡고 버스 정류장으로 다가왔다.

역과 반대 방향이어서인지 버스는 비어 있었다.

마지마는 다쓰가와와 함께 차량의 뒤편 좌석에 몸을 움츠리듯 나란히 앉아서 차창 밖으로 지나는 가게와 주택을 바라보았다. 그는 사건 당시의 오바타 리에에 관한 수사기록을 떠올렸다.

1974년 7월 27일, 막 이사 온 집에서 오바타 마모루가 집을 나간 이후 그대로 사라졌다. 그날 밤 늦게 일천만 엔의 몸값을 요구하는 남자의 전화가 이웃집으로 걸려왔다. 그때 리에가 집에 있었던 사실은 오바타의 집에 범인 모르게 들어갔던 시즈오카 현 수사1과 특수반의 수사원 세 명이 분명하게 확인해주었다. 다음 날인 오전 5시 반쯤, 사에코의 전화를 받고 후지 시에서 달려온 오바타 세이조가 리에를 데리고 본가로 갔다는 진술도 수사기록에 남아 있었다.

이후 마모루가 시신으로 발견되어 조용히 장례를 치르고 사에코가 현재의 집으로 이사 오기까지 리에는 할아버지의 집에서 지냈다. 물론 수사원이 후지 시에 있는 세이조의 집에 자주 찾아가 그녀에게도 반복된 탐문수사를 했다고 기록되어 있다. 하지만 할아버지의 집으로 간 이후부터 리에는 건강이 나빠지는 바람에 수사원의 질문에 제대로 대답하지 못했다.

마지마는 팔에 걸친 상의의 주머니에서 수첩을 꺼내 적어둔 문장을 찾았다.

오늘도 오바타 리에는 37도 후반의 발열과 구토 증세가 있어 조사는 불가능하다고 사려되어 중지함.

어느 수사원이 사건 발생 이후 보름이 지나 오바타 리에를 조사한 상황을 이렇게 기술했다. 더구나 세이조는 수사원이 손녀에게 질문을 하려고 하면 대놓고 막아서기까지 했다. 그에 관한 기록은 이랬다.

대상자의 할아버지가 사정 청취를 거듭 강경하게 거절하여 단념할 수 밖에 없음.

이윽고 마모루의 시신이 발견되어 공개수사로 전환됨과 동시에 수사본부의 관심이 아동 유괴의 전과자와 아동 성추행 관련자, 금전적으로 곤궁한 자 등을 향했기 때문에 리에에 관한 조사는 소홀해지고 말았다.

마지마는 수첩에서 고개를 들었다. 세이조의 비협조적인 태도는 사건 당시부터였다는 것이다. 리에에 대한 탐문수사를 꺼린 것은 정말 그녀의 건강을 걱정해서일까. 그는 다쓰가와를 쳐다보았다.

"다쓰가와 경위님."

"왜 그러시죠?"

"수사자료를 제대로 안 읽었냐고 뭐라고 하실지도 모르겠지만 사건 당시에 오바타 사에코 씨가 수사에 비협조적인 태도를 보였다는 기록이 있었나요?"

다쓰가와가 바로 고개를 저었다.

"그런 기록은 없었다고 생각하는데요. 어째서 그런 걸 물으시지요?"

"이 사건으로 피해자 가족이 경찰을 한심하다고 여기는 마음은 이해할 수 있습니다. 하지만 또다른 한편으론 사건을 해결하고 싶어지는 게 당연하고 오히려 시효가 촉박하면 그 바람은 한층 더 강해지는 거 아니겠습니까? 생각할수록 그 가족의 태도가 왠지 석연치 않습니다."

다쓰가와가 잠시 침묵했다.

상대방의 기분을 느끼고 이해하는지도 몰랐다. 그리고 이내 입을 열었다.

"현재 사에코 씨가 저희 수사진을 냉대하는 건 분명한 사실이지요. 하지만 수사기록에 따르면 사건 발생 당시 오바타 사에코는 자식을 되찾기 위해 문자 그대로 필사적이었다는 인상을 받았습니다. 다만 사건 발생 시에 수사1과 특수반이 전화를 걸어온 범인의 음성 녹음을 놓친 걸 사에코 씨가 어떻게 생각했는지에 대해선 수사기록이 없었습니다. 수사원이 피부로 뭔가를 느꼈는지도 모르겠으나 그것까지 적지는 않으니까요."

"사에코 씨가 어떻게 느꼈다고 생각하세요?"

"제가 그 입장이라면 자식이 시신으로 발견됐을 때 맨 먼저 미워할 대상은 범인일 것 같습니다. 하지만 그 다음으로 수사1과 특수반의 형사들을 원망할지도 모르겠고요."

"그렇다면 다쓰가와 경위님은 그때의 원한이 계속 이어진 거라는 말씀이시군요."

"가능성이 없다고 할 순 없지요. 말로는 표현하지 않아도 얼굴이나 태도에 나타납니다. 그렇게 생각하면 사에코 씨의 태도도 납득이 갑니다. 오바타 세이조 씨도 같은 경우라고 할 수 있겠지요."

마지마는 한숨을 내쉬었다.

"그렇다면 사에코 씨는 저희가 가는 걸 당연히 리에 씨에게 알렸겠네요."

다쓰가와가 예, 하고 대답했지만 더 이상은 아무 말도 하지 않았다.

그때 차내 방송이 그들이 내리려는 버스 정류장의 이름을 알려왔다. 마지마는 손을 뻗어 하차 벨을 눌렀다.

오바타 리에의 하숙집은 52번 국도가 아라 강과 교차하는 다리 부근의 목조 빌라였다.

마지마는 손목시계를 내려다보았다.

오전 8시 5분 전.

시간대로 보아 벌써 학교에 갔는지도 모른다. 집에 없다면 그 길로 간호학교로 향할 작정이었다. 그는 버스 안에서 점검한 수첩을 손에 쥔 채 다쓰가와와 외벽 계단을 올라 이 층에서 가장 구석진 집의 초인종을 눌렀다.

그러자 안에서 인기척이 느껴졌고 바로 여자 목소리가 희미하게 들려왔다.

"누구세요?"

어렴풋한 기억이지만 본인의 목소리라고 생각되었다.

"미시마 경찰서의 마지마라고 합니다. 이전에 미시마의 어머니 댁에서 뵌 적이 있습니다만."

잠금장치를 여는 소리가 들리고 서서히 문이 열렸다.

어두컴컴한 실내에 있는 오바타 리에의 얼굴이 밖에서 쏟아지는 햇빛에 드러났다. 하늘색 긴팔 블라우스에 크림색의 몸에 착 붙은 치마를 입고 있었다. 전과 같이 긴 생머리가 어깨까지 닿아 있었다. 표정도 역시 어딘가 불안해 보았다.

"하숙집까지 찾아와서 죄송합니다. 힘드시겠지만 좀 여쭤도 되겠습니까? 물론 동생분에 관한 일입니다."

마지마가 고개를 약간 숙이면서 말했다.

순간 그녀는 주저하듯 입을 다물었지만 "들어오세요"라며 문을 활짝 열었다.

다쓰가와가 마지마에게 먼저 들어가라는 눈빛을 보냈다.

"그럼, 실례하겠습니다."

마지마는 다시 고개를 숙이며 말하고 현관 안으로 들어섰다.

"단도직입적으로 말씀드리겠습니다. 1974년 7월 27일 동생이 유괴됐을 때 리에 씨는 뭘 하고 있었습니까?"

마지마가 물었다.

옆에는 다쓰가와가 잠자코 앉아 있었다.

바로 앞에 앉은 오바타 리에는 아무 말 없이 고개를 숙였다.

세 평 남짓한 다다미방에서 세 사람은 탁자를 마주하고 앉았다. 옆에 두 평짜리 부엌 겸 거실이 있었고, 그들이 있는 방에는 옷장과 작은 책장뿐이었고 깔끔하게 정돈된 분위기였다. 창에 걸린 새하얀 레이스 커튼이 젊은 여자의 방다운 분위기를 자아냈다.

"솔직히 말씀드리면 거의 기억이 나질 않아요."

리에가 고개를 떨어뜨린 채 말했다.

"이삿날에 갑자기 난리가 나고 모르는 남자들이 새집에 들이닥쳤지만 제겐 어느 누구도 아무 말도 해주지 않았거든요. 그래서 그날 일어난 일은 다른 사람에게 듣거나 어디에서 기사를 읽거나 해서 훨씬 후에 제대로 알게 됐어요. 하지만 어느 게 들은 거고 어느 게 제가 직접 경험한 일인지 전혀 구분할 수 없게 됐어요. 상상만 했던 장면을 현실이라고 생각하는 건 아닐까. 반대로 실제로 본 일을 착각이라고 잘못 알고 있는지도 모른다는 생각에 그때부터 늘 불안한 마음이었어요."

"그렇다면 질문을 정리해보죠. 이사는 전날부터 시작돼서 오바타 사에코 씨와 리에 씨가 미시마의 집에 도착한 건 사건 당일이다. 당연히 그날도 이삿짐을 정리하고 있었다. 그때 리에 씨는 뭘 하고 있었습니까?"

마지마는 수사기록을 떠올리며 말했다. 오후 1시쯤 미시마의 집에 도착한 리에는 어머니가 이삿짐 정리하는 것을 돕다가 마당에 있는 오래된 우물에서 물장난을 쳤다고 되어 있었다.

하지만 오바타 리에는 고개를 저었다.

"14년 전에 있었던 옛날 기억을 자세히 기억하는 사람이 있나요? 게다가 제가 그 집에 있었던 하루 이틀 정도의 시간에 일어난 사건입니다. 집 구조도 전혀 기억이 나질 않는걸요."

"예, 분명 그럴 겁니다. 하지만 한번 떠올려보십시오. 리에 씨가 잘 모르겠다면 동생의 사건은 어떻게 되겠습니까. 집에서 마모루 군은 뭘 하고 있었나요? 뛰어다니거나 떠들거나 하지는 않았습니까?"

오바타 리에는 괴로운 듯 얼굴을 찡그리며 고개를 저었다.

"아니요. 아무리 생각해도 동생의 모습이 생각나질 않아요. 그 애가 뭘 했는지 확실하게 떠오르질 않습니다."

"이해할 수 없군요."

순간 그녀가 화난 얼굴로 마지마를 쏘아보았다.

"그랬는데도……."

오바타 리에는 말끝을 흐리며 입을 다물었다.

마지마가 물었다.

"그랬는데도라는 건 무슨 뜻이죠?"

오바타 리에가 근심에 싸인 눈빛을 보내왔다.

"그날의 일을 아무리 물어봐도 엄마는 절대 대답해주지 않았어요. 동생이 그렇게 되고 나서 그 사건을 떠올리지 않으려고 애를 쓰는 엄마 마음은 알아요. 하지만 그렇게 어정쩡한 상태로 지내다 보니 시간이 이렇게 흘렀는데도 제 마음은 언제나 불안했고 오히려 사건을 더욱 잊을 수 없게 됐어요."

마지마는 그녀의 진지한 얼굴을 보면서 그녀가 과거의 일을 애써 기억해내려 하는 것이 거짓이 아님을 느꼈다. 그것이 의외라는 기분도 들었다. 그녀의 말투나 표정에는 오기 전에 생각했던 수사를 거절하는 기미가 없어 보였기 때문이다.

"그렇다면 할아버지인 오바타 세이조 씨의 집에 갔을 때부터는 어떤가요?"

"그건 조금씩 기억하고 있습니다. 몸이 아파서 오랫동안 잠을 자다가 깨는 반복된 생활을 했고 할아버지가 저를 병원에 데려가셨던 일도요."

"병원에요?"

"네. 분명 엄마도 다녔던 병원이었어요."

마지마는 다쓰가와와 시선을 교환했다. 역 앞에 있는 다자와 병원일 것이다.

"그때 경찰이 후지 시에 있는 집을 몇 번이고 찾아갔는데 오바타 세이조 씨는 그때마다 리에 씨가 경찰과 만나는 걸 꺼렸다고 합니다. 왜 그러셨을까요?"

"할아버지가 그러셨나요?"

"네, 수사기록에는 그렇게 적혀 있습니다."

"전혀 몰랐습니다."

분위기가 달라지면서 오바타 리에가 마음을 놓은 듯 탁자에 시선을 떨어뜨리며 중얼거렸다.

마지마는 온갖 방법을 썼다는 느낌에 한숨을 토했다.

그러자 옆에서 다쓰가와가 헛기침을 한 뒤에 입을 열었다.

"엄청난 일을 당했으니 기억이 뒤죽박죽인 것도 무리는 아닐 겁니다. 하물며 동생의 불행으로 인한 심한 고통이 다시금 충격을 줬을 테니까요. 충분히 이해합니다. 어머니가 아무것도 설명해주지 않았던 건 분명 부모 된 마음 때문입니다. 리에 씨는 알고 계신가요? 마모루 군의 시신이 발견된 날 어머니는 본인 눈으로 시신을 확인해야겠다고 경찰에 요청했다고 합니다."

오바타 리에는 아무 말 없이 고개를 약간 숙였다.

"14년 전 7월 27일, 동생이 미시마의 집에서 두 번 집을 나갔다고 하는데 동생이 처음 나갔을 때 리에 씨는 그걸 몰랐나요?"

그녀는 여전히 입을 다문 채 애매하게 고개를 저었다.

"그렇다면 마지막으로 하나만 묻겠습니다. 수사기록에 따르면 오바타 사에코 씨는 자녀들의 교육을 위해 후지 시에서 미시마로 이사했다고 하는데 그 집은 누가 정했나요?"

"아마 엄마가 할아버지와 의논해서 정했다고 생각하는데요."

"어째서 그렇게 생각하십니까?"

"엄마가 자식을 둘이나 데리고 이사를 간다고 하니, 할아버지로서는 딸이 전혀 모르는 곳으로는 가지 못하게 하지 않으셨을까요?"

다쓰가와가 입을 다물고 손바닥으로 면도한 뺨을 어루만졌다.

마지마가 재빨리 차례를 이어받은 듯 물었다.

"오바타 세이조 씨는 미시마의 집을 전부터 알고 있었습니까?"

"그건 잘 모르지만 이전에 그 집 근처에 할머니의 본가가 있었다고 합니다."

"할머니라면 오바타 후사코 씨 말인가요?"

"네."

오바타 리에가 고개를 끄덕였다.

마지마와 다쓰가와가 오바타 리에의 집에서 나온 것은 한 시간이 지나서였다. 외벽 계단을 내려오자 마지마가 입을 열었다.

"오바타 세이조 씨는 역시 미시마 집 근방의 사정을 잘 알았네요."

다쓰가와가 끄덕였다.

"하지만 저희 질문에 모호한 대답밖에 하질 않았습니다. 아무래도 마지마 경사가 궁금해하는 점은 재검토가 필요한 것 같군요."

"제가 궁금해하는 점이요?"

마지마는 발을 멈추면서 말했다.

다쓰가와도 멈춰섰다.

"버스 안에서 사건 당시 오바타 사에코 씨가 수사에 비협조적인 태도를 취했는지 물었잖습니까. 사에코 씨의 경우는 분명치 않지만 오바타 세이조 씨는 처음부터 비협조적이었습니다. 전 그 이유가 범인이 이웃집과 건너편 집에 전화를 걸었을 때 수사1과 특수반이 녹음기기를 미처 다 옮기지 못해서 경찰이 두 눈 뜬 채로 범인의 목소리 녹음을 놓쳤다고 원망하는 거라고 생각했었습니다. 하지만 과연 정말 그런 건지 자신이 없어졌네요."

"다른 이유가 있다는 말씀이신가요?"

"네, 게다가 시라이시 경위와 오코노기 경위가 제대로 사건을 파악한 거라면 오바타 세이조 씨의 수상한 동향도 맞아떨어진다고 생각됩니다."

마지마는 다시 발걸음을 옮기며 생각에 잠겼다. 요즘 들어 시라이시와 오코노기 두 사람은 유괴범이 경찰의 눈을 피해 오바타 세이조와 직접 협상을 벌인 것이라고 주장했다. 이 추리를 오바타 세이조의 비협조적인 동향과 겹쳐보면 정확하게 부합되는 듯 보였다.

그리고 이 추리가 맞다면 유괴범이 신중을 기했던 것으로 보아 오바타 세이조가 몰래 경찰과 연락하고 있는 것은 아닌지 확인하기 위해 온갖 지시를 한 것이 틀림없었다. 그런 뒤에 몸값을 준비한 그에게 이쪽저쪽으로 지시해 잠복이나 미행의 유무를 지켜본 것임에 틀림없었다. 그러한 미묘한 상황이라면 경찰이 수사를 하러 자주 찾아오는 것만큼 오바타 세이조에게 골칫거리이면서 두려운 일은 없었을 것이다. 그러므로 경찰을 멀리하기 위해 손녀가 아프다는 핑계를 댔을지도 몰랐다.

"하지만 속단은 금물입니다. 그저 완고한 사람일지도 모르고 전혀 다른 의도에서 그런 태도를 보였을 가능성도 있으니까요."

마지마는 나란히 걷던 다쓰가와의 말에 크게 끄덕였다.

"예, 명심하겠습니다. 저희가 오기 전에 오바타 사에코 씨가 전화를 했을 거라고 오해했지만 조금 전 리에 씨의 태도를 보면 의심에 지나지 않았네요. 저희가 생각한 것만큼 그 사람도 비협조적이진 않았으니까요."

마지마가 대답을 한 뒤 느낀 점을 쓰기 위해 수첩을 꺼내려고 팔에 걸친 상의 주머니에 손을 넣었다. 순간 그가 다시 발을 멈췄다.

"왜 그러시죠?"

다쓰가와도 멈춰섰다.

"이런, 수첩을 놓고 왔네요."

탁자 앞에 앉았다가 모르고 수첩을 방석 옆에 두고 온 것이다. 마지마는 뒤를 돌아 리에의 집을 바라보았다. 이미 50미터는 족히 지나 있었다.

"죄송하지만 여기서 잠시만 기다려주세요."

마지마는 말을 하고 내달리기 시작했다.

숨을 헐떡이며 빌라의 외벽 계단을 올라 집 앞에 섰을 때 잠금장치를 푸는 소리가 들렸다. 문이 열리고 모습을 드러낸 오바타 리에가 캔버스 가방을 어깨에 맨 채 놀란 표정을 지었다.

"무슨 일이시죠?"

그녀가 마지마를 쳐다보며 물었다.

"죄송합니다. 깜빡 잊고 방에 수첩을 놓고 와서요."

"아, 네. 잠시만 기다리세요."

그녀는 재빨리 집으로 들어갔다가 나왔다.

"여기 있습니다."

처음으로 희미한 미소를 지으며 수첩을 건넸다. 마지마가 숨을 내쉬고 고개를 숙인 뒤 수첩을 받았다.

"감사합니다. 나가는 길이신데 번거롭게 해드렸네요."

"아니에요. 걱정 마세요. 학교에 가는 길인데요."

"그렇군요. 언제나 이 시간에 학교 도서관에 가십니까?"

"아뇨. 평소에는 좀더 일찍 나가는데……."

오비타 리에가 말끝을 흐리며 진지한 일굴로 말했다.

"마지마 경찰관님. 아까 다른 한 분의 말씀은 정말인가요?"

"다쓰가와 경위님 말입니까? 무슨 말씀이셨죠?"

"7월 27일에 미시마 집에서 동생이 두 차례 집을 나갔다고 말씀하셨는데요."

"아, 그건 틀림없습니다. 수사기록에는 동생분이 오후 3시를 지나 집에서 나갔다가 되돌아왔다고 나와 있었습니다. 하지만 그후에 사라졌으니 또다시 집에서 나갔을 거라고 하는 거죠."

"처음에 동생이 나갔다가 돌아온 사실은 어떻게 아는 거죠?"

"건너편 집 주인이 사에코 씨가 불러서 집으로 들어가는 동생의 모습을 자신의 집 이 층에서 보았다고 합니다. ……그게 어쨌다는 거죠?"

마지마의 얘기를 들은 오바타 리에는 아무런 대답도 하지 않은 채 현관 앞에 가만히 서 있었다.

4

요네야마 가쓰미가 사는 아파트는 오타 구 미나미카마타 3초메에 있었다. 간조 8호선에서 남쪽으로 100미터 떨어진 장소였다. 쇼지와 가쓰다는 그 8층 건물의 아파트를 향해 걸었다. 요네야마 가쓰미의 집이 7층의 702호라는 사실을 확인한 후였다.

쇼지는 손목시계를 보았다. 오전 7시 반을 지나 있었다. 이미 기온은 섭씨 30도를 훌쩍 넘겼다. 와이셔츠 속에서 땀이 솟아나고 있었다. 진보초의 서점에서 근무하는 요네야마 가쓰미가 출근을 위해 평소 집을 나서는 시각은 오전 8시 반쯤이었다.

건물 안으로 들어선 두 사람은 바로 엘리베이터로 향했다.

엘리베이터가 올라가는 것을 느끼며 쇼지는 마음이 진정되지 않았다. 가쓰다가 강행하는 독단적인 행동은 역시 지나친 욕심인지도 모른다. 요네야마 유이치나 기구치 겐타로와 만난 사실이 돌고 돌아 본인의 귀에 들어갔다면, 요네야마 가쓰미는 오늘의 수사를 예상하고 호락호락 넘어올 것 같지 않았다. 아니, 회사와 이웃까지 탐문을 벌였기 때문에 수사의 낌새를 눈치 챘을 것이 뻔했다.

"도대체 어떤 기분일까?"

가쓰다가 정지한 층의 표시를 올려다보며 갑자기 중얼거렸다.

"아이를 강제로 끌고 갈 때의 기분 말인가요?"

전에 없이 침울한 가쓰다의 얼굴을 보면서 쇼지도 비슷한 느낌으로 목소리를 낮춰 대답했다.

"아니, 아이를 살해했을 때의 기분 말이야."

쇼지는 가쓰다의 말을 들으니 범인이 오바타 마모루를 살해하는 장면을 지금까지 상상한 적이 없다는 것을 깨달았다. 범인은 다섯 살짜리 어린 아이를 차가운 바닥에 내던져버린 것일까. 아니면 흉기로 내리친 것일까. 아이의 후두부에 좌상이 생긴 구체적 상황까지는 판명되지 않았다.

"성향이 유아 성애에다가 네크로필리아니까 굉장히 흥분한 상태가 아니었을까요?"

"생각해보면 피해자는 운이 나빴던 거야. 대학교 4학년 여름방학, 요네야마 가쓰미는 때를 기다렸던 거고. 갈증을 느끼면서 지내는 동안 재수생 시절에 저지른 이이를 성추행하려던 기억이 떠올랐던 거지. 그런 망상이 견딜 수 없을 만큼 커진 끝에……."

"그래서 충동적으로 범행을 저질렀다는 거죠?"

"음, 게다가 피해자는 그 직후에 살해당했을 가능성이 있으니 몸값 요구는 나중에 뜻하지 않게 주어진 부수입 같은 것일지도 모르지."

"밑져야 본전이라는 식의 협박이었단 말이군요."

쇼지가 말하자 가쓰다는 고개를 끄덕였다.

"그렇지. 요네야마 가쓰미는 무리를 해서까지 돈을 받아낼 이유가 없었어. 그러니 아주 경계를 했던 녀석은 전화를 두 번 하다가 그 다음에는 보다 안전한 편지로 바꾼 거지. 그걸로 연락은 끝을 냈고. 이렇게 생각하면 아귀가 딱 들어맞는단 말이야. 사체가 발견된 현장 수색도 텔레비전에서 물리도록 방송을 해댔으니 그곳에 숨어들어 엿볼 필요도 없었고."

"범인의 목소리와 인상이 일치하지 않은 점은 어떻게 보세요?"

쇼지는 맞장구를 치며 물었다.

"요네야마 가쓰미도 공범이 될 만한 녀석 하나쯤은 있었겠지."

쇼지는 음, 하고 신음소리를 냈다. 전에 가쓰다가 '단독범행설'을 강하게 주장했던 것을 떠올렸다. 하지만 쇼지는 그 일은 입 밖에 꺼내지 않고 다른 화제로 돌렸다.

"요네야마 가쓰미는 이쪽의 움직임을 눈치 챘을까요?"

"우리가 이렇게 집으로 찾아가는 거 말이야?"

"아니요. 요네야마 유이치와 기구치 겐타로, 그리고 모리타 교수를 만난 거 말이에요."

가쓰다가 고개를 돌렸다. 늘 보던 비꼬는 표정으로 돌아와 있었다.

"그걸 걱정하고 있었던 거야? 여전히 걱정을 쌓아놓고 사는군."

"가쓰다 경위님은 아무렇지 않으십니까?"

"걱정한다고 뭐가 해결돼? 오히려 얻어걸릴 수도 있다고."

"엇어걸릴 수도 있다고요?"

쇼지가 무슨 뜻인지 몰라 고개를 갸웃했다.

"녀석이 진범이라면 시효가 1년도 안 남았으니 사형을 피할 수 있다는 생각에 의기양양한 미소를 지으며 살고 있겠지. 그런데 요즘 들어 아버지와 주변 사람들에게 경찰이 찾아와서 자기 일을 이것저것 물어본다는 걸 알면 어떻겠어? 충격을 받았을 가능성이 있어. 결국 냉정함을 잃고 결점을 드러내기 마련이야. 그렇게 되면 우리가 의도한 대로가 아니겠어?"

"그렇게 일이 척척 진행될까요?"

"아니, 어떻게 해서라도 내 기필코 그 변태 녀석을 잡고야 말겠어."

그때 엘리베이터가 멈추고 문이 스르르 열렸다. 가쓰다가 밖으로 나오자 쇼지는 뒤를 따라서 바깥으로 난 복도를 걸었다. 702호는 엘리베이터에서 10미터 정도 떨어진 위치에 있었다. 가쓰다가 쇼지를 보았다. 쇼지는 끄덕인 후에 인터폰에 달린 초인종을 눌렀다.

"누구세요?"

"경찰입니다. 미시마 경찰서에서 나왔습니다. 요네야마 가쓰미 씨, 물어볼 말이 있는데요."

쇼지가 인터폰에 대고 말했다.

건너편은 조용했다.

"요네야마 씨, 문 좀 열어주십시오."

가쓰다가 주먹으로 문을 두 번 두드리며 고함을 쳤다.

잠금장치가 열리고 천천히 문이 열렸다.

"대체 왜 이러십니까?"

요네야마 가쓰미가 20센티미터 정도 열린 문틈으로 무표정한 얼굴을 내밀며 두 사람을 바라보았다. 학생시절과는 다르게 짧게 자른 머리에 반듯한 가르마를 한 단정한 모습이었다. 옅은 남색 반팔 커터셔츠에 캐주얼한 바지를 입고 있었다.

"미시마 경찰서의 가쓰다입니다."

가쓰다가 경찰수첩을 내밀었다.

"같은 서의 쇼지입니다."

쇼지도 따라했다.

"지금 일하러 나가야 하는데요."

"그러면 거두절미하고 단도직입적으로 묻겠습니다. 요네야마 씨, 대학교 4학년 여름방학에 스소노 시의 본가에 계셨나요?"

표정도 말투도 부드러운 가쓰다의 질문에 상대는 잠자코 있었다.

가쓰다는 그 모습을 보다가 말을 이었다.

"1974년 7월 27일에 뭘 하셨는지 말씀해주시겠습니까?"

하지만 요네야마 가쓰미는 표정을 바꾸지도 않았고 대답도 하지 않았다.

"묵비권을 행사하실 건가요?"

순간 요네야마 가쓰미가 입을 열었다.

"묵비권이 아니라 어처구니가 없어서요. 갑자기 경찰이 찾아와서 14년 전의 어느 날 뭘 했냐고 묻는데 줄줄 대답할 수 있는 사람이 있습니까? 전혀 기억에 없어요. 그런데 대체 이건 무슨 수사인가요?"

담담한 말투에 표정의 변화도 전혀 없었다.

"수사에 지장을 줄 염려가 있으니 자세히 말씀드릴 순 없지만 14년 전에 일어난 중대 사건을 재수사 중입니다.”

요네야마 가쓰미가 다시 입을 다물었다. 적극적인 반응을 보이지 않으면서 꼬투리를 잡거나 마음속 동요를 드러내지 않으려고 경계를 하는지도 몰랐다. 만만치 않은 태도라고 할 수도 있지만 범죄자가 이따금 보이는 전형적인 반응 중의 하나였다.

“그렇다면 질문을 바꿔보죠. 같은 해 연말에 당신은 야마노테 선의 전철 안에서 같은 대학에 다니던 기구치 겐타로 씨에게 말을 걸었습니다.”

다시 침묵이 흘렀다.

“혼잡한 전철 안에서 다른 승객들을 밀치고 다가가 친하게 지내자고 하고 도중에 이케부쿠로 역에서 반강제로 기구치 겐타로를 끌고 내렸다. 맞습니까?”

요네야마 가쓰미는 눈을 반쯤 뜨고 희미하게 콧방귀를 뀌었다.

“글쎄요, 그런 적이 있었는지 모르겠네요.”

“기억이 안 나십니까? 당신이 마치 딴 사람처럼 굴었다고 기구치 겐타로 씨가 증언을 했는데요.”

“그 녀석이 무슨 말을 했는지는 모르겠지만 기억이 안 나는 걸 어떻게 대답하겠습니까? 이제 나가봐야 할 시간이라 더 이상 질문이 없으면 이 정도로 끝내죠.”

대답할 새도 없이 요네야마 가쓰미가 문을 닫으려고 했다.

순간, 문을 손으로 잡은 가쓰다가 상대를 노려보았다.

“이봐, 기다려. 당신 재수생 시절에 아주 저지분한 짓을 했더군.”

요네야마 가쓰미가 말문이 막힌 듯 잠자코 있었다. 이제까지 담담했던 태도와는 다르게 분명 얼굴빛이 홍조가 되었다.

"그때 일이라면 상대가 고소장을 철회해서 아무 문제도 되지 않았다고요."

"아, 분명 피해자가 마음이 약해져서겠지. 그렇다면 사체 성애는 어때? 넌 네크로필리아라지?"

가쓰다의 잇따른 공격에 요네야마 가쓰미의 닫힌 입술이 희미하게 떨리기 시작했다.

"그래, 좋아. 그러면 미시마 시에 갔던 적은 있었겠지."

"없습니다."

"오바타 사에코라는 이름을 들어본 적은?"

"없어요."

"그렇다면 1974년 7월 말 밤에 스소노 시내에서 차를 운전한 적은 있어?"

일순간, 말문이 막힌 요네야마 가쓰미의 어깨가 떨리는 것을 쇼지는 놓치지 않았다.

"없다고요!"

세찬 고함소리였다.

잠깐 동안 가쓰다와 요네야마 가쓰미가 서로를 노려보았다.

하지만 이윽고 가쓰다가 문에서 손을 떼며 말했다.

"이른 아침에 바쁜 시간을 빼앗았습니다. 오늘은 여기서 그만 물러가죠."

이내 큰소리를 내며 문이 닫혔다.

"요즘 들어 스도 씨, 기분이 좋아 보이던데요."

사무실용 의자에 앉은 하라다 도쿠로가 고개를 조금 갸웃거리며 말했다. 그러는 동안 사무실용 의자가 삐걱대는 소리를 냈다.

"기분이 좋아 보인다는 건 무슨 뜻이죠?"

오코노기는 물었다. 그가 앉은 긴 소파의 옆자리에서 시라이시가 수첩과 펜을 손에 쥔 채 상대의 말에 귀를 기울였다.

날이 밝자마자 두 사람은 중고차 매입업자를 찾아와 스도 이사오에 관해 탐문수사를 벌였다. 이곳이 벌써 세 번째였다. 어느 가게에서도 스도 이사오의 평판은 좋지 않았다. 무조건 우겨대고 돈으로 사람을 후려치는 사업수완을 가졌다는 평가였다.

하라다는 두툼한 목을 지닌 40대 남자였다. 좁은 조립식 사무실에는 냉방시설도 없었고 사무실용 책상 옆에 놓인 어제 산 듯이 보이는 선풍기가 소리도 없이 돌아가고 있었다.

"젊었을 땐 우리처럼 영세한 매입업자를 부지런히 찾아다니면서 귀한 물건들을 발견하면 회사에 연락해서 며칠 후에는 손님에게 내놓곤 했었죠. 차를 보는 안목은 확실하니 그때는 저희한테까지 살갑게 굴었고 손님들 접대도 아주 잘했습니다."

"흠, 손님 접대를 잘했다······."

"네, 첫 손님이 왔을 때 그 사람이 앉아 있는 의자에 다가가서 갑자기 한쪽 무릎을 바닥에 꿇고 손님을 맞더라고요. 요즘엔 대기업 딜러인 영업맨이 간혹 그러기도 하지만 그렇게까지 철저한 인간은 본 적이 없었어요. 손님들도 당연히 깜짝 놀랐죠. 생각해보세요. 겨우 300만

엔 정도밖에 안 되는 중고차나 보려는 젊은 것들이 장난삼아 가게를 둘러본 것뿐인데 그렇게 대해주면 어떻겠어요?"

"기분이 좋아지겠죠."

"그렇죠. 게다가 손님이 값을 조금이라도 깎으려고 하잖아요? 그러면 그 사람은 값은 절대 안 깎아준다고 얘기하고 늘 그것보다 조금 싼 가격을 제시하죠. 흥정은 한 방에 정리됩니다. 정말 대단한 영업맨입니다. 물론 부자를 상대로 장사를 할 때도 수완이 좋아서 수수료로 굉장한 수입을 챙겼죠."

그는 말을 마치고 두꺼운 손가락 사이의 담배를 피우면서 코로는 연신 연기를 내뿜었다.

"그런데 일등 자리에 오랫동안 앉아 있다 보니 인간이 거만해져서 가게를 차리려고 할 때부터는 우리한테까지 건방진 태도를 보이더란 말입니다. 요즘에는 부자나 유명인들한테 수수료를 많이 떼는 고급 차를 팔 생각만 잔뜩 하고 앉았더라고요."

"그렇군요."

오코노기는 고개를 끄덕이며 도쿄의 가게를 떠올렸다. 야외에 늘어선 것은 수입차와 고급 국산차뿐이었다. 시게토가 보고 온 바에 따르면 누마즈 시내의 지점도 상당히 번창하는 것으로 보였다고 했다.

하라다가 끄덕이며 담배를 재떨이에 비벼서 눌러 끄고 다시 말했다.

"스도 씨는 독신이어서 놀기도 잘 놀죠."

"스도 이사오 씨의 사생활을 잘 아시나 보네요."

"그야 우리랑 거래를 많이 했을 때는 술도 마시러 갔었고 동호인 야구단에도 오라고 해서 몇 번인가 스도 씨의 집에 간 적도 있었으니까요."

그 말을 듣고 시라이시가 몸을 약간 내밀며 물었다.

"스도 이사오 씨의 이혼 말인데요. 하라다 씨는 자세한 경위를 알고 계신가요?"

하라다가 미간을 찌푸렸다. 스도 이사오에 관해 집요하게 묻는 이유가 오바타 마모루 유괴 사건의 피해자 가족에 관해 알기 위함이라고 여기고 있었다. 그렇지만 부부 사이의 이혼 문제까지 묻는 질문에 거북스러움을 느끼는 것이 틀림없었다.

"어째서 그런 것까지 묻는 겁니까?"

"여기서만 드리는 말씀이지만 스도 이사오 씨도 그 사건의 용의자 중 한 사람입니다."

하라다가 놀란 듯이 뒤로 물러나 앉았다.

"유괴된 아이는 스도의 친아들입니다."

"말씀하신 뜻은 잘 알겠습니다만 경찰은 어떤 사소한 가능성이라도 조사해야만 합니다. 하물며 아이의 목숨을 빼앗은 사건이니까요. ……어떻습니까? 뭔가 알고 계신 게 있다면 알려주시기 바랍니다."

"글쎄요. 경찰들의 일이 그렇긴 하겠네요. ……스도 씨가 아내와 헤어진 건 바람을 피웠기 때문입니다."

"바람을 피웠다……."

"일등 영업맨으로 돈이 착착 들어오니 즐기고 싶어지는 게 남자 아닙니까. 그래서 긴자 클럽에서 알고 지낸 술집 여자와 깊은 관계까지 갔던, 흔해빠진 일이었죠."

"바람을 피운 사실을 부인이 알았나요?"

"처음에는 설마하고 생각했겠죠. 하지만 그러다가 외박하고 업무 스케줄이 맞지 않으니 들켰던 모양입니다. 따져 묻다가 싸움이 나고 결국에는 바람이 아니고 진짜 좋아해서 그런다고 스도 씨가 적반하장으로 나온 거죠. 어떻게 그렇게까지 자세한 사정을 알고 있는지 이상해 보이시겠지만 스도 씨가 알리바이를 부탁해서 도움을 줬기 때문이에요. 거짓말이 발각된 탓에 나까지 그 부인한테 전화로 욕을 엄청 먹었다고요. 아주 죽을 뻔했습니다."

하라다가 떫은 표정으로 분하다는 듯 고개를 저었다.

"그 말은 즉, 부인과 안 좋게 이혼했다는 말씀이군요."

"네, 턱없이 높은 금액의 위자료를 청구해서 스도 씨도 노발대발했었죠."

하라다는 끄덕이면서 다시 가슴 언저리의 주머니에서 담뱃갑을 꺼낸 뒤 하나를 꺼내 입으로 가져가다가 동작을 멈췄다.

"아무리 그래도 스도 씨가 자기 아이를 유괴하다니, 그건 아니죠."

"어째서 그렇게 생각하시죠?"

"자식에 대해선 아주 절절했거든요. 아까도 말씀드렸죠? 부자들을 상대로 영업 수완도 좋았다고. 가게를 차리기 전에 프로야구 선수에게 빠져서 한번은 값비싼 포르쉐를 팔게 됐나 봐요. 그 선수가 연습하는 운동장에 아들을 데리고 구경하러 자주 갔었다고 했어요. 그러니 이혼 재판에서 아이들의 친권을 뺏겼을 때 스도 씨가 정말 길길이 뛰고 난리도 아니었죠."

"프로야구 선수라고요?"

"네, 스도 씨는 야구를 무척이나 좋아하거든요. 하는 것도 구경하는 것도요.”

오코노기는 두 사람의 대화를 들으면서 생각에 빠졌다. 마지마와 다쓰가와가 오바타 사에코의 집에 찾아갔을 때 사진 속 마모루는 고무공과 어린이용 글러브를 들고 있었다고 했다. 마지마는 수사회의에서 부친인 스도 이사오가 사준 것이라는 오바타 사에코의 증언을 전했었다. 오코노기는 시라이시와 함께 스도의 가게에서 그 두 가지를 모두 확인했다.

하지만 아니지, 하고 오코노기는 생각했다. 스도 이사오는 아내와의 이혼에 대해 이렇게 말하지 않았나.

“오해하실까봐 말씀드리는 건데 아주 나쁘게 헤어진 건 아니에요.”

그 말은 완벽한 거짓이었을까. 거기에 또 하나의 생각이 머릿속을 스쳤다. 어린 시절의 오바타 사에코가 어머니에게 집요한 학대를 당했다고 했는데 그 이유는 아버지인 오바타 세이조의 바람 때문이라고 했다. 그로 인해 분노에 찬 아내 후사코가 딸에게 분풀이를 했다는 것이다. 그것도 마지마 일행이 두 번의 탐문수사 끝에 들은 증언이었다. 자신도 가정을 일구고 두 명의 자녀를 낳았는데 남편이 바람을 피웠을 때 오바타 사에코는 어떤 심정이었을까. 어린 시절의 비참한 경험을 떠올리고 분노를 더욱 키우지는 않았을까.

오코노기는 하라다를 쳐다보았다.

“사에코 씨가 하라다 씨에게 전화를 해서 화를 냈다고 하셨는데 그때 어땠습니까?”

하라다가 싸구려 라이터로 담배에 불을 붙이며 어깨를 으쓱거렸다.

“아주 서슬이 시퍼래서 화를 내는데 거기가 확 쪼그라들었다니까요.”

오코노기는 '역시' 하고 생각했다. 물론 바람을 피운 남편에게 오바타 사에코가 분노한 것은 당연한 반응일 것이다. 그런 스도 이사오가 턱없이 높은 위자료를 청구한 아내를 역으로 원망했다고 한다면 어떻게 될까. 하물며 친권까지 빼앗겼다. 조금이라도 아이들을 곁에 두고 싶은 것은 당연한 일 아닌가.

오코노기의 상상은 계속되었다. 미시마의 집 근처에 숨어 있다가 집을 나온 마모루를 불러 몰래 데리고 간다. 그리고 생각 없이 장난을 치고 있는 아이를 보면서 퍼뜩 엉뚱한 생각이 들었을지도 모른다. 몸값을 요구하는 전화를 건다면 어떨까. 상식적인 판단으로 보면 아버지가 유괴범이라고 생각할 사람은 없을 것이다. 물론 단순한 장난이었다. 아내는 파더 콤플렉스를 가진 여자여서 세이조에게 돈을 달라고 할 것이니 그 이상의 앙갚음은 없는 셈이었다.

오코노기는 '하지만……' 하고 즉시 생각을 바꿨다. 아들을 유괴해서 죽이기까지 하는 아버지라니 비약이 심한 것일까.

"이 정도면 됐겠지?"

시라이시의 말에 오코노기는 제정신이 들어 고개를 끄덕였다. 두 사람은 나란히 하라다에게 인사를 했다.

"여러 말씀 들려주셔서 감사합니다. 저희가 왔었다는 사실은 비밀로 해주십시오."

"잘 알고 있습니다."

하라다는 웃으면서 앞장섰고 오코노기는 시라이시와 함께 소파에서 일어섰다.

"어떻게 생각해?"

시라이시가 후치노베 역으로 향하는 길에 큰소리로 물었다.

"확실히는 모르겠어. 수상한 점투성이지만 결정적인 한 방이 없어."

오코노기도 목소리를 높였다.

바로 옆 16번 국도는 지나는 차들의 소리가 시끄러워서 큰소리가 아니면 서로 대화를 나눌 수 없었다.

"나도 마찬가지야. 이혼 경위에 관해 스도 씨가 넉살좋게 거짓말을 늘어놓은 게 아무래도 맘에 걸리네."

"너도 역시 느꼈군. 실은 하라다 씨의 말을 들으면서 하나의 가설을 세워봤어."

오코노기는 조금 전 세워본 가설을 설명한 뒤 다시 덧붙였다.

"하지만 하나가 아무래도 이가 맞지 않아."

"하나가?"

머리 하나가 더 큰 시라이시가 고개를 돌려 그를 쳐다보았다.

"응, 자기가 잘못해놓고도 화가 나서 반대로 아내를 원망한 나머지 아들을 데려와 유괴했다는 장난전화를 건 것까지는 그렇다고 쳐. 하지만 친아버지가 자식을 죽인다는 건 어째 너무 한 것 같아."

"분명 그렇지. 프로야구 선수의 연습장까지 아들을 데리고 다녔을 정도로 스도 씨는 아들을 사랑했다고 하니까."

오코노기는 시라이시의 기침소리를 듣다가 돌연 발걸음을 멈췄다.

프로야구 선수……. 어디선가 본 적이 있었다.

그때 방금 전에 들은 하라다의 말이 되살아났다.

"프로야구 선수에게 빠져서 한번은 값비싼 포르쉐를 팔게 됐나 봐요. 그후에 그 선수가 연습하는 운동장에 아들을 데리고 구경하러 자주 갔었다고 했어요."

프로야구 선수에게 값비싼 포르쉐를……

오코노기는 숨을 들이켰다.

어째서 이런 간단한 것을 놓치고 있었을까.

"이봐. 산겐자야의 가게에 있던 사진 기억나?"

"사진?"

"잊어버렸어? 포르쉐 앞에 서 있던 자이언츠 선수와 스도 씨가 찍은 사진 말이야."

시라이시가 말문이 막힌 듯이 눈을 크게 떴다.

"1974년 당시에 자이언츠 연습장은 어디에 있었지?"

"다마 강의 강변……유괴된 오바타 마모루의 사체가 발견된 장소에서 엎어지면 코 닿을 곳, 자네 지금 이렇게 말하고 싶은 거지?"

시라이시의 말투가 온통 흥분되어 있었다.

"오바타 마모루의 부검 결과 기억해?"

"응. 보고서엔 분명 두개골 좌상이 확인됐고 그 충격으로 인해 뇌출혈로 죽었을 가능성이 크다고 돼 있었어. 그러니까 범인은 뭔가 딱딱한 물건으로 마모루의 후두부를 때렸거나 콘크리트 바닥으로 던졌을 거라고 수사본부와 연속수사반이 말했지."

"만일 그게 사고사라면 어때?"

"사고사……?"

시라이시가 눈을 크게 떴다.

"지금까지의 수사는 너무 유괴범이라고만 단정지어 생각해왔는지도 몰라."

오코노기는 땀에 젖은 주먹을 움켜쥐었다.

6

시게토는 오바타 마모루 유괴 사건의 수사기록을 손에 든 채 정신을 차렸다.

진술내용이 머릿속에 들어오지 않았다. 무의식적으로 또다시 「스루가 일보」의 기사가 떠올랐기 때문이다. 오늘자 석간에 실린 그 기사는 이런 제목으로 시작되었다.

14년 전 일어난 오바타 마모루 유괴 살인 사건의 유력한 용의자가 나타나다.

시게토는 그 제목을 보며 숨을 들이마셨다. 기사는 이렇게 이어졌다.

관계자에 따르면, 1974년 당시 도쿄에 살고 있던 남성이 해당 사건과 중대한 관련이 있다고 보고 현재 미시마 경찰서에 있는 특별수사반이 증거 확보를 위한 수사 중이다. 또한 그는 십대 후반에 아동 성추행 미수 사건으로 경찰에 체포된 전력이 있는 것으로 알려졌다.

기사를 쓴 것은 분명 사토 후미야라는 기자일 것이다. 기삿거리를 제공한 자는 도대체 누구인가. 그는 수사기록을 책상에 놓고 관계자한명한명을 떠올렸다. 의심스러운 것은 누가 뭐라 해도 특별수사반의 여섯 명이었다. 기사가 나가자마자 미시마 경찰서 내에 험악한 분위기가 형성되었고 거의 모든 관내 경찰관이 시게토를 포함한 특별수사반에게 적의를 드러냈다. 그 무언의 비난은 정보 누설에 대한 분노와 연속수사반이 찾아내지 못한 단서를 간단히 찾아낸 것에 대한 분함이 뒤섞인 결과였다.

그러나 여섯 명 이외에도 그 정도의 내용이라면 시즈오카 현 경찰 내부에서 아는 사람은 적지 않았다. 미시마 경찰서의 상부나 현청본부 경찰의 윗선이라면 어렵지 않게 수사정보를 입수할 수 있었다. 그렇지만 시게토는 허공을 응시하며 문제는 다른 곳에 있다고 생각했다. 지금의 시점에서 왜 이 사실을 언론에 누설할 필요가 있었을까.

물론 경찰이 수사상황을 외부에 조금씩 내놓는 것은 드문 일은 아니다. 경찰 담당기자가 밤사이 소식을 집요하게 캐묻는 통에 그만 경찰이 내용을 흘리는 경우도 경찰도 인간인 이상 어쩔 수 없는 부분이 있었다. 연민과 오만함, 또는 친분으로 방심하고 마는 것이다. 더구나 정례 기자회견에서는 수사의 진척상황에 대해 어느 정도의 보고가 이뤄지는 것이 보통이고 경찰들에게 들러붙는 신문기자에게 때로는 극히 중대한 사실을 일부러 흘리는 일도 있었다.

그것은 흉악한 사건을 곧 해명할 수 있으리라는 경찰의 수사 진척 상황을 알려서 주위의 기자들을 납득시키기 위함이었다. 그들이 가진 펜의 너머에는 범죄의 공포에 떨고 있는 일반 시민이 있었고 범인에 대한 격앙된 여론도 엄연하게 자리 잡고 있었다. 그것을 짊어졌다는 부담이야말로 수사정보를 집요하게 요구하는 그들의 대의명분이었다. 경우에 따라 체포에까지 이르지 못하는 범인에게 덫을 놓기 위해 의도적으로 가짜 정보를 뿌리는 일도 있었다. 다만 그것은 정말 예외적인 상황에서만의 일이었다.

이번의 정보누설은 그 모든 경우에 해당되지 않았다. 요네야마 가쓰미가 오바타 마모루 유괴 사건의 범인이라는 확실한 증거는 아직 아무것도 없었다. 어리석은 과욕이었다. 그렇기 때문에 「스루가 일보」도 그 점을 충분히 경계해서 사건수사에 깊이 관여한 사람 외에는 누구를 가리키는지 정확히 알 수 없도록 기사를 작성한 것이었다.

혹시 누군가가 요네야마 가쓰미가 범인이라는 가설을 퍼뜨리려는 것일까. 시게토가 그런 생각을 하는 이유는 무엇보다도 이 사건이 시효 만료 직전이기 때문이다. 많은 상황증거와 그밖에는 범인이 존재하지 않는다는 소거법의 논리로 요네야마 가쓰미를 무리하게 범인으로 단정짓는다면 이 유괴 사건은 표면적으로는 시효를 넘기지 않을 수 있다.

하지만 결론을 그렇게 내리는 것이 얼마나 위험한 도박인지는 누구라도 알 수 있었다. 만일에 훗날 이 결론과 모순되는 증거가 하나라도 발견되면 사건은 중대한 책임 문제로 발전할 가능성이 있다. 더구나 하이에나처럼 달려드는 언론이 그 결론의 검증을 내버려둘 리는 없다. 분명한 증거나 범행을 확실히 뒷받침하는 직접적인 증언이 없다면, 이 단순한 소거법은 즉시 실체를 드러내고 논거가 완전히 부수어질 것이다.

시게토는 무슨 일이 있어도 정보를 흘리는 사람을 잡아둘 필요가 있다고 생각했다. 하지만 그것은 별반 어려운 일이 아닐지도 모른다.

어쨌든 그 사람은 수사의 흐름을 요네야마 가쓰미가 범인이라는 쪽으로 흘러가도록 애를 쓰고 있기 때문이다.

시게토는 천천히 일어섰다.

이제 곧 수사회의의 시간이었다.

"오바타 마모루 군의 사체 발견 현장과 스도 이사오는 확실한 접점이 있음이 판명됐습니다."

오코노기가 일어선 채로 힘주어 말했다.

수사회의를 하는 소회의실에 한순간 긴장감이 돌았다.

"그게 무슨 말이지?"

시게토가 물었다.

마지마도 오코노기를 응시했다.

데라시마도 미간에 주름을 잡고 오코노기를 똑바로 바라보았다.

"스도 이사오는 예전에 고액의 포르쉐를 프로야구 선수에게 팔았습니다. 이후 그는 아들을 데리고 그 선수가 연습하는 운동장에 자주 갔다고 합니다. 포르쉐의 구입자는 자이언츠의 유명 선수였는데 연습장은 당시 사체 발견 현장인 다마 강의 강변에서 아주 가까운 곳이었습니다."

시게토가 팔짱을 낀 채 고개를 갸웃했다.

"확실히 접점이라고 할 순 있겠지만 그 사실과 유괴 사건이 어떤 연관이 있다는 건가?"

"그 점에 관해 답하기 전에 다른 한 가지 보고가 있습니다. 스도 이사오와 친하게 지냈던 중고차 매입업자인 하라다 도쿠로의 증언에 따르면 스도와 사에코가 이혼에 이른 이유는 그의 바람기 때문이라고 합니다. 상대는 긴자 클럽의 술집 여성으로, 사에코가 거액의 위자료까지 청구해서 스도 이사오는 매우 격분했다고 밝혔습니다."

"이전의 보고에서는 두 사람이 원만하게 이혼했다고 했는데."

팔짱을 푼 시게토가 빠르게 손바닥을 펼쳤다.

"그건 완전히 지어낸 얘기였습니다. 하라다 도쿠로는 스도 이사오의 알리바이를 제공하다가 그 사실이 발각된 후에 오바타 사에코에게 전화로 욕을 잔뜩 먹어서 굉장히 난처했다고 합니다. 당연히 스도 본인에 대해서도 그녀가 호락호락하게 넘어가지 않았을 것으로 생각됩니다."

"그게 화가 나서 설마 스도가 자기 아이를 유괴했다고 말하려는 건 아니지?"

"그런 바보 같은 말이 어디 있어?"

데라시마가 시게토의 말을 뒤덮듯이 목소리를 높였다.

"아니요. 저희 생각은 조금 다릅니다. 스도 이사오는 스스로도 인정하듯이 자식을 끔찍이 사랑하는 사람입니다. 이혼재판에서 친권을 빼앗겼을 때도 굉장히 마음 아파했다고 하니까요. 그러나 아이와 같이 있고 싶어서 사에코 몰래 아이를 데리고 나왔을지도 모릅니다. 그때 문득 몸값을 요구하는 장난전화를 생각해냈다는 건 어떻습니까? 그리고 협박을 계속하다가 수준을 높여서 경찰의 눈을 속이고 오바타 세이조와 직접 거래를 해야겠다는 생각을 했다고 추정하면 연락이 단절된 이유도 납득이 갑니다. 즉 아내에게 앙갚음도 하고 사업자금도 얻는 일석이조인 셈이죠. 거기다 보통 친아버지가 유괴범이라는 생각은 하지 않을 거라는 계산을 하지 않았을까요. 사에코에게도 그 이상의 보복은 없었을 겁니다."

"관리관님. 저도 할 말이 있습니다."

가쓰다는 말을 하며 자리에서 일어났다.

순간 오코노기가 화난 목소리로 외쳤다.

"이봐, 이쪽이 보고 중이잖아. 끝날 때까지 입 다물고 들으라고."

"지금 입 다물고 있게 생겼어? 아버지가 자식을 유괴해서 결국 죽였다니, 당신 지금 제정신이야?"

가쓰다가 지지 않고 맞받아쳤다.

"두 사람 다 진정해." 시게토는 크게 소리쳤다.

"오코노기, 계속하게."

얼굴을 붉게 물들인 오코노기가 끄덕였다.

"예, 마모루의 죽음이 처음부터 계획된 살인이 아닌 사고사였다면 어떻습니까? 즉 데려온 아이를 스도 이사오가 실수로 죽였다. 처음엔 너무 놀랐지만 나중에는 시신을 어떻게든 처리해야겠다고 결심하고 둘이서 자주 다녔던 다마 강의 연습장을 생각해낸 겁니다. 근처 강변에 사체를 숨기면 사람들이 많이 다니는 곳이니 즉시 발견될 것이다. 그러면 아버지로서 당당하게 장례를 치를 수 있다. 그런 계획이었다고 생각할 순 없을까요? 만일 물속에 있는 사체를 발견해줄 사람이 없다 해도 사체를 수건으로 싸서 3밀리미터 정도의 가는 마끈으로 두 개의 철제아령을 연결해서 물속에 가라앉혔으니, 머지않아 끈이 끊어져서 사체가 떠오른다. 그런 계획이었을 가능성도 있습니다. 그리고 세 명의 중학생이 던진 돌이 끈에 몇 번 맞으면서 사체가 떠올랐다.

이렇게 되면 모든 게 들어맞습니다."

"그건 단순한 추론이지 증거가 전혀 없잖아."

가쓰다가 또다시 소리를 질렀다.

"그러면 그쪽이 말하는 변태성욕 운운하는 추론은 증명할 수 있단 거야?"

오코노기가 큰소리로 되받아쳤다.

"좋아, 거기까지 하지."

시게토는 손을 들어 오코노기를 막고 가쓰다를 향했다.

"가쓰다 경위, 하고 싶은 말이 있으면 우선 냉정을 찾게."

"알겠습니다. 지금의 가설에는 분명 커다란 허점이 있습니다. 스도 이사오가 마모루를 데리고 사라졌다면 두 사람의 모습을 목격한 사람은 어째서 없는 겁니까? 스도 이사오는 대개 차로 다닙니다. 게다가 당시 그가 몰던 차는 새빨간 재규어였죠. 그런 차로 미시마의 주택가를 다녔는데 누구의 눈에도 띄지 않았다는 건 불가능합니다."

"어떤가? 오코노기, 시라이시. 반론이 있나?"

"있습니다. 스도가 아들을 차로 데리고 갔는지 어떤지는 아직 밝혀진 것이 없고 흔한 차를 빌렸다는 추측도 배제할 수 없습니다. 하지만 그보다도 가쓰다 경위는 요네야마 가쓰미가 사체 애호가라는 병적인 성격이라서 사람들 눈에 띄기 쉬운 다마 강변 부근에 사체를 숨겼다고 주장하지만 아무리 변태라고 해도 유괴 사건의 경우 발각되면 사형이 거의 확실한데 결정적인 증거가 되는 사체를 그런 곳에 유기할 리가 없습니다. 하지만 스도 이사오가 마모루를 데리고 간 직후에 벌어진 사고사였다면 얘기는 다릅니다. 자식을 유괴해서 살해했다는 생각은 전혀 할 수 없기 때문입니다."

"반론이 전혀 성립되지 않잖아." 가쓰다가 고함쳤다.

"그러면 당신이 반론해보든가." 시라이시도 되받았다.

거기에 쇼지와 오코노기가 제멋대로 발언을 더하는 탓에 소회의실 내부는 고함소리로 한바탕 메아리쳤다. 데라시마가 그 모습을 보면서 혀를 차며 못마땅한 표정으로 고개를 저었다.

"조용히 해! 이렇게 싸워봤자 얻을 건 아무것도 없어."

시게토의 질책에 회의실 안은 찬물을 끼얹은 듯 조용해졌다.

그때 가쓰다가 다시 일어섰다.

"관리관님, 요네야마 가쓰미는 용의점이 더 커졌다고 생각합니다."

"무슨 말인지 설명해봐."

"오늘 저와 쇼지는 요네야마 가쓰미의 집에 찾아가서 그를 만났습니다. 그리고 1974년 여름 스소노 시의 본가에 갔었는지, 그해 연말에 야마노테 선의 전철 안에서 기구치 겐타로에게 말을 걸고 이상한 행동을 했는지 물었습니다. 하지만 요네야마 가쓰미는 기억이 나질 않는다고 모르쇠로 일관했습니다. 그런데 기구치 겐타로의 이름을 꺼냈을 때 전혀 반응을 보이지 않은 점이 더욱 부자연스럽지 않습니까? 부친인 요네야마 유이치로부터 저희가 기구치 겐타로를 만났다는 사실을 전해듣고 충분히 준비했다고 봐야 합니다."

가쓰다가 그때의 상황을 설명했다. 그리고 재수생 시절에 미수에 그친 아동 성추행 사건 얘기를 꺼낸 순간 요네야마 가쓰미의 허세에 동요가 생긴 것을 진술하고 얘기를 이어갔다.

"더구나 7월 말 밤에 스소노 시내를 차로 다녔는지를 묻자 확실히 흔들리는 걸 느꼈습니다. 요네야마 가쓰미는 저희 수사에 분명 과민하게 반응했습니다."

"역시 요네야마 가쓰미는 뭔가 수상한 구석이 있군."

데라시마가 목소리를 높였다.

시게토가 다시 팔짱을 끼고 생각에 잠겼다.

그때 줄곧 침묵을 지키고 있던 다쓰가와가 손을 들었다.

시게토가 양팔을 풀었다.

"다쓰가와 경위, 그쪽은 어땠는지 말해보십시오."

"저희는 오바타 리에 씨를 만나서 사건 당일의 일과 할아버지인 오바타 세이조 씨와 함께 지냈던 시간들에 관해서 물었습니다. 하지만 오바타 리에 씨는 14년 전 사건이 일어난 날의 일을 거의 기억하지 못하는 듯했습니다."

"그건 진실일까요?"

"네, 아무래도 그런 듯합니다. 사건이 일어난 날 어머니는 이성을 잃었고 얼굴도 모르는 경찰들이 집에 들어와 주위가 어수선했던 데다가 무슨 일이 일어났는지 설명해주는 사람도 없었다고 합니다. 사건을 제대로 확인한 건 시간이 훨씬 지난 후였다고 합니다. 미시마의 집에서 마모루가 무엇을 했는지 그 모습조차 생각나지 않는다고 진술했습니다. 그래서 실제로 경험한 일과 나중에 전해들은 말이 뒤섞여서 현실과 생각이 구분되지 않는다고 전했습니다."

"오바타 사에코 씨와 오바타 세이조 씨는 이번 수사에 냉담한 태도를 보였다고 하는데 그 딸의 반응도 그랬습니까?"

"아닙니다. 그녀의 태도는 저희 조사를 거북해하는 기색은 조금도 없었습니다. 하지만 한 가지 마음에 걸리는 증언을 얻어냈습니다."

그의 말에 옆에 앉은 마지마도 고개를 끄덕였다.

"1974년 7월 26일에 이사한 미시마의 월세집 주변에 아내 후사코 씨의 본가가 있었던 덕에 오바타 세이조 씨가 그 근방을 잘 알았다는 점입니다."

시게토는 고개를 갸웃했다.

"그렇지만 오바타 세이조 씨는 그 집에 관해 물었을 땐 그런 얘기는 전혀 하지 않았잖아요?"

"그렇습니다. 세이조 씨가 일부러 말을 안 했는지 아니면 단순히 관련이 없다고 생각해서 안 했는지는 알 수 없지만 전자의 경우라면 상당한 문제점이 있지 않나 생각합니다."

다쓰가와가 한 차례 헛기침을 하고 말을 이어갔다.

"시게토 관리관님, 제 의견을 말씀드려도 괜찮겠습니까?"

"물론입니다."

"요네야마 가쓰미도, 스도 이사오도 분명 의심스러운 점이 있습니다. 하지만 이전에도 강조한 것처럼 확실한 증거가 없으면 모두 다 결정적인 근거가 되지 못합니다. 그런 의미로 오바타 집안 사람들에 대해서도 조사를 더 해야 한다고 저는 확신합니다."

마지마는 크게 끄덕이는 시게토를 바라보았다.

7

미시마 경찰서를 나서자 쇼지는 서둘러 뒤편 주차장으로 향했다.

새카만 하늘에 별은 보이지 않았고 남은 늦더위를 머금은 무더운 밤기운 속에 벌레소리만 울려퍼졌다. 어깨와 다리에 무거운 피로가 맴돌았다. 그러나 피로감 때문만이 아니라 가슴속에 솟구치는 불안감으로 한시라도 빨리 이곳을 떠나고 싶었다.

"쇼지 경사님."

별안간 등 뒤에서 자신을 부르는 소리가 들렸다.

뒤를 돌아보니 10미터 정도 떨어진 곳에 「스루가 일보」의 사토 후미야가 서 있었다.

"오전에 보내준 좋은 정보 감사드립니다."

"바보 같으니, 소리 좀 낮춰."

"괜찮아요. 여기 아무도 없는 걸 확인했으니까요. 그나저나 회사로 직접 전화를 주시다니 대체 무슨 바람이 분 건가요?"

사토 후미야가 히죽히죽 웃으며 다가왔다.

"바람이 불어서랄 것도 없어. 가끔씩은 언론에 기삿거리를 제공하지 않으면 어떤 비판적인 기사를 써댈지 알 수 없으니까."

괴로울 정도로 고동치는 심장소리를 느끼며 대꾸했다.

"그렇다면 다섯 살 아이를 성추행하려던 대학생에 관해 좀더 자세히 설명해주시겠습니까? 수사는 얼마나 진전됐는지도 말입니다."

"그렇게 쉽게 떨어지는 떡고물을 바라다간 큰 코 다쳐. 그 다음은 알아서 조사하라고."

쇼지는 할 말을 마치고 발길을 돌려 자신의 자동차의 문을 열었다.

"쇼지 경사님. 잠시만요."

닫힌 문의 유리창 너머로 사토 후미야가 말했다.

하지만 쇼지는 이를 무시하면서 차를 출발했다. 어두운 주차장에 덩그러니 서 있는 사토 후미야의 모습이 오른쪽 사이드미러에 비쳤다. 쇼지는 그 모습을 보면서 크게 한숨을 토해냈다. 잠시 후 1번 국도에 오르자 가슴속 심장소리는 겨우 진정되었지만 이번에는 마음이 복잡해졌다.

데라시마가 시킨 일이기는 했지만 쇼지는 「스루가 일보」에 수사정보를 흘리는 일이 처음에는 영 내키지 않았다. 가쓰다가 열심히 주장해도 요네야마 가쓰미가 백 퍼센트 확실한 범인이라고 단정하기에는 왠지 주저하는 마음이 들었기 때문이다. 그가 의심스러운 점은 분명여러 군데 있었다. 1974년 7월 27일의 알리바이가 모호한 점. 재수생시절, 다섯 살 아이를 성추행하려던 사실. 무엇보다도 사건이 일어난 해의 연말에 미행을 두려워하는 행동을 보였다는 기구치 겐타로의 증언이 요네야마 가쓰미가 진범이라고 끊임없이 속삭였다. 요네야마 유이치의 본적지가 후지 시라고 판명된 순간, 모든 수수께끼가 풀리는 기분이었다.

하지만 다쓰가와의 말대로 결정적인 증거는 아무것도 발견하지 못했다. 그렇게 생각하면 생각할수록 '서두르지 말자. 우연의 일치인지도 몰라'라는 두려움에 찬 목소리가 머릿속을 끊임없이 맴돌았다. 요네야마 가쓰미의 성향이 네크로필리아라는 점이 오바타 마모루의 사체를 사람들의 눈에 띄기 쉬운 다마 강의 강변에 숨긴 결정적인 이유가 될 수 있는지 영 납득이 되지 않았다. 자신의 속마음은 오코노기의 생각에 가깝다고 느꼈다.

쇼지는 이제 와서 '하지만'이라는 생각이 들었다. 조금 전 수사회의에서 가쓰다는 왜 그렇게 흥분했을까. 사실 「스루가 일보」의 그 기사 때문은 아니었을까? 거기에 한 술 더 떠서 데라시마가 지원사격을 했던 것은 요네야마 가쓰미가 진범이라는 결론에 억지로 끌고 들어가려는 생각임에 틀림없었다.

하지만 만일에 요네야마 가쓰미가 범인이 아니라면 어떻게 할 것인가…….

쇼지는 이를 꽉 깨문 채로 차 안에서 고개를 저었다.

아니야, 요네야마 가쓰미는 분명 뭔가를 숨기고 있다.

그를 직접 대면해 수사를 벌였을 때, 녀석의 태도는 틀림없이 떳떳하지 못한 것을 숨긴 범죄자의 모습이었다.

그것을 파헤치면 되는 것이다.

그는 답답한 마음에 한 손으로 넥타이를 느슨하게 풀었다.

8

마지마는 미시마 경찰서의 계단을 뛰어올라갔다.

그리고 방금 전 나온 소회의실 문 앞에 섰다. 노크를 하자 안에서 "들어오세요"라는 목소리가 들려왔다.

"실례합니다."

그는 문을 열며 말했다. 예상대로 상석의 탁지에 시게토가 뭔가를 적고 있었다. 아마도 수사회의 기록을 정리하고 있는 모양이었다.

"무슨 일이지? 마지마." 시게토가 하던 일을 멈추고 고개를 들었다.

"수사회의 발언 중에 잊은 부분이 있어서 돌아왔습니다."

"그렇다면 우선 앉게."

"아닙니다. 그렇게 시간이 걸리지 않으니 괜찮습니다."

마지마가 허리를 편 채 고개를 저었다.

"그런가. 할 말이란 게 뭐지?"

"오바타 리에에 관한 것입니다. 다쓰가와 경위님이 보고한 것처럼 그녀는 저희 질문에 매우 순순히 답해주었습니다."

"그런 듯싶더군."

"사실 어젯밤 리에 씨의 소재를 확인하려고 모친인 오바타 사에코 씨의 집에 전화를 했습니다. 하지만 늘 그렇듯이 정작 중요한 점은 가르쳐주지 않았습니다. 그래도 계속 캐물었는데 그녀가 하는 말이 사건이 일어났을 때 딸은 겨우 일곱 살이어서 만날 필요가 없다며 저희 수사를 막으려고 했습니다."

"참으로 힘든 사람이군. 그래서 그게 어쨌다는 거지?"

시게토가 눈을 조금 찡그렸다.

"저희가 오바타 리에 씨를 만나려고 한다는 걸 사에코 씨가 당연히 딸에게 전했을 거라고 생각했습니다."

"하지 않았다는 건가?"

"아닙니다. 틀림없이 전화했을 겁니다."

마지마는 놓고 간 수첩을 가지러 오바타 리에의 집으로 다시 갔던 일을 설명하고 말을 이었다.

"어머니에게 전화가 와서 도서관에 갈 시간이 지나서까지 저희가 오기를 기다리고 있었다고 생각합니다."

"다시 말해 오바타 리에의 심중에 뭔가가 있단 말인가?"

"그렇다고 생각합니다. 게다가 그녀는 다쓰가와 경위님의 질문에 관심을 보였습니다."

"다쓰가와 경위가 뭐라고 물었지?"

"1974년 7월 27일에 미시마의 집에서 오바타 마모루가 두 차례 집을 나갔을 때 오바타 리에 씨는 마모루 군이 처음에 나갔던 사실을 몰랐냐고 물었습니다. 그리고 저는 수사에 지장을 주지 않을 정도로 수사기록에 있던 오바타 마모루의 행동과 그 모습을 건너편 주민이 이 층에서 목격했던 것 등을 설명해주었습니다."

"그 말을 듣고 오바타 리에는 뭐라고 했지?"

"아무 말도 없이 골똘히 생각했습니다. ……관리관님. 리에 씨가 사건에 관해 뭔가를 알고 있던 건 아닐까요? 아니면 뭔가 석연치 않은 점을 느껴서 저희가 오기를 일부러 기다렸던 건지도 모릅니다."

일순간 시게토가 생각에 잠겼다. 그러나 금방 대답했다.

"그게 뭐라고 생각하나?"

"아직은 모릅니다. 하지만 리에 씨의 입에서 나온 말에 해답이 있다는 생각이 들었습니다. 리에 씨는 제게 이렇게 말했습니다. 어느 게 들은 거고 어느 게 직접 경험한 일인지 전혀 구분할 수 없게 됐다고. 상상만 했던 장면을 현실이라고 생각하는 건 아닐까. 반대로 실제로 본 일을 착각이라고 잘못 알고 있는지도 모른다는 생각에 그때부터 늘 불안한 마음이었다고 했습니다."

"그러니까 경찰이 알고 있는 자세한 상황을 그녀가 알고 싶어했다는 말인가?"

마지마가 예, 하고 끄덕였다.

"아무래도 오바타 리에에 관해 좀더 조사해볼 필요가 있겠군."

"회의에서 말씀드리려고 했던 부분이 이겁니다. 그러면 이만 들어가 보겠습니다."

마지마는 인사를 하고 발길을 돌려 나오다가 문득 멈춰 섰다.

"할 말이 남았나?"

"사건과는 관계가 없는 일이지만 지금 말씀드려도 되겠습니까?"

시게토가 의아한 표정을 지었다.

"뭐지? 괜찮으니 말해봐."

"다쓰가와 경위님 일입니다. 시게토 관리관님은 그분에게만 대하는 태도가 다르십니다. 왜 그러신 거죠?"

"그분은 내가 햇병아리 시절에 나를 지도해준 선배기 때문이야. 그 시절, 형사과의 유능한 형사셨지."

"그런데 지금은 아라이 경찰서 생활안전과에 계신다고 말씀하시던데요."

"본인이 원해서 부서를 옮긴 거야."

"이유가 뭡니까?" 마지마는 질문을 하면서도 선을 넘었다고 생각하며 후회했다.

하지만 시게토는 신기하게도 빙긋 웃었다.

"한 조가 돼서 그분과 지내보니 어떤가?"

"사람을 대하는 태도가 참 좋으신 분이라고 생각합니다. 그러면서도 경찰관으로서 관찰하는 안목이 뛰어나신 것 같습니다."

시게토가 끄덕였다.

"맞아. 다쓰가와 경위는 사람이나 현장을 보는 눈이 말 그대로 장인에 가깝지. 그렇기 때문에 사모님이 힘들어하시는 걸 보고만 있지 않으셨어. 어머니가 오랜 시간 병석에 계셔서 간호를 하느라 사모님까지 몸이 안 좋아지셨지. 그래서 바쁜 형사과에서 물러날 결심을 하셨던 거야. 그대로 형사과에 계셨다면 그 실적만으로도 지금쯤 훨씬 더 승진을 했겠지. 아깝다는 생각은 들어. 정년까지 이제 일 년도 채 남지 않았으니."

"사모님은 이제 괜찮아지셨나요?"

마지마는 이 질문도 역시 지나치다고 생각했지만 그만 입 밖으로 꺼내고 말았다.

"아, 괜찮으시지. 그런 중에도 돌아가신 어머님 장례를 정성껏 치러드리고 지금은 건강하게 지내시네. 그래서 이번 특별수사반을 꾸리기로 했을 때 나는 제일 먼저 그분을 모셔오려고 했지."

"이제 이해가 됩니다."

마지마는 머리를 숙여 인사를 하고 소회의실을 나왔다.

9

가쓰다와 쇼지는 도시마 구 오쓰카의 뒷골목을 걷고 있었다.

두 사람은 어떤 한 사람을 만날 예정이었다. 요네야마 유이치의 사촌인 요네야마 하지메였다. 그는 도쿄의 대학에 진학한 요네야마 가쓰미를 돌봐준 사람이었다.

쇼지는 길을 걸으며 요네야마 가쓰미의 얼굴을 다시금 떠올려보았다. 그를 만난 지 벌써 2주일이 지났다. 뒷조사를 한 결과, 그의 생활은 정시 출근에 정시 퇴근을 하는 판에 박은 듯 규칙적이었다. 깊게 사귀는 여자도 없어 보였다. 휴일에도 거의 밖에 나가지 않았고 찾아오는 사람도 없었다. 이웃과 직장 사람들도 만나서 그의 성격이나 이상한 행동에 대해 추궁해보았지만 어느 것 하나 특별한 증언은 나오지 않았다. 범행에 대한 직접적인 증언이나 증거는 전혀 없었던 것이다. 이런 추세라면 임의동행을 행사할 수가 없었다.

좁은 비탈길을 내려가 전봇대의 주소 표시를 확인하면서 오래된 상점가로 들어섰다. 가고자 하는 집은 이 길에서 좁은 골목으로 들어선 구석에 있었다. 회양목 생울타리 너머에 오래된 단층집이 있었고 검은 판벽에 '요네야마'라는 문패가 걸려 있었다.

가쓰다가 초인종을 눌렀다.

"누구십니까?"

잠시 후에 쉰 목소리의 남자가 물었다.

"경찰입니다. 요네야마 하지메 씨에게 물어볼 게 있습니다."

잠시 동안 조용하더니 자물쇠를 푸는 소리가 들리고 현관문이 열렸다. 얼굴을 내민 사람은 가는 눈을 가진 작은 몸집의 사내였다. 마른 체형에 지적으로 보였고, 나이는 예순을 넘은 듯했다.

"제가 요네야마 하지메입니다만."

불안한 얼굴로 말했다.

"바쁘신 중에 죄송합니다. 미시마 경찰서의 가쓰다라고 합니다."

가쓰다가 신분증을 보였다. 쇼지도 똑같이 "쇼지입니다"라며 머리를 숙였다.

"사촌인 요네야마 유이치의 아들 요네야마 가쓰미에 관해 여쭤보고 싶은 게 있어서 이렇게 찾아왔습니다.”

“가쓰미요……?” 요네야마 하지메가 인상을 썼다.

“요네야마 가쓰미 씨가 도쿄에서 대학을 다닐 때 돌봐주셨다고 들었습니다만.”

“그 일이라면 저와는 관계가 없으니 그만 돌아가주십시오.”

그는 말을 마치자마자 현관문을 닫으려고 했다.

가쓰다가 놀라 손으로 문을 막으면서 강한 어조로 말했다.

“관계가 없다는 말은 무슨 뜻입니까?”

“그 녀석과는 완전히 연을 끊었다는 말입니다.” 요네야마 하지메가 언짢은 표정으로 말했다.

가쓰다가 쇼지와 시선을 교환한 뒤 다시 그를 향해 말했다.

“사실 저희는 14년 전에 일어난 중대 사건에 대해 수사를 하고 있습니다.”

“중대 사건이라고요?”

“네, 사람이 사망한 사건입니다.”

요네야마 하지메의 표정이 바뀌었다. 그리고 닫으려던 문을 다시 열었다.

“가쓰미에 대해 뭘 알고 싶은 겁니까?”

“요네야마 가쓰미 씨는 대학생 시절 어떤 사람이었나요?”

“그렇게 물으니 뭐라고 대답해야 좋을지 모르겠네요. 글쎄요, 구태여 얘기한다면 응석받이로 자랐다고나 할까요. 집으로 몇 번 불러서 저녁을 먹었는데도 고맙단 말도 한마디 없는 녀석이었어요.”

“외동아들이었으니 요네야마 가쓰미 씨는 생활비를 넉넉하게 받았겠네요.”

“그애의 아버지 유이치가 굉장히 걱정이 많았으니 나름 그러지 않았을까요?”

“가쓰미 씨는 당시 어떻게 지냈습니까?”

“음, 가쓰미의 집에 간 적도 없고 유이치에게 들은 적도 없어요.”

못마땅한 표정의 가쓰다가 쇼지를 쳐다보았다.

대학생 시절의 요네야마 가쓰미가 다이니사쿠라조의 이 층에 있던 세 집 중에서 가운데 집에 살았다는 것은 기구치 겐타로에게서 들었다. 쇼지는 앞으로 나서며 물었다.

“가쓰미 씨와 연을 끊었다고 말씀하셨는데 왜 그렇게 된 거죠?”

요네야마 하지메가 머뭇거리자 쇼지가 이어 말했다.

“사생활에 관한 질문이라는 건 잘 알고 있습니다. 몇 번이고 말씀 드리지만 사람의 목숨을 빼앗은 사건의 수사이니 그 점을 유념해주십시오.”

요네야마 하지메가 크게 한숨을 내쉬었다. 그리고 천천히 입을 열었다.

“그게⋯⋯. 녀석이 괴상한 짓을 해서요.”

“괴상한 짓이요?”

“네. 아까 가쓰미의 집에 간 적이 없다고 말씀드렸지만 제가 안 가려고 해서 그런 게 아닙니다. 그 녀석이 절대 오지 말라고 딱 잘라 말해서지요. 하지만 유이치가 부탁한 것도 있고 모른 척하기 뭣해서 몇 번 갔었습니다. 젊은 애가 시골에서 혼자 올라와서 부모도 없이 지내니 나쁜 친구들과 어울리거나 해이해져서 잘못될까 봐서요. 그런데 언제나 문간에서 쫓아버리더라고요."

"그렇군요."

쇼지는 순순히 끄덕였다. 요네야마 유이치가 사촌에게 아들을 돌봐달라고 했던 이유를 알 것 같았다. 이미 전에 요네야마 가쓰미는 잘못된 길에 빠진 적이 있었다. 또다시 그런 짓을 하지 않기를 바라는 마음으로 부탁했던 것이다.

"하지만 그렇다고 연을 끊다니 너무 지나치신 건 아닌가요?"

"그것만으로 연을 끊을 만큼 지독한 사람은 아닙니다."

"다른 뭔가가 있었습니까?"

"가쓰미가 제 차를 마음대로 몰고 나가서 위반을 했어요. 게다가 단속 중이던 경찰을 피해 도망치다가 붙잡혔습니다. 그리고 저한테 울며 애원하기에 하는 수 없이 동분서주하며 뒷수습을 했는데 미안하다는 말 한마디가 없더라고요. 나 원, 기가 막혀서."

요네야마 하지메가 내뱉듯이 말했다.

그러자 가쓰다가 나섰다.

"어떤 위반이었습니까? 그리고 언제 있었던 일인가요?"

"주차 위반입니다. 녀석이 대학교 4학년 때였을 거예요."

순간 숨을 삼키듯 가쓰다가 입을 다물었다가 곧바로 물었다.

"몇 월이었죠?"

"분명 여름방학 중이었을 겁니다."

"장소는 어디입니까?"

계속되는 질문에 요네야마 하지메가 놀란 표정을 지었지만 크게 숨을 쉬며 대답했다.

"시즈오카의 미시마 시내였어요."

10

마지마는 다쓰가와와 함께 후지 역의 밖으로 나갔다.

한여름 내리쬐는 뜨거운 햇빛이었다. 요 며칠 동안 두 사람은 오바타 리에의 고등학교와 중학교 시절의 친구들을 만나서 그녀의 성격이나 행동에 이상한 점은 없었는지 조사했다. 하지만 그들이 들려준 그녀에 관한 얘기에는 부정적인 내용이 없었다. 만나는 사람마다 그녀가 성실하고 친절하며 온화하다는 말뿐 다른 종류의 말은 들을 수 없었다.

두 사람은 이제 후지 역 근처에 있는 다자와 병원의 의사를 만나기로 했다. 이전에 오바타 사에코의 일로 만났던 사람이지만 그후의 수사에서 할아버지와 지낼 때에 오바타 리에도 그의 진찰을 받은 적이 있다는 사실이 밝혀졌기 때문이다. 여타의 지인들과는 다른 의사의 입장에서 그녀를 보았을 가능성이 있다고 다쓰가와는 생각했다. 더구나 동생이 유괴된 직후 리에가 몸이 아팠다는 것도 마음에 걸리는 점이었다.

역 앞의 로터리 보도를 걸어 소규모의 상점가를 지나자 바로 주택가가 펼쳐졌다. 다자와 소아과는 역에서 5분 정도의 가까운 거리였다. 병원 현관에 들어서자 소독약 냄새가 밴 네 평 정도의 대기실이 있었고 낡은 소파와 목제 의자가 다섯 개 놓여 있었다. 그곳에는 두 무리의 환자가 앉아 있었는데 하나는 아기를 안은 젊은 여성이었고 다

» 246 «

른 하나는 남자아이를 데리고 온 중년 여성이었다.

마지마는 접수대로 다가가서 옛날 스타일의 불투명 유리가 끼워진 창구에 경찰 신분증을 제시하고 안경을 쓴 초로의 간호사에게 목소리를 낮춰 얘기했다.

"저는 이런 사람입니다. 원장님을 만나뵐 수 있을까요?"

그러자 창구 건너편에 있던 간호사의 눈이 휘둥그레졌다.

"잠시만 기다리세요. 지금 즉시 전해드리겠습니다."

그녀는 당황한 모습으로 대답하고 자리에서 일어나 안으로 사라졌다. 마지마는 그 모습을 바라보다가 다쓰가와의 옆으로 와서 앉았다.

두 번째 환자의 진찰이 끝난 후 진료실의 문이 열리고 하얀 가운을 입은 의사가 나왔다.

"더 조사하실 일이 남았군요. 자, 안으로 들어오십시오."

은발을 연상시키는 빛깔에 반듯한 가르마를 탄 차분한 인상의 노인이었다.

마지마는 다쓰가와와 함께 일어나 진료실로 들어갔다. 하얀 벽과 말끔하게 정리된 진찰용 책상. 옆 조제실과의 사이는 흰색 커튼으로 가려져 있었다. 두 사람은 진료실 의자에 앉았다.

"진료시간 중에 이렇게 시간을 빼앗아 정말 죄송합니다."

다쓰가와가 고개를 숙였다. 마지마도 따라했다.

그러자 다자와는 손사래를 쳤다.

"아닙니다. 형사님들 일도 중요한 일이니까요. 뭐든 물어보십시오."

"그렇다면 말씀하신 대로 질문을 드리겠습니다. 이전에 왔을 때는 오바타 사에코 씨에 관해서 여쭤봤는데 오늘은 따님인 오바타 리에 씨에 관해 물어보려고 왔습니다."

"오바타 리에 말인가요?"

"네. 1974년 7월 하순부터 2개월 동안 할아버지인 오바타 세이조 씨가 그녀를 데리고 있었다고 들었습니다. 그때 몸이 아파서 몇 차례 여기에서 진찰을 받았다고 하던데요. 선생님은 그때의 일을 조금이라도 기억하고 계신가 해서요."

"아주 옛날 일이네요. 사에코에게 전 주치의 같은 사람이었고 세이조 씨와는 오랜 친분이 있어서 진료시간이 아니어도 아무 때고 찾아왔기 때문에 나름대로 기억나는 게 있지만 리에는 전혀 기억이 없습니다."

"오바타 리에 씨는 세이조 씨의 집에서 열이 나고 구토 증상을 보였다고 합니다."

다자와는 팔짱을 끼고 미간에 주름을 잡으며 생각에 몰두했다가 갑자기 팔을 풀었다.

"잠깐만요."

그는 벌떡 일어서 옆에 있는 조제실로 들어갔다. 하얀 커튼 안에서 그가 간호사에게 뭔가 말하는 소리가 들렸다. 잠시 후에 커튼이 열리고 다자와가 빈손으로 돌아왔다.

"간호사가 어렴풋하게 기억하고 있었네요. 오바타 세이조 씨가 손녀를 데리고 진찰을 받으러 왔었다고 합니다. 어린 시절의 사에코와 무척 닮아서 세이조 씨가 아주 귀여워했죠. 그래서 머릿속에 남아 있었나 봅니다."

"그렇다면 그때 어떤 증상이었나요?"

"진료 기록이 더는 남아 있지 않아서 정확하게는 모르겠네요. 아마 여름 감기였을 겁니다."

"그 외에 뭔가 기억나는 점은 없습니까?"

"음, 간호사와 얘길 하다 보니 저도 문득 떠오르는 게 있습니다만 그녀의 어머니와 비슷했어요."

"오바타 사에코 씨와 비슷했다는 건 무슨 뜻이죠?"

"몸에 시퍼런 멍이 있었던 기억이 납니다."

다자와의 말에 다쓰가와는 입을 다물었다.

다자와 소아과를 나서자마자 마지마는 자리에 우뚝 멈춰섰다.

"다자와 선생님의 말을 어떻게 생각하세요?"

"오바타 리에 씨의 몸에 파란 멍이 있었다는 얘기 말인가요?"

다쓰가와가 말했다.

마지마는 고개를 끄덕이며 "예" 하고 대답했다. 오바타 마모루 유괴 사건에 관해서 오바타 리에가 보인 태도와 말투에서 느껴지는 어떤 종류의 부자연스러운 분위기는 어쩌면 몸에 남아 있던 파란 멍 자국과 어떤 관계가 있을지도 몰랐다.

"오바타 세이조 씨가 혼냈을 거 같지는 않네요. 손녀는 딸 이상으로 사랑스러운 존재니까요. 그렇다면 어머니가 손을 댔다고 생각할 수밖에 없겠네요."

"그렇겠죠. 아버지인 스도 이사오 씨는 이미 사에코 씨와 이혼을 했고……."

마지마의 뇌리에 지금까지 생각지도 않았던 상상이 펼쳐졌다.

"마모루와 싸워서 멍이 들었다는 건 어떤가요?"

마지마는 수사기록의 하나를 떠올렸다. 오바타 사에코는 이사 당일 후지 시의 본가 앞에 서서 스기야마 요시에와 형제자매끼리 싸우는 것을 화제로 얘기를 나누었다고 했다.

다쓰가와도 잠자코 있었다. 그의 침묵은 마지마와 같은 생각을 하고 있음을 의미하는 것이었다. 이윽고 다쓰가와가 입을 열었다.

"싸움을 하다가 리에 씨가 마모루 군을 죽게 했다고 생각할 수 있을까요?"

마지마는 잠시 후에 씁쓸한 웃음을 지었다.

"아무리 그래도 비약이 좀 심했죠? 때린 사람은 역시 사에코 씨일 겁니다."

마지마는 대답을 한 후 오바타 세이조의 이웃에게서 들은 얘기를 떠올렸다. 사에코도 어린 시절에 심하게 학대를 당했다는 내용이었다. 세이조의 바람기에 화가 난 후사코가 분풀이를 하지 않았나 생각했다는 것이다. 사에코가 리에에게 손찌검을 한 것도 같은 이유였을지도 모른다. 스도 이사오는 바람기가 아주 많은 사람이었다고 오코노기와 시라이시가 보고했던 것을 떠올렸다.

그때 다쓰가와가 다시 골몰하는 것을 마지마는 느낄 수 있었다.

"무슨 생각을 하시는 겁니까?"

"다자와 선생님이 하신 말씀 중에 퍼뜩 떠오르는 게 있어서요."

"뭡니까?"

"오바타 세이조 씨는 이사하던 날 몇 시쯤 미시마의 집에서 나왔을까요?"

마지마가 그의 말을 듣고 수사기록을 떠올렸다. 분명 1974년 7월

27일 오후 5시 반쯤 오바타 세이조가 미시마의 집에서 나와 소형 트럭으로 자신의 집으로 돌아왔다고 기술되어 있었다. 그것이 오바타 세이조의 말이었다는 사실도 기억에 남아 있었다.

"오바타 세이조 씨가 오후 5시 반쯤으로 얘기했다고 했죠."

"그의 진술을 누군가가 확인조사를 했던가요?"

"아뇨. 수사기록에 그런 자료는 없었습니다."

"오바타 세이조 씨는 사에코 씨를 지나칠 정도로 사랑했죠. 그런데 막 이사를 온 딸을 두고 아직 정리도 안 끝났는데 서둘러 자신만 돌아왔을까요?"

간과한 사실이었다.

마지마는 숨이 막힘과 동시에 다쓰가와의 지적이 중대한 것임을 깨달았다.

"확인해볼 필요가 있겠군요."

두 사람은 후지 역으로 발길을 돌렸다.

11

"14년 전의 주차 위반이라고?"

미시마 경찰서 교통과의 과장이 느닷없이 소리를 높였다.

"네. 1974년 7월 하순에서 8월까지 미시마 시내의 도쿠라라는 지역입니다. 밤중에 젊은 남자가 주차 위반을 했는데 수상한 기미가 보여 현장에서 붙잡았다는 기록이 있을 겁니다."

가쓰다가 미시마 경찰서 1층인 교통과의 안쪽에 서 있었다. 그곳

책상에는 과장이 앉아 있었고 쇼지는 내심 흥분한 상태로 가쓰다의 옆자리를 지켰다. 그와 가쓰다는 오전 중에 요네야마 하지메를 수사하다가 결정적으로 보이는 증언을 얻어냈다. 이제는 뒷받침을 해줄 자료만 남았다.

"자네, 경위라는 사람이 위반 딱지 보관기간이 5년이라는 것도 모르는 거야?"

노타이 셔츠 차림의 과장이 의자를 뒤로 젖힌 채로 내뱉었다. 납작한 얼굴에 면도자국이 짙은 오십대 남자였다. 검은테 안경 너머의 외까풀 눈으로 차갑게 쏘아보았다. 노골적인 불쾌함이 여과 없이 드러났다. 미시마 경찰서 전체가 특별수사반을 탐탁지 않게 여겼다. 소집한 지 20여 일이 지난 지금은 합류조인 가쓰다와 쇼지조차도 예외는 아니었다.

"물론 알고 있습니다. 하지만 단속을 했을 가능성이 있는 대원들에게 물어볼 수 있게만 해주십시오."

"이봐. 우리 관내에서 매일 얼마 정도의 주차 위반과 교통사고가 일어나는 줄 알고는 있는 거야? 더구나 매일 밤이면 빌어먹을 녀석들이 개판으로 폭주하고 있다고. 무슨 일 때문에 이러는지는 모르겠지만 우리 교통과엔 쓸데없는 일에 시간을 허비할 여유 따윈 없어."

"쓸데없는 일이 아닙니다. 오바타 마모루 유괴 사건의 수사는 미시마 경찰서에서 가장 중요한 사건이잖습니까?"

가쓰다가 대꾸하자 과장이 화가 치민 기색이었다.

"주차 위반이 어째서 그 유괴 사건 수사와 관련이 있다는 거야?"

"저희는 오전 중에 요네야마 하지메라는 사람을 만났습니다. 사촌

의 아들인 요네야마 가쓰미는 오바타 마모루 유괴 사건의 제1의 용의
자인데……."

가쓰다가 요네야마 가쓰미가 용의자가 된 이유를 설명했다.

"그러니까 그 주차 위반으로 잡혔던 날이 7월 27일으로 판명되면
크나큰 진척이 있다는 뜻입니다. 게다가 파출소로 연행된 요네야마
가쓰미는 일부러 아버지가 아닌 도쿄의 요네야마 하지메를 보호자로
신청했습니다. 왜 코앞에 있는 스소노 시의 아버지한테 연락을 하지
않았는지 이상하다고 생각하지 않으십니까?"

"요네야마 하지메가 가쓰미에게 이유를 물어보지 않았던 거야?"

"물론 물어봤다고 합니다. 하지만 요네야마 가쓰미는 아무 대답도
하지 않았고 아버지에겐 비밀로 해달라고 애원했답니다. 과장님. 어
떻습니까? 오바타 마모루가 미시마에서 유괴된 날은 7월 27일입니다.
게다가 지도에서 확인했지만 도쿠라는 처음 몸값을 건네받으려던 장
소인 스소노 버스 정류장까지 직선거리로 겨우 7킬로미터라고요."

과장이 눈도 깜빡이지 않고 잠자코 있었다.

"게다가 그때 야밤에 어딘가에서 돌아오던 요네야마 가쓰미는 단속
중이던 경찰을 보고 놀라서 도망치려다가 경찰에게 붙잡혔습니다."

가쓰다가 요네야마 하지메에게서 들은 경위를 다시 설명했다. 주차
위반을 한 것치고는 수상한 기미가 보여 파출소로 연행되었다는 것
이다. 그리고 신원 확인을 위한 전화가 와서 요네야마 하지메는 처음
으로 그 사실을 알았다고 했다.

"유괴한 피해자를 그 자리에서 살해하고 어딘가에 잠시 숨겨둔 뒤
차로 돌아오는 길이었을지도 모릅니다."

"그렇군." 과장이 눈을 가늘게 뜨고 코를 킁킁거렸다.

"어떻습니까? 강력한 증거라고 생각하지 않으십니까?"

"알았어, 알았다고. 허가해줄 테니 자네들 둘이서 여기 부서원들에게 한 사람씩 직접 물어보라고."

쇼지는 표정을 바꾸지 않은 채 이를 악물었다. 그것은 어디까지나 이쪽을 도와주지 않겠다는 말이었다. 그리고 지금까지 나눈 두 사람의 대화를 뒷자리의 대원들이 못 들었을 리는 없었다. 물론 두 사람을 아니꼽게 보는 무리도 있을 것이다.

어쩌면 교통과 과장은 '이 녀석들에게 협력할 필요 없다'는 말을 우회적으로 지시한 것인지 모른다. 이제 와서 혹시라도 특별수사반이 범인을 검거한다면 우리는 웃음거리가 된다. 그런 의미의 화살을 날리고 있는 것이다.

가쓰다도 실망한 듯 입을 다물고 꼼짝도 않고 서서 과장을 노려보고 있었다. 그 시선을 받아치듯 과장도 턱을 내밀고 쏘아보았다.

"그렇군요. 알겠습니다."

가쓰다가 굳은 말투로 대답하고 크게 숨을 내쉰 뒤 쇼지를 보았다.

"가지."

교통과를 나온 뒤 가쓰다가 발을 멈췄다.

"이제 어떻게 하죠?" 쇼지가 물었다.

두 사람은 미시마 경찰서 이 층에 마련된 시계토의 집무실 앞에 섰다.

쇼지가 문을 두드렸다.

"무슨 일인가?"

가쓰다가 재빨리 시게토의 책상 앞에 섰다. 쇼지도 문을 닫고 가쓰다의 뒤편에 다가섰다.

"관리관, 부탁이 있습니다. 형사과장을 통해서 교통과 과장을 설득해주십시오."

"왜 그러는 건가. 자세히 말해봐."

시게토가 손에 든 자료를 책상에 놓았다.

"저희는 요네야마 유이치의 사촌인 요네야마 하지메를 만났습니다. 그리고 가쓰미에 대해 수사를 하다가 흥미로운 사실을 발견했습니다……."

가쓰다가 교통과의 과장에게 설명한 내용을 반복해서 보고했다.

시게토의 눈이 커졌다.

"사실인가?"

"예. 그러니 교통과의 대원들 전원에게 그때 주차 위반 상황을 상기하도록 형사과장을 통해 협력요청을 해주시기 바랍니다."

시게토가 일어섰다.

"지금부터 데라시마 형사과장을 만나고 올 테니 자네들은 여기서 기다리게."

시게토가 서둘러 집무실을 나갔다.

"이봐, 어떻게 될 것 같아?"

언제나 강한 어조로 말하던 가쓰다가 불안한 말투로 물었다.

"반반이라고 할 수 있지 않을까요?"

쇼지는 대답했다. 하지만 마음속으로 데라시마가 반드시 도와줄 것이라고 짐작하고 있었다. 데라시마야말로 요네야마 가쓰미가 오바타 마모루 유괴 사건의 진범이라는 결론을 누구보다도 열망하는 남자일 테니까.

시게토가 돌아온 것은 한 시간이 지난 후였다.

방에 들어오자마자 등 뒤로 문을 닫은 후 소파에서 일어선 가쓰다와 쇼지를 향했다.

"어떻게 됐습니까?"

"데라시마 과장이 즉시 움직여줄 거야. 그리고 교통과 대원들을 통해 당시의 상황을 기억해낸 사람을 찾아냈어. 그 대원은 임관했을 때부터 모든 기록을 수첩에 적어서 보관했는데 거기에 요네야마 가쓰미의 신병을 확보한 날짜도 적어뒀더군."

"그럼, 날짜는?"

가쓰다가 물었다.

"7월 30일이었어. 게다가 그때 경찰이 도망치려는 요네야마 가쓰미를 붙잡아 파출소로 연행한 건 오바타 마모루 유괴 사건을 염두에 뒀기 때문으로 해석되네. 그렇지만 파출소에서 조사를 받은 가쓰미와 자동차에서 이상한 점은 하나도 발견되지 않아서 유괴와는 관계가 없는 것으로 봤다고 했네."

쇼지는 숨을 들이켰다. 첫 번째 몸값을 받으려고 했던 날이었다. 그날 밤, 요네야마 가쓰미는 주차 위반으로 구속되었다. 그 때문일까. 몸값이 놓인 스소노 버스 정류장에 유괴범이 나타나지 않은 이유가……. 그리고 그를 만났을 때 녀석이 보인 과도한 반응의 원인도 경찰에게 잡혔던 엄연한 사실이 존재했기 때문이다.

"시게토 관리관님. 요네야마 가쓰미에 대한 임의동행을 요청해야 합니다."

가쓰다가 결연한 표정을 지으며 말했다.

그 옆에 선 쇼지도 크게 끄덕였다.

"임의동행이라……."

시게토가 눈썹을 치켜떴다. 진지한 표정이었다.

"그렇습니다. 요네야마 가쓰미와 오바타 마모루 유괴 사건이 연결됐을 가능성을 암시하는 여러 정황 증거뿐 아니라 몸값을 건네려던 그날 밤, 지정된 장소에서 겨우 7킬로미터 떨어진 곳에 요네야마 가쓰미가 있었다는 사실도 겹치니 이것으로 충분한 거 아닙니까?"

쇼지는 두 사람을 응시하며 재빨리 생각을 정리해보았다. 1974년 7월 30일, 몸값을 갈취하기 위해 요네야마 가쓰미는 아버지 대신 요네야마 하지메의 차를 몰래 가지고 나갔다. 아버지의 소형 트럭 옆면에는 '요네야먀 종묘점'이라고 크게 적혀 있었기 때문이다. 정보를 흘릴수록 위험한 법이다. 그런데 운 나쁘게도 미시마 시내의 다른 곳에서 주차 위반으로 걸리고 말았다. 주변에 경찰의 잠복은 없었지만 주변을 살피려고 차를 세우다가 마침 운 나쁘게 걸린 경우일 수도 있었다. 차로 돌아온 요네야마 가쓰미는 차 안을 들여다보는 경찰을 보고 놀라서 도망치려고 했던 것이다.

그러나 이 사건이 그에게 어처구니없는 꼼수를 부리게 했는지도 모른다. 처음 몸값을 받으려던 범인이 나타나지 않으니 수사본부는 필시 허둥댔을 것이다. 그렇다, 이제 두 번 세 번의 협박을 해가며 수사진을 휘어잡으면 된다. 더구나 경찰에게 잡혀서 아슬아슬하게 유괴 사건의 혐의를 벗은 가쓰미는 그로부터 더욱 조심하게 되어 전화보다 위험성이 적은 편지로 연락을 취하게 된 것이었다.

그때 시게토가 말을 꺼냈다.

"아니, 당장 임의동행을 해도 요네야마 가쓰미는 빠져나갈 수 있어."

"더 이상 뭐가 필요하단 말씀이십니까?" 가쓰다가 대들었다.

"확실한 증거와 증인 그중 하나, 아니면 둘 다지." 시게토가 말했다.

12

마지마는 다쓰가와와 함께 미시마 시로 돌아왔다.

두 사람이 향한 곳은 가마치 하나요의 집이었다. 그들은 오후 2시를 넘어 그 집의 커다란 문을 오랜만에 통과했다.

"아직 조사할 것이 더 남았나요?"

현관 문턱에서 가마치 하나요가 갸름한 얼굴에 가는 흘눈으로 질렸다는 표정을 지었다. 전에 방문했을 때처럼 중년의 작은 체구의 며느리가 함께 있었다.

"폐를 끼쳐서 정말 죄송합니다."

다쓰가와가 고개를 깊이 숙이자 마지마도 따라서 같은 동작을 취했다.

하나요가 한숨을 쉬었다.

"나이가 들면 유괴 사건 같은 끔찍한 이야기는 듣고 싶지 않은 법이라오."

"그 마음은 잘 알고 있습니다. 더구나 바로 앞에 살던 사람들이 겪은 사건이니 오죽 마음이 아프셨겠습니까. 간단히 여쭐 테니 조금만 협조해주시기 바랍니다."

"할 수 없군요."

"죄송합니다. 그럼 질문을 드리죠. 1974년 7월 27일 오후 3시를 지나 하나요 씨는 이 층의 창문 너머로 건너편 집에서 달려나온 아이를 봤다고 하셨습니다."

"네, 그랬지요."

하나요가 귀찮은 듯이 끄덕였다.

"그때 건너편 월세집 앞과 동쪽의 옆길에 주차돼 있던 차는 없었습니까?"

"차요?"

"네, 문 앞에는 흰색 카로라가, 그리고 옆길에는 소형 트럭이 서 있었을 겁니다."

"건너편 분이 이사 왔으니 봤던 것 같기도 한데, 아무튼 14년이나 된 옛날 일이라서……."

하나요는 말끝을 얼버무렸다.

"창문 너머로 밖을 내다보신 건 그때 한 번뿐이었나요?"

"아뇨. 그렇지 않아요. 화장실에 서 있을 때 밖을 내다보는 습관이 있어서요."

"그렇다면 오후 6시를 지나서까지 주차돼 있던 소형 트럭을 기억하고 계신가요?"

하나요가 의아한 표정으로 며느리와 눈을 마주쳤다.

"음, 글쎄요." 하나요가 고개를 갸웃했다.

다쓰가와가 몸을 조금 내밀었다.

"그렇다면 다른 한 가지를 묻겠습니다. 이사 당일, 건너편 월세집을 드나든 남자를 목격하셨습니까?"

"나이든 남자인가요?"

"네. 머리칼이 조금 하얗고 둥근 얼굴에 눈썹은 검은 단단한 체구의 쉰 살 정도의 남자입니다."

"글쎄, 어땠는지 모르겠네요. 기억에 없는데요."

그 말에 다쓰가와가 고개를 떨어뜨리고 작게 한숨을 쉬었다. 실망감을 감출 수 없었다. 마지마도 같은 심정으로 주먹을 꽉 쥐었다.

그런 두 사람을 아랑곳하지 않고 하나요가 말했다.

"만약 제가 그 남잘 봤다면 남편에게 말했을지도 모르지요."

"남편분이요?"

다쓰가와가 고개를 들고 말하자 하나요가 웃으며 대답했다.

"저녁을 먹으면서 그날 있었던 일을 말하는 게 하루 일과니까요."

"남편분은 지금 어디에 계십니까?"

다쓰가와가 다그치듯 물었다.

순간 하나요의 얼굴색이 흐려졌다.

"지난해에 죽었어요. 살아 있었다면 그날 일을 좀더 분명하게 알 수 있었을 텐데요. 건너편 집에서 뛰쳐나온 아이에 대해서도 그렇고."

그 말에 다쓰가와의 어깨가 떨리더니 구부정하게 굳은 채 움직이지 않았다.

마지마는 이상한 기분이 들어서 그를 쳐다보았다.

"다쓰가와 경위님, 괜찮으십니까?"

다쓰가와가 몸을 일으키더니 마지마를 향했다.

"어째서 그걸 몰랐을까요?"라고 토해내듯 말하고 다시 덧붙였다.

"마지마 경사, 그 사진 아직도 가지고 있습니까?"

"그 사진이요?"

"리에 씨와 마모루 군이 조개잡이를 하러 갔던 날에 찍은 사진 말입니다."

"잠깐만요."

다쓰가와가 하는 말속에 숨겨진 긴장감을 느끼고 마지마는 바닥에 놓인 상의 주머니를 허둥지둥 찾다가 수첩을 꺼내서 그곳에 끼워둔 사진을 찾아냈다.

"이거죠?"

다쓰가와가 끄덕인 뒤 사진을 받아서 하나요에게 보여주었다.

"하나만 더 부탁드립니다. 1974년 7월 27일 오후 3시를 지나 하나요 씨는 여기 이 층의 창문으로 건너편 집을 보셨지요."

하나요도 다쓰가와가 정색을 하고 말하자, 방석 위에서 자세를 고쳐 앉았다.

"네, 지금도 그렇다고 말씀드렸는데요."

"그때 그 집의 현관에서 아이가 달려나왔다. 이 점도 분명하고요."

하나요가 예, 하고 진지한 표정으로 끄덕였다.

"하나요 씨는 현관에서 달려나온 아이를 위에서 내려다보셨을 뿐 목소리를 듣지는 못하셨고요."

"확실히 그랬어요."

"그렇다면 그 아이가 이런 느낌의 아이가 아니었습니까?"

다쓰가와는 손에 있던 사진을 탁자에 놓고 사진 속 아이를 가리켰다.

하나요가 사진을 들여다보았다. 옆에 있던 며느리도 이끌리듯 사진을 보았다. 하나요가 가만히 고개를 들었다.

"여러 번 말했다시피 아주 옛날 일이라 확실하진 않지만 아마도 그런 느낌의 아이였다고 생각해요."

마지마를 향해 다쓰가와가 작게 고개를 끄덕였다.

마지마는 소리 없이 사진을 들여다보았다.

다쓰가와가 가리킨 사진 속 아이는 남자아이처럼 머리를 짧게 자른 오바타 리에였다.

13

"그렇다면 예전에 그 빌라에 살던 주민에 대해선 전혀 모른다는 말씀이십니까?"

가쓰다가 놀람과 분노에 실망감까지 섞인 목소리로 외쳤다.

"네. 빌라 자체를 새로 지었고 지금은 저희가 다이니사쿠라조의 관리를 맡고 있지만 1974년 당시는 다른 부동산이 관리하고 있었으니까요."

정장을 입은 부동산의 사무실 직원이 곤혹스러운 표정으로 말했다.

가쓰다가 못마땅한 얼굴로 쇼지를 보았다.

그는 어깨를 움츠릴 뿐이었다. 두 사람은 오쓰카 역 앞의 부동산 직원과 얘기를 나누는 중이었다. 요네야마 가쓰미의 범죄를 결정지을 증거와 증인을 어떻게 하면 찾아낼 수 있을까. 그 과제를 풀기 위해 열심히 머리를 짜내던 두 사람이 겨우 다다른 곳은 1974년 당시 그가 살았던 다이니사쿠라조였다. 그곳의 주민을 만나면 혹시 뭔가 단서가 될 만한 것이 있을지도 모른다. 그렇게 생각하고 다이니사쿠라조를 관리하고 있는 부동산 업자를 찾아온 것이었다.

"그렇다면 예전의 부동산 업자를 가르쳐주실 순 없습니까?"

가쓰다가 다시 힘을 내서 물었다.

중년의 사원은 오른손으로 오른쪽 눈썹을 긁으며 고개를 저었다.

"그 부동산 업자라면 벌써 사업을 접었습니다. 바깥어른이 돌아가셔서요. 그래서 저희가 다이니사쿠라조를 이어받은 겁니다."

"가족은 계시겠지요?"

"분명 딸 부부가 있었는데 지금은 어디로 이사를 갔다고 들었는데 저도 잘 모르겠네요……."

가쓰다가 입맛을 다시며 크게 한숨을 쉬었다.

부동산을 나와서 역 앞에 서니 혼잡한 소음이 밀려들었다.

"이젠 어떻게 하죠?"

쇼지는 침묵을 견딜 수 없어 먼저 말을 꺼냈다.

"모처럼 여기까지 왔으니 일단 다이니사쿠라조에 가볼까?"

가쓰다가 말을 하자마자 걷기 시작했다.

다이니사쿠라조는 기타이케부쿠로 역에서 걸어서 20분 정도 거리였다. 빌라나 단독주택이 세워진 지역으로, 다이니사쿠라조는 뒤쪽 길에서 골목으로 10미터 정도 들어간 곳에 있었다.

"정말 새로 지었군."

가쓰다가 이 층짜리 건물인 빌라를 올려보며 분하다는 듯 말했다. 최신식 건물은 아니지만 세련된 외관의 철골 모르타르로 지은 건물로 담장에 '다이니사쿠라조'라는 주철 간판이 붙어 있었다. 요네야마 가쓰미가 살았을 당시에는 옆의 빌라와 마찬가지로 구식인 이 층 목조 건물이었을 것이다.

두 사람은 그 자리에 잠깐 섰다가 누가 먼저라고 할 것도 없이 발길을 돌려서 기타이케부쿠로 역으로 향했다.

가쓰다는 입맛을 다셨다.

"건물도 주민도 다 사라지고 없으니 어쩔 도리가 없군."

쇼지도 네, 하고 대답했다.

"제길, 이래서 내가 시효 직전의 사건은 질색이라고 했는데."

가쓰다가 분노를 터뜨리며 안타까운 듯 다이니사쿠라조를 돌아보았다. 그리고 발길을 멈췄다.

"왜 그러십니까?" 이상한 분위기를 감지한 쇼지가 물었다.

"이봐, 쇼지. 보라구. 예전의 다이니사쿠라조는 없어졌지만 옆의 오래된 빌라는 아직도 남아 있잖아?"

순간 두 사람은 방금 왔던 길로 달려갔다.

"예전 다이니사쿠라조 말입니까?"

문틈 사이로 얼굴을 내민 대머리 노인이 고개를 갸웃하며 말했다. 위에는 화려한 노란색 바탕의 알로하 셔츠를, 아래는 하늘색 반바지를 입은 차림새였다. 손에는 부채를 들고 있었다.

"네, 예전 건물이었을 적 빌라 주민 말인데요, 뭔가 알고 계신 게 없나 해서요."

가쓰다가 말했다.

옆에 선 쇼지도 끄덕이며 문 옆에 걸린 문패에 시선을 향했다. '후지마키 요시오'라고 적혀 있었다. 두 사람은 다이니사쿠라조 맞은편의 와카바조라는 오래된 빌라의 주민을 닥치는 대로 만났지만 1층에 사는 두 사람의 중년 남자와 젊은 여자에게서는 아무것도 들을 수 없었다. 후지마키 요시오는 네 번째 사람으로 이 층의 첫 번째 집 입주민이었다.

"저도 여기서 오래 살았지만 그 빌라에는 아는 사람이 없어서 잘 모릅니다."

가쓰다가 그의 말에 맥이 풀려서 한숨을 크게 쉬었다.

또 헛수고를 했구나. 쇼지도 전신으로 몰려드는 피로감을 느꼈다. 그때 불현듯 스친 생각을 꺼낸 것은 혹시나 하는 마음에서였다.

"지금 옆집에 사시는 분도 1974년 당시 여기에 사시던 분인가요?"

"아뇨. 그 당시는 니시 씨 부부가 살고 있었어요."

옆집은 다이니사쿠라조 이 층의 한가운데와 마주보고 있었다.

그의 대답에 가쓰다가 고개를 들었다. 쇼지가 한 질문의 의도를 알아챈 것 같았다.

"그 부부는 어떤 분이셨습니까?"

"남편은 니시 이사무라는 사람이었죠."

"그 부부는 지금 어디에 계시죠?"

순간 후지마키의 표정이 어두워졌다.

"옆집이어서 친하게 지냈는데 갑자기 이사를 가버리더라고요."

"그게 언제죠?"

"그게 확실히 1975년 5월쯤이었던가?"

"이사는 왜 한 거죠?"

가쓰다의 물음에 후지마키는 이마에 길게 난 주름을 찡그리며 고개를 저었다.

"이유를 묻기는커녕 인사도 하는 둥 마는 둥 했습니다. 게다가 어디로 이사를 가는지 가르쳐주지도 않아서 이상하다고 생각했어요."

"갑작스러운 질문입니다만, 맞은편 빌라의 주민에 대해 니시 씨가 뭔가 말한 건 없었나요?"

"아, 맞은편 빌라에 살던 학생 말인가요? 이상한 녀석이라고 자주 말하곤 했어요. 괴상한 느낌이라 기분이 나쁘다고 투덜대곤 했지요."

가쓰다가 쇼지를 바라보았다.

이거야.

그의 표정은 이렇게 말하고 있었다.

14

마지마는 다쓰가와와 도카이도 본선을 타고 후지 역으로 향했다.

하나의 사건을 담당하면 수사원은 같은 지역을 몇 번이고 찾아가야만 했다. 어제 다자와 병원의 의사와 가마치 하나요를 탐문한 결과, 유괴 사건 발생 당시 오바타 세이조와 사에코의 증언에 이상한 점이 드러났다. 그래서 두 사람은 시게토의 허락을 받아 이제는 오바타 세이조를 다시 만나러 가는 길이었다.

아침 출근으로 붐비는 시간을 조금 지나서일까, 열차 안은 비교적 한산했다. 마지마는 다쓰가와와 나란히 앉아서 창밖을 바라보며 다시 생각에 잠겼다. 1974년 7월 27일 오후에 미시마의 집에 있어야 할 오바타 세이조는 잠시 오바타 리에만을 데리고 외출했다가 다시 미시마의 집으로 돌아와서 무엇을 했을까. 이삿짐 정리를 끝내지 못한 딸 사에코를 두고 정말 오후 5시 반쯤 트럭을 타고서 후지 시의 집으로 돌아왔단 말인가.

게다가 다쓰가와가 찾아낸 주목해야 할 단서가 하나 더 남아 있었다. 마모루가 유괴된 날 오후 3시쯤에 미시마의 집에서 달려나왔다가 모친인 사에코가 불러서 다시 들어간 아이가 마모루가 아닌, 누나 리에였을 가능성이었다. 만일에 이것이 진실이라면 사건의 양상은 처음부터 완전히 뒤집히는 것이다.

그래서인지 어젯밤 수사회의는 최고점을 찍을 정도로 격렬했다. 요네야마 가쓰미가 범인이라는 가설을 막무가내로 주장하며 한 치의 양보도 없는 가쓰다와 쇼지. 스도 이사오를 향한 의심을 거두지 않는 오코노기와 시라이시. 그리고 마지마와 다쓰가와는 오바타 세이조와 사에코의 거동과 그 증언의 신뢰성에 의문을 내비쳤다. 결국 시게토는 심사숙고 끝에 세 방향의 수사를 계속하라고 지시했다. 수사방침에 혼란이 왔다는 비상 사태임에 틀림없었다.

하지만 시게토의 진심은 어디에 닿아 있는 것일까. 마지마는 확실히 오바타 부녀를 더욱 의심하게 되었지만 솔직히 말해서 최종적인 판단은 망설여졌다. 다쓰가와가 한 말이 무겁게 짓누르고 있었기 때문이다.

"범인을 확실하게 가리킬 증거를 찾아야 한다는 것이지요."

요네야마 가쓰미, 스도 이사오, 그리고 오바타 부녀. 모두가 확실한 증거는 발견되지 않았다. 아니, 사건 발생 후 14년이 지난 지금, 그런 것이 존재하리라고는 전혀 기대할 수 없는 것은 아닐까. 증거가 없으면 아무리 심증이 가도 범행을 증명하는 것은 불가능하다. 오바타 부녀가 이해할 수 없는 말과 행동을 보인다고 해도, 어떤 상황과 동기가 있어야 그들을 오바타 마모루 유괴 사건과 연결지을 수 있을까.

그때 전철이 플랫폼으로 미끄러져 들어갔다.

두 사람은 자리에서 일어났다.

후지 역에 도착한 것이다.

다쓰가와는 오바타 세이조의 집 현관에 서서 초인종을 눌렀다.

현관 옆의 개집에서 검붉은 개가 갑자기 달려나와 금방이라도 물어버리려는 듯 으르렁거리기 시작했다.

곧 문이 열리고 오바타 세이조가 모습을 드러냈다. 하지만 다쓰가와와 마지마를 보자마자 "또 당신들이군" 하고 내뱉듯이 말하고 곧장 문을 닫으려고 했다.

그러자 다쓰가와가 재빨리 손으로 문을 잡으며 말했다.

"아주 짧게 물어볼 말이 있으니 조금만 협조해주십시오."

예상 외의 단호함에 오바타 세이조가 망설이다가 헛기침을 하더니 시선을 마주치지 않고 말했다.

"빨리 말하시오."

"그렇다면 묻겠습니다만 오바타 씨는 따님인 사에코 씨를 매우 아끼셨다고 들었습니다.”

돌발적인 질문에 오바타 세이조는 당황하듯 대답했다.

“그게 어쨌다는 거요? 애비가 딸을 아끼면 안 되는 법이라도 있소?”

“그렇다면 1974년 7월 26일에 마모루 군과 함께 미시마의 집으로 갔다가 세이조 씨가 여기로 돌아온 건 며칠 몇 시였나요?”

“그런 걸 하나하나 어떻게 기억하겠소? 당신들은 14년 전 오늘 어디서 뭘 했는지 말할 수 있소? 할 수 있다면 지금 여기서 말해보시지.”

다쓰가와가 고개를 저었다.

“아니, 그건 무리일 겁니다. 하지만 사건 발생 당시 오바타 세이조 씨는 경찰의 조사에서 오후 5시 반쯤 미시마를 떠나 소형 트럭을 타고 돌아왔다고 신고했습니다.”

“그렇다면 그걸로 된 거 아니오? 이제 와서 왜 그런 쓸데없는 걸 묻는 겁니까?”

“앞뒤가 맞지 않아서입니다.”

다쓰가와가 대답과 동시에 앞으로 나섰다.

기세에 눌린 듯 오바타 세이조가 조금 물러섰다. 개가 성가실 만큼 계속 짖어댔다.

“앞뒤가 맞지 않는다……”

“네. 사에코 씨가 막 이사를 해서 이삿짐 정리도 끝나지 않았을 텐데 당신이 그걸 도와주지도 않고 그렇게 빨리 돌아왔을 리가 없죠.”

“소설을 쓰는군. 아무리 뭐라고 해도 난 기억이 나질 않아.”

“그렇다면 5시 반에 미시마를 떠날 때 마모루 군은 뭘 하고 있었는지 한 번 생각해보십시오.”

"무슨 잠꼬대 같은 소리를 하는 거야? 14년 전의 한순간을 기억할 리가 없지."

"아뇨, 그럴 리가요. 손자인 마모루 군을 본 마지막 순간이기 때문에 잊으려야 잊을 수 없었을 겁니다. 아닌가요?"

순간, 오바타 세이조가 할 말을 잊은 듯 입을 다물었다.

마지마는 그 얼굴을 응시했다. 눈꺼풀이 잘게 떨리고 이마는 땀으로 번들거렸다. 눈이 좌우로 흔들리고 얼굴색은 새빨개졌다. 검붉은 개만이 미친 듯이 짖어대고 있었다.

더 이상 참을 수 없다는 듯 오바타 세이조가 입을 열었다.

"도대체 뭔가. 마치 내가 무슨 나쁜 짓을 저질렀다고 말하고 싶은 건가. 이봐, 당신. 14년 동안 사건을 해결하지도 못한 주제에 이제는 피해자 가족에게 비난을 퍼부어서 당신들 잘못을 유야무야 넘어가려는 참인가."

"아닙니다. 유야무야 넘어가지 않기 위해서도 이 점을 오바타 사에코 씨와 리에 씨와도 만나서 철저하게 확인할 작정입니다. 특히 당신이 미시마의 집을 떠날 때 사에코 씨와 무슨 말을 했는지 물어보겠습니다. 설마 딸에게 말도 하지 않고 돌아왔을 리는 없을 테고 손자들에게도 인사를 하고 왔겠지요. 그렇다면 마모루 군이 그때 뭘 하고 있었는지 그 기억이 되살아날 겁니다."

"뭐, 뭐라고……."

오바타 세이조의 얼굴에 순간 당황한 빛이 감돌았다.

"그리고 하나 더. 그날 오후 3시에 미시마의 집 현관에서 달려나온 아이를 건너편 주민이 목격했습니다. 하지만 그건 우연이 아닐 가능성이 있습니다.”

“대체 뭐라는 거야?”

“오바타 씨. 그 집 바로 근처에 후사코 씨의 본가가 있었다면서요. 게다가 가마치 하나요 씨는 건너편 월세 집에 새로운 사람이 이사를 오면 반드시 엿보는 습관이 있었다는 건 근처에 사는 사람이라면 누구나 아는 사실이었습니다. 당연히 당신도 알고 있었겠지요.”

오바타 세이조가 묵묵부답으로 성난 얼굴을 한 채 부들부들 떨고 있었다. 입을 반쯤 열고 숨을 몰아쉬고 있었다. 검붉은 개가 콧등에 사나운 주름을 잡으며 낮게 으르렁거렸다.

“더구나 가마치 하나요 씨에게 확인해보니, 현관에서 달려나온 아이가 분명 짧은 머리의 아이였다고 했지만 당시 리에 씨도 짧은 머리였지요. 그러니 남자아이라고 잘못 생각했을 가능성이 있습니다. 아니, 가마치 하나요 씨의 착각을 노리고 일부러 현관에서 밖으로 나오게 한 걸지도 모르죠.”

“바보 같은 소리 하지 마.”

오바타 세이조가 쥐어짜듯 말했다.

“틀렸다고 증명할 수 있습니까?”

“그거야말로 다 늙은 노인네의 14년 전 기억인데 그걸 가지고 제대로 된 증거라고 할 수 있단 말인가?”

이렇게 말하는 순간, 오바타 세이조의 몸이 비틀거렸다. 그는 현관의 기둥에 손을 대고 다른 한 손을 가슴에 얹고 괴로운 듯 얼굴을 찡그렸다.

“괜찮으십니까?”

다쓰가와가 당황한 듯 말했다.

"아무것도 아니오. 가슴이 조금……."

오바타 세이조는 거친 호흡으로 대답하며 현관 기둥에 의지한 채 다쓰가와를 노려보며 말을 이었다.

"……이렇게 피해자를 우롱하니 당신에게 제대로 된 증거를 보여주지. 하지만 몸이 좀 안 좋으니 내일……아니, 좀 이따가 오후 8시에 다시 한번 오시오."

오바타 세이조는 목 안에서 짜내듯 말하고 대답도 듣지 않은 채 현관으로 들어가 문을 닫아버렸다.

두 사람은 어찌 할 바를 모르고 현관 앞에 잠시 서 있었다.

"세이조 씨는 대체 무슨 증거를 보여줄 작정일까요?"

마지마가 저도 모르게 물었다.

하지만 다쓰가와는 대답 없이 고개를 갸웃거렸다.

15

건물 사이로 보이는 밤하늘에 눈부신 불빛이 켜진 선샤인시티 빌딩이 솟아 있다.

쇼지는 그것을 옆 눈으로 힐끗 보면서 가쓰다와 히가시이케부쿠로 니초메의 오래된 빌라의 외벽 계단을 올라갔다. 두 사람은 바깥 복도의 두 번째 집 앞에서 발을 멈췄다. 문패에는 '니시'라고 적혀 있었다.

쇼지는 크게 호흡을 하고 손목시계를 보았다. 분명 남의 집을 방문할 시간은 아니었다. 하지만 겨우 돌고 돌아 이곳에 도착했다. 쇼지는 심장박동이 크게 울리는 것을 느끼며 깊이 숨을 들이마셨다.

와카바조의 후지마키 요시오에게 니시 부부에 대해 알아낸 가쓰다와 쇼지는 그후에 부부의 지인이라는 사람들을 필사적으로 찾아다녔다. 와카바조의 주인, 관리 중인 부동산 업자, 지역의 우체국, 목욕탕, 이발소, 빨래방, 반찬가게, 술집 등, 그들이 이용했을 만한 장소를 모조리 조사했다. 그러자 술집 주인이 니시 이사무가 어디로 이사를 갔는지 알고 있다고 전해주었다. 빌려준 대하소설책을 니시 이사무가 우편으로 보내온 것이 생각나서 그 책을 꺼내 다시 읽다가 책갈피 대신 끼워둔 운송장을 기억해낸 것이었다. 이렇게 그들의 소재지를 찾아냈다.

가쓰다가 초인종을 누르자 집 안에서 벨소리가 울렸다.

"누구세요?"

한 박자 늦게 여자 목소리가 들렸다.

"밤늦게 죄송합니다만 저희는 미시마 경찰서에서 나온 가쓰다와 쇼지라고 합니다."

"미시마 경찰서요? 경찰이 무슨 일로······."

"실례지만 1975년쯤 오쓰카의 빌라에서 살았던 니시 이사무 씨의 집이 맞습니까? 여쭤볼 게 있어서 찾아왔습니다."

그러자 집 안에서 말소리가 들렸다. 여자가 누군가와 얘기를 하는 것이 틀림없었다.

"제가 니시 이사무입니다만, 뭘 물어보려는 겁니까?"

문이 열리고 나이를 먹은 남자가 나왔다. 러닝셔츠에 헐렁한 실내복 반바지를 입고 있었다. 가쓰다가 신분증을 보여주고 "가쓰다라고 합니다"라고 말했다. 그리고 그를 따라 신분증을 보여주는 쇼지를 무시하고 질문을 시작했다.

"1975년 5월 말쯤 오쓰카의 빌라에서 매우 급하게 이사를 가셨다고 들었습니다. 그 이유를 들을 수 있을까요?"

"대체 뭡니까? 아닌 밤중에 홍두깨도 아니고."

온화한 얼굴이 매우 불그스름해 있었다. 술기운으로 보였다.

"사실은 1974년에 일어난 중대한 범죄가 관련돼 있어서……."

가쓰다가 말을 마치려는 순간 니시 이사무의 얼굴색이 변하더니 놀라며 등 뒤를 돌아보았다. 쇼지는 그것이 아내에게 도움을 청하려는 것으로 보였다.

"왜 그러십니까?"

"아닙니다. 저어……."

분명 당황한 기색이었다.

가쓰다가 기세를 몰아 질문했다.

"실은 니시 이사무 씨가 살았던 와카바조의 옆 빌라에 그 사건의 용의자 한 사람이 살고 있었습니다. 당신의 집 맞은편 입주민이었죠. 니시 씨, 저희는 와카바조에 살았던 후지마키 요시오 씨를 만났습니다. 당신은 맞은편 건물의 학생이 이상하다고 후지마키 씨에게 말씀하셨지요? 그 점과 함께 이사한 경위를 듣고 싶습니다."

"여보, 미야코. 이제 어쩔 거야?"

이번에는 니시 이사무가 돌아보며 성난 목소리로 외쳤다.

"무슨 일이에요?"

그의 아내가 주뼛거리며 밖으로 나왔다. 틀어서 묶은 머리에 키가 작은 뚱뚱한 여자였다.

"경찰관이 그때 그 일을 물어보러 오셨잖아. 어떻게 해?"

"이 김에 전부 말해버려요." 여자가 미간을 찌푸리며 말했다.

니시 이사무가 끄덕이고는 다시 이쪽을 향했다.

"이사는 그저 무서워서 한 겁니다."

가쓰다가 미간의 주름을 더욱 모았다.

"무서웠다……? 대체 뭐가 무서웠죠?"

"이사하기 한두 달 전이었나. 맞은편 빌라의 그 집에 찾아온 어떤 남자를 봤어요. 그놈이 저희와 눈이 마주치자 위협적인 태도를 보이면서 난폭하게 커튼을 닫아버리는 바람에 오히려 그 얼굴을 기억하고 있었어요. 그랬는데 아니 글쎄, 다음날 빌라 앞에서 그 학생과 마주쳤는데 갑자기 골목으로 끌고 들어가서 날 위협하는 겁니다."

"위협을요?"

"네, 어제 본 남자에 대해 누구한테든 떠들어대면 가만두지 않겠다고요."

가쓰다가 쇼지를 쳐다보았다. 그가 비로소 실체를 잡았다는 듯 눈을 가늘게 뜨더니 손목 부분을 잡고 좌우로 돌렸다.

쇼지도 주먹을 힘껏 쥐었다. 그 녀석이 요네야마 가쓰미의 공범이다. 처음에 오바타 사에코에게 협박 전화를 건 남자임에 틀림없었다.

"그리고 5월 중순쯤 신문 일면에 그 남자 사진이 실렸더라고요. 그래서 무서워서 바로 이사를 했습니다."

두 사람의 흥분과는 상관없이 연신 떠들어대는 니시 이사무의 말을 듣고서 쇼지는 생각에 잠겼다.

신문의 일면.

거기에 실린 남자의 얼굴.

이봐, 지금 뭐라고 말하는 거야…….

가쓰다도 입을 반쯤 열고 고개를 갸웃거렸다.

"1975년 5월 중순……. 그때 대체 어떤 사건이 있었죠?"

니시 이사무가 완전히 안도한 표정으로 미소를 지으며 말했다.

"형사님들이 오셔서 이제 겨우 짐을 덜게 됐습니다. 아, 그 전해부터 미쓰비시 중공업과 하자마구미 건설회사 등이 폭파된 사건이 있었잖습니까. 범인들은 모두 검거됐지만."

쇼지는 다시 고개를 돌려 가쓰다와 마주보았다. 온몸에 땀이 증발하고 다리가 사라지는 기분이었다.

종묘점이 취급하던 물품에 제초제가 있었다. 주성분은 염소산나트륨으로 폭탄 제조의 원료로 쓰이는 것이었다.

16

오후 8시 반을 지난 시각.

미시마 경찰서의 소회의실은 무거운 분위기 속에 잠겨 있었다. 회의실 안에는 시게토 혼자 덩그러니 앉아 있었다. 미시마 경찰서로 온 두 통의 전화 때문이다.

하나는 쇼지에게서 온 전화였는데 요네야마 가쓰미가 관련된 사건이 1974년 8월 30일에 일어난 미쓰비시 중공업 빌딩 폭파 사건을 포함한 기업 폭파 사건일지도 모른다는 것이었다. 폭파 사건을 일으킨 동아시아 반일무장전선의 주요 회원들 중의 한 명이 1975년 3월인가 4월쯤에 요네야마 가쓰미의 빌라를 찾아온 것을 맞은편 주민인 니시이사무 부부가 목격했다고 증언했다. 요네야마 가쓰미는 제초제에 사용되는 염소산나트륨을 부친의 종묘점에서 가지고 나와 극좌집단에 넘긴 것 같다고 가쓰다가 전했다.

시게토는 그 보고를 듣고 나니 어이가 없었다. 처음에 몸값을 받으려던 밤, 미시마 시내에서 요네야마 가쓰미가 주차 위반이라는 경미한 범죄에 화들짝 놀라서 도망치려고 했던 이유가 겨우 이것이었단 말인가. 그 밤에 스소노 시의 집에서 비료를 가지고 나와 과격파 동지의 차에 실었을지도 모른다. 야마노테 선 전철 안에서 기구치 겐타로와 만나 그가 미행을 극도로 경계하는 기색을 보였던 것도 공안경찰의 움직임에 과민했던 탓이라고 생각하면 완전히 들어맞는 이야기였다.

하지만 그 이상으로 시게토를 경악시킨 것은 마지마의 전화였다. 후지 시의 오바타 세이조의 집 현관 앞에서 탐문을 벌이자 매우 흥분한 세이조가 오후 8시에 다시 오라는 말을 남겼다고 했다. 자신이 결백하다는 증거를 보여준다고 큰소리를 치는 바람에 마지마와 다쓰가와는 그 집을 다시 방문했다. 하지만 초인종을 눌러도 아무 대답이 없어서 이상한 기분이 든 두 사람은 잠겨 있지 않은 현관을 통해 집으로 들어갔다. 그때 거실에 쓰러져 있던 세이조를 발견했다. 옆에 있던 탁자에는 유서와 함께 'TETP(테트라에틸피로인산/역주)'라는 상표가 붙은 병이 나뒹굴고 있었다. 과수원에서 쓰는 농약으로 몇 년 전에 제조와 판매가 금지된 극약이라는 것은 시게토도 아는 사실이었다. 세이조가 농사를 지었을 때에 가지고 있었던 것으로 보였다. 그는 아직

숨을 쉬고 있으나 현재 병원에서 생사를 넘나들고 있다고 했다.

시게토는 조금 전 하시바미 본부장에게는 전화로, 미시마 경찰서의 서장에게는 직접 보고를 올렸고 이제 막 소회의실에 들어온 길이었다. 하시바미는 공황상태에 빠져 미친 사람처럼 시게토에게 소리를 지르다가 금방 전화를 끊어버렸다. 자신을 보호하기 위한 대응책을 마련해야겠다는 생각이 불현듯 들었을 것이다.

그때 인기척도 없이 소회의장의 문이 휙 열리더니 데라시마가 씩씩대며 빠른 걸음으로 들어왔다.

"시게토. 자네, 엄청난 짓을 저질렀더군."

시게토는 꼼짝도 할 수 없었다.

"이제 어떡할 거야? 아니지, 지금 당장 책임을 지라고!"

데라시마는 질책을 하듯 추궁했다. 서장에게 뭔가 하달을 받은 것 같았다. 형사과장으로서 함께 나눠져야 할 책임을 두려워하고 있는 것이다. 하지만 비열한 수법을 동원해서 요네야마 가쓰미가 범인이라는 쪽으로 수사의 방향을 튼 사람이 바로 이 자가 아닌가.

시게토는 고개를 들고 데라시마를 응시했다.

머쓱해진 데라시마가 턱을 문질렀다.

"「스루가 일보」에 요네야마 가쓰미의 정보를 흘린 건 자네였나."

순간 두 사람은 서로의 얼굴을 노려보았다.

데라시마가 눈길을 피하며 양손으로 얼굴을 쓸면서 말했다.

"바보 같은 소리 하지 마. 나 혼자서 그런 위험한 일을 저지를 것 같아?"

"그렇다면 위에서 지시한 건가?"

엉뚱한 방향으로 얼굴을 돌린 채 데라시마는 아무런 대답도 하지 않았다.

시게토는 이해했다. 위라는 것은 어느 정도의 윗선일까. 설마 하시바미 본부장의 사주일까. 그때, 소회의장의 구석에 있는 탁자에 놓인 내선전화가 울렸다.

순간 데라시마가 매달리듯이 말했다.

"이봐, 도대체 어쩔 작정이야? 기자들이 시끄럽게 굴기까진 시간이 얼마 남지 않았다고."

시게토는 데라시마가 하는 말을 무시하며 탁자로 다가가 수화기를 들었다.

"소회의실의 시게토입니다."

"시게토 관리관님께 외선 전화입니다."

여직원의 목소리였다.

"연결해줘."

"알겠습니다. 잠시만 기다리세요."

찰칵 하는 소리가 수화기에서 새어나오더니 그 즉시 목소리로 바뀌었다.

"여보세요. 마지마입니다. 관리관님이십니까?"

"무슨 일이야?"

"지금 방금 오바타 세이조 씨가 사망하셨습니다."

시게토는 수화기를 굳게 쥔 채로 아무런 대답도 할 수 없었다.

17

"결국 특별수사반은 어쩔 수 없이 해산하게 됐지. 그리고 이전 연속수사반에 형식적인 위임을 하게 됐네."

시게토는 그렇게 말하며 찻잔에 손을 뻗어 천천히 한 모금 마시고 잔을 다시 탁자 위에 놓았다.

"그런 처분을 순순히 받아들이셨군요."

구사카가 무릎에 손을 놓은 채 말했다.

"어쩔 도리가 없었네. 요네야마 가쓰미는 곧 경시청 공안부에 구속됐고 연쇄 기업 폭파 사건의 용의자 집단에 가담한 것도 전부 자백했어. 대학 재학 중에 아시아 영화연구회라는 선전 동아리에 반은 장난삼아 참가했는데 놀랄 만큼 환대를 받은 모양이야. 녀석의 본가가 종묘점이라는 걸 알고 극좌조직의 방패막이로 쓰려고 가담시킨 거지. 하지만 그보다도 오바타 세이조 씨의 문제가 훨씬 더 컸네."

"수사관이 탐문수사를 벌이는 중에 미리 자살을 계획하고 결국 죽었군요."

"특별수사반을 완전히 초토화시킨 건 오바타 세이조 씨의 유서였다네. 유서는 특별수사반의 잘못된 수사로 피해자 가족이 엉뚱한 의심을 받아 억울한 마음을 견딜 수가 없어서 죽음으로 항의한다고 썼어. 대략 그런 내용으로 기억하고 있네."

시게토는 우울한 표정으로 말을 이었다.

"오바타 세이조 씨의 음독자살 현장 조사에서 유서의 내용을 파악한 현 경찰본부의 상부는 경악을 하고 세간의 비난을 두려워한 나머지, 즉시 나와 특별수사반의 활동 정지를 발표하려고 했지. 그런데 유서 내용이 언론에 공개되고 만 거야."

"오바타 사에코 씨가 공개했군요."

시게토가 고개를 끄덕였다.

"그 결과 특별수사반의 활동을 정지시키려는 처분이 임시방편적인 책임 회피라고 현경이 엄청난 비난에 휩싸였지. 신문, 잡지, 그리고 텔레비전 모두가 경찰의 실패를 거론하고 나섰네. 특히 마지막에 오바타 세이조 씨를 탐문하러 갔던 다쓰가와 경위, 그리고 하시바미 본부장을 향한 공격은 극에 달했어. 관리관의 해임과 특별수사반의 해산이 결정된 시점에 나는 모든 책임을 지고 경찰직을 내려놓았네."

"왜 그렇게까지……."

구사카는 생각지 못한 말을 불쑥 꺼냈다.

"하시바미 본부장을 위해서라는 생각은 말아주게. 그는 할 수 없이 본부장을 사임했지만 낙하산 인사를 통해 경비회사의 임원으로 간단히 자리를 옮겼으니까. 그보다는 다쓰가와 경위를 지키고 싶었지. 은혜를 입었던 사람에게 보답을 하려면 그 방법밖에 없다고 생각했어. 정년이 코앞이었음에도 불구하고 내 요청에 특별수사반에 참여해줬는데, 결과가 그렇게 됐으니. 기자회견을 열어 특별수사반의 수사원들에게 내가 강제적으로 무리한 수사를 지시했다고 발표했네."

"선배님은 그 같은 결론을 납득하신 건가요?"

시게토가 천천히 고개를 저었다.

"아니, 지금도 안타까운 마음이 남아 있네."

"남은 두 가지 중에서 어느 쪽이 중심축이라고 생각하십니까?"

"스도 이사오 씨가 자기 아이를 데리고 다니다가 일이 우연찮게 흘러서 유괴 사건으로 발전했다는 건 최종적으로는 불가능하다는 결론을 내렸지."

"어째서죠?"

시게토가 구사카의 눈을 응시했다.

"오코노기와 시라이시가 추적한 방향은 사건의 양상을 나름 합리적으로 뒷받침한 것으로 생각됐지. 하지만 스도 이사오 씨는 사건 해명에 지극히 협조적이었어. 같은 피해자 가족이었던 오바타 세이조 씨와 오바타 사에코 씨와는 대조적이었다고 말할 수 있네."

"하지만 자기 범행을 의심받지 않기 위한 연기라고 볼 수도 있지 않습니까?"

구사카는 상대의 눈에서 시선을 피하지 않고 말했다.

"그렇다면 도쿄의 중고차 판매점에 14년간 오래된 사진과 자식의 빨간 플라스틱 양동이, 그리고 글러브와 공까지 그렇게 계속 둔 것이 의심을 지우기 위한 소도구라고 말할 수 있겠는가. 아들을 죽이고도 그 아들의 유품을 담담하게 바라보면서 살 수 있는 아버지가 존재한다고 생각할 순 없었네. 내가 오바타 세이조 씨의 장례식에 참석했을 때 유족은 분향을 거절했지만 스도 이사오 씨만은 다가와 말을 걸어줬지. 그 자리가 눈치를 받는 입장인 탓도 있었겠지만 조금은 우리 고충을 이해했기 때문이 아닐까. 그러니 그 사람에게 사건의 상세한 상황을 물었을 때 지장이 없는 선에서 특별수사반이 직면하고 있는 의문점과 모순점에 관해서도 얘기해줬네."

구사카는 하려던 말을 꾹 참았다. 시게토의 지적에 수긍할 수밖에 없었다. 동시에 빨간 플라스틱 양동이라는 단어가 마음에 걸렸다. 스도 이사오가 살해된 현장에서 빨간 플라스틱 조각이 발견되었다. 거기서 스도 이사오의 지문도 검출되었다. 어쩌면 그 조각이 양동이의 일부일지도 모른다. 다시 산겐자야의 중고차 판매점을 찾아가 아직도 선반에 플라스틱 양동이가 있는지를 확인해야겠다고 생각했다.

"그렇다면 다른 하나의 가닥은 어떻습니까?"

"반반이지. 하지만 오바타 부녀에 대한 의심은 무엇 하나도 구체적인 점이 그려지지 않았네. 지금도 막연한 의혹에 지나지 않아. 오바타 세이조 씨가 그렇게 되지 않았다면 다쓰가와 경위가 뭔가 구체적인 점을 발견해낼 수도 있었겠지만."

야나기가 그의 말에 끼어들며 말했다.

"특별수사반이 해산됐을 때 그 점에 관해서 다쓰가와 경위는 뭐라고 하셨습니까?"

"특별수사반이 해산되던 날, 다쓰가와 경위는 자신의 잘못이라고 사죄했네. 물론 나는 세이조 씨의 자살은 당신의 책임이 아니라고 말했지. 그러자 그는 '아닙니다, 특별수사반을 해산시킨 책임은 제게 있습니다. 진상규명까지 얼마 남지 않았는데'라고 안타까워했네."

"그렇다면 뭔가 생각이 있었군요."

야나기가 지체 없이 물었다.

"분명하게 말은 하지 않았지만 생각한 바가 있었을 거야."

"다쓰가와 경위는 그후 어떻게 되셨나요?"

"바로 정년을 맞아 자식 부부가 사는 가케가와 시로 이사를 했어. 그리고 오륙 년 후 병으로 돌아가셨지. 장례식에는 나도 참석했었고."

구사카는 소리 없이 고개를 끄덕였다.

야나기도 옆에서 똑같이 주억거렸다.

"자네들의 수사에 도움이 됐나?"

"예, 아주 많이 참고가 될 것 같습니다."

"신세가 많았습니다."

구사카와 야나기는 방석에서 일어나 동시에 깊이 허리를 숙였다.

시게토도 일어섰다.

"그래. 이것도 참고가 됐으면 하네만, 특별수사반의 일원이었던 마지마가 시미즈 구에서 살고 있다네. 작년 경찰을 정년퇴임하고 지금은 딸 부부와 유유자적한 생활을 하고 있지. 수사를 하는 동안 다쓰가와와 늘 함께 다녔으니 마지마라면 다쓰가와의 생각을 잘 알고 있지 않겠나."

"이렇게 마음 써주시니 정말 감사드립니다."

구사카는 다시 고개를 숙였다. 야나기도 따라 숙였다.

"수사가 마무리되면 알려주게."

구사카는 끄덕였다.

"물론입니다."

제6장

······································

1

2015년 8월 14일 오후 11시 반.

스소노 경찰서의 강당은 수사원들로 가득했다.

"스도 이사오의 살해 현장 근처에서 발견된 빨간 플라스틱 조각은 그가 경영하는 중고차 판매점의 선반에 여러 해 동안 놓아져 있던 빨간 플라스틱 양동이의 일부일 가능성이 있다고 생각됩니다."

구사카는 수사회의 석상에 선 채로 말했다.

그 옆에는 야나기도 함께였다.

시게토에게 들은 자세한 경위를 설명하고 그 결과로 정리된 주목해야 할 사항을 덧붙였다. 구사카와 야나기는 아타미에 있는 시게토의 집을 나와서 그 길로 도쿄로 왔다. 산겐자야의 중고차 판매점의 선반에서 플라스틱 양동이가 없어진 것을 확인하기 위해서였다. 역시 양동이는 없었고 그곳에 같이 있어야 할 글러브와 고무공도 보이지 않았다.

구사카와 야나기는 직원인 무토 사키코의 집으로 즉시 찾아가 현장에서 발견된 플라스틱 조각의 사진을 보여주니 분명 그것과 같은

색이라고 증언해주었다. 또한 스도 이사오가 살해되기 전날까지 그 물건들이 분명 선반에 놓여 있었다고 증언했다.

"그랬군."

수사1과장이 중얼거렸다. 스도 이사오 살해 사건과 오바타 마모루 유괴 사건의 관련성을 의심해온 자신의 생각에 대한 아쉬움과 후회라고 할 수 있는 탄식이었다.

"스도 이사오 씨가 그 빨간 플라스틱 양동이와 글러브, 고무공을 스소노 시의 어딘가로 일부러 챙겨갔다면 그건 마모루 군과 관련된 것이기 때문은 아닐까요? 하지만 현장에는 플라스틱 조각만 떨어져 있었고 다른 것은 발견되지 않았습니다. 그렇다면 범인이 그것들을 가지고 사라졌다고 생각해야 할 것입니다. 즉 범인은 그 세 가지가 가진 의미를 정확하게 알고 있다고 봐야 합니다."

"그건 41년 전 사건이잖나."

"그 오래된 사건 자체에 커다란 모순이 있었던 건 아닐까요?" 구사카는 말했다.

"커다란 모순?"

"오바타 세이조 씨의 자살 말입니다. 생각해보십시오. 사건의 해명에 열심인 경찰의 집요한 질문을 받았다고 해도 유괴된 아이의 할아버지가 자살을 해야만 했을까요. 14년간 범인을 체포할 수 없었던 무능한 경찰에 대한 분노. 방향을 잘못 짚은 수사에 대한 격분. 그런 반발이나 분노가 어떤 의미로는 당연할지도 모르지만 그렇다고 자신의 목숨을 끊을 만한 것은 아닙니다. 시효가 만료되기 전까지 어떤 수를 써서라도 죽지 않는다. 아니, 죽으려야 죽을 수 없다. 반드시 범인의 얼굴을 이 눈으로 보고야 말겠다. 피해자의 할아버지라면 이런 생각을 하는 게 당연하다고 생각합니다."

구사카는 발언을 하면서 수사진을 둘러보았다. 모두가 숨을 죽이고 잠자코 있었다. 그러한 침묵을 깨고 수사1과장이 벌겋게 달아오른 얼굴로 말했다.

"기소 계장, 이 점을 어떻게 생각하나?"

"구사카 조의 수사 방향이 중심축일 가능성이 짙다고 생각합니다. 더구나 당시의 특별수사반조차 누락했던 점이 남아 있습니다."

기소가 일어선 채 말했다.

"어떤 점이지?"

"오바타 사에코 씨가 이삿날을 앞당긴 이유는 뭘까요? 또 이사를 하면서 사에코 씨와 세이조 씨가 별도로 행동했다는 점도 어떤 의미로는 부자연스럽습니다. 이삿짐을 나르는 것도 청소를 하는 것도 어른 두 사람이 하는 편이 효율적이었을 겁니다."

그때 구사카 조의 앞에 앉아 있던 도미타 야스시라는 경위가 손을 들었다.

"수사1과장님, 발언을 해도 되겠습니까?"

"뭐지? 도미타."

도미타가 재빨리 일어서 수첩을 보면서 말했다.

"저와 요시오카는 오늘 8월 1일 오전 중에 스도 이사오 씨가 문병을 갔던 스기야마 겐조 씨를 만나러 갔었습니다. 입원 중인 병원에는 지금까지 세 번 갔지만 스기야마 겐조 씨가 위궤양 수술을 받아 절대안정을 취해야 하는 상태여서 제대로 대화를 나눌 수 없었습니다.

그러다가 오늘 겨우 만났는데 어느 정도 회복이 돼서 스도 이사오 씨에 관한 자세한 얘기를 들을 수 있었습니다. 그 결과 한 가지 걸리는 점이 있었습니다."

"어떤 점이지?"

"스도 이사오 씨가 병문안을 갔던 날, 옛날 얘기를 하다가 현재 모리오카에 살고 있는 딸, 아쓰코 씨도 당일 병원으로 달려온 덕분에 세 사람이 함께 긴 얘기를 나눴다고 합니다. 그런데 얘기를 나누던 중 스도 이사오 씨가 갑자기 아무 말을 안 하더라는 겁니다."

"이유는?"

"모르겠습니다. 스기야마 겐조 씨에게도 따로 짚이는 점은 없어 보였습니다."

수사1과장은 음, 하는 소리를 내며 말했다.

"아쓰코 씨는 뭐라고 했지?"

"마침 아쓰코 씨는 이미 모리오카로 돌아간 후여서 만날 수 없었습니다."

그 대화를 듣던 구사카는 떠오르는 한 가지 생각에 손을 번쩍 들었다. 수사1과장은 그를 향했다.

"할 말 있나? 구사카."

"예. 스기야마 겐조 씨를 병문안하고, 오후에 출근했던 스도 이사오 씨의 표정이 안 좋아 보였다고 직원 무토 사키코 씨가 증언했습니다. 어쩌면 병원에서의 대화 중에 스도 이사오 씨가 뭔가를 알아챈 건 아닐까 생각됩니다."

"그렇다면 사채 문제와 병행해서 본격적으로 오바타 마모루 유괴 사건을 조사해야겠군. 구사카와 야나기는 오바타 사에코와 딸인 리에를 만나봐. 도미타와 요시오카는 모리오카에 가서 아쓰코를 만나고 스도 이사오와 스기야마 겐조 사이에 무슨 말이 오갔는지 자세하게 확인하도록."

"알겠습니다." 구사카는 대답했다.

"저희도 알겠습니다." 도미타가 끄덕였다.

2

다음 날, 구사카와 야나기가 오바타 사에코의 집 앞에 선 것은 오전 9시를 지나서였다. 오래된 무나몬 안쪽은 낮은 수풀과 나무가 무성했으며 단독주택의 중후한 현관이 보였다.

구사카는 야나기를 재촉해서 무나몬을 지났다. 현관 옆에 있던 개집도 보이지 않았고 검붉은 개도 없었다. 그 대신 현관 옆 공간은 콘크리트 바닥으로 넓어져 주차장이 되었고 두 대의 승용차가 주차되어 있었다. 두 대 모두 흰색 벤츠로 차종은 SLK200MT와 S350이었다.

"고급 수입차가 두 대나 있다니, 역시 부자는 다르네요."

야나기가 두 대의 번호를 수첩에 적으며 말했다.

구사카는 초인종을 눌렀다.

"누구세요?"

얼마 지나지 않아 현관으로 중년 여성이 나왔다. 어깨까지 가지런하게 자른 머리칼. 갸름한 얼굴형에 반듯한 이목구비. 신중해 보이는 시선은 지적인 인상을 주었다. 크림색의 청결한 블라우스에 짙은 남색 치마 차림이었다.

"스소노 경찰서의 구사카라고 합니다."

구사카는 신분증을 제시했다.

야나기도 "같은 서의 야나기입니다"라면서 신분증을 보여주었다.

"오바타 사에코 씨 되십니까?"

중년 여성이 고개를 저었다.

"아뇨. 그분은 저의 어머니시고 저는 딸인 리에입니다."

구사카는 저도 모르게 야나기와 눈을 마주쳤다. 오바타 마모루 유괴 사건 발생 당시에 겨우 일곱 살. 다쓰가와와 마지마가 리에를 만난 것은 간호학교의 여학생 시절. 이제는 그녀가 차분한 어른이 되어 바로 앞에 서 있었다.

"실례했습니다. 물어볼 것이 있어서 찾아왔습니다."

오바타 리에는 안을 잠깐 둘러보고 다시 이쪽을 바라보았다.

"빨리 해주실 순 없나요? 제가 좀 바빠서."

"일이 있으신가요?"

"아뇨. 어머니가 입원 중이셔서 병원에 가야 해서요."

"오바타 사에코 씨가 입원하셨습니까?"

"네."

"그러셨군요. 빨리 쾌차하시길 빕니다. 그러면 빨리 끝내도록 하겠습니다. 부친 되시는 스도 이사오 씨가 지난 8월 2일에 사망한 사실은 알고 계신지요."

오바타 리에가 네, 하고 눈을 내리깔고는 고개를 약간 끄덕이며 말했다.

"누마즈에서 치른 스야(通夜, 죽은 사람의 유해를 지키며 하룻밤을 샘/역주)와 장례식에도 참석했었어요."

구사카는 아무 말 없이 고개만 끄덕였다. 오바타 사에코와 이혼하고 오랜 시간이 흘렀기 때문에 검시를 마친 스도 이사오의 시신은 누마즈에 사는 동생이 인수했다. 그 지역에서 장례식을 치른 것은 그도 알고 있던 사실이었고 만일을 위해 다른 수사관 두 명이 스야와 장례식에 참석했었다.

"부모님이 이혼하신 후 아버지와는 만나고 사셨나요?"

"아뇨. 어머니가 싫어하셔서 만난 적은 없습니다."

"한 번도요?"

구사카는 믿을 수 없다는 듯 물었다.

"네. 그래도 전화는 한 적이 있어요. 제가 간호학교를 졸업했을 때 아버지가 전화를 하셨어요."

"전화는 자주 왔었나요?"

"아뇨. 거의 오지 않았어요."

"최근에는 어땠습니까?"

구사카는 드디어 본격적인 질문이라는 마음으로 물었다.

오바타 리에는 그 질문에 아무 말 없이 바닥을 응시할 뿐이었다.

구사카는 그녀의 표정을 바라보았다.

그녀가 고개를 들고 굳은 표정으로 대답했다.

"8월 1일에 집으로 전화가 왔었습니다."

구사카는 잠깐 동안 할 말을 잃었다. 살해되기 전날 스도 이사오가 후지 시의 오바타 가족에게 전화를 걸었다, 이것은 단순한 우연인가.

야나기도 같은 기분인지 미동도 없었다.

구사카는 한 차례 헛기침을 한 뒤 물었다.

"몇 시쯤이었죠? 그리고 아버지와는 무슨 얘기를 했습니까?"

"분명 오후 7시쯤이었을 거예요. 잘 지내고 있냐, 일은 잘 되냐는 얘기였습니다."

"정말 그것뿐이었나요?"

오바타 리에는 고개를 끄덕였지만 조금 화가 난 기색이었다.

"실례지만 사에코 씨는 어디가 아프셔서 병원에 입원하신 거죠?"

"그런 것도 말씀드려야 되나요?"

오바타 리에가 굳은 어조로 대꾸했다. 하지만 순간적으로 그녀의 표정에 고통스러운 기색이 스쳤다.

"아니요. 괜찮습니다. 사에코 씨도 스도 이사오 씨와 연락을 하고 계셨나요?"

"이혼한 뒤로는 어머니가 연락한 적은 한 번도 없는 걸로 알고 있습니다."

구사카는 고개를 끄덕이고 아무렇지 않은 듯 말했다.

"갑작스러운 말씀입니다만 8월 2일 저녁 어디에 계셨습니까?"

"그날은 병원에서 일을 하고 있었습니다."

"일은 몇 시까지였나요?"

"오후 6시까지입니다. 그후에 차로 집에 왔습니다."

"그후 외출은 안 하셨고요?"

오바타 리에는 네, 하고 작게 대답했다.

구사카가 곧바로 입을 열었다.

"어머니는 언제 입원하셨나요? 그리고 어느 병원이죠?"

"입원은 그저께 하셨고 병원은 제가 근무하는 겐쇼카이 종합병원입니다."

마음을 고쳐먹었는지 쉴 새 없는 대답이 쏟아졌다.

"시간 내주셔서 감사합니다. 오늘은 이만하죠. 실례가 많았습니다."

두 사람은 고개를 숙여 인사하고 발길을 돌렸다.

무나몬을 통과해서 나오자마자 구사카가 멈춰섰다.

야나기도 따라 서서 현관 쪽을 뒤돌아보았다.

"어떻게 생각하세요?"

"아직 뭐라고 말할 수 없지."

구사카는 고개를 저었지만 의심스러운 마음은 거둘 수 없었다. 스도 이사오의 집과 가게의 통신기록을 조사했지만 8월 1일에 오바타 가족에게 전화를 건 기록은 본 적이 없다. 사건 직후의 조사에서 스도 이사오가 휴대전화를 소지했다고 판명되었으나 아직도 전화기를 찾아내지 못했다. 어쨌든 휴대전화의 통신기록에서도 오바타 가족에 전화를 건 기록은 없었다. 물론 그러한 기록이 하나라도 남아 있었다면 스도 이사오의 살인 사건 수사본부는 처음부터 오바타 가족에게 강한 의심을 가졌을 것이다.

스도 자신이 휴대전화를 분실했을 가능성도 있지만 살해한 범인이 현장에서 발견해서 가지고 갔을 가능성도 충분히 검토해야 했다. 그런 경우 범인이 전화로 얘기한 흔적을 없애기 위해서라는 추측은 쉽게 성립된다. 범인은 스도 이사오가 어떤 전화기를 이용해 전화를 걸었는지 알 수 없었을 것이고 순간적인 생각으로 휴대전화를 가지고 도망쳤을 것이다.

더구나 자택이나 가게, 그리고 휴대전화의 통신기록에 그러한 기록이 발견되지 않은 이유는 스도 이사오가 의식적으로 그런 행동을 했다는 증거였다. 일부러 공중전화를 사용했고 살해 현장에서 눈에 띄지 않은 곳에 자신의 차를 주차해두었던 것이다.

구사카는 그렇게 생각하다가 방금 다녀온 오바타의 집과 스도 이사오의 생활상 격차에 생각이 멈췄다. 땅부자면서 자택의 주차장에 주차된 벤츠가 두 대인 오바타 가족에 비해 스도 이사오의 가게 주차장에는 구식 일본차와 낡은 타이어가 산더미처럼 쌓여 있을 뿐이었다. 게다가 그는 자금의 융통에 쫓기고 있었다.

역시 돈 문제인가…….

"지금 들은 증언, 확인조사에 들어갈까요?"

야나기의 말에 구사카는 정신을 차렸다.

"그래야겠지."

끄덕이며 무심코 주위를 돌아보게 되는 이유는 그밖에도 해야 할 질문이 있었나 하는 불안과 미련이 남았기 때문이었다.

그때 근처의 이층집에 시선이 머물렀다. 지붕보다 앞으로 나온 이층의 빨래 너는 곳이 보였다. 소나기구름이 피어오르는 파란 하늘을 배경으로 속옷과 와이셔츠, 침대보 같은 것들이 바람에 나부꼈다. 27년 전 다쓰가와와 마지마가 수사를 위해 찾아간 곳이 저 집일지도 모른다.

"왜 그러시죠?" 야나기가 물었다.

"만일을 위해 저 집에 가서 좀 물어봐야겠어."

구사카는 이웃집으로 발길을 돌렸다.

"대체 무슨 일이죠?"

구사카와 야나기가 이웃집 현관에서 초인종을 누르자 초로의 여성이 나왔다. 허리가 조금 굽은 몸에 팥죽색 원피스를 입은 작은 체구의 여자였다.

"저는 스소노 경찰서의 구사카라고 합니다."

구사카는 경찰수첩 속 신분증을 제시했고 야나기도 따라 했다.

"이웃에 사는 오바타 씨를 알고 계신가요?"

구사카가 물었다.

"네. 그야 이웃이니까 인사 정도는 하죠."

"이웃집에는 어머니와 딸, 둘이서 사는 거라는데요."

"저렇게 커다란 집에 좀 적적할 것 같긴 하네요."

그녀는 오른손 손바닥으로 이마를 쓸며 말했다.

"갑작스러운 질문입니다만 8월 2일 저녁 무렵 두 사람을 본 적이 있으십니까?"

여자는 머리를 숙이고 생각에 잠겼다가 바로 고개를 들었다.

"그러고 보니 차로 나가는 것 같던데요."

"차요?"

구사카는 한순간 숨을 멈췄다.

"보세요, 저기 하얀 벤츠 말이에요. 빨래 너는 데서 언뜻 보이거든요."

"어느 쪽 벤츠였죠?"

"글쎄요. 그것까지는 모르겠네요."

"두 사람이 같이 차를 탔던가요?"

"그것도 잘 모르겠어요."

"그래도 비교적 잘 기억하고 계시네요." 야나기가 말했다.

구사카도 같은 생각이 들었다. 사람의 기억이란 원래 모호한 것이다.

하지만 그녀는 당연하다는 듯 말했다.

"왜냐면 그날 고리야마에 있는 아들 부부가 손녀 둘을 데리고 왔었거든요. 빨래를 너는 곳에서 손녀들과 불꽃놀이를 할 때면 양동이를 꺼내서 물을 받아두고 이따금 그쪽을 보곤 했어요."

"그랬군요. ……그런데 두 사람이 살면서 벤츠가 두 대나 있는 걸 보니 굉장히 부유한 생활 같습니다만."

여자는 오른손을 흔들면서 말했다.

"어머나, 잘 알고 계시네요. 오바타 씨는 굉장한 부자니까요. 게다가 딸인 리에 씨는 출퇴근을 해야 하니까 필요하고 사에코 씨는 다리가 조금 불편해서 외출을 할 때는 거의 차로 다녔죠."

야나기가 끄덕였다.

구사카도 아무 말 없이 같은 동작을 할 뿐이었다.

3

도미타와 요시오카가 모리오카 역의 플랫폼 밖으로 나오자 건조한 바람이 스쳐 지났다.

역 앞에는 거대한 로터리가 있었고 오른쪽의 드넓은 공간에 택시가 꽉 들어차 있었다. 정오가 다 되어가는 시간이어선지 지나는 사람들로 붐볐다.

"동북지방도 덥긴 마찬가지네."

요시오카가 주위를 둘러보며 말했다.

도미타도 끄덕였다. 두 사람 모두 반팔 와이셔츠에 팔에는 상의를 걸쳤다.

"신간선도 사람이 그렇게 많다니 두 손 다 들었어."

지정석을 잡지 못해 계속 서서 왔던 것이다. 입석으로 서서 오던 젊은 엄마에게 안긴 갓난아기가 계속해서 우는 바람에 피로감은 한층 더했다.

"아무튼 서두르자고."

도미타는 요시오카와 택시 승차장으로 향했다. 어젯밤, 아쓰코에게 전화를 해두었다. 그녀는 결혼을 해서 다니구치라는 성으로 바뀌었다. 집은 시내의 아타고초이고 두 사람이 오기를 기다리는 중이었다.

두 사람을 태운 택시는 모리오카 역을 빠져나와 기타카미가와를 지나는 다리를 건넜다. 이윽고 사쿠라야마 신사 옆을 돌아 나카쓰 강변을 따라 북상했다. 가로수와 신사의 나무에 달린 가지와 잎이 더욱 선명해진 느낌이었다.

얼마 지나지 않아 아타고초의 길에서 내렸다. 다니구치 아쓰코의 집은 큰길과 이어진 아스팔트 골목길 끝에 위치한 이층집이었다.

도미타가 초인종을 눌렀다.

"잠시만 기다리세요."

곧바로 여자 목소리가 들리더니 잠금장치를 푸는 소리가 들린 후

문이 열렸다. 모습을 드러낸 것은 가늘고 긴 눈매에 하얀 피부의 중년 여성이었다.

도미타와 요시오카가 신분을 밝히자, 그녀가 들어오라는 손짓을 했다.

"안으로 들어오세요."

"실례합니다."

두 사람은 같이 인사를 하고 좁은 현관으로 들어섰다.

"전화로 말씀드렸지만 부친의 문병을 왔던 돌아가신 스도 이사오 씨와 어떤 얘기를 나눴는지 자세한 말씀을 듣고 싶어서 이렇게 찾아왔습니다."

네 평짜리 거실 소파에 앉자마자 도미타가 말을 꺼냈다.

"전화로 말씀드렸다시피 후지 시에 살았을 시절의 옛날 얘기였는데요." 다니구치 아쓰코가 어깨를 살짝 움츠렸다. "저와 리에가 다니던 초등학교나 아버지와 스도 아저씨가 동네 야구동호회에서 활동하셨던 일이나 그런 얘기뿐이었어요."

"입원하신 부친께서도 같은 말씀을 하셨지만 그 얘기 도중에 스도 이사오 씨가 갑자기 입을 다물었다고 하시던데요."

도미타의 질문에 다니구치 아쓰코가 잠시 골몰하더니 아, 하고 끄덕이며 말했다.

"그러고 보니 그런 일이 있었네요."

"그때 무슨 얘기를 하고 있었습니까?"

"글쎄요. 특별한 얘기는 아니었던 것 같은데요. 아버지는 스도 아저씨와 함께 앨범을 보시면서 방금 말씀드린 것처럼 대화를 나누고 계섰어요."

도미타는 요시오카와 마주보고 나서 다시 물었다.

"앨범이요? 그런 것이 있었나요?"

"네, 그날 제가 가져간 옛날 앨범이죠. 전날 병원에 계신 아버지한테 전화가 와서 내일 리에의 아버지가 병문안을 오기로 했다고 하셔서 생각이 나서 가져갔었어요."

옆에 있던 요시오카가 몸을 앞으로 당겼다.

"그 앨범을 볼 수 있을까요?"

"네, 가지고 올게요."

다니구치 아쓰코는 자리에서 일어나 거실로 나갔다.

그리고 금방 돌아온 그녀는 빨간 천으로 싸인 오래된 앨범을 가지고 왔다. 두 사람을 향해 탁자 위에 그것을 올려놓았다.

"제 어릴 적 사진들뿐이라 좀 부끄럽지만 한번 보세요."

"그러면 실례하겠습니다."

도미타는 고개를 숙인 뒤 앨범을 받아들고 빨간 표지를 열었다. 요시오카도 옆에서 들여다보았다.

노란색 가방을 가로로 둘러맨 채 어머니의 손을 잡고 있는 어린 소녀의 사진이 눈에 들어왔다. 유치원 입학식 사진이었다. 생일 케이크를 놓고 방긋 웃고 있는 단발머리 소녀의 사진도 있었다. 기모노 위에 하오리(羽織, 기모노 위에 입는 짧은 겉옷/역주)를 입은 어머니와 빨간 가방을 맨 여자아이의 사진은 초등학교 입학식 사진이었다. 소풍 사진도 있었다. 등 뒤에 기린이 찍힌 사진은 아버지와 함께 동물원에서 찍은 것이 틀림없었다. 대문을 열어둔 채 현관 앞에서 햇빛에 그을린 두 명의 소녀가 손을 잡은 채 방긋 웃고 있는 사진도 있었다.

　도미타가 그 사진에 시선을 멈추자 다니구치 아쓰코가 웃으며 말했다.

　"이 사진은 리에가 이사하던 날 헤어지기 전에 찍은 거예요."

　도미타는 끄덕이며 다음 장을 넘겼지만 전부 지극히 평범한 사진에 지나지 않았다. 과거의 유괴 사건이나 이번 스도 이사오의 살해 사건과의 연관성을 엿볼 수 있는 특이한 물건이나 수상한 인물이 찍힌 사진은 한 장도 없었다.

　"이 앨범을 보면서 얘기를 나눌 때 스도 이사오 씨가 갑자기 입을 다물었다고 하셨죠?"

　"네, 그건 틀림없어요."

　다니구치 아쓰코가 당황한 기색으로 끄덕였다.

　"어떤 사진을 보고 계실 때였나요?"

　"글쎄요. 그것까지는 기억이 안 나네요. 단지 제가 사진을 한 장씩 보면서 설명을 하는데 그때까지 웃다가 말씀을 하시던 스도 아저씨가 갑자기 말씀을 안 하시더라고요."

　도미타는 요시오카와 마주보았다.

　"어떻게 하지?"

　"저희만 봐서는 놓치는 게 있을지도 모르죠."

　요시오카가 진지한 표정으로 말했다.

　도미타는 끄덕이면서 다니구치 아쓰코를 향했다.

　"죄송하지만 이 앨범을 잠시 동안만 빌려가도 되겠습니까? 제가 책임지고 맡아뒀다가 꼭 가져다 드리겠습니다."

다니구치 아쓰코는 놀란 표정이었지만 이내 고개를 끄덕였다.

"네, 그러세요."

4

스소노 경찰서의 강당에 설치된 수사본부의 전화가 울린 것은 점심을 지난 시각이었다. 여직원이 재빨리 수화기를 들고 귀로 가져갔다.

5미터 정도 떨어진 자리에서 다른 전화를 받고 있던 기소는 그 모습을 보았다. 수사를 위해 흩어져 있던 수사원들은 경과 보고와 지시를 기다리는 전화를 드문드문 걸어왔다. 지금도 모리오카로 탐문수사를 나갔던 도미타와 요시오카의 전화였다.

"기소 계장님, 구사카 경위로부터 3번 전화입니다."

여직원이 큰소리로 외쳤다.

수화기를 어깨와 턱 사이에 걸친 채 기소는 잠깐 기다리라는 눈짓을 했다.

"구사카 경위님, 계장님이 지금 다른 전화를 받고 계시니 잠시만 기다리세요."

기소는 여직원의 전달을 한쪽 귀로 들으며 수화기에 대고 말했다.

"앨범을 봤을 때 스도 이사오가 입을 다물었다면 그 사진들 속에 있는 뭔가가 그의 관심을 끌었을 거야. 혹시 그 때문에 도메이 고속도로의 스소노 버스 정류장으로 범인을 불러낼 생각을 해냈는지도 모르지."

"이제부터 저희는 어떻게 할까요?"

"바로 들어와. 자네들이 못 찾아내도 여기는 수사원들이 많으니까 누군가 앨범에 있는 사진 속에서 뭔가를 발견해내겠지."

"알겠습니다."

그렇게 말하고는 전화가 끊겼다.

기소는 수화기를 내려놓고 3번 전화에 손을 뻗어 수화기를 귀에 가져갔다.

"기소다."

"구사카입니다. 오전 중에 오바타 리에 씨와 만났는데, 스도 이사오 씨는 살해되기 전날 오후 7시쯤 후지 시의 오바타 가족에게 전화를 했다고 합니다. 그 전화를 받은 사람은 오바타 리에 씨고 대화 내용은 그녀의 근황이나 일에 관한 것이라고 본인이 말했습니다."

"틀림없는 거지?"

"본인의 증언이어서 확인할 수 없는 상황이지만 부정할 요소는 없어 보입니다. 하지만 그보다도 문제가 되는 건 스도 이사오 씨의 집과 가게 전화, 그리고 휴대전화를 못 찾았는데 휴대전화의 통신기록에도 오바타 가족에게 전화를 건 기록이 없다는 점이 아닐까요?"

"그렇군. 스도 이사오가 흔적을 남기지 않으려고 일부러 공중전화를 이용했다는 말인가?"

"그렇습니다. 게다가 스소노 버스 정류장으로 달려온 스도 이사오 씨는 일부러 자신의 차를 보이지 않는 곳에 숨기고 빨간 플라스틱 양동이, 글러브, 고무공을 가지고 스소노 버스 정류장에서 누군가를 기다리고 있었다고 생각됩니다. 그곳으로 나오겠다고 한 범인이 나타난 뒤 사건이 일어났다. 이런 구도가 그려집니다."

"스도 이사오의 목적은 뭐라고 생각하나?"

"돈을 노린 게 아닐까요?"

"하지만 오바타 리에는 전화가 왔었다고 순순히 인정했잖아."

"네, 그렇습니다. 그녀가 봤을 때 아버지가 건 전화가 자택에서인지, 중고차 판매점에서인지 아니면 휴대전화나 공중전화인지 몰랐기 때문일지도 모릅니다. 그러니까 전화가 걸려온 사실이 나중에 밝혀질 경우의 위험성을 순간적으로 생각해서 그 사실만 있는 그대로 말했다고 보여집니다. 게다가 계장님, 또 한 가지 주목해야 할 증언을 받아냈습니다."

"주목해야 할 증언······?"

"8월 2일 밤, 오바타의 집에서 차가 나오는 것을 이웃집 주부가 빨래 너는 곳에서 목격했다고 합니다."

"오바타 가족의 차인가?"

"차종은 벤츠로 흰색입니다. 저와 야나기는 오바타 가족의 주차장에 있는 두 대의 흰색 벤츠를 눈으로 확인했습니다. 물론 차량 번호도 적어두었습니다."

"목격된 건 누구 차지?"

"그것까지는 판명되지 않았습니다."

"타고 있던 사람은 누구였나? 두 사람이 함께였나?"

"그 점도 아직 확실하지 않습니다. ······그리고 여담입니다만, 그저께 오바타 사에코 씨가 겐쇼카이 종합병원에 입원했습니다."

"병명은?"

"이웃에게 물어본 후 그 길로 내용 확인 차 겐쇼카이 종합병원 접수창구로 달려갔지만 비밀준수 의무로 인해 확인을 거절당했습니다. 하지만 접수 담당자가 구급차로 실려왔다고 살짝 귀띔해줘서 후지시 내의 소방출장소를 전부 조사한 결과, 요시나가 분소의 차로 운송했다는 것을 알아냈습니다. 구급차 대원의 증언과 기록에 따르면 구급차의 출동 요청은 오후 11시 30분이고 목적지는 오바타의 집이었습니다. 그리고 그곳으로 갔던 구급대원은 의식불명 상태인 오바타 사에코 씨를 태우고 겐쇼카이 종합병원으로 향했다고 합니다."

"출동 요청을 한 사람은 누구지?"

"오바타 리에 씨입니다. 그녀도 병원까지 함께 구급차를 타고 왔다고 기록에 남아 있습니다."

"오바타 사에코의 상태는 어땠던 거야?"

"구급대원의 말로는 호흡 곤란을 호소했다고 합니다."

"오바타 리에의 8월 2일 알리바이는?"

"그녀는 그날 병원에서 오후 6시까지 근무를 했다고 말했습니다. 그후 집으로 와서 나간 적이 없다고 했습니다. 이 점은 아직 확인을 하지 않은 상황입니다."

기소는 수화기를 쥔 채로 생각에 잠겼다. 스도 이사오의 살해 당일 저녁에 오바타 사에코와 딸인 리에는 확실한 알리바이가 없다. 게다가 그날 저녁 오바타의 집을 나서는 흰색 벤츠를 목격한 사람이 있다. 그 벤츠에 탔던 사람은 누구이고 어디로 갔던 것일까?

"알았어. 스소노 시 주변의 차량번호 식별장치로 그 두 대의 벤츠 중에 어느 차였는지 검색해보도록 하지."

"저희는 어떻게 할까요?"

"오바타 리에를 잘 감시해."

"알겠습니다."

수화기에서 구사카의 목소리가 들려왔다.

5

"차량번호 식별장치로 검색한 결과, 8월 2일 오후 7시 13분, 오바타의 집에서 벤츠 SLK200MT가 도메이 고속도로 누마즈 교차로에서 나갔다는 것이 판명됐습니다."

홀로 서 있는 수사원이 이렇게 보고하자 넓은 강당에 모인 수사진 사이에서 웅성거리는 소리가 퍼져갔다.

수첩을 보면서 보고를 하던 구사카는 펜을 쥔 손에 힘을 주었다.

야나기가 옆 자리에서 볼을 부풀리며 숨을 토해냈다.

"운전자가 누구인지는 아직 확인되지 않았나?"

수사1과장의 낮은 목소리가 울려 퍼졌다.

"안타깝지만 현재 식별장치의 정밀도로는 그것까진 불가능합니다."

"계장은 이 점을 어떻게 생각해?"

수사1과장이 쉴 틈을 주지 않고 기소를 지명했다.

기소가 일어섰다.

"방금 전 구사카가 보고했듯이 스도 이사오는 살해되기 전날 밤, 후지 시의 오바타 가족에게 전화를 걸었다고 합니다. 상대는 딸인 리에였습니다. 그리고 8월 2일 오후 7시를 지나 오바타의 벤츠가 그곳으로 간 이유는 스소노 버스 정류장에서 스도 이사오와 만나기 위해

서라는 것이 가장 유력한 추측이 아니겠습니까. 누마즈 교차로에서
고속도로 위의 스소노 버스 정류장까지는 직선거리로 불과 8킬로미
터도 되지 않습니다."

수사1과장이 엄숙한 표정을 한 채 고개를 갸웃했다.

"하지만 오바타 리에는 같은 날에 근무지인 병원에서 집에 온 후 외
출을 하지 않았다고 증언했잖아. 그렇다면 누마즈 교차로에서 나간
차에 오바타 사에코가 타고 있었을 가능성도 배제할 순 없지. 아무튼
스소노 버스 정류장에서 도대체 무슨 일이 일어났는지가 중요해. 구
사카는 돈이 목적이 아닐까 하지만 스도 이사오가 가지고 갔을 가능
성이 있는 플라스틱 양동이와 글러브, 고무공 같은 게 협박 수단이라
는 건 말도 되지 않고 범행의 경위도 전부 불분명해."

구사카는 눈앞에 놓인 두꺼운 서류를 바라보았다. 오바타 마모루
유괴 사건의 주요 자료를 복사한 것과 며칠 동안 오바타 리에에 관해
조사한 신상명세서가 함께 쌓여 있었다. 반복해서 찾아봤기 때문에
새삼스럽게 찾아보지 않아도 모든 내용들이 머릿속에 새겨져 있었다.

1967년 4월 12일 스도 이사오와 사에코의 장녀로 시즈오카 현 후지 시 가시
　　마초에서 태어남
1974년 4월 8일 시내의 초등학교에 입학
같은 해 5월 부모 이혼
같은 해 7월 27일 시즈오카 현 미시마 시 고바라초로 이사
같은 날 동생 오바타 마모루 유괴당함. 리에는 후지 시 본가에 맡겨짐
같은 해 8월 19일 오바타 마모루의 시신이 도내의 다마 강에서 발견됨

같은 해 9월 30일 모친 사에코와 시즈오카 현 슨토 군 시미즈초 다마가와
　　로 이사

1986년 4월 1일 야마나시 현립 간호대학 입학

1989년 3월 상동(上同) 학교 졸업. 간호사 자격 취득

같은 해 3월 20일 후지 시 본가로 이사

같은 해 4월 1일 겐쇼카이 종합병원 간호사로 입사

2012년 4월 1일 상동 병원 간호부장으로 현재에 이름

혈액형 A형

배우자 사항 미혼

자동차 면허 2013년 5월 보통면허 취득

　매우 단조로운 인생이었다. 게다가 간호학교 시절의 지인과 이웃에게 물어도 반듯한 성품과 성실한 생활상이 알려져 있을 뿐 타인과의 다툼이나 마찰을 일으켰다는 증언은 얻을 수 없었다.

　구사카는 자료에 첨부된 사진을 가만히 보았다. 48세라는 나이치고는 젊어 보이는 반듯한 얼굴이었다. 젊은 시절에는 상당한 미인이었을 것이다. 하지만 기록에서 보았듯이 결혼은 하지 않았다. 지인 중 한 명이 남긴 말이 구사카의 귓전에 남아 있었다.

　"마치 행복에서 도망치려는 사람 같아 보였어요."

　그때 수사1과장이 마무리를 하듯 내뱉었다.

　"현시점에서 의심스러운 사람은 역시 오바타 사에코와 리에다. 그러니 두 사람을 주요 참고인으로 철저히 감시하기 바란다."

　다른 수사원들과 구사카도 모두 고개를 끄덕였다. 그때 시게토에

게 들었던 특별수사반의 활동 경위가 문득 뇌리에 스쳤다. 요네야마 가쓰미, 스도 이사오 그리고 오바타 부녀. 수사원 각자는 세부적인 사항들을 집중적으로 수사하다가 오히려 특별수사반의 수사는 일원화를 이루지 못했다. 이런 상황 중에 다쓰가와는 가쓰다와 격한 논쟁을 벌이며 이렇게 말했다.

"앞으로 새로운 단서가 나오면 다른 해석도 성립될 가능성이 있다는 말입니다. 즉 저희가 해야 할 일은 보다 논리적인 해석을 찾는 게 아닙니다."

"그렇다면 다쓰가와 경위는 어떻게 해야 범인을 찾을 수 있다는 겁니까?"

"범인을 확실하게 가리킬 증거를 찾아야 합니다."

그 말은 아직도 살아서 숨 쉬고 있었다.

지금 단계에서는 오바타 모녀의 범행을 뒷받침할 직접적인 물증도 목격자도 전혀 없었다. 심지어 시효가 끝난 유괴 살해 사건이 41년 후인 지금에 와서 살의를 불러일으킨 흉기가 된 이유란 도대체 무엇일까. 전혀 감이 잡히지 않았다. 과연 유괴 살인의 범인을 정확하게 가리킬 증거가 이 세상에 있기는 한 것일까.

6

8월 16일 오전 9시 5분이 지난 시각.

겐쇼카이 종합병원의 주차장에서 벤츠가 움직이기 시작했다. 햇빛을 받아 밝게 빛나는 흰색 차체가 역 앞의 큰길로 향했다.

"여기는 구사카, 야나기. 지금 목표물이 병원에서 출발했습니다."

구사카는 5미터 앞의 차에서 눈을 떼지 않은 채 잠복 중인 경찰차 안에서 손에 든 무선 마이크에 대고 말했다.

"알았다. 목표물이 알아채지 못하게 잘 미행하도록."

스피커에서 분명치 않은 목소리가 들려왔다. 수사본부의 기소 계장이었다. 앞서 달리는 차는 오바타 가족의 벤츠 S350이었다. 쌍안경으로 차 안을 살펴본 결과 운전자는 오바타 리에가 틀림이 없었다.

"움직이기 시작했네요."

운전대를 잡은 야나기가 흥분을 억누르듯이 차분하게 말했다.

"그렇지. 드디어 시작이야."

구사카도 고개를 끄덕였다. 어젯밤 소집된 수사회의에서 수사본부는 오바타 사에코와 리에를 주요 참고인으로 결정했다. 오바타 사에코는 입원 중이어서 병실 로비의 복도 양끝과 병원 전체의 출입구에 병문안 손님을 가장한 수사원을 잠복시켰다. 그리고 오바타 리에는 차로 다닐 것을 예상해서 미행을 위해 세 대의 잠복용 경찰차가 병원 근처에 배치되어 있었다. 구사카 일행의 잠복용 경찰차는 1호 차였다.

오바타 리에가 탄 벤츠에 가장 가까이 붙어 미행을 하고 있지만 그녀가 쉽게 틈새를 보일 것이라고 생각하지 않았다. 운 좋게도 스소노 경찰서 내에 겐쇼카이 종합병원의 간호사 친척이 있어서 그가 간호사에게 전화로 물어본 결과 오바타 사에코는 오늘 오전 11시부터 수술을 받는다고 했다. 병명은 폐암이었다. 구급차에 실려온 지 얼마 되지 않은 고령의 환자임에도 불구하고 이렇게 서둘러 수술 날짜를 잡은 이유는 병세가 꽤 심각해서라고 말했다. 모친의 상태가 진정될 때까지 수상한 행동은 하지 않을 것이라고 수사본부는 예상했다.

수사팀은 오바타 리에가 일단 집으로 돌아가서 수술과 장기 입원에 필요한 물건들을 챙겨서 병원으로 다시 돌아갈 것이라고 추측했다. 구사카 일행 이외에 다른 두 대의 미행 차량이 배치된 이유는 만일을 위한 것이었다.

후지 역 남쪽 출구 근처에 있는 겐쇼카이 종합병원의 주차장을 나온 벤츠는 도카이도 본선의 고가 밑을 통과해 후지혼마치의 길을 따라 북쪽으로 향했다. 햇살이 순백의 차체에 반사되어 빛났다. 예상대로 자택이 있는 가시마초로 향하는 것이리라.

"여기는 구사카, 야나기. 목표물은 예상대로 가시마초로 향하고 있습니다."

구사카가 무선 마이크를 대고 말했다.

"1호 차는 그대로 미행을 계속해. 2호와 3호 차는 만일을 위해 먼저 가서 오바타의 집 주변에 대기하도록."

"알겠습니다."

"알겠습니다."

구사카는 다른 추적반의 음성을 들으며 앞서 달리는 흰색 벤츠에서 눈을 떼지 않은 채 며칠 전에 만났던 오바타 리에의 얼굴을 떠올렸다. 그러자 특별수사반이 끌어낸 증언들이 자연스럽게 머릿속에 되살아났다.

"어느 게 들은 거고 어느 게 제가 직접 경험한 일인지 전혀 구분할 수 없게 됐어요. 상상만 했던 장면을 현실이라고 생각하는 건 아닐까. 반대로 실제로 본 일을 착각이라고 잘못 알고 있는지도 모른다는 생각에 그때부터 늘 불안한 마음이었어요.”

그것은 오바타 마모루 유괴 사건이 일어난 날의 일을 물었을 때 마지마에게 오바타 리에가 한 말이었다. 기억이 희미한 것은 그녀가 어렸던 탓일까.

그러한 의문은 더한 의문으로 이어졌다. 사건 발생 이후 그녀가 할아버지인 오바타 세이조에게 맡겨졌을 때 수사를 위해 방문했던 형사는 당시 상황을 이렇게 기록했다.

오늘도 오바타 리에는 37도 후반의 발열과 구토 증세가 있어 조사는 불가능하다고 사려되어 중지함.

당시의 오바타 리에가 아팠다는 것은 다자와 의사의 진술을 통해서도 증명되었다. 하지만 그녀가 그렇게까지 아팠던 이유는 남동생이 유괴되어서 살해당했다는 충격 때문만이었을까.

아니, 다른 가능성이 있을지도 모른다. 왜냐하면 오바타 리에가 마지마에게 이렇게 말했기 때문이다.

“그날의 일을 아무리 물어봐도 엄마는 절대 대답해주지 않았어요. 동생이 그렇게 되고 나서 그 사건을 떠올리지 않으려고 애를 쓰는 엄마 마음은 알아요. 하지만 그렇게 어정쩡한 상태로 지내다 보니 시간이 이렇게 흘렀는데도 제 마음은 언제나 불안했고 오히려 사건을 더욱 잊을 수 없게 됐어요.”

그리고 무엇보다도 다쓰가와가 제시한 점을 주목해야 했다.

“가마치 하나요 씨에게 확인해보니, 현관에서 달려나온 아이가 분명 짧은 머리의 아이였다고 했지만 당시 리에 씨도 짧은 머리였지요. 그러니 남자아이라고 잘못 생각했을 가능성이 있습니다. 아니, 가마치 하나요 씨의 착각을 노리고 일부러 현관에서 밖으로 나오게 한 걸지도 모르죠."

다쓰가와는 이렇게 말하며 오바타 세이조를 추궁했다. 만일 그 추리가 맞으면 현관에서 뛰어나왔다가 어머니가 부르는 소리에 곧장 되돌아간 것을 오바타 리에 자신이 기억하지 못할 수가 있을까.

구사카는 씁쓸한 기분이 드는 것을 느꼈다. 만일 그녀가 스도 이사오 살해 사건과 관련이 있다면 그 끝에는 깊은 구덩이가 시커먼 입을 벌리고 있는 셈이었다. 당시에 겨우 일곱 살이었던 오바타 리에가 동생의 죽음에 관련이 있을 가능성이 있었다.

물론 가능성이라면 다른 하나가 더 남아 있었다. 시게토는 있을 수 없는 일이라고 잘라 말했지만 유괴 사건의 범인이 스도 이사오였다면 어떻게 될 것인가. 게다가 리에가 그 사실을 알고 있었다면 그녀는 무슨 생각을 하고 어떤 행동을 취했을 것인가. 수사회의에서 각자 주장했던 의견대로 다람쥐 쳇바퀴 돌 듯이 진전이 없었던 내용들이 구사카의 머릿속에서 끊임없이 맴돌았다.

부탁하듯 빌려온 다니구치 아쓰코의 앨범은 수사원들이 밤을 새워가며 교대로 살펴보았지만 기대와는 다르게 스도 이사오의 수상한 행동을 유발할 만한 것은 하나도 발견할 수 없었다. 그래서 오늘 오전 도미타와 요시오카가 시미즈 구를 찾아갔다. 특별수사반의 일원으로 오바타 마모루 유괴 사건을 해결하려고 전력을 다했던 마지마를 만나 앨범을 살펴봐주기를 바라는 마음에서였다.

"구사카 경위님······."

야나기의 흥분한 목소리에 구사카는 정신을 차렸다.

"무슨 일이야?"

"저길 보십시오."

구사카는 그가 말하는 곳을 보고 숨을 멈췄다.

가시마초로 꺾어져야 하는 후지혼마치 사거리에서 오바타 리에가 탄 차는 주저하는 모습도 없이 직진해서 달리고 있었다.

야나기가 가속 페달을 밟는 것이 느껴졌다.

몇 대의 차량이 이어졌고 두 사람을 태운 잠복용 경찰차도 신호가 빨갛게 바뀐 직후, 후지혼마치 사거리를 가로질러서 힘차게 달려갔다. 벤츠는 400미터 정도의 거리를 두고 다음 신호등이 있는 나카지마신도초 사거리를 향해서 속력을 줄일 생각이 없는 듯 계속 달렸다.

구사카는 당황한 듯이 무선 마이크의 스위치를 켜고 목소리를 높였다.

"여기는 구사카, 야나기. 목표물이 예상 밖의 행동을 시작했습니다. 175번 현도를 직진해서 북상하고 있습니다."

"자택 방향이 아닌가?"

스피커에서 기소의 음성이 울렸다.

"자택에서 멀어지고 있습니다."

"좋아, 신중하게 미행하도록. 즉시 지원을 보내겠다. —2호 차, 3호 차, 들리나. 집으로 가지 말고 신속히 목표물의 미행에 합류하도록."

구사카는 기소의 민첩한 지시를 들으며 앞 유리창 쪽으로 몸을 당겼다.

이윽고 나카지마신도초 사거리에 다다른 벤츠가 브레이크를 밟지도 않고 그대로 우회전을 했다. 야나기가 속도를 올려 미행했다. 벤츠도 확실히 속도를 높이는 것으로 보아 차를 세울 생각은 없어 보였다. 요네노미야 공원, 피란세기타, 아오바초라는 사거리를 맹렬한 속도로 차례로 돌파해나갔다. 그러더니 다음인 로제 시어터 앞 사거리에서 갑자기 좌회전을 했다.

　구사카는 비로소 등줄기에 흐르는 땀을 느끼면서 마이크에 대고 외쳤다.

　"목표물, 제한속도를 넘어선 속력으로 353번 현도를 북상하고 있습니다. 이대로 직진하면 후지 입체교차로, 도메이 고속도로 입구입니다."

　10분이 지나자 오바타 리에는 드디어 후지 입체교차로에서 도메이 고속도로 상행선으로 들어섰다.

　구사카 일행도 주저 없이 톨게이트를 통과했다. 두 사람이 탄 차가 그대로 왼쪽 길로 접어들며 고속도로에 들어섰을 때 구사카는 저도 모르게 한순간 숨을 멈췄다. 여름 햇빛에 빛나는 엄청나게 많은 차량들이 고속도로의 저 먼 곳까지 가득했다.

　"제길, 오봉의 귀경 차량이네요."

　운전대를 쥔 야나기가 화가 난 듯 목소리를 높였다.

　"할 수 없지. 아무튼 앞 차를 놓쳐선 안 돼."

　"예."

　느릿느릿 움직이는 차들이 늘어선 도로에 합류하기는 했지만 오바타 리에가 운전하는 벤츠와의 사이에는 열 대 정도의 차들이 있었다.

시속 5킬로미터 전후의 속도. 어쩌면 도메이 고속도로 상행선은 이미 훨씬 전부터 정체 중이었을 것이다. 오른쪽 하행선은 완전히 대조적으로 이쪽을 비웃기나 하는 듯이 차들이 도로를 쌩쌩 질주했다.

구사카는 무선 마이크를 향해 말했다.

"목표물, 도메이 고속도로 상행선으로 들어섰습니다. 저희도 따라서 합류했지만 열 대 정도의 차들이 사이에 있습니다."

그러자 스피커에서 기소의 목소리가 들렸다.

"알겠다. 만일을 위해 별도로 지원반 1호 차, 2호 차를 누마즈 입체교차로에 미리 가 있도록 하겠다."

"오바타 리에 씨는 대체 어쩌려는 걸까요?"

참다못한 야나기가 물었다.

"알 수 없지." 구사카는 대답을 하면서 손목시계를 보았다.

시각은 오전 10시 5분 전이었다.

7

도미타와 요시오카가 시즈오카 시 시미즈 구 소데시초에 있는 마지마의 집을 찾은 시각은 오전 8시 반이었다.

구(舊) 도카이도 연변에서 북으로 500미터 정도 들어선 오래된 주택가에 있는 작은 단층집이었다. 길 건너편에는 커다란 절의 본당과 도카이도 신간선인 고가도로가 보였다.

"이렇게 이른 아침부터 찾아뵈서 죄송합니다."

도미타와 요시오카는 현관 앞에서 초인종 소리를 듣고 나타난 마지마에게 고개를 숙였다.

"아닐세. 형사님들 노고라면 잘 알고 있지. 자, 들어오게."

마지마는 친절하게 맞아주었다. 파란 폴로셔츠에 캐주얼 바지 차림이었다. 눈썹이 두껍고 이목구비가 반듯한 생김새가 보통의 몸집에 단단한 체격과 어울려 작년에 정년퇴직한 사람으로는 보이지 않았다.

"그러면 실례하겠습니다."

도미타와 요시오카는 나란히 고개를 숙인 뒤 신발을 벗고 현관으로 들어섰다.

마지마는 두 사람을 네 평짜리 거실로 안내했다. 소파가 놓인 거실에는 벽면을 향해 피아노가 놓여 있었다. 경찰서장에게 받은 다섯 개의 표창장이 액자에 끼워져 피아노 위의 벽에 걸려 있었다. 소파에 앉은 도미타 일행이 액자를 들여다보자 마지마가 부끄러운 듯 말했다.

"아내가 저렇게 걸어뒀지 뭔가. 치우라고 해도 듣지를 않으니. 피아노는 손녀가 치는 거라네."

"부러운 시간을 보내고 계시는군요."

"그렇지도 않네. 그보다 나한테 보여주고 싶은 앨범이란 게 뭔가?"

맞은편에 앉은 마지마가 먼저 말을 꺼냈다.

"이겁니다."

도미타는 손에 들고 있던 가방에서 빨간 천으로 싸인 앨범을 꺼내서 마지마 앞의 탁자 위에 놓고 말했다.

"이 앨범은 다니구치 아쓰코라는 분의 것입니다."

"다니구치 아쓰코……."

마지마가 도미타의 말을 따라하며 허공을 바라보았다.

도미타가 그 모습을 보며 말했다.

"결혼 전에는 스기야마 아쓰코였습니다."

마지마가 고개를 끄덕였다.

"오바타 리에 씨의 초등학교 친구였을 거야. 이시하는 날 두 사람이 만났다고 들었네."

도미타는 요시오카와 얼굴을 마주하고 말했다.

"잘 기억하고 계시는군요."

"그 사건은 죽을 때까지 잊지 못할 걸세. 우리 특별수사반의 최후를 자네들도 알고 있겠지."

"예. 알고 있습니다."

도미타와 요시오카는 함께 끄덕였다.

"시게토 관리관님이 모든 것을 짊어지고 사임했기 때문에 난 그후로도 형사직을 계속할 수 있었지. 그래도 책임을 지는 건 피할 수가 없었으니 다쓰가와 경위님은 더욱 무겁게 책임감을 느꼈을 거야. 그래서 나는 재직 중에 그 사건을 해결할 수 없을까 하고 개인적으로 수사자료를 계속 읽고 시간이 나면 사건에 관련된 현장을 몇 번이나 배회했는지 모르네. 하지만 사건은 시효를 지났고 마침내 진상을 해명하지 못한 채 정년을 맞이했을 때는 너무나 분했었지. 그래서 자네들의 연락을 받고는 기적이 일어났다고 생각했네."

지금도 믿기지 않는다는 듯이 마지마가 희미하게 고개를 저었다.

"마지마 선배님. 스소노 경찰서의 수사본부 60명 대원들이 이 앨범을 샅샅이 뒤져보았지만 어느 사진에서도 수상한 점을 발견하지 못했습니다."

그 말을 들은 마지마가 얼른 몸을 내밀었다.

"하지만 스도 이사오 씨는 이 앨범을 봤을 때 갑자기 입을 다물었다고 했지. 전화로 그렇게 말하지 않았나."

"예, 그렇습니다."

"수사본부 대원들은 오바타 마모루 유괴 사건의 모든 현장에는 가봤나?"

도미타가 숨을 들이쉰 후 토해내듯 대답했다.

"솔직히 말씀드리면 아직 모든 현장에 가보지는 못했습니다."

"역시 그렇군. 나를 포함해서 특별수사반은 모든 현장을 다녀보고 처음으로 그 사건의 처참함과 불가사의한 점을 마음속 깊이 실감할 수 있었네. 그건 직면수사만이 만들 수 있는 제3의 눈일지도 모르지. 그 제3의 눈이 아직 살아 있다면 좋겠지만."

마지마가 그렇게 말하며 앨범을 당겨서 표지를 열었다.

8

오전 11시 20분.

자동차에서 흐르는 라디오의 교통정보는 도메이 고속도로 상행선의 지체가 40킬로미터에 이른다고 알려주었다.

구사카는 탄식을 하며 라디오 스위치를 껐다. 도메이 고속도로에 합류한 지 벌써 한 시간이 지났지만 주행거리는 5킬로미터도 되지 않았다. 그때 구사카는 전방에 있는 벤츠의 움직임에 변화가 있음을 감지했다. 오바라 리에가 운전하는 벤츠가 왼쪽 주행차선에서 나와 고속도로의 버스 정류장 길로 막 들어섰다. 이윽고 벤츠는 버스 정류장에 정차했다.

문이 열리고 운전석에서 내린 오바타 리에가 주위를 둘러보았다. 손에는 가죽 가방으로 보이는 것을 들고 있었다. 40미터가량 떨어져 있었지만 표정까지는 보이지 않았다.

구사카가 쌍안경으로 보려고 하는데 오바타 리에가 갑자기 도쿄 방향으로 걷기 시작했다.

"구사카 경위님, 저기는 거기잖아요?"

야나기가 옆에서 외쳤다.

구사카는 그가 가리키는 곳을 바라보았다.

"무슨 말이야?"

"잊으셨습니까?"

구사카는 그 말을 듣고 할 말을 잃었다. 유괴범이 보내온 두 번째 편지의 내용이 뇌리를 스쳤다.

나는 경찰에게 잡힐 멍청이가 아니다. 어리석은 짓은 하지 말기를. 그렇지만 다시 한번 기회를 주겠다. 8월 3일 오후 8시에 도메이 고속도로 상행선, 나카자토 버스 정류장 안내판에서 동쪽으로 20미터 떨어진 곳의 가드레일 안쪽에 일천만 엔이 든 가방을 둘 것.

구사카는 마이크에 대고 외쳤다.

"목표물, 현재 도메이 고속도로 상행선 나카자토 버스 정류장에 정차. 차 밖으로 나와 도쿄 방면을 향해 걷고 있습니다. 오바타 마모루 유괴 사건의 두 번째 몸값을 건네려던 장소입니다."

"목표물이 무엇을 하는지 그대로 계속 지켜보도록."

늘 침착하고 냉정하던 기소가 평소와는 다르게 목소리를 높였다.

"어떻게 할까요?"

야나기의 물음에 구사카는 고개를 저었다.

"이대로는 확인이 불가능하겠어. 내가 차에서 내려 정류장으로 가보지."

"눈치채면 끝장입니다."

"다른 차 뒤에 숨으면 돼."

구사카는 재빨리 안전띠를 벗고 조수석 잠금장치를 해제한 뒤 문을 열고 슬며시 밖으로 나갔다. 타들어갈 듯한 햇살이 몸을 내리쬐는 가운데 구사카가 다급하게 뒤에 있는 차량을 보았다. 앞 유리창에 비쳐 안은 보이지 않았다. 하지만 눈앞에 있는 사람의 수상한 행동에 동요하고 있음이 틀림없었다.

구사카는 반쯤 숙인 자세로 옆길을 따라 천천히 앞으로 갔다. 앞차의 왼쪽 옆을 그대로 스쳐 지났다. 차 안 뒷좌석에 앉은 초등학생으로 보이는 두 명의 남자아이가 유리창에 달라붙어 천진난만하게 이를 내보이며 웃고 있었다.

앞선 두 대의 차를 재빠르게 지났다. 아스팔트에 반사된 열기로 온몸에서 땀이 마구 솟구쳤다. 줄줄이 선 차량의 행렬에서 뿜어져 나오는 배기가스 때문에 숨 쉬기가 힘들었다. 하행선을 질주하는 차량들의 굉음. 상행선을 가득 메운 차들의 엔진 소리. 구사카는 이마에서 흘러내리는 땀을 닦으면서 걸음을 옮겼다.

그때 멈춰서 있는 오바타 리에가 보였다. 거리는 40미터 정도. 버스 정류장 안내판에서 딱 20미터 정도의 위치였다. 그녀가 가드레일 안쪽으로 몸을 구부려 땅바닥으로 오른팔을 내리는 것이 보였다.

'무엇을 잡는 거지?' 궁금해하는 순간, 몸을 일으킨 오바타 리에가 뒤를 돌아보았다. 구사카는 재빨리 트럭 뒤로 몸을 숨겼다. 그리고 얼굴을 조금 들었다. 버스 정류장의 안내판 쪽으로 오바타 리에가 되돌아오는 것이 보였다. 여전히 가방을 들고 있었지만 무엇이 들었는지는 알 수 없었다.

오바타 리에가 벤츠에 올라타자마자 타이어가 아스팔트와 마찰하는 귀에 거슬리는 소리를 내며 출발했다. 구사카도 급히 잠복용 경찰차로 돌아왔다. 조수석 문을 열고 차 안으로 뛰어들었다.

"대체 뭘 하는 거죠?"

야나기가 견디다 못해 물었다.

"모르겠어. 다만 가드레일 안쪽에서 뭔가를 가져가는 것처럼 보였어."

구사카가 숨을 몰아쉬며 대답했다.

9

오후 12시 43분.

구사카는 오바타 리에가 운전하는 벤츠가 누마즈 입체교차로로 빠져나가는 것을 보았다. 즉시 무선 마이크를 쥐었다.

"여기는 구사카, 야나기. 현재 목표물이 누마즈 입체교차로에서 나갔습니다."

"좋아, 두 대의 지원 차량이 이미 교차로 출입구 부근에 대기하고 있으니 같이 미행을 하도록 해."

기소의 목소리가 울렸다.

"알겠습니다."

전방의 차들은 10킬로미터 전후의 느린 속도로 주행 중이었다. 구사카는 다리를 떨며 시야에서 사라진 벤츠가 향하는 곳에 관해 생각을 펼쳤다. 떠오르는 것은 시미즈초 다마가와의 사거리를 지난 곳에 있는 집뿐이었다. 오바타 마모루 유괴 사건이 일어나고 아이의 시신이 발견된 직후에 오바타 사에코와 리에가 이사를 갔던 집이었다.

하지만 이제 와서 그곳에 가서 무엇을 하려는 것일까. 나카자토 버스 정류장에서 보여준 수상한 행동과 함께 오바타 리에가 지금 하는 행동의 의미를 전혀 알 길이 없었다. 심지어 모친인 오바타 사에코는 폐암 병세가 위중해서 현재 수술 중이었다. 이런 와중에 어머니를 내버려두고서 저렇게 혼자서 돌아다니는 이유는 무엇인가.

그런 생각에 잠겨 있을 때 비로소 구사카 일행의 차가 교차로를 빠져나가기 시작했다. 일반도로로 나온 그때, 무선 스피커에서 음성이 들렸다.

"여기는 지원반 2호 차, 목표물은 83번 현도를 남동 방향으로 주행 중입니다."

구사카는 마이크에 대고 말했다.

"알겠다. 구사카, 야나기는 현재 누마즈 입체교차로에서 빠져나가 그쪽으로 향하고 있다."

"여기는 지원반 2호 차, 현재 목표물이 누마즈 입체교차로 남쪽 사거리에서 직진하고 있습니다."

구사카는 역시, 하고 생각했다. 그 사거리를 직진해서 그대로 246번 국도를 타고 남쪽으로 가면 도카이도 신간선의 고가 밑을 통과해서 미시마 역 남측을 지난다. 거기에서 동쪽을 향하면 시미즈초 다마가 와 방면으로 수월하게 갈 수 있었다.

"지원반 1호 차, 시미즈초 다마가와의 집으로 앞질러 가 있도록."

"지원반 1호 차, 알겠습니다."

대답은 즉각 돌아왔지만 83번 현도는 심한 정체로 구사카 일행이 타고 있는 잠복용 경찰차가 목표물을 눈으로 볼 수 있을 정도의 거리까지 따라잡기는 쉽지 않아 보였다. 구사카는 다리를 떨며 마이크를 쥔 손에 땀이 차는 것을 느꼈다.

"여기는 지원반 2호 차, 지금 변동이 있습니다. 목표물이 오카잇시키 사거리에서 좌회전해서 22번 현도를 달려 가도이케 공원 방향으로 향하고 있습니다."

구사카는 저도 모르게 마이크에 대고 소리쳤다.

"뭐라고? 남쪽이 아니고?"

"현재 목표물은 가도이케 공원 앞을 지났습니다."

지원반 2호 차가 응답했다.

"구사카 경위님, 목표물은 고바라초로 향하고 있는 거 아닐까요?"

야나기가 시선을 전방에 고정한 채 큰소리로 물었다.

"오바타 마모루가 집을 나간 후 그대로 사라져버린 그 집 말인가."

구사카는 옆에 있던 지도를 펼쳤다.

분명 22번 현도로 가면 아유쓰보, 나가이즈미 중학교 앞 등의 큰 사거리를 통과한 뒤는 도레이 주식회사 미시마 공장에 이른다. 공장 부지의 옆길을 북동쪽으로 올라가면 고바라초가 있고 후지 시에서 오바타 사에코 일가가 이사를 왔던 월세집이 있었다.

"서둘러, 야나기. 22번 현도는 샛길이야. 아마 정체돼 있지 않을 거라고. 목표물에 따라붙을 수 있을지도 몰라."

"예." 야나기가 앞을 보면서 진지한 표정으로 끄덕였다.

"여기는 지원반 2호 차, 목표물이 도레이 공장 옆길로 북상하고 있습니다."

그 말에 구사카는 마이크를 입으로 가져갔다.

"지원반 1호 차, 지금 어딘가?"

"미시마 역 남쪽 출구입니다."

"미시마 역 동쪽 사거리에서 북상해서 신간선 고가 밑을 통과한 뒤 미시마 기타 고등학교와 기타 중학교 사이를 지나서 고바라초에 먼저 도착하도록 해. 어떡해서든 목표물의 움직임을 감시해야 해."

구사카는 지도를 짚어가며 말했다.

"알겠습니다."

대답이 들리자마자 야나기는 운전대를 꺾었다. 이제야 오카잇시키 사거리에서 좌회전을 했다.

10

마지마가 앨범의 사진을 뒤적인 지 벌써 다섯 시간 이상이 흘렀다. 이마에 땀이 흥건했고 입술은 일자로 꼭 다문 채였다. 수사본부가 큰 기대를 걸고 있다는 생각에 초조한 기색이 역력했다. 마지마가 지금 보고 있는 사진은 이미 여러 차례 본 것이었다.

도미타와 요시오카도 숨을 죽이고 마지마와 사진들을 번갈아 바라보고 있었다.

두 사람의 소녀가 손을 잡고 있었다. 햇빛에 그을린 소녀들은 만면에 웃음을 띠고 있었고 마주 잡지 않은 손에는 비닐 가방을 들고 있었다. 등 뒤로는 문이 활짝 열려 있는 현관이 보였다.

"이건 후지 시의 오바타 세이조 씨의 집이야. 지주답게 제법 큰 집이었지."

마지마가 중얼거렸다.

"여기서도 탐문수사를 하셨죠?"

도미타는 조심스럽게 물었다. 다쓰가와가 오바타 세이조를 압박한 것은 세이조가 가슴속에 숨겨둔 뭔가를 자백할 것을 노린 일종의 도박이었다. 그것은 수사기록과 구사카 일행이 시게토에게 들은 얘기로도 증명된 사실이었다. 하지만 결국에는 특별수사반에 최악의 결과를 가져오고야 말았다.

마지마가 한숨을 쉬며 끄덕였다.

"서너 번은 찾아갔었지. 이 현관 옆에 개집이 있었어. 거기에 검붉은 개가 있었는데 나와 다쓰가와 경위님이 갈 때마다 짖어대는 통에 쩔쩔맸던 적이 있었네."

"지금 그곳은 넓은 주차장이 됐고 벤츠가 두 대 세워져 있었다고 합니다."

"27년이나 지났으니 모두 변한 건 당연한 일이겠지."

마지마가 쓴웃음을 지으며 앨범을 넘기다가 멈칫했다.

"왜 그러십니까?"

"아니, 오바타 세이조 씨는 사건 전날 마모루를 소형 트럭에 태워서 미시마로 갔네. 다음 날 사에코 씨와 리에 씨가 스기야마 모녀와 여기에 서서 얘기를 나눈 후 카로라를 타고 미시마로 향했다고 했지. 만일 이때도 개를 키우고 있었다면 어떻게 해놓고 갔을까 생각했네."

마지마가 그렇게 대답하며 앨범을 바짝 당겼다. 그의 얼굴을 바라보던 도미타는 마지마의 눈이 갑자기 얼어붙은 듯이 움직이지 않는 것을 느꼈다. 그 사진을 보고 도미타는 다니구치 아쓰코가 했던 말을 떠올렸다.

"이 사진은 리에가 이사하던 날 헤어지면서 찍은 사진이에요."

숨 막히는 심정으로 도미타는 마지마의 반응을 기다렸다.

요시오카도 같은 기미가 느껴졌는지 잠자코 있었다.

"……이것이었나."

잠시 후에 마지마가 침묵을 깨고 토해내듯 말했다.

도미타는 몸을 앞으로 당겼다.

"이게 스도 이사오 씨의 입을 다물게 한 사진인가요?"

마지마가 고개를 들었다.

"아쓰코 씨에게 확인하기 전까지 단정 지을 순 없지만 이 사진이 정말 후지 시의 본가에서 미시마의 월세집으로 이사 가기 직전, 당시의 오바타 리에 씨와 그녀를 찍은 사진이라면 엄청난 일이 되겠는데."

"엄청난 일……."

도미타의 말에 여전히 사진을 응시하던 마지마가 끄덕였다.

"그렇다네. 지금까지 몇 번이고 이 사진을 보면서도 찍혔을 리가 없는 것까지 찍혀 있었다는 사실을 전혀 몰랐다니……."

"찍혔을 리가 없는 것이요?"

도미타는 사진을 들여다보았다.

요시오카도 얼굴을 가져갔다.

"자, 여기를 자세히 보게."

마지마는 그렇게 말하며 두꺼운 손가락으로 사진의 한 부분을 가리켰다. 도미타는 잠시 동안 의미를 이해할 수 없었다. 요시오카도 똑같이 기이한 표정으로 고개를 갸웃했다. 마지마의 손가락은 두 소녀의 뒤에 있는 넓은 현관의 안쪽을 가리키고 있었다.

11

오후 6시 48분.

구사카 일행이 탄 잠복용 경찰차는 100킬로미터를 넘는 속력으로 달리고 있었다. 지원반인 두 대의 차량도 뒤를 따르는 중이었다. 하지만 아득히 먼 전방의 벤츠는 그 이상의 속도를 내고 있었다.

오바타 리에가 운전하는 차는 야나기가 말한 대로 고바라초의 월세집 앞에 섰지만 오바타 리에는 밖으로 나오지 않았고 5분도 되지 않아 다시 주행을 시작했다. 30미터가량 떨어진 길에 미리 앞질러서 와 있던 지원반 1호 차가 알려주었다.

그후 차량은 21번 국도를 따라 북상해서 394번 국도에 올랐다. 그리고 스소노 우회도로를 경유해서 스소노 입체교차로 입구 사거리에서 좌회전한 뒤 스소노 입체교차로를 통해 다시 도메이 고속도로 상행선에 들어섰다.

그리고 세 시간 반을 달려 도메이가와사키 입체교차로에 이르자 그곳에서 나와 그대로 다마 강에 세워진 마루코 다리를 향했다. 하지만 오바타 마모루의 시신이 발견된 그 현장 부근에 정차한 것은 불과 5분 정도였고 다시 도메이가와사키 입체교차로로 들어가 도메이 고속도로 하행선에 합류했다.

"뭘 하려는 걸까요?"

운전대를 쥔 야나기가 영문을 모르겠다는 듯 말했다.

구사카는 달리 대답할 말이 없었다. 오바타 리에가 온 길을 되돌아가는 것이 아니라는 것만은 확실했다. 이미 후지 입체교차로를 통과한 것을 보면 겐쇼카이 종합병원으로 가는 것은 아니었다.

그때, 전방의 벤츠에 좌측 점멸등이 깜빡이기 시작했다. 석양에 빨갛게 물든 차체가 휴게소를 향하는 차선으로 들어섰다.

"목표물, 현재 하행선의 니혼자카 휴게소로 들어갔습니다."

구사카는 내심 흥분을 억누르며 마이크에 대고 외쳤다.

오바타 마모루 유괴 사건의 몸값을 받으려 했던 장소는 첫 번째가 도메이 고속도로 상행선의 스소노 버스 정류장이었고, 두 번째는 도메이 고속도로 상행선의 나카자토 버스 정류장이었다. 그리고 세 번째가 여기 니혼자카 휴게소였던 것이다. 더구나 오바타 리에는 동생의 유괴 사건이 발생한 당시의 미시마의 집과 시신이 발견된 다마 강변 근처도 다녀왔다.

야나기가 운전대를 꺾어 휴게소로 들어갔다. 뒤를 돌아보니 지원반의 차량 두 대도 일정한 간격으로 따라오고 있었다.

"이제부터 어떻게 나올까요?"

"모르지. 목표물의 움직임이 41년 전의 유괴 사건과 관련된 장소를 돌고 있다고 생각할 수밖에."

"그렇다면 납득이 가질 않는 부분이 있습니다."

야나기가 구사카를 힐끗 쳐다보았다.

"납득이 가질 않는 부분?"

"그 사건 당시 세 번째 몸값을 받으려던 장소는 분명 니혼자카 휴게소였지만 그건 하행선이 아닌 상행선이었잖습니까?"

구사카는 자신이 간과해버린 사실에 할 말이 없었다.

하행선은 귀경차량의 행렬이 없어서인지 니혼자카 휴게소는 한적했다. 오바타 리에가 운전하는 벤츠는 소형차용 주차장에 들어서자마자 곧바로 왼쪽의 빈자리에 주차를 했다. 휴게소 안은 어스름한 빛에 물들었고 오렌지색 가로등이 켜져 있었다. 하지만 주위를 돌아보니 소형차와 트럭을 합쳐 30, 40대는 되어 보였다.

벤츠를 왼편에서 바라보도록 야나기가 잠복용 경찰차를 오바타 리에의 자동차로부터 40미터 정도 떨어진 곳의 끝에서 두 번째 줄에 주차했다. 휴게소 상점과 안내센터 옆의 맨 앞에 차를 세우면 건물 바깥 조명을 오롯이 받아 눈에 띌 염려가 있었다.

그때, 차 밖으로 나온 오바타 리에의 모습이 보였다. 조명을 받은 옆얼굴이 뭔가를 찾는 것처럼 자꾸만 주위를 둘러보고 있었다.

"좋아, 우리도 내리지."

구사카는 야나기에게 지시한 뒤 마이크에 대고 알렸다.

"목표물, 니혼자카 휴게소에서 하차. 이제부터 저희도 내려서 동태를 감시하겠습니다."

"알겠다. 지금부터 구사카가 수사원 지휘를 맡아서 목표물의 동태를 살핀다. 이번에는 어떤 행동을 하는지 반드시 확인하도록."

스피커에서 기소의 목소리가 울려나왔다.

문을 열고 두 사람이 밖으로 나오자 후덥지근한 공기가 몸을 감쌌다. 뒤따르던 두 대의 차량도 차례로 멈춰서고 사복을 입은 수사원들이 차에서 하나둘 내렸다. 그들은 즉시 구사카의 주위를 에워쌌다.

구사카는 수사원들을 둘러보며 목소리를 낮춰 말했다.

"흩어져서 목표물을 멀리서 에워싸듯 미행한다. 나와 야나기는 후방, 나머지 두 개조는 좌우를 담당해주고. 전원 무전기를 장착한다. 거리는 각자 판단하고 너무 접근하면 우리 존재를 알아차릴 수 있으니 신중을 기하도록."

"예."

대답이 일제히 돌아왔다.

"목표물이 움직이기 시작했습니다."

야나기의 목소리에 전원이 흩어졌다.

오바타 리에가 휴게소 왼쪽 끝에 있는 상점으로 걸어갔다. 구사카가 야나기에게 눈짓을 하자 천천히 걷기 시작했다. 거리는 35미터가량이었다. 다른 지원반 수사원들도 좌우로 흩어져 거의 같은 간격으로 이동했다. 하지만 구사카 일행이 거리를 좁히기 전에 그녀는 상점 안으로 사라졌다.

구사카는 무전기에 대고 말했다.

"목표물이 상점에 들어갔다. 좌우 수사원은 식당 입구와 특산물 상점 입구에서 안으로 들어간다. 우리는 목표물과 구면이므로 화장실 입구를 지키면서 밖에서 대기하겠다."

즉시 "알겠습니다"는 대답이 한꺼번에 들려왔다. '맛집의 향연'이라는 식당에서 특산물 상점을 지나 화장실로도 연결된 구조여서 오바타 리에가 어디에서 무엇을 하러 갔는지 짐작이 가지 않았다.

남자들이 모르는 척하며 식당과 상점의 입구로 들어갔다. 5분이 지났지만 수사원들은 아무런 연락이 없었다. 화장실 입구에서도 놓친 것은 없었다.

뭘 하고 있는 거지?

구사카는 기다림에 지쳐 무전기를 향해 말했다.

"좌우 수사원, 듣고 있나? 목표물을 발견했나?"

"목표물이 안 보입니다."

"상점 쪽은 어때?"

"상점 안에도 없습니다."

구사카는 호흡을 멈췄다. 상점의 조명이 미치지 않은 곳에 서 있던 구사카와 야나기의 눈에 식당과 상점의 유리창 안으로 남자들이 민첩하게 움직이는 것이 보였다.

오바타 리에가 사라졌다…….

도망.

찰나의 생각에 가슴이 벌떡거렸다.

구사카는 나란히 선 상점의 왼쪽 끝에 시선이 꽂혔다. 젊은 남녀가 함께 걷다가 그늘로 사라졌다. 방금 본 이 상황이 언뜻 이해가 가지 않았다. 그 앞으로는 상점도 화장실도 없었다.

"계장님, 목표물이 사라졌습니다. 휴게소 건물 안으로 들어갔는데 어디에도 없습니다."

구사카는 무전기로 본부에 보고했다.

조금 후 무전기 속 목소리가 소리쳤다.

"구사카, 니혼자카 휴게소는 '회전 시설'이야."

"이런."

작은 소리로 탄식과 동시에 상점의 왼쪽 끝으로 사라진 남녀의 상황에 이해가 갔다.

"구사카다. 전원, 서둘러 상점의 왼쪽 끝으로 모여."

구사카는 야나기를 제치고 이를 악물고 달렸다. 야나기도 따라왔다. 상점에서 달려온 수사원들이 발소리를 내며 출입구로 모여들었다.

"구사카 경위님, 어떻게 된 겁니까?"

왼쪽을 담당했던 거구의 수사원이 헐떡이며 물었다.

"내 착오였어. 여기는 '회전 시설'로 돼 있었어."

수사원 전원이 놀란 표정을 지었다. 회전 시설이라는 것은 일반도로에서 휴게소를 자유롭게 드나들 수 있도록 설치한 것이었다. 고속도로의 많은 휴게소가 이미 이런 구조로 되어 있었다. 이런 시설을 알고 있더라도 실제로 이용하는 사람은 주로 근처의 주민들이어서 구사카는 그 사실을 완전히 잊고 있었던 것이다.

구사카를 앞세워 수사원들은 달리기 시작했다. 차들은 다닐 수 없는 U자형 금속제 게이트로 빠져나가 오른쪽으로 꺾어지자 상점의 뒤쪽에 외부 이용자용 주차장이 이어져 있었다. 주차 중인 차 안을 하나하나 확인하면서 왼쪽 방향으로 굽어 있는 비탈길을 잔걸음으로 재빨리 뛰어 내려갔다. 바로 앞은 넓은 도로로 막혀 있었다.

해가 진 주택가의 좌우로 눈을 돌렸다. 어디에도 오바타 리에의 모습은 보이지 않았다.

"어디로 사라진 거지?"

야나기가 외쳤다.

그때, 구사카가 말했다.

"두 개조로 나눠서 좌우로 찾아봐."

세 사람이 한 조를 이뤄 오른쪽으로 달려가자 구사카와 야나기, 그리고 나머지 한 명은 왼쪽으로 뛰어갔다. 각 집에 설치된 조명 빛만이 어두운 길을 밝히는 가운데 세 사람은 아무 말 없이 힘껏 달렸다. 멀리 보이는 고속도로의 고가가 가까워졌다.

고가 아래로 들어가자 순간 눈앞이 캄캄해졌고 남자들의 발소리만이 요란스럽게 울렸다. 고가를 빠져나오려는 순간 천정에 달린 두 개의 조명이 발끝을 비췄고 그 앞의 교차로에서 세 사람은 멈춰섰다.

구사카는 이제야 오바타 리에의 행동을 이해할 수 있었다. 오바타 리에는 하행선의 휴게소에서 회전 시설 출입문을 이용해 고속도로에서 나와 도메이 고속도로 밑으로 다니는 일반도로를 우회했다. 그리고 이번에는 상행선의 회전 시설 출입문으로 들어가 상행선의 휴게소로 들어갈 계획이었던 것이다. 물론 목적은 세 번째 몸값을 건네주려던 장소에 가기 위함이었다. 즉 그녀가 향하고 있는 곳은 니혼자카 휴게소의 공중전화 박스 뒤편의 수풀이었다.

구사카는 무전기를 들어 다른 방향으로 향하고 있는 수사원들에게 상행선 휴게소로 오라고 지시했다.

"이쪽으로."

다른 수사원들에게 턱을 치켜올리며 말하고 좌우로 내달렸다. 왼쪽은 도랑을 따라 가드레일이 있고 오른쪽은 일반 주택이 줄지어 서 있었다. 40미터 정도를 달려가자 생각한 대로 상행선 프라토파크의 입구가 있었다. 세 사람은 비탈길을 뛰어 올라가 외부 이용자용 주차장을 빠르게 지나갔다. 상점과 편의점 사이의 좁은 통로가 이용자용 출입문으로 이어졌다.

세 사람은 상행선 휴게소 안으로 들어섰다. 조명이 환하게 밝았고 낮과는 완전히 다른 이질적인 공간에 셀 수 없을 만큼의 사람들이 넘쳐나고 있었다. 가족과 함께 온 사람들. 젊은이들 무리. 버스 투어를 다니는 노인들. 여행에서 돌아오는 듯이 보이는 헬멧을 안은 남자들. 여름 습기를 머금은 밤공기 속을 많은 사람들이 끊임없이 오가고 있었다.

구사카를 선두로 다른 두 사람도 정신없이 주위를 둘러보았다. 하지만 사람들이 너무 많아서 오바타 리에의 모습을 구분할 수가 없었다. 커다란 화장실 공간과 상점 앞에 자동판매기가 죽 이어져 있었다. 그것들과 마주하는 곳에는 소형차용 주차 공간이 있었고 더욱 안쪽에는 그것의 두 배 이상 규모인 대형차용 주차장이 펼쳐져 있었다.

양쪽 주차장 모두 차들로 가득 찼고 휴게소에 들어오는 통로까지 차들의 행렬이 줄줄이 늘어서 있었다. 주차장으로 향한 차들이 끊임없이 이어졌다. 게다가 상점과 화장실 앞만이 아니라 주차장 차도에서 사람들이 아무렇지도 않게 가로질러 다녔다.

"목표물은 세 번째 몸값을 받으려던 장소인 공중전화 박스의 뒤쪽을 향할 거라고 생각되지만 일단 모두 흩어져서 끝에서부터 하나하나 찾아나간다. 목표물을 찾으면 무전기로 즉시 연락하도록."

구사카의 지시에 두 사람이 끄덕이고는 일제히 인파 속으로 뛰어들었다.

여성의 얼굴과 뒷모습을 차례로 눈으로 훑으며 북적이는 인파 속을 세차게 뚫고 지나갔다. 서로 어깨가 부딪친 초로의 남자가 "뭐야!"라고 소리치며 뒤를 돌아보았다. 어머, 하고 놀라는 여자도 있었다. 모두를 무시하고 마구 돌진했다.

그때 귓가에 기소의 목소리가 들렸다.

"여기는 수사본부. 구사카, 야나기 응답하라."

구사카는 발을 멈추고 무전기를 장착한 귀에 손을 댔다.

"구사카입니다. 현재 도메이 고속도로 상행선 니혼자카 휴게소 안에서 목표물을 찾고 있습니다.

"놓쳤나?"

"목표물은 회전 시설을 이용해서 하행선에서 상행선으로 옮겨와 혼잡한 귀경길에서 초만원인 휴게소 안으로 들어온 것 같습니다. 세 번째 몸값을 건네려던 장소를 향하고 있는 것으로 판단돼 현재 각자 분담해서 수색 중입니다."

"그렇다면 수색을 계속하며 들어. 방금 막 도미타와 요시오카의 연락이 있었다. 스기야마 겐조의 문병을 갔을 때 스도 이사오가 입을 다물었던 이유가 밝혀졌어."

"정말입니까? 도대체 이유가 뭐죠?"

"스도 이사오가 본 사진은 미시마의 집으로 이사하던 날, 후지 시의 본가 앞에서 오바타 리에와 스기야마 아쓰코가 함께 찍은 거야."

"그게 어쨌다는 겁니까?"

"두 사람의 뒤에는 미닫이문이 열려 있어서 현관 안쪽이 보였는데, 거기 돌바닥에 하얀 비치샌들이 찍혀 있었어."

그때, 구사카는 바지 주머니의 휴대전화에서 진동을 느꼈다. 황급히 휴대전화를 꺼내 화면을 열었다. 본부에서 보낸 메일이 들어와 있었다. 첨부 파일은 한 장의 사진이었다. 방긋 웃고 있는 두 명의 소녀 뒤로 현관이 문이 열린 채 찍혀 있었다. 그리고 그 현관 바닥에는 흰색 비치샌들이 놓여 있었다.

"오코노기와 시라이시에게 스도 이사오가 했던 말을 기억하나?"

기소의 목소리에 구사카는 빠르게 대답했다.

"분명 그랬습니다. ……아이들에게 하얀 비치샌들을 사줬다고요. 사에코 씨는 화려한 건 싫어하고 수수한 걸 좋아했는데 자신은 눈에 띄는 걸 좋아했다고……."

"맞아. 그리고 다쓰가와와 마지마의 질문에 가마치 하나요 씨는 자신의 행동을 인정했지. ……자신이 창밖으로 보니 조금 대각선 방향의 맞은편에 해당하는 현관의 미닫이문이 열리고 하늘색 티셔츠에 남색 반바지, 새하얀 샌들을 신은 아이가 달려나왔다. 그리고 바로 엄마로 보이는 여자가 나와서 들어오라고 굉장히 화를 내면서 서슬이 퍼렇게 몇 번이고 고함을 쳤다. 그래서 아이는 풀이 죽어서 집으로 들어갔다고……."

무전기를 통해 기소의 설명이 이어졌다. 1974년 7월 27일 오바타 리에가 본가에서 출발하기 직전에 스기야마 아쓰코와 현관 앞에서 그 사진을 찍었다. 그녀는 아버지가 사준 하얀 비치샌들을 신고 있었다. 하지만 전날 출발했을 마모루의 비치샌들도 현관 바닥에 남아 있었다.

물론 오바타 사에코와 리에가 후지 시 본가의 현관에서 마모루의 하얀 비치샌들을 주워서 미시마의 집으로 가지고 갔다는 추측도 할 수 있다. 하지만 사건 발생 직후 수사본부가 스기야마 요시에를 탐문한 결과, 그녀가 후지 시의 오바타 집에 찾아갔을 때 사에코는 이미 짐을 모두 정리해서 차에 실은 뒤였다고 증언했다. 더구나 잠깐 동안 서서 이야기를 나눈 후 사에코는 그대로 현관을 잠그고 차를 타고 출발했다고 말했다. 즉 현관 앞에서 아쓰코가 사진을 찍었을 때 현관 바닥에 남겨진 비치샌들은 그 자리에 남겨두고 떠났다고 생각할 수밖에 없다.

그날 오후 3시쯤 미시마의 집 현관에서 달려나온 아이를 가마치 하나요는 자택의 이 층에서 목격했다. 그 아이는 분명 하얀 비치샌들을 신었다고 증언했다. 미시마의 집에 한 벌밖에 없는 하얀 비치샌들을 리에와 마모루가 동시에 신을 수는 없었다. 그럼에도 불구하고 현관에서 달려나온 아이는 마모루였고 그때 리에는 남쪽 마당에 있는 우물 옆에서 비치샌들을 신고 물장난을 쳤다고 오바타 사에코는 강하게 주장했다. 오바타 세이조도 다쓰가와에게 똑같이 강조했다.

게다가 공개수사로 전환했을 때 오바타 마모루는 하얀 비치샌들을 신고 있었다고 했는데 그것 역시 오바타 사에코의 신고를 근거로 한 것이었다.

"스기야마 아쓰코가 사진을 보면서 설명해줬을 때 스도 이사오는 문득 이 모순을 깨달은 거야. 그리고 오바타 세이조와 함께 전날 출발했을 마모루가 자신의 비치샌들을 남겨두고 간 이유와 사에코, 세이조가 거짓말을 하는 이유가 마음에 짚이는 데가 있었던 거지. 7월 26일, 마모루는 비치샌들을 신지 않았어. 후지 시의 본가에서 사고로 죽었기 때문에 신지 못한 거야. 그리고 이사 일정을 급히 앞당긴 거나 유괴 사건이 뭔가 석연치 않았던 건 이 사실을 속이려고 사에코와 세이조가 꾸민 것이라고······."

구사카는 숨이 막혀오는 고통을 느끼며 저도 모르게 양옆을 둘러보았다. 그러자 눈앞에 보이는 사람들의 모습과 겹치면서 본 적도 없는 영상이 펼쳐졌다.

리에의 몸에 남은 학대의 흔적.

사에코의 심한 히스테리.

스도 이사오가 바람을 피운 현장.

스도 이사오는 당연히 사에코가 아이들에게 화풀이를 했다는 것을 알고 있었을 것이다. 그리고 불과 세 번의 몸값 요구, 게다가 범인이 취한 연락수단이 전화에서 돈을 받으려는 의지가 약해 보이는 편지로 바뀐 점과 한 번도 모습을 드러내지 않은 유괴범이라는 요소를 더하면 훨씬 전에 생각했어야 할 진상이었다.

아니, 스도 이사오가 사에코의 실상을 알아차릴 만한 단서라면 다른 것도 있었다. 타인의 눈에 띄기 쉬운 장소에 시신을 숨긴 것. 수건에 싼 오바타 마모루의 시신과 두 개의 철제 아령을 맸지만 겨우 3밀리미터 두께의 마끈이었다는 점. 그것은 사망 시기에 혼란을 주기 위해 어느 정도 시간이 경과한 시점에 끈이 끊어져서 사체가 발견되기를 노렸던 것이다.

그저 자조적인 웃음이 났다. 이렇게 어리석었다니. 7월 26일 이후, 세이조와 사에코의 증인을 제외하면 가마치 하나요만이 아이를 목격했을 뿐 마모루의 모습을 본 사람이 한 사람도 없었다는 사실을 어째서 간과했단 말인가. 처음 협박전화가 걸려왔던 시점에 마모루가 이미 사망했을 것이라는 검시보고서에 관심을 가졌어야 했는데. 그 내용이 가리키는 중대한 의미를 이렇게 완전히 간과하다니.

"구사카, 듣고 있나?"

기소의 목소리에 구사카는 사념에서 깨어났다.

"듣고 있습니다."

"또 한 가지 중요한 점이 밝혀졌네. 오바타 리에의 운전면허 말이야. 그녀의 면허증 조건란에 '일반차는 자동 변속기 차량에 한함'이라고 적혀 있더군."

더욱 큰 충격이 머릿속을 휘저었다. 사에코와 세이조가 이렇게까지 유괴 사건의 진상을 계속 숨기려고만 했던 것은 마모루를 죽인 사람이 혹시 누나인 리에여서가 아닐까 하고 조금 전까지 생각했었다.

일본 국내용 벤츠는 거의가 자동 변속기인데 오바타 가족이 소유한 SLK200MT는 보기 드문 수동 변속기 차였다. 수동변속 운전을 할 수 있는 사람이라면 자동 변속 차도 운전할 수 있지만 그 반대는 불가능했다. 즉 8월 2일에 스소노 시에 가서 스도 이사오를 살해한 사람은 오바타 사에코일 수밖에 없었다.

하지만 그렇다면 오바타 리에는 어째서 오늘 유괴 사건의 몸값을 건네려던 두 곳의 장소와 사건이 일어난 미시마의 집과 사체 발견 현장까지 돌아다녔을까. 거기까지 생각을 하다 보니 구사카는 어느덧 혼잡함 속에서 벗어나 있었다.

20미터 정도 앞에 투명한 공중전화 박스가 보였다.

안에는 형광등이 하얗게 빛나고 있었다.

12

구사카가 생각한 장소에 오바타 리에의 뒷모습이 보였다. 세 번째 몸값을 건네기로 한 장소, 즉 니혼자카 휴게소 공중전화 박스 뒤편의 수풀 속. 붐비는 인파 속을 헤집고 나온 구사카는 그녀에게 성큼성큼 다가갔다. 야나기도 아무 말 없이 따라갔다.

혼잡하기 이를 데 없는 니혼자카 휴게소였지만 시설의 구석에 자리한 이 근처에는 다른 사람이라곤 그림자도 보이지 않았다.

"오바타 리에 씨."

그녀가 자신을 부르는 소리에 놀라서 뒤를 돌아보았다. 여전히 손에 가방을 들고 있었다. 구사카는 숨을 고르며 상대의 눈을 보면서 말했다.

"8월 1일에 스도 이사오 씨에게 걸려온 전화를 받은 것도, 다음 날 스소노 시에 간 것도, 어머니인 사에코 씨였죠?"

오바타 리에가 시선을 피했다.

"어머니는 왜 당신 아버지를 죽인 거죠?"

그러한 말에도 그녀는 묵묵부답이었다.

"돈을 요구해서인가요?"

오바타 리에가 굳은 표정으로 바라보았다.

"······그건 다른 얘깁니다."

"다른 얘기요?"

"아버지는 분명 돈을 요구했었어요. 하지만 그뿐 아니라 어머니에게 사과를 요구했습니다. 진심으로 마음속 깊이 마모루의 영혼에 사죄하라고 굉장히 화가 나서 윽박질렀다고 했어요."

"마모루 군을 죽음으로 내몬 사람 역시 사에코 씨였군요."

오바타 리에는 고통스러운 표정을 짓다가 고개를 떨어뜨렸다. 그녀를 지켜보던 구사카는 주변의 소란스러움이 점점 멀어지는 기분에 휩싸였다. 41년간 수많은 경찰들이 찾아헤맨 진실에 이제야 겨우 도착한 것이다.

오바타 리에는 몸을 조금 떨기는 했지만 더 이상 말이 없었다.

"지금 여기에서 진실을 말하고 모든 것을 끝내도록 하죠."

오바타 리에는 구사카의 말에 원망스러운 시선을 보냈지만 아직 마음을 결정하지 못한 듯이 시선을 피했다. 구사카는 한 걸음 다가갔다. 그러자 기가 눌린 듯 그녀가 몸을 움츠렸다. 그가 반걸음 더 앞으로 나가자 오바타 리에는 괴로운 듯 고개를 저었다.

"이대로는 동생의 영혼을 달랠 수 없습니다."

그녀는 구사카의 말에 몸을 떨다가 무너지듯 비로소 입을 열었다.

"그 일이 일어난 건 1974년 7월 26일 오전 10시 반 정도였다고 합니다. 저는 초등학교 수영교실에 갔고 어머니와 할아버지는 며칠 후로 예정돼 있던 이사 준비에 정신이 없었습니다. 할아버지는 짐 싸는 것을 도와주시면서 할머니의 본가에 관한 얘기와 이사를 갈 집의 건너편에 사는 주민에 관한 얘기를 어머니에게 들려줬다고 했습니다. 남의 집 엿보기를 즐겨하는 노파가 있으니 조심하라고요. 이후에 일어날 비극을 예감하지도 못하고……."

오바타 리에가 말을 하는 동안 눈물이 흘러내렸고 전화 박스의 하얀 빛이 두 줄을 선명하게 비췄다.

"……마모루는 현관 앞에서 글러브를 끼고 쥐고 있던 고무공을 던지면서 혼자서 놀았어요. 아무도 돌봐주지도 않으니 심심해서 그랬겠죠. 그런데 동생이 던진 공이 신발장 위에 놓아둔 큰 꽃병을 깨뜨리고 말았습니다……."

오바타 리에는 견디기 힘들다는 듯 고개를 저었지만 필사적으로 참아가며 말을 이었다.

꽃병이 깨지는 소리를 들은 오바타 사에코는 현관으로 나오자마자 마모루의 왼쪽 뺨을 손바닥으로 힘껏 때렸다. 자신이 저지른 일에 너무 놀라서 어리둥절하며 서 있던 마모루는 어머니에게 아주 세게 맞은 충격으로 한마디 말도 못하고 마루 끝에서 현관 시멘트 바닥으로 나가떨어졌다.

사에코는 너무 놀라 비명을 지르면서 신발도 신지 않고 돌바닥으로 뛰어 내려갔다. 그러기까지 어느 정도의 시간이 걸렸는지 기억도 나지 않는다고 했다. 허둥지둥하며 마모루를 일으켜 세웠지만 아들의 눈에서는 이미 생기가 사라져 있었다.

"……어머니는 울면서 이렇게 말했습니다. 아버지의 바람기 때문에 늘 고통스러웠고 그로 인한 불안과 짜증이 뒤섞여 늘 그랬듯 자기도 모르게 때리고 말았다고요. 설마 그런 일이 생기리라고는 생각지도 못했다고."

"그때 할아버지가 달려왔군요."

고개를 끄덕일 때마다 그녀의 뺨 위로 눈물이 주르륵 흘렀다.

"할아버지는 그 모습을 보고 아무 말도 하지 못했습니다. 할아버지는 마모루를 누구보다 애지중지하셨으니까요. 하지만 할아버지에게 어머니는 하나뿐인 자식이었고, 가장 특별한 존재였습니다. 어린 저조차 느껴질 정도였으니까요."

구사카는 그녀의 말에 끼어들지 않았다.

그러한 침묵에 이끌리듯 오바타 리에는 스스로 입을 열었다.

"마모루의 시신을 안고 있던 어머니는 어쩌면 좋으냐고 할아버지에게 물었어요. 하지만 아무런 대답도 없으셨고 어머니가 경찰에 연락하자고 해도 고개를 숙인 채 꼼짝을 안 하셨다고 합니다. 어쩔 줄 몰라하던 어머니가 자기도 죽겠다며 소리치자 할아버지가 비로소 고개를 들고 눈물을 흘리면서 '손자가 죽었는데 너마저 잃을 수는 없다'고 하셨다고 해요……."

오바타 리에는 목이 메자 손바닥으로 얼굴을 감싼 채 오열을 하며 말했다.

"특별한 의도를 가지고 하신 말은 아니라고 생각합니다. 하지만 할아버지는 그 말을 한 뒤 홀린 듯이 '그거야. 마모루는 사라진 것으로 하면 돼'라고 하셨답니다. 그런 일을 생각해낸 할아버지의 심정을 이젠 저도 알 것 같아요. 경제적으로는 풍족하셨지만 할아버지 할머니는 사이가 좋지 않으셨다는 사실은 어머니에게 은연중에 들어서 알고 있었습니다. 그래서 할아버지에게 하나밖에 없는 딸인 어머니는 절대적이며 유일한 존재였겠죠. 손자인 마모루의 죽음은 고통스러웠을 겁니다. 하지만 절대로 어머니까지 잃을 수는 없다고 안간힘을 쓰셨겠지요. 아마 할아버지가 평범한 사람이었다면 아무 일도 일어나지 않았을지도 모릅니다. 하지만 할아버지는 머리가 좋은 사람이었어요. 젊은 시절부터 많은 사람들이 할아버지 주변에 몰려들었지만 돈이 목적인지 아닌지 상대방의 의도를 간파하면서 경계심이 깊어지는 바람에 타인의 생각을 앞질러 읽어내는 능력이 생기셨던 거죠. 마모루의 죽음이라는 절박한 상황에서 할아버지는 갖은 생각을 다 짜내셨던 겁니다."

사에코는 잠시 동안 아무 말도 없다가 마모루의 시신을 쳐다보더니 세차게 고개를 저었다. 그러자 안색을 바꾼 할아버지가 사에코의 어깨에 손을 얹고 "여기서 말고 빨리 이사를 가서 미시마의 집에서 뛰어나간 걸로 해야 해. 그 집 건너편에 맨날 남의 집을 기웃거리는 노인이 있다고 내가 아까 말했지. 리에를 밖으로 내보내서 마모루가 살아 있는 것처럼 보이게 하는 거야'라고 말했다.

"일단 말을 한 번 꺼내면 할아버지는 뭐에 홀린 듯 물러섬이 없는 분이라고 어머니는 말하곤 했어요. 아이를 유괴당했다고 하자거나 언제 죽었는지 모를 즈음에 시신이 발견되면 세상 사람들은 금방 잊을 거라면서 결국 '자, 사에코. 그렇게 하자. 네가 나빠서가 아니야. 너는 나쁜 짓을 할 사람이 아니지'라고 애원하며 설득하셨다고 합니다."

오바타 리에는 말을 마친 뒤 구사카를 바라보았다.

"어머니의 이런 고백에 저를 긴 시간 동안 괴롭히던 의혹의 진실을 문득 깨달았습니다."

"긴 시간 동안 괴롭히던 의혹의 진실……."

구사카의 말에 오바타 리에가 다시 눈물을 흘리며 끄덕였다.

"처음 이상하다고 느낀 건 마모루가 없어지고 미시마의 집에 본 적도 없는 남자들이 들어왔을 때였어요. 마모루가 유괴당했을지도 모른다거나 그 사람들이 경찰이라는 것은 이해할 수 있었어요. 하지만 어머니와 함께 미시마의 집에 도착했을 때 집 안에 흐르던 희미한 위화감을 느낀 것과 할아버지가 세 평짜리 방에서 여름 이불을 덮은 마모루 옆에서 자고 있었다는 건 어쩐지 현실감이 느껴지지 않았어요. 그런 직후에 저는 후지 시의 본가에 맡겨져 몸이 아파서 동생이 어떻게 됐는지 모른 채로 그렇게 지내왔습니다."

구사카가 끄덕이며 말했다.

"동생의 죽음을 언제 알았습니까?"

"시신이 발견돼서 장례를 치를 때였습니다. 친척들이 말하는 소리를 듣고 마모루가 유괴되어서 살해당했다는 걸 알게 됐지요. 하지만 그때부터 의문은 더욱 깊어만 갔어요."

"어째서입니까?"

"어머니가 아무것도 설명해주지 않았으니까요."

구사카는 시게토가 얘기했던 특별수사반의 활동 상황을 떠올렸다. 다쓰가와와 마지마가 고후의 하숙집을 찾아갔을 때 오바타 리에는 이렇게 말하지 않았나.

"그날의 일을 아무리 물어봐도 엄마는 절대 대답해주지 않았어요. 동생이 그렇게 되고 나서 그 사건을 떠올리지 않으려고 애를 쓰는 엄마 마음은 알아요. 하지만 그렇게 어정쩡한 상태로 지내다 보니 시간이 이렇게 흘렀는데도 제 마음은 언제나 불안했고 오히려 사건을 더욱 잊을 수 없게 됐어요."

그것은 오랫동안 해결되지 않은 채 가슴속에 남은 의문에 대한 번민의 외침이었다.

"제 의문이 한마디로 정리된 건 다쓰가와 형사님이 꺼낸 질문이었습니다."

"다쓰가와 씨는 어떤 질문을 했습니까?"

구사카는 내심 짐작이 가기는 했지만 묻지 않을 수 없었다.

"그분은 이렇게 말했죠. '동생이 미시마의 집에서 두 번 집을 나갔다고 하는데 동생이 처음 나갔을 때 리에 씨는 그걸 몰랐나요?'라고요. 이 말을 이상하게 생각한 저는 놓고 간 수첩을 가지러 왔던 마지마 형사님께 그 일에 관한 경위를 물었습니다.

그러자 마지마 형사님은 동생이 오후 3시를 지나 집을 나갔고 어머니가 부르는 소리에 집으로 다시 들어온 모습을 건너편에 살던 분이 이 층에서 목격했다고 설명해주셨습니다. 그때 저는 그게 동생이 아니라 저였다는 사실을 확실하게 기억해냈습니다. 뒷마당의 차를 보고 오라는 어머니의 말에 현관으로 나갔는데 어머니가 갑자기 저를 불렀고 이상한 기분이 들어 집으로 되돌아가던 순간을요. 그렇다면 그때 동생은 뭘 하고 있었는지 왜 그 집에서 뛰어다니거나 떠들어대던 동생을 본 기억이 없는지 말이에요. 혹시 그때 동생이 이미 그런 행동을 할 수 없는 상태가 아니었나, 게다가 어머니도 할아버지도 동생에 대해선 한마디도 하지 않은 점들이 저를 계속 괴롭혀온 의문이었거든요."

오바타 리에는 단숨에 얘기를 끝내고 양손으로 얼굴을 감싸면서 크게 흐느꼈다. 구사카는 야나기와 마주보았다. 주변에는 아무런 상관이 없는 사람 대여섯 명이 서 있었다. 심상치 않은 기색에 기웃거리는 중이었다.

"구경하지 못하게 접근을 막아."

구사카는 야나기에게 말했다.

아냐기는 고개를 끄덕이고 다른 수사원들과 함께 양팔을 벌리며 구경꾼들을 쫓아냈다. 구사카는 그 모습을 확인하고 주머니에서 손수건을 꺼내 오바타 리에에게 건네주었다. 오바타 리에가 주변의 인기척을 살피더니 얼굴을 감싼 손으로 주저하며 손수건을 받았다.

구사카는 눈물을 닦는 그녀에게 부드럽게 물었다.

"세이조 씨는 미시마의 집에서 마모루의 시신을 어떻게 실어서 나른 겁니까?"

오바타 리에는 눈물을 삼키고 입을 열었다.

"제가 현관으로 나간 직후에 할아버지가 동쪽으로 난 쪽문으로 시신을 옮겨서 소형 트럭의 짐칸에 있는 덮개 속에 숨겼다고 합니다. 그리고 4시가 돼서 저를 데리고 친척집에 갔었고 미시마로 돌아왔다가 바로 도쿄로 가서 그날 밤에 사체를 다마 강에 숨겼다고 어머니에게 들었습니다. 아버지에게 혐의를 씌우려고 할아버지가 생각해낸 거라고 했습니다."

"세이조 씨가 자살한 건 경찰에 대한 항의가 아니라 목숨을 걸고 수사를 막으려고 했던 것이었군요."

오바타 리에가 고개를 끄덕였다.

"그 말을 언제 들었나요?"

"어머니가 입원하신 날입니다. 호흡 곤란이 왔지만 병실에서 어머니는 모든 것을 털어놨어요. 물론 8월 2일의 사건도요. 전날 오후 7시쯤 전화가 왔는데 술에 취한 아버지가 어머니에게 마모루를 죽인 사람은 당신이라고 다그쳤습니다. 그리고 이 사실을 저한테 말하라고 윽박질러서 다음 날 저녁 하는 수 없이 어머니는 아버지가 말한 스소노 버스 정류장으로 나갔습니다. 핸드백에 호신용 칼을 넣어서 나갔다는 말도 해주었습니다."

오바타 리에는 그후 어머니의 행동을 설명했다. 들이미는 플라스틱 양동이를 저도 모르게 뿌리치는 순간, 화가 머리끝까지 난 스도 이사오가 덤벼들었던 것이다. 그리고 정신을 차렸을 때는 이미 그의 배를 칼로 찌른 후였다. 현장에 떨어져 있던 플라스틱 양동이 조각과 고무공, 글러브를 쓸어 모은 것은 마모루의 유괴 사건의 진상이 발각되는 것을 두려워했기 때문이다. 면허증과 차 열쇠, 그리고 휴대전화를 시신에서 꺼내 닦아낸 것도 같은 생각에서였다. 그리고 후지 시의 집으로 돌아오는 도중에 수풀 속으로 깨진 플라스틱 조각과 스도 이사오의 소지품, 그리고 칼을 던져버렸다.

"하지만 어머니는 고무공과 글러브만은 버리지 않았습니다. 사진 속 마모루가 그렇게 좋아하며 가지고 있었기 때문이라고 했어요."

"그렇다면 오늘 당신은 왜 여기까지 온 거죠?"

구사카가 물었다.

"어머니는 수술을 받더라도 사실 얼마 사시지 못합니다. 그래서 적어도 돌아가시기 전까지 경찰의 추적이 미치지 않길 바랐습니다."

"그래서 저희 앞에서 일부러 수상한 행동을 꾸몄단 말입니까?"

"그래서만은 아닙니다. 어머니를 대신해서 마모루에게 용서를 구해야 한다고 생각했습니다. 동생 마모루는 아주 사랑스러운 아이였어요. 과자를 받으면 꼭 누나부터 주던 아이였습니다. 개구리 손가락인형을 가지고 둘이서 즐겁게 소꿉놀이를 했던 기억을 잊을 수가 없었습니다. 그래서 그 아이가 사라진 뒤 저는 그 죽음을 받아들일 수가 없었습니다. 아니, 그 이후에도 제 안에 마모루는 계속 살아 있었어요. 그랬기 때문에 그 아이가 살아서 이사 올 수 없었던 미시마의 집에 가서 마모루 너는 여기서 살 예정이었다고 마음 깊은 곳에서 말해주었습니다. 다만 강의 물속은 얼마나 추웠는지, 혼자서 외로웠겠다고 용서를 빌었어요. 그리고 나카자토 버스 정류장 근처의 몸값을 건네려던 장소에는 어머니가 집으로 가지고 돌아왔던 마모루의 고무공을 바치고 여기 니혼자카 휴게소의 공중전화 뒤편에는 그 아이가 좋아했던 이것을 바치려고 했습니다. 저는 그저 할아버지와 어머니가 저지른 죄에 대한 용서를 빌고 싶었습니다."

오바타 리에는 손에 든 가방에서 작은 아동용 글러브를 꺼냈다. 그리고 감정이 북받친 듯이 글러브를 가슴에 안고 그 자리에 쭈그리고 앉았다. 잠시 후 고개를 들고 눈물이 그렁거리는 붉어진 눈으로 구사카를 올려다보았다.

"하지만 형사님. 어머니는 늘 동생에게 사죄하며 살았습니다. 다쓰가와 형사님만은 그 사실을 알고 계셨다고 생각해요."

"다쓰가와 경위님이요?"

구사카는 뜻밖의 말에 놀라며 대답했다.

"그분은 제게 이렇게 말씀하셨어요. '어머니가 아무것도 설명해주지 않았던 건 분명 부모 된 마음 때문입니다. 리에 씨는 알고 계신가요? 마모루 군의 시신이 발견된 날 어머니는 본인 눈으로 시신을 확인해야겠다고 경찰에 요청했다고 합니다'라고요. 어머니의 고백을 들었을 때 저는 그 말의 의미를 처음 깨달았습니다. 어머니는 차마 볼 수 없을 정도로 부패한 시신을 굳이 본인 눈으로 직접 확인해서 극한으로 자신을 벌하고 마음속으로 마모루에게 용서를 구했던 게 틀림없다고. ……좀더 일찍 그걸 알았더라면 어머니의 고통을 조금은 가볍게 해드릴 수도 있었을 거예요."

구사카는 흐느끼는 오바타 리에의 모습에 할 말을 잃었다.

다쓰가와가 얘기했던 세 번째 가닥…….

그것은 역시 옳았다.

동시에 가슴속에서 다시없을 뜨거운 것이 솟구쳐올랐다. 이 위장 유괴 사건은 얼마나 많은 사람의 인생을 들끓게 했는가.

물론 가장 비참한 사람은 말할 것도 없이 피해자인 당사자이다. 수사기록에 첨부된 오바타 마모루의 사진이 다시 떠올랐다. 겨우 다섯 살. 글러브를 끼고 고무공을 잡은 채 얼굴 가득 미소를 머금은 얼굴. 41년 전 7월 26일 아이의 시간은 영원히 멈춰버렸다. 마음속 시선을 돌리자 수사자료에 남아 있는 오바타 사에코의 얼굴이 뚜렷하게 떠올랐다. 마모루가 던진 고무공이 신발장 위의 꽃병에 맞아 깨지는 장면에서 화가 난 사에코가 마모루의 뺨을 때리는 장면으로 이어졌고 마모루가 바닥에 쓰러지는, 눈으로 본 적도 없는 장면이 나타났다가 사라졌다.

비로소 희미하게 들려왔다. 오바타 세이조의 울음소리가.

"네가 나빠서가 아니야. 너는 나쁜 짓을 할 사람이 아니지."

오바타 세이조의 일그러진 과도한 사랑과 사에코의 마음을 병들게 한 미성숙함이 평온하게 살아갈 수 있었던 나날들을 두 사람에게서 앗아갔던 것이다.

끝도 없는 나락으로 떨어진 것은 스도 이사오도 마찬가지였다. 겉으로는 활기찬 것 같아 보여도 속으로는 사진과 유품을 보면서 힘겹게 살았다. 죽은 아들의 나이를 세면서 슬픔과 분노에 몸서리치는 나날을 보냈던 것이다. 그랬기 때문에 유괴 사건의 진실을 알았을 때 격분한 나머지 광기에 사로잡힌 그는 자신의 손으로 오바타 사에코를 단죄하고자 했다.

구사카는 흐느끼는 오바타 리에를 쳐다보았다.

하지만 누구보다도 가혹한 세월을 고독하게 견뎌온 것은 이 사람이었다.

그녀가 마지마에게 했던 말이 문득 떠올랐다.

"아무리 생각해도 동생의 모습이 생각나질 않아요. 그 애가 무엇을 했는지 확실하게 떠오르질 않습니다."

구사카는 몸이 뻣뻣해지고 목이 막히는 느낌이 들었다.

이 사람은 이전부터 사건의 진실을 알고 있었던 것이다.

구사카는 한 차례 크게 호흡을 하고 오바타 리에에게 다가갔다.

"서둘러 병원으로 갑시다. 어머니가 당신을 기다리시겠군요."

에필로그

아카오케(閼伽桶, 불전에 올릴 물을 담는 통/역주)를 손에 든 마지마와 함께 국화꽃다발을 든 시게토 세이치로는 늦은 가을 햇빛이 내려앉은 층계를 올라갔다. 두 사람 모두 짙은 남색의 차분한 정장 차림이었다. 계단식 공원 묘지에는 멀리 보이는 앞까지 가지런하게 묘비가 늘어서 있었지만 이곳을 찾은 이는 아무도 없었다. 꽤 높은 곳까지 올라서 왼쪽으로 이어진 작은 길을 따라 걸어간 뒤 하나의 비석 앞에 발을 멈췄다.

시게토는 묘비 앞에 있는 헌화대에 꽃다발을 꽂았다. 그 모습을 지켜보던 마지마가 아카오케 안에 든 손잡이가 달린 작은 바가지로 조용히 물을 떠서 묘비에 뿌렸다. 그리고 준비해온 선향다발에 불을 붙여 묘지 앞에 바쳤다.

두 사람은 몸을 수그리고 합장했다. 시게토는 명복을 빌면서 가슴속으로 말했다.

이제야 오바타 마모루 군의 유괴 사건이 해결되었습니다……. 오바타 사에코는 병원에서 모든 것을 자백한 뒤 사망했습니다…….

눈을 뜬 시게토는 곁에 있는 마지마를 쳐다보았다.

마지마도 눈을 감은 채 열심히 명복을 빌고 있었다.

옛 동료와 만나 지난 얘기를 나누는 중이겠지.

이윽고 시게토는 자리에서 일어나 언덕 아래로 눈을 돌렸다.

마지마도 일어섰다.

"마지마, 특별수사반원들을 기억하나?"

마지마가 시게토를 쳐다보았다.

"그럼요. 그후로 여러 형사들과 일을 했지만 그 당시 함께한 대원들을 잊을 수가 없었습니다."

"오코노기는 나름 성공을 해서 서장까지 올랐더군. 관리관으로 많은 중대 사건을 해결한 모양이야."

"그렇다고 들었습니다. 시라이시 선배님은 어떻게 되셨습니까?"

"형사 재직 중에 정년을 맞이했어. 지금은 홋카이도의 시베쓰에서 아들 부부의 목장 일을 도우면서 산다고 하더군."

"쇼지는 참 재밌는 친구였습니다."

마지마가 가만히 미소를 지었다.

"그 친구는 십 년 전쯤에 희망퇴직을 했다고 들었네."

"희망퇴직이요?"

"자세한 건 모르지만 뭔가 좋지 않은 일에 연루돼 상부에서 사건을 덮으려고 그랬던 것 같아. 그후로는 소식을 모르고."

"그러면 가쓰다 선배님은……."

마지마가 주저하며 물었다. 그와 심하게 마찰을 빚었던 상대가 아니었던가.

"가쓰다는 순직했네."

시게토는 아무 소리도 내지 못하고 그저 놀란 표정을 짓고 있는 마지마를 향해 고개를 끄덕였다.

"각성제에 취한 조직폭력배 하나가 칼을 휘두르던 현장에 뛰어들었어. 공격을 당하던 여고생을 도우려고 몸싸움을 하다가 칼에 찔리고 말았네. 간을 다쳐서 버틸 힘도 없었을 텐데 지원경찰이 올 때까지 피투성이가 되면서도 폭력배를 잡고 있었다고 들었어. 대단한 사람이지."

마지마는 조용히 고개를 끄덕였다.

시게토는 선향의 향기를 코끝으로 느끼며 뒤를 돌아보았다.

차갑고 건조한 바람이 '다쓰가와 집안'의 묘지 앞에 피어나는 연기를 흩어놓았다.

마지마도 연기를 바라보았다.

시게토가 말했다.

"지금 부는 바람은 다쓰가와 선배님이 보내는 우리 여섯 명의 노고에 대한 치하와 위로인 모양이군."

마지마가 희미하게 미소를 보냈다.

"사건이 이제야 해결됐네요."

시게토는 고개를 끄덕였다.

그리고 아주 먼 시절의 광경을 떠올렸다.

1988년 7월 31일 오전 9시, 미시마 경찰서 소회의실에 모인 여섯 명의 남자들.

머릿기름으로 깔끔하게 정리한 가쓰다.

작은 키에 뚱뚱한 쇼지.

새치가 섞인 머리에 은테 안경을 쓴 오코노기.

키가 큰 시라이시.

젊고 예리하면서 용감한 마지마.

온화한 다쓰가와.

그곳에 울리는 자신의 목소리가 선명하게 메아리쳐 들려왔다.

"우리는 이 사건의 시효를 이대로 넘기지 않는다."

법적인 시효는 분명 지나버렸다. 하지만 41년이라는 시간이 지나서야 오바타 리에는 자신이 갇혀 지내던 어둠 속에서 벗어나서 밝은 세계로 풀려날 수 있었다. 시게토는 간호부장으로 일하고 있는 그녀의 모습을 떠올렸다.

두 사람은 어깨를 나란히 하고 묘지의 계단을 천천히 내려가기 시작했다.

옮긴이 후기

소설 『진범인』처럼 시간에 따라 배경을 여러 번 되돌아가는 이야기는 조금은 복잡해서 사실 번역자의 입장에서는 번거로운 생각도 든다. 더욱이 이 소설은 세 시기를 오가다 보니 여느 수사물보다 더욱 정신을 바짝 차려야만 했다. 하지만 이야기가 진행되면서 사건 자체의 중대함이나 치밀함보다는 수사관의 시점과 심리를 중심으로 한 본격 수사물이라는 사실을 알게 되었다. 더욱이 사건을 해결하는 수사관의 수가 사건에 연루된 등장인물 수보다 많은 것은 이 소설의 중심축이 수사관에 기울어져 있다는 또다른 증거이기도 했다.

2015년 일어난 살인 사건을 파헤치던 수사관인 구사카 일행은 이 사건이 1974년 일어난 유괴 사건과 연관이 있음을 깨닫는다. 이후 1988년에 특별수사반이 설치되어 유괴 사건을 재수사했다는 사실을 알게 되고 당시 사건을 담당했던 시계토를 찾아나서면서 이야기는 본격적으로 펼쳐진다. 소설 전체는 구사카의 시점을 통해서 전달되지만 실상 이야기는 시계토의 수사관점을 따라가고 있다. 시계토는 하시바미 경찰본부장의 부름을 받고 달려간 자리에서 선배 형사인 다쓰가와가 말했던 "약속 상대란 1분만 늦어도 늦는다고, 1분만 빨라도 빠르다고 불평한다"는 말을 한다. 이것은 늙은 형사가 된 다쓰가와가 젊은 시절에 시게토에게 했던 말이었다. 비록 출세가도를 달리지는 못했지만 예리한 관찰력과 사람을 이해하는 통찰력, 성실한 탐문수사를 하며 형사 본연의 자세를 잊지 않았던 다쓰가와를 존경했다는 증거였다. 결국 사건을 해결하지 못하고 죽은 다쓰가와의 뒤를 이어서 시게토를 존경하는 구사카와 그를 따르는 야나기가 이 오래 전 사건을 해결한다. 반드시 사건은 밝혀진다는 형사 입장에서의 완성을 보여준 것이다.

한편, 이 사건의 당사자인 피해자는 이상하게도 사건을 파헤칠수록 뒷걸음을 친다. 41년 전의 아픔을 안고 살아가는 피해자에게 사건의 해결은 어떤 의미일까? 미제 사건이란 당연히 밝혀져야 한다. 그런 일념으로 젊은 형사들은 각자의 방법으로 향방을 좇지만 사실 1988년의 다쓰가와는 이미 이 사건의 진범인을 알고 있었다. 이 소설의 제목이 '진범인'인 것은 진정한 범인이란 무엇인지에 초점을 맞추었기 때문이다. 범인은 물론 사람이지만 그렇게 되기까지의 거미줄 같은 원인들을 촘촘하게 보아야 한다고 작가는 말하고 있다.

'죄는 미워하되 사람은 미워하지 말라'는 말이 있지만 옮긴이는 아직 그 말을 인정하지 못한다. 하지만 삶을 더해갈수록 강력 범죄라고 해도 측은지심이 생기는 것은 부정할 수 없다. 물론 아무런 원한 없이도 살인 그 자체의 쾌락을 위해서 사람을 죽이는 부류가 늘고 있는 요즘, 이런 말이 자칫하면 무자비한 살인에도 이유가 있다는 식의 면죄부를 줄 수 있다. 하지만 이 소설은 그들에게 형량을 줄여주자는 면죄부를 거론한 것이 아니라 정확한 원인을 파악하려면 사람을 향한 측은지심이 필요하다고 말하고 있다.

공소시효를 1년 앞두고 수사를 해야 하는 시게토와 특별수사반이 가진 긴장감은 수사물이 놓칠 수 없는 재미를 더한다. 오랜 시간과 많은 등장인물, 씨실과 날실이 엮인 사건과 상황들이라는 방만한 구성요소가 인기몰이를 해서 이미 「진범인」이라는 제목으로 일본에서 드라마로도 방영되었다.

하지만 책을 선택한 여러분은 글로 느낄 수 있는 재미를 놓치지 않은 탁월한 선택을 했다고 전하고 싶다. 이렇게 복잡한 구성의 소설을 한 번역자로서의 보람이 거기에 있다.

2020년 겨울
홍미화